诺 贝 尔 文 学 奖 获 奖 者 小 说 坊

神的光辉

[德]托马斯·曼 著
陈荣 译

江苏凤凰文艺出版社
JIANGSU PHOENIX LITERATURE AND ART PUBLISHING, LTD

图书在版编目（CIP）

神的光辉 /（德）托马斯·曼著；陈荣译. -- 南京：江苏凤凰文艺出版社，2018.8（2024.2重印）
（诺贝尔文学奖获奖者小说坊）
ISBN 978-7-5594-2346-7

Ⅰ. ①神… Ⅱ. ①托… ②陈… Ⅲ. ①中篇小说—小说集—德国—现代 Ⅳ. ① I516.45

中国版本图书馆 CIP 数据核字 (2018) 第 130211 号

书　　名	神的光辉
著　　者	（德）托马斯·曼
译　　者	陈　荣
责任编辑	王　青
出版发行	江苏凤凰文艺出版社
出版社地址	南京市中央路 165 号，邮编：210009
出版社网址	http://www.jswenyi.com
印　　刷	三河市双升印务有限公司
开　　本	880 × 1230 毫米　1/32
印　　张	9.25
字　　数	213 千字
版　　次	2018 年 8 月第 1 版　2024 年 2 月第 4 次印刷
标准书号	ISBN 978-7-5594-2346-7
定　　价	69.80 元

目　录

矮个子弗里德曼先生 …… 001

小丑 …… 027

神的光辉 …… 036

通往墓地的路 …… 051

特里斯坦 …… 059

错乱与早痛 …… 099

魂断威尼斯 …… 130

马里奥与魔术师 …… 196

托尼奥·科勒格尔 …… 236

矮个子弗里德曼先生

一

说起来，这全都是保姆的错。当领事夫人弗里德曼太太对保姆有所怀疑时，她就郑重其事地给保姆训话了。弗里德曼太太告诉她，应该尽量改掉酗酒的毛病。保姆每天除了喝补充营养的啤酒之外，还要再加上一杯红葡萄酒。训话对她来说一点作用也没起，她已经无可救药了！后来事实也证明了这一点！这个姑娘甚至把咖啡炉子里的酒精都喝了。弗里德曼太太考虑要把她辞退，但在没来得及找到合适的人替换她之前，悲剧就发生了。那天，弗里德曼太太和她三个未成年的女儿外出散步回来，看到了令人伤心的一幕：出生刚一个月左右的约翰内斯·弗里德曼已经从小床上跌了下来，正躺在地板上惊恐地呜咽着，而那个傻乎乎的保姆则目瞪口呆地站在一旁。

医生细心而冷静地检查了这个小家伙的四肢，脸上露出了严肃的神色。此时，小家伙身体蜷曲，四肢抽搐。三个女儿躲在房屋一隅抽泣，而弗里德曼太太则悲痛欲绝，在心里大声祈祷。

在生下儿子之前，这个可怜的女人已经遭了不少的罪。她的丈夫，那位荷兰领事，因为突发重病舍她而去。现在，她心痛如绞，已经不奢望小约翰内斯还能保住性命。令人欣喜的是，两天之后，医生握住她的手劝慰道，孩子已经脱离险境了。首先，脑子受的轻伤已经完全好了，这从他的眼神中就能看出来，已经完全不是以前那样目光呆滞了。“当然，结果如何还得看以后情况，就像人们常说的那样，希望天遂人愿吧！”

二

约翰内斯·弗里德曼从小就生活在一幢灰色的房子里。这幢房子山墙向街,坐落在古老的商业小城的北门旁。走进房子的大门,踏上宽敞的铺着石板的地面,一架直通楼上的扶梯映入眼帘。扶梯两边是涂了白漆的木栏杆。走上楼梯,来到二楼的客厅,就能看到贴在墙上的风景画样式的墙纸。这些墙纸已经褪色了。客厅里还有张笨重的红木桌,上面铺着暗红色的长毛绒毯,桌子的周围是几张靠背椅和沙发。

孩童时期的约翰内斯常常坐在这个客厅的窗边,窗前长年盛开着美丽的鲜花。他坐在母亲膝边的一张小凳子上,倾听母亲讲述的奇妙纷呈的故事,凝望着母亲光洁的花白头发和慈祥温和的面容,呼吸着她身上不断散发出来的清香。有时候,他会让母亲给他看看父亲的遗像。那是一位面容和善的绅士,留着灰色的络腮胡子。母亲说,他已经在天堂了,正在那儿等着他们大家呢。

房子后面是一个小花园。每逢夏日,尽管从附近的一家糖厂常常飘过来阵阵让人晕乎乎的甜味,但他们还是要在花园里消磨好多时间。花园里有棵虬曲扭结的胡桃树,小约翰内斯常常坐在树荫下一条矮木凳上砸胡桃,弗里德曼太太和他三个已成年的姐姐则坐在灰色帆布搭成的遮阳篷里,陪着他。母亲在做针线活,但是她常常停下来,向他投去温柔而忧虑的目光。

小约翰内斯,前有鸡胸后有驼背,两只胳膊细长瘦削得不成样子,真是一点也不漂亮。他蹲在矮木凳上,一个劲地砸着胡桃,样子又灵活又奇怪。但是,他的手和脚却柔嫩而且纤细,一双浅褐色的大眼睛眼波流动,一张线条柔和的嘴温和敏感,一头浅棕色的头发柔顺细软。尽管他的脸嵌在两个肩胛之中显得那么可怜巴巴的,但是如果只论脸上五官的话,他的脸仍然可以称得上面容俊秀。

三

他七岁的时候开始上学了，日子过得又快又单调。每天，他都煞有介事地迈着他那特有的、畸形的、奇怪的步伐，徒步穿过山墙朝街的屋子和店铺，一直走到那座有哥特式拱顶的古老学校。在家的时候，当他做完家庭作业以后，或者看看有色彩斑斓插图的书，或者去花园玩玩。他的几个姐姐则料理家务，替患病的母亲分忧解愁。她们也会参加社交活动，毕竟弗里德曼一家属于城里的上流社会。但是，很可惜，她们几个没一个嫁出去，因为她们没有多少财产，长得又其貌不扬。

约翰内斯也偶尔会收到一些老同学、老朋友的邀请，但是他并不热衷于社交，他觉得与他们在一起没有太大乐趣。他实在没法和他们一起玩乐，而他们在他面前也很拘谨，因而他与他们之间很难建立真正的友谊。

随着年龄的增长，他开始听到校园里有人议论某些恋爱事件。他睁大眼睛，聚精会神地听他们谈论这个姑娘、那个姑娘，而他却默不做声，也不参与讨论。他心想，这些事尽管挺有意思的，但是只适合别人，就像体操和打球诸如此类运动一样不适合自己。有时，想起这些不免有些伤感，但是他已经习惯了顾影自怜，因此对别人的那些兴趣也就无动于衷了。

可是，爱情还是来了。他十六岁那年，突然迷恋上一个同龄的姑娘。这个姑娘是他的一个同学的妹妹，是位活泼可爱、热情大方的金发姑娘。他在他同学那结识了她。他在她身边总是感到一种莫名其妙的忐忑不安，而她对自己那种惺惺作态的热忱和亲昵也使他十分苦恼。

一个夏日的午后，当他在郊外的旧城墙上散步时，突然听到茉莉花丛后传来一阵悄声细语。于是，他小心翼翼地透过枝丫窥视了一会。他看到，正是自己心仪的那个姑娘坐在长凳上，旁边坐着的是他熟识的一个高个子的红发青年。那个青年把她抱在怀里，在她唇上亲了一下，她哧哧地笑着回吻了他。约翰内斯·弗里德曼见到这一幕，就掉头悄悄地离开了。

他的头陷在两个肩胛之间，似乎比往常更深了，双手直哆嗦，一阵剜心的剧痛从胸际一直蔓延到喉咙口，让他喘不过气来。但是，他把这剧痛咽了下去，然后决心尽力振作起来。“好吧，”他暗自想，“这件事就此结束吧。我以后再也不会陷入此类事情了。爱情能给别人带来幸福和快乐，但却只能带给我伤心和痛苦。算了吧，对我来说，一切都结束了，以后永远不会再有了。”

这个决心给了他些许宽慰。他放弃了，永远地放弃了。他回到家，拿起了书。有时他也拉拉小提琴，尽管他胸部畸形，但他还是学会了演奏。

四

十七岁那年，约翰内斯像他圈子里其他那些人一样，离校从商。他去了河流下游的施利福格特先生的大木材行里当学徒，那里的人对他特别照顾。他工作勤快，待人和善。日子过得平静如水，有条不紊。

但在他二十一岁时，母亲久病不愈，撒手西去了。这对约翰内斯·弗里德曼来说又是一大剧痛，而且这种剧痛持续了很久。他细细咀嚼这种痛苦，他沉浸于痛苦之中，就像别人沉浸于快乐中一样。他用童年时无数的回忆来滋养这种痛苦，使自己最大限度地体会这种痛苦，并以此作为人生的首要体验。

无论生活对我们来说是否能称之为“幸福”，但其本身终究是美好的，不是吗？约翰内斯·弗里德曼意识到了这一点，因而他热爱生活。他放弃了生命所能给予的最大限度的幸福，只是细心地、尽情地一味享受眼前所能获得的幸福。谁又能解释这一点呢？春天，他到郊外的公园去散步，那儿花香怡人，鸟啼婉转。难道对此不应该心怀感激，不应该感到幸福吗？

他也懂得，享受生活也包括接受教育，这是一种能力。一个人一旦获得教育，那么他享受生活的能力就会倍增。因此，他竭力自我培养这种能力。他喜爱音乐，城里举行音乐会，他每场必到。他渐渐学会拉小提琴，虽然他拉的时候看起来怪里怪气的。小提琴演奏出的每个美丽柔和的音符都让他满心欢喜。他饱读诗书，并逐渐有了高雅的文学素养，在城里简直没人能比得上他。他很熟悉国内外的许多新现象，他善于欣赏诗歌的格律，他对小说里构思奇妙的深切主旨也能心领神会……噢！几乎可以说他是一个享乐主义者！

在他看来，一切都是可以拿来细细品味的。要区分幸福与不幸简直就是荒谬至极。他心甘情愿地接受各种各样的感受和情绪。不管是痛苦还是快乐，包括那些没有实现的愿望，也就是渴望，他都把它们揽入心间，慢慢发酵。他因为这种情感的本身而喜爱它，并且暗暗对自己说，愿望一旦实现，那么其最美好的那部分也就消逝了。春天，静谧的黄昏萌发的那甜蜜、痛苦和朦胧的憧憬及希望，不是比在夏天能实现的所有愿望都更加令人欣喜吗？啊！是的，这位矮个子弗里德曼先生无疑是一个享乐主义者！

当然了，那些在街上怀着友好和同情向他打招呼的人们是不会了解这一点的。他们的态度，他早已习惯。而他们却不知道，这个不幸的残疾人内心里是多么热爱生活！他穿着浅色的大衣，戴着一顶洁净发亮的礼帽——真是奇怪，他对自己的外表竟然有一点虚荣心——滑稽地、煞有介事地穿街而过。生活如水流逝，可他的内心却波澜不惊。他的心头只是洋溢着柔和、恬淡的幸福，而这种幸福是他自己创造出来的。

五

然而，让弗里德曼先生最为热爱和着迷的却是戏剧。他对戏剧有一种异常特殊的感受。每当出现震撼心灵的舞台效果，或者是戏剧演绎了悲剧性的大灾难时，他那小小的身躯就会不停地颤抖。他在城里剧院的第一排楼座上有个固定的座位。他定期会去看戏，有时候他的三个姐姐也会陪他一起去。母亲去世后，这幢房子大家共同拥有，三个姐姐会在屋里料理家务。

令人遗憾的是，她们一直没有嫁出去。而且，她们已经到了乐于接受命运的年纪了，因为长姐弗里德丽克比弗里德曼先生大十七岁。她和她的二妹亨丽埃特长得太高太瘦了，而她们的小妹普菲菲又长得太矮太胖了。除此之外，这个最小的姐姐还有个怪异的举止，一说话就晃动身体，嘴角边还流着口水。

矮个子弗里德曼先生并不关心这三个老姑娘。但是，她们三个倒是紧密团结，始终一个鼻孔出气。特别是当她们的熟人订婚时，她们就会异口同声地强调说，这实在是令人高兴的事啊！

矮个子弗里德曼先生与这三个老姑娘同住，即便是他离开施利福格特先生木材行后，还是住在一起。这时他已经开始独立经营一家小商行了，经营一些代办的业务，工作并不繁重。房子底层有几间办公室，只需要走上楼梯就能用餐，之所以这么安排是因为他常常会犯哮喘。

矮个子弗里德曼先生三十岁生日那天，是一个六月里晴朗而又温暖的夏日。午餐后，他坐在小花园里灰色的遮阳篷下，靠着亨丽埃特为他新绣的枕头休息。他嘴里叼着一支优质的雪茄，手里拿着一本精致的书。有时，他会把书放到一边，静静地倾听老胡桃树上栖息的麻雀的啁啾，同时望着通向房子的那条整洁的砾石小径，还有那片草地，草地上点缀着星星点点的鲜花。

矮个子弗里德曼先生没有蓄胡子，他的相貌一直没有太大的改变，只是略显消瘦些罢了。他那浅棕色的头发又细又软，整齐地从一侧分开。

他把书放到膝上，仰望着阳光灿烂的蓝天，嘴里自言自语道："唉，三十年就这样过去了，我也许还能再活十年或二十年，恐怕只有老天爷知道了。这十年或者二十年的时间会悄无声息地来，又会像以前的岁月那样无声无息地走。我心里平静得没有一丝波澜，就这样等待着吧。"

六

就在这一年的七月，当地军队的长官人事变动，这让全城的人都躁动不安。多年来一直待在这个职位的先生，大腹便便，和蔼可亲，深受当地社交界的爱戴。大家都舍不得他离开。至于为什么偏偏派封·林林根先生从首都来接替这项工作，只有老天爷知道。

可是，这次的人事变动看起来没什么不好的，因为这位新长官虽然已经结了婚，但是还没有孩子。他在南郊租了一座极为宽敞的别墅，因此有人推测，他大概想在这儿安家了。有传言说他十分富有，不久这个传言就得到了证实。他带来了四个仆役，五匹供骑乘和拉车的马，一辆顶篷可开卸的四轮马车和一辆狩猎用的轻便马车。

这对夫妇来后不久就开始走访城里的名门望族，而他们的名字也就渐渐地被大家经常挂在嘴边了。不过，人们的主要兴趣不是在封·林林根先生本人身上，而是集中在他的夫人身上。男人们被这位夫人迷得晕头转向，一时还无法对她的人品做出判断，但是女士们却坦率地表示，她们不喜欢格尔达·封·林林根的做派。

"那女人京城派头十足，"哈根斯特鲁姆律师的太太在与亨丽埃特·弗里德曼一次谈话中提到，"喏，她又抽烟又骑马，当然啦，这也是很自然的事儿，对此我也没什么意见。可是，她的举止真是十分大胆，简直就是太随便了，用这个词都不怎么贴切呢！您瞧，她长得一点儿都不丑，甚至可以说很漂亮，可是，她却没有女人应有的魅力，无论是她的眼神、笑声和举止都没有讨男人喜欢的地方。她也不善于卖弄风情，当然她的这种做法并不完全不值得称赞。我敢保证，苍天在上，不只是我一个人有这样的看法。你说说，一个这么年轻的少妇——她才二十四岁——怎么就没有女性天生的魅力呢？亲爱的亨丽埃特，我不是一个善于辞令的人，但我非常清楚我在说什么。虽然男人们现在被她迷得神魂颠倒，但是，您会看到，不出几个星期，他们就会对她腻烦的。”

“喔，”弗里德曼小姐说，“她的生活过得倒是很称心呢！”

“不错，可是我不得不提到她的丈夫！”哈根斯特鲁姆太太喊道，“她是怎么对待他的？您真该瞧瞧！您以后也会看到的！要是一个已婚妇女对自己的丈夫若即若离，始终保持一定距离，那么我举双手赞成。可是，她对自己的丈夫什么态度呢？她冷冰冰地看着他，用一种怜悯的声调称他为‘我的朋友’，她的那个样子实在让人感到恼火！因为大家都能看到，她那四十多岁的丈夫是一个彬彬有礼的男人，一位出色的军官，一位上流的绅士！他们已经结婚四年了，亲爱的……”

七

矮个子弗里德曼先生第一次有幸一睹林林根夫人风采是在城里的那条大街上。大街两旁坐落着鳞次栉比的商店。那次相遇的时间是中午时分，当时他正好谈完了事情从交易所里走出来。

他走在批发商施泰芬斯的身旁，尽管他身材矮小但步态却一本正经。站在弗里德曼先生旁边的施泰芬斯先生，个子异常高大，而且十分肥胖。他蓄着络腮胡子，眉毛也十分浓密。两个人都戴着大礼帽，由于天气比较热，都敞开了大衣。他们一边用手杖叩着人行道，发出有节奏的声响，一边谈论着政治。当他们差不多走过大街一半的路程时，施泰芬斯突然说道：

“那边乘车过来的要不是林林根夫人，才是见鬼了呢！”

“好啊，真是太巧了！”弗里德曼一边用他那又尖又细的嗓音说道，一边满怀期待地向前方望去，“我还从未见过她呢，她乘坐的就是那辆黄色马车吧？”

的确如此，林林根夫人今天乘坐的正是那辆黄色的狩猎用的马车。她亲自驾驭着两匹纯种骏马，她的仆人则交叉着双臂坐在她身后。她穿着一件宽松的浅色外套,连裙子也是浅色的。在系着褐色皮带的小圆草帽下面,露出了她那一头栗红色的头发。波浪形的头发一直梳到耳际,然后在后颈挽成一个大发髻。她椭圆形的脸蛋白皙娇嫩,两只浅褐色的眼睛靠得很近,眼角有淡青色的阴影。她的鼻子小巧秀气,小小的鼻梁上有星星点点的雀斑。可是,她的嘴巴是否漂亮却很难说,因为她不停地撅起下嘴唇,紧接着又把嘴抿上。

批发商施泰芬斯见马车迎面驶来,就毕恭毕敬地欠身致意。矮个子弗里德曼先生也脱帽向林林根夫人致意,同时睁大双眼仔细地打量着。林林根夫人垂下马鞭,微微点头,慢慢地驶过去了。她一边驾驶着马车,一边左顾右盼,打量着道路两边的房屋和橱窗。

他们向前走了几步,然后批发商说:

"她驾车到外面兜风,现在回家去了。"

矮个子弗里德曼先生没有答话,只是低着头盯着铺着石子的路面。突然,他把目光转向批发商,问道:

"对不起,您刚才说的是?"

施泰芬斯先生又把他那精辟的见解重述了一遍。

八

三天后,约翰内斯·弗里德曼照例在中午十二点左右结束散步,回到家中。午餐时间是十二点半,所以他要在他的"办公室"里消磨半个小时。房间在大门的右边,他正要走进去,这时女仆从过道那头走过来,对他说:

"家里来客人了,弗里德曼先生。"

"在我房间里吗?"他问道。

"不是的,在楼上小姐们的房间里。"

"来的都是谁啊?"

"是中校林林根先生和他的夫人。"

“哦，”弗里德曼先生说道，“那我得……”

于是，他走上楼去，穿过前厅，手已经握住了那扇通往“观光房”的白色把手，这时，他突然停住了，往后退了一步，转过身，又顺着原路慢慢地离开了。尽管他只是一个人在走路，但他还是高声地自言自语道：

“不，还是不进去为好。”

他下楼走到自己的办公室，在写字台那坐了下来，手里拿起一份报纸。但是过了一分钟，他又放下报纸，透过窗户望向外面。他就这样呆呆地坐在那，直到女仆走进来告诉他午餐已经准备就绪了。接着，他上楼走进餐厅，他的三个姐姐已经在那儿等他了。他在那张放了三本乐谱的椅子上坐了下来。

亨丽埃特边舀汤边问：

“约翰内斯，你可知道，刚才谁来了啊？”

“嗯？”

“是新来的中校和他的妻子。”

“是吗？他们真是太客气了。”

“是啊，”普菲菲说，嘴边流着口水，“我觉得他们俩都很招人喜欢。”

“不管怎么样，”弗里德丽克说，“我们必须尽快回访他们，不能耽搁。我建议我们星期天就过去，也就是后天。”

“就星期天去。”亨丽埃特和普菲菲齐声附和。

“你和我们一起去吗，约翰内斯？”弗里德丽克问道。

“当然啦！”普菲菲一边说，一边晃动着身子。弗里德曼先生完全没有理会这个问题，只是狼吞虎咽地喝着汤。他虽然脸色平静，但是内心却充满忧惧，就像是支起耳朵在倾听，倾听什么怪诞的响动似的。

九

第二天晚上，城里的剧院上演歌剧《罗恩格林》[①]，本城所有名流都前往观看。小小的剧院座无虚席，楼上楼下都是观众，人声鼎沸，场内弥漫着香水和煤气混合的味道。整个剧院的观众，无论是坐在正厅前排的还是楼座上的，都把望远镜对准十三号包厢——这个包厢正好位于舞台的右边——这是因为，在今天，在这里，林林根夫妇初次在公共场合露面，人们可以有机会一睹他们的风采。

当矮个子弗里德曼先生穿着精致得无可挑剔的黑色礼服和白得发亮、前胸鼓起的白衬衫走进他的包厢——十三号包厢时，他在门口愣住了，身子往后一缩，用手摸了摸额头，鼻翼也痉挛似的翕动着。但他还是在自己的座位上坐了下来。他的座位恰巧在林林根夫人的左边。

当他坐下来时，林林根夫人撅着下嘴唇将他打量了一番，接着，她便转过头去，和坐在身后的丈夫说了几句话。他是一个既高大又魁梧的男人，蓄着向上翘的小胡子，脸庞黝黑，看上去很和善。

序曲开始演奏。林林根夫人弯身伏在栏杆上，弗里德曼先生从侧面匆匆地瞥了她一眼，看见她穿了一件浅色的晚礼服。在剧院所有的女人中，唯有她一人穿得有点袒胸露肩。她的袖口宽大而又鼓起，白手套一直戴到胳膊肘。今天她的身材看起来有点丰满，不久前由于她当时穿着一件宽松的衣服，所以这一点就不怎么明显。她那丰满的胸部缓缓地一起一伏，栗红色的发髻沉沉地垂在后颈上。

弗里德满先生此时脸色苍白，比平时要苍白得多。在分开的浅棕色的头发下面，他的额头上已经渗出细细的汗珠。林林根夫

---

① 德国作曲家瓦格纳(1813—1883)的代表作之一。

人放在栏杆红丝绒上的左臂已经脱下了手套，露出了浑圆、白嫩的胳膊。这只胳膊如同她那只没戴戒指的手一样，可以清楚地看到淡蓝色的细小的血管。这只胳膊一直在弗里德曼面前晃来晃去，想避也避不开。

悠扬的小提琴和响亮的长号一同伴奏，特尔拉蒙德[①]倒下了，乐队奏出一片胜利的欢腾声。矮个子弗里德曼先生坐在那一动不动，一声不吭，脸色惨白，脑袋也深深地陷入到两个肩膀之间。他一只手的食指放在嘴边，另一只手则插进礼服的翻领里。

大幕落了下来。林林根夫人起身同她的丈夫一起离开了包厢。弗里德曼先生虽然没有抬头，但是这一切他都看在眼里。他用手帕轻拭额角，然后突然站了起来，走到通向走廊的门边，接着又折了回来，一动不动地坐回到座位上去，依然保持着先前的姿势。

当铃声响起，坐在旁边的那对夫妇又走了进来。这时他感到林林根夫人在目不转睛地打量着他，他也不由自主地抬起头。当他们四目相对时，她不但没有避开反而神色自若地继续打量着他。他只好谦卑地、克制地垂下眼帘。他的脸色更加苍白，心中涌起一股莫名其妙的憎恶，带着甜蜜而又苦涩的痛楚……没过一会，音乐又响起了。

这一幕戏快结束时，林林根夫人的扇子突然掉到地上，正好落到弗里德曼先生脚旁边。他们不约而同地俯下身去捡扇子，结果林林根夫人自己先抓到了。于是，这位夫人脸上揶揄地微微一笑，说道：

"谢谢！"

他们的头此刻靠得很近。在这一瞬间，他不由自主地闻了闻从她胸上散发出的温热的芳香。他的脸痉挛了，整个身体都缩作一团，心脏怦怦地乱跳，好像要喘不过气来。他又坐了半分钟，然后将椅子往后移动一点，轻轻地站起来，悄悄地走了出去。

---

① 《罗恩格林》剧中的人物。

十

他在音乐声中穿过了走廊，然后在衣帽间取出自己的大礼帽、浅色大衣和手杖，接着，他走下楼梯，来到大街上。

这是一个温暖而又宁静的夜晚。在煤气灯光下，山墙朝街的灰色房屋静静地矗立在天空下。天上的星星闪耀着明亮柔和的光。街上的行人寥寥无几，他们的脚步在人行道上发出空旷的回响。有人跟他打了招呼，但是他却没有听见。他低垂着头，高高突起的胸脯不停地颤抖着，他感到呼吸困难。他还不时地喃喃自语：

"哦，我的天哪！我的天哪！"

他惊慌失措，开始颤栗地审视自我。他感到平时苦心维持、倍感珍惜的温和情感已经七零八落、乱作一团了。突然，一阵眩晕的激情和痴醉的痛苦击倒了他，他倚在一根路灯的柱子上，哆嗦地念着：

"格尔达！"

街上万籁俱寂，空荡荡的，没有一个人。矮个子弗里德曼先生强打起精神，继续向前走。剧院在大街的坡处，往下延伸到河流。他现在走到剧院那了，然后再沿着大街向北走，就是他的家了。

她刚刚是怎样看他的啊？怎么回事儿？她不是迫使他垂下眼的吗？是不是她的眼神让他感到谦卑了？难道她不是一个女人，难道他不是一个男人吗？她那双奇异的浅褐色的眼睛不是也发出快乐的光芒吗？

他又感到心中对欲望软弱无力的憎恶。可是，他又想到她的头碰到自己头的那一瞬间，他是如何呼吸到她的身体的芳香的，于是，他再次停住了脚步，畸形的上身仰到后面，仅能从牙缝吸气。他又无助地、绝望地、愤怒地喃喃自语：

"哦，我的天哪！我的天哪！"

然后，他迈着机械的步子继续慢慢地向前走。在闷热的夜幕中，他穿过空无一人的大街，大街上响起他脚步的回声。他走到了家，但在家门口停住了。他在前厅那站了一会，吸了一口凉爽、阴湿的空气，接着才走进了自己的办公室。

他坐在窗户旁的写字台前，窗户是敞着的。他呆呆地盯着一朵大大的黄色玫瑰花——不知是谁把它插到了玻璃杯里。他拿起这朵花，闭上眼睛嗅了嗅花的香气。可是，不一会儿他又露出疲倦的忧伤的神情，然后把花推到一边。不，不，这事已经结束了！这种香气对他来说有什么用呢？以前构成他"幸福"的一切，现在对他而言又有什么意义呢？

他扭过头去，望着窗外静谧的街道。街道上间或响起行人的脚步声，咚咚地过去，接下来又是一片寂静。天空中闪烁着点点繁星。他疲惫不堪，心力交瘁！他的脑子里空荡荡的！他的绝望开始化为一种淡淡的忧伤，而这种忧伤一直萦绕心头，挥之不去。几行诗在他的脑海里掠过，《罗恩格林》的音乐又在他的耳畔回荡。他的眼前又浮现了林林根夫人的形象，他又看到了她那只放在红丝绒上的胳膊。他像患了病似的进入昏沉沉的梦乡。

十一

有好几次快要醒过来，可是他又害怕真的醒过来，于是他便努力地让自己陷入梦乡。但是，天色已亮，他只好睁开眼睛。昨晚所有的景象又浮现在脑海中。睡完一觉后，烦恼并没有消失。

他感到头很沉，眼睛也灼痛不止。他洗了把脸，在额头洒了点科隆香水，这才觉得舒服点。他静静地坐到了依然敞开的窗户边。时间还早，大约只有凌晨五点。大街上偶尔会有一两个面包店的伙计经过，除此之外再也见不着一个人。对面的房子所有的卷式窗帘都还没拉上去。但是，鸟儿已经唧唧喳喳地叫起来了，天空一片蔚蓝。这是一个美好的星期天的早晨。

矮个子弗里德曼先生的心头涌起了一种舒适和自信的感觉。

他究竟有什么可害怕的呢？有什么发生变化了吗？是的，他承认昨晚受到了巨大的打击，不错，但是这必须结束了！还不是太晚，仍然有可能避免灾难的发生！他必须设法避免一切可能到来的打击。他觉得自己已经有足够的力量可以这样做了；他觉得自己有足够的力量来解决困扰，把烦恼抛到脑后……

当时钟在七点半敲响时，弗里德丽克进来了，并把一杯咖啡端到圆桌上。圆桌正好摆放在靠近后墙的皮沙发前。

“早上好，约翰内斯！”她说，“这是你的早餐。”

“谢谢！”弗里德曼先生说。然后，他接着说：“亲爱的弗里德丽克，我很抱歉，恐怕我不能和你们一起回访了。我身体有点不适，没法和你们一起去了。我昨晚没睡好，我头疼。简而言之，我请你们原谅……”

弗里德丽克回答道：

“太可惜了！你不应该错过这次回访的机会的。不过，你看上去真是不太好。要不要我把治偏头痛的药借给你用用？”

“谢谢，不用了，”弗里德曼先生说，“我很快就会好的。”于是，弗里德丽克离开了房间。

他站在桌子旁，慢慢地喝着咖啡，又吃了一个角状小面包。他对自己很满意，为自己的决心感到自豪。吃完早餐后，他抽了根雪茄，然后又坐在窗边。吃完早餐，他觉得很舒服，还很快乐，心中也充满了希望。他拿起一本书，一面看书一面抽着雪茄，然后望了望窗外明媚的阳光。

这时街上变得热闹了。透过窗户，他听到车声喧闹，人声鼎沸，铃声叮当。但是鸟的啁啾还是穿过这些声音来到耳际。明亮的湛蓝的天空下，阵阵温暖的清风拂面而来。

十点钟的时候，他听到三个姐姐穿过前厅的脚步声，听到前厅的大门吱吱呀呀打开的声音。他看到三位女士从他的窗前走过，但是他一点也不关心。一个小时过去了，他越来越高兴。

他的胸中澎湃着一种自鸣得意的感觉。空气是多么清新！鸟儿的歌声是多么动听！为什么不到外面散散步呢？可是，与此同时他心中不自觉地萌生出一个甜蜜但又可怕的想法：为什么不去拜访她呢？尽管内心对这个想法发出了严厉的警告，但是他竭尽全力把这个警告压制下去，然后欣喜若狂地决定：我要去拜访她！

然后他穿上周末的黑礼服，拿上礼帽和手杖，急急忙忙、气喘吁吁地穿过整个小城，到了南郊。他一会抬头一会低头，步履匆匆，对每个人都视而不见。他完全处于一种极度兴奋的状态。最后，他走到了栗树林的小道旁一幢红色的别墅旁，别墅的房门上写着"林林根中校"。

十二

这时，他身体开始颤抖，心脏怦怦地撞击着胸口。但是，他依然还是穿过走廊，然后按响了门铃。现在，木已成舟，无路可退了，既然如此，他想，那就一切听天由命吧。这样想着，心中反而变得异常平静了。

房门突然打开了。仆人穿过前厅向他走来，并接下他递过来的名片，然后又急匆匆地登上铺着红地毯的楼梯。弗里德曼先生面无表情地盯着红色的地毯，直到仆人回来告诉他，女主人请他上楼。

到了楼上，他把手杖放在客厅门的旁边，然后瞥了一下镜子中的自己。他脸色苍白，眼睛布满血丝，头发紧贴额头，拿着礼帽的那只手不住地哆嗦。

仆人打开客厅的门，他走了进去。他发现自己走进一间相当宽敞但光线昏暗的房间里，窗户上的帘子已经放下来。右边摆着一架钢琴，房间中央的圆桌周围放着几把套着棕色丝绸的靠背椅。左侧墙边摆放着沙发，上方悬挂着一幅镶着金边粗框的风景画。墙上的壁纸也是暗色的。后面的飘窗上放着几盆棕榈树。

过了一分钟，林林根夫人才拉开右面的帷幔，踏着厚厚的棕色地毯，静静地走了进来。她穿着一条裁剪十分简单的红黑方格裙子。从飘窗那边射来一道光柱，光柱中微尘飘舞。那道光柱正好落在她那浓密的栗红色的头发上，把她的头发照得金光闪闪。她用那双奇特的浅褐色的眼睛探询似的望着他，并习惯地撅起了下嘴唇。

“尊贵的夫人，”弗里德曼先生开腔道，仰起头望着她，因为他的头只到她胸口，“我的姐姐们已经拜访过您了，我也想过来拜访您。您到我家拜访时，可惜我没在家，我很抱歉……”

他再也想不到还有什么话要说了，但是她站在那强硬地看着他，仿佛逼迫他继续说下去似的。他全身的血液突然都涌到头上。“她想要折磨我，取笑我！”他想，“而且她能猜到我的想法！她的眼睛只要简单地眨一下……”最后，她终于用响亮且清晰的声音开口了：

“很高兴您能到我家来。那天没有见到你，我也很遗憾。您请坐，好吗？”

她挨着他的身边坐了下来，靠在椅子上，将胳膊放在扶手上。他也坐着，身体前倾，礼帽放在膝上。她接着说：

“您知道吗？您的姐姐们前一刻还在这呢！她们告诉我您病了。”

“是的，”弗里德曼回答道，“我早上感到不舒服，当时我认为我没法外出了。我必须为我的迟到向您道歉。”

“您看上依旧不是很好，”她平静地说道，目光定格在他身上，“您脸色苍白，眼睛血红。也许您身体一直都不大好吧？”

“呃……”弗里德曼先生嗫嚅着说，“大体上还过得去……”

“我也是经常生病，”她继续说，目光并没有离开他，“可是没有一个人发现这一点。我神经衰弱，而且有时精神恍惚。”

她不说话了，把下巴贴到胸上，然后又抬头期待地看着他。他什么都没有回答，依然静静地坐着，若有所思地睁大眼睛看着她。她的话是多么奇妙啊！她的声音既轻柔又清脆，真让人感动啊！现在，他的内心平静下来了，觉得自己好像在梦里。这时候，林林根夫人又开口了：

“昨晚歌剧还没结束您就离开了,我没弄错吧?”

“是的,尊贵的夫人!”

“我对此感到遗憾。您在我旁边看得很入神,尽管演出不是很精彩,但是,相对还算可以吧。您喜欢音乐吗?您会弹钢琴吗?”

“我会拉一点儿小提琴,”弗里德曼先生说,“我的意思是,几乎谈不上会……”

“您会拉小提琴?”她问。此刻,她的目光越过他望向空中,然后陷入了沉思。

“那么,我们有时候可以一同演奏喽?”她突然开口,“我可以给你伴奏。我很高兴能在这儿找到一个人……您会来吗?”

“我很高兴听候您的差遣。”他说,仿佛在梦呓。他们的谈话顿住了。突然,她的脸色变了。他看到她的脸上露出一副无情的嘲讽的神色。他还看到她的眼睛又像前两次那样强硬地、探询地望着他,让人不自觉地感到害怕,不由自主地颤抖。他脸上发烫,坐立不安,无所适从。他只能把头缩到两个肩膀之间,茫然地盯着地毯。那种无助、甜蜜而又苦涩的痛楚的感觉又侵袭了他,他不由得打了个寒噤……

当他怀着绝望的心情再次抬头看她时,她已经不再看他了,而是越过他的头平静地望着门口。他费了好大力气才蹦出一句话:

“到目前为止,夫人对我们的城市还算满意吧?”

“喔,”林林根夫人漫不经心地说,“当然满意,我有什么不满意的呢?只不过,我有些拘束,感觉好像有千百双眼睛在看着我,可是……另外,”她马上接着说,“还有一件事我可不能忘了:过几天,我们打算请几个人到家里来,举行一个简单的聚会。大家听听音乐,随便聊聊……而且我们房子后面有一个相当漂亮的花园,直通到河边……简单地说,我们会正式地邀请您和您的姐姐们。我现在就邀请您参加,您肯赏光吗?”

弗里德曼先生刚表示感谢和同意参加,房门的把手就猛地旋开了，中校走了进来。两个人都站了起来，林林根夫人为两位男士做了介绍。她的丈夫向弗里德曼先生和自己的妻子彬彬有礼地鞠躬致意。由于天热，他的脸黝黑发亮。

他一边脱下手套，一边用洪亮而有力的嗓音和弗里德曼先生说话，但弗里德曼先生却心不在焉地睁大眼睛，空洞地望着他。他希望中校能够亲热地在他的肩上拍一下。接着，中校双脚的后跟并拢，上身倾向他的妻子，用明显压低了的声音对她说：

“亲爱的，你邀请弗里德曼先生来咱们这参加聚会了吗？如果你同意的话，我想，聚会就在八天后举行吧！真希望天气一直这样好下去，这样咱们就能到花园里活动活动了。”

“就照你的意思办吧。”林林根夫人回答道，眼睛并没有看他。

两分钟后，弗里德曼先生起身离开了。当他走到大门那鞠躬道别时，他看到她那毫无感情的目光。

十三

他离开了别墅，但是他没有回到城里，而是不由自主地踏上一条林荫道上岔开的小道。这条小道一直通向河边。那里还保存着当年的城墙，还有整洁的草地、羊肠小径和长凳。

他匆匆地走着，毫无目的，头也不抬。他感到燥热，心中燃烧着一团火。他那十分疲乏的脑袋里好像有什么东西在无情地敲着……

她不是一直都在看着他吗？但是，有几次她在既奇妙又平静的谈话后流露出的目光，就像告别时那样，毫无感情，空洞洞的。难道她看到他手足无措、激动得不能自已的时候不高兴吗？唉，难道她打量他的时候，猜到他想法的时候，对他一点同情心也没有吗？

他沿着河流往下游走，紧挨着河岸，旁边是青苔遍布的旧城墙。他坐在半圆形茉莉花丛中的一条长凳上。他的四周弥漫着甜蜜和浓郁的花香。阳光照耀在他前方碧波荡漾的水面上。

他感到那么疲惫不堪，而内心又那么痛苦不已和激动不安！当然，应该再次审视自己，于是他径直走进平静的河流里。在河里，可能一开始会感觉有点难受，但是灵魂能从肉体中解放和拯救出来并得到安宁！噢，他想要的就是安宁！是安宁！但不是那种虚无缥缈和麻木的安宁，而是那种阳光照耀之下，怀着美好、平静的思绪的安宁。

这一刹那间，他的内心汹涌着对生活深深的热爱，对失去的幸福充满了渴望。他环顾四周，周围一片静谧。他看见河水在阳光下淙淙地流淌，青草在风中摇曳，点缀在草丛中的鲜花盛开，但是它们也要枯萎、凋落。他看到了所有的一切，都默默地服从命运的安排——突然他内心又涌现出一个美好的想法：也许接受命运的安排，就可以在变化多端的命运面前更加协调地安排生活。

他想起三十岁生日的那天下午。那时他对自己宁静的内心十分满意；那时他展望未来，没有恐惧也没有奢望。他看不到光明也看不到阴影，他觉得他的一切都在一片朦胧之中，而且这片朦胧最终会不知不觉地陷入黑暗。他带着宁静和从容的微笑迎接未来的岁月。这是多久之前的事情呢？

这时候，这个女人出现了。她一定会出现，这是他命中注定的。她这个人本身就是他的命运，而且也只能是她！他不是从最初那一刻就感受到了吗？她出现了，尽管他努力维持内心的宁静，但她还是在他的心中激起千层浪，让他内心翻滚着激情。这种激情是他从青年时代起就一直压抑着的，因为他预感到，这种激情会让他遭受痛苦和走向毁灭。但是现在，这种激情以可怕的、无法抗拒的力量抓住了他，简直快让他毁灭了！

这种激情企图毁灭他，他已经感受到了。既然如此，为什么还要苦苦挣扎、自寻烦恼呢？一切听天由命吧！让他走自己的路，闭上眼佯装看不到深渊；让他听从于命运，屈服于那种既甜蜜又苦涩的痛楚带来的横扫一切的力量，因为自己是无法逃脱这种力量的。

水波粼粼，茉莉花散发出浓郁的芳香，鸟儿在周围的树丛里啁啾。树丛间露出的一方天空好似一块厚重的蓝色天鹅绒。驼背的弗里德曼先生没有从长凳上起身，他继续坐在那里，很久，很久。他俯下身子，把头埋在手里。

十四

大家一致认为林林根府上举办的聚会很成功。在宽敞的餐厅里，大约有三十几个人坐在布置精美的长餐桌旁用餐。仆人和另聘的两个服务生匆匆忙忙地为客人们端来冷饮。房间里觥筹交错，食物的腾腾热气混合着香水的气味，弥散开来。宾客包括那些和蔼可亲的批发商们和他们的妻女们，还有驻军里几乎所有的军官们，还有一位受人敬爱的老医生和几位律师以及一些社会名流。

到场的还有一位学数学的大学生，他是中校的侄子，当时正好来探亲。现在他正与哈根斯特鲁姆小姐畅谈，这位小姐恰好坐在弗里德曼先生对面。

弗里德曼先生坐在精美的天鹅绒座椅上，位于餐桌的下端。他身旁坐着的是长相平凡的中学校长夫人，距离林林根夫人的座位不是很远。林林根太太在参议员施泰芬斯先生的陪同下入席。您要是看到弗里德曼先生此时的模样肯定会大吃一惊。在这几天里，他身上发生了惊人的变化。他的脸色惨白，也许是因为屋里煤气灯光线的缘故，他的两颊凹陷下去了，两只眼睛布满血丝，眼圈也是乌黑的。他整个人都显得郁郁寡欢，看起来比以前更为畸形。他喝了不少酒，偶尔也会和邻座的女士交谈几句。

席间，林林根夫人没有和弗里德曼先生说过一句话。现在，她转过身对他说：

“这些天我一直等您来看我，等给我演奏小提琴哩！”

他茫然地看了她一会，她今天穿了件轻盈的浅色晚礼服，白嫩的颈子露在外面。她光洁的头发上插着一支盛开的“马夏尔·尼尔”玫瑰花。今天晚上，她的双颊泛着些许红润，但是她的眼角如往常一样笼罩着淡青色的阴影。

弗里德曼先生低头盯着自己的餐盘,苦思冥想该如何回答。后来他又不得不回答中学校长夫人提出的问题——他是否喜欢贝多芬。这时坐在餐桌上端的中校瞥了他妻子一眼,然后轻轻敲了敲酒杯说:

“女生们,先生们,我建议咱们到其他的几个房间里喝咖啡吧。而且,今天晚上花园里很是惬意,如果谁想到那里呼吸新鲜空气的话,那么我一定奉陪。”

戴德斯海姆少尉机智地说了句笑话,打破这时尴尬的沉默。于是,大伙就在一片欢乐的笑声中站了起来。弗里德曼先生和身旁的女士是最后离席的。他陪着她穿过一间古德意志式的房间,那里有几位客人已经开始抽烟了。接着,他们到了昏暗但十分舒适的客厅里,在那里他们分道扬镳了。

弗里德曼先生衣着打扮十分考究:晚礼服无可指摘,衬衫白得发亮,秀气的小脚上是一双漂亮的漆皮鞋。人们还能不时地看到,他穿着一双红丝袜。

他向走廊看去。有几个人已经走下楼梯,到下面的花园里去了。不过,他仍然坐在古德意志式的房间里,屋里还有几个男士站在一起聊天。他一边抽着雪茄,一边喝着咖啡,眼睛却不停地张望着客厅。

在客厅门的右边,一伙人围着圆桌坐下。坐在中间的是那位大学生,他正在激昂地发表什么言论。他提出一个论点:通过一点可以画出一条以上的平行线。但是,哈根斯特鲁姆律师夫人却喊道:“这是不可能的!”于是,大学生就振振有词地阐述他的论证,而大家也都装出一副听懂的模样。

在房间后面是一张没有靠背的长沙发。格尔达·封·林林根夫人坐在沙发上与年轻的斯特凡小姐聊天。她们旁边是一盏罩着红色灯罩、不太高的落地灯。林林根夫人斜倚着黄色的丝绸软垫,跷着腿,慢悠悠地吸着一支香烟,然后从鼻孔喷出烟,当然,她还撅起了下嘴唇。斯特凡小姐则笔直地坐在她旁边,僵硬得就像一根木雕，在答话时还会露出紧张的微笑。

没有人注意到矮个子弗里德曼先生，谁也没有发现他正睁大眼睛注视着林林根夫人。他懒洋洋地注视着她，眼神里没有激情也没有痛苦，一副麻木不仁、死气沉沉的表情。他已经无能为力了，已经不由自主地沦落了。

就这样，时间过了大约十分钟，林林根夫人突然站了起来。她并没有正眼看他，好像她本来就一直悄悄地观察他似的。她一直走到他面前，在他面前停了下来。他站起来，仰头看她，然后听到她说：

"弗里德曼先生，您愿意陪我到花园里逛逛吗？"

他回答：

"我很愿意，林林根夫人。"

十五

"您还没有参观过我们家的花园吧？"她在下楼的时候问他，然后接着说，"花园很大。但愿那儿人不会太多。我很想出来透透气。刚才吃饭的时候，我的头很疼，也许红酒对我来说太烈了……我们得穿过这扇门。"这是一扇玻璃门，他们穿过玻璃门后就从前厅踏上一条窄小而凉爽的走廊，再向前走几步就到了外面。

这真是一个美好的夜晚！天气温暖，星光灿烂，花坛里散发着浓郁的花香。天空中悬挂着一轮满月，花园沐浴在一片月色之中。客人们在闪烁着银色光芒的砾石路上漫步，一边抽烟一边聊天。还有一群人围在喷泉边，其中一个是那位受人爱戴的老医生。他把一只纸船放在水里，纸船漂来漂去，逗得大家哈哈大笑。

林林根夫人经过他们的时候，向他们微微点头致意。同时，她用手指向远处。在那儿，花香浓郁的小花园被掩盖在大公园的黑暗下面。

"我们走到那边的中间路上吧。"她说。在那儿的入口处，立着两座低矮而宽阔的方尖塔。

在那条笔直的栗树林小路的尽头，他们看到河水在月光下发出绿油油的微光。周围是一片黑暗。空气凉爽。不时会有一条小路从旁边岔开，这些小路曲曲绕绕地通向河边，只是有点远。在好长一段时间里，周围听不到一点声音。

“河边有个地方，”她说，“我经常去那儿。我们可以坐在那聊几分钟。您瞧，树叶间能看到星光闪耀。”

他没有答话，只是注视着泛着绿光的水面，他们越来越靠近水边了。远处的河岸依稀可见，河岸旁边是公园和老城墙。在路的尽头，他们踏上了斜向河流的草坪。这时，林林根夫人说：

“这儿右拐一点就是我经常来的地方。您看，这儿一个人也没有呢。”

他们坐在小路斜后方的一条长凳上，离公园有五六步的距离。这里比宽阔的树丛里更加暖和，蟋蟀在草丛中鸣叫，草丛紧靠河流，中间稀稀落落地长了一些芦苇。月色下的河流发出柔和的光芒。

他们望着水面，沉默了一会。突然，他惊骇地听到她那柔和而又忧伤的声音，他一星期前就已经听到这种声音了，现在，这声音再一次打动了他。

“您是什么时候落下残疾的，弗里德曼先生？”她问，“您是生来就是这样的吗？”

他咽了一口唾沫，感觉自己的喉咙好像被什么卡住了。接着，他规规矩矩地低声答道：

“不，尊贵的夫人。我在很小的时候被保姆摔到地上，然后就变成这样了。”

“您多大年纪了？”

“三十岁了，尊贵的夫人。”

“三十岁，”她重复说，“这三十年来，您一直都不快乐吧？”

弗里德曼先生摇摇头，嘴唇直哆嗦。“不，”他回答，“认为我不快乐的观点是与实际不符的。”

“那么您认为您快乐喽?”她问。

“我尽力这么做。”他说。

“您倒是很勇敢。”

一分钟过去了。蟋蟀在唧唧地鸣叫,他们身后的树枝也发出沙沙的声响。

然后,她说:“我对不幸有一点儿体会。河边的夏日夜晚是不幸最好的解药。”

他没有答话,只是虚弱地指向宁静和漆黑的河对岸。

“那天我坐在那……”他说道。

“在您上次离开我之后吗?”

他点点头。

突然他浑身战栗,从凳子上一跃而起,呜咽着发出一声哀叫。这是他内心的悲鸣,也是他内心苦闷的发泄。然后,他慢慢地蜷缩在她面前的地面上。他用手去摸她搁在长凳上的手,握住了,然后又伸手抓住她的另一只手。这个矮小的畸形人跪在她的面前,痉挛着,颤抖着,把头埋在她的怀里。他气喘吁吁,用几乎不是人类的声音,嗫嚅地说:

“您知道我的心意!您知道我……让我……我不能再……噢,天哪……天哪!”

她没有推开他,也没有把头俯向他,只是笔直地坐着,微微后仰。她那双间距很近的小眼睛似乎映出了湖面的光芒。她越过他的头呆呆地望向远方。

过了一会,她猛地推开他,发出短促、傲慢、嘲讽的笑声。她的手挣脱开弗里德曼热得发烫的手,一把抓住他的胳膊将他从侧面摔倒在地。然后她纵身跳起来,很快就消失在花园的小路上。

他躺在那儿,脸埋在草丛中,浑浑噩噩,十分绝望。他的身体直打哆嗦。他勉强站了起来,走了两步,但是又摔在地上。他的身体卧倒在河边。

对于刚刚发生的事,他心里到底有什么样的感受呢?她曾经用目光使他谦卑时,他感受到一种对自我欲望的憎恶。也许就是那种憎恶的感觉。现在她又把他当作一条狗那样摔倒在地，他的这种憎恶由于绝望而变成了疯狂的愤怒。这种愤怒使他开始痛恨自己，渴望毁灭掉自己，渴望将自己撕成碎片，让自己永远消失……

他匍匐在草坪上，向前挪动几步，然后抬起上身，扑进了河里。他没有再次仰起脑袋，尽管他的腿还在岸上。

水花飞溅，水声盖住了蟋蟀的鸣叫。但只过了一会儿，就又听到它们的唧唧声了。公园里传来沙沙的声音，长长的小路上则回荡着低沉的笑声。

小　丑

我的生活结束了，我的生命也结束了，伴随着我满心的厌恶也结束了。但这确实是我应得的结局！我所有的情感都是厌恶，我厌恶所有的一切！而这种厌恶也让我窒息，让我发狂，让我陷入深深的绝望。迟早有那么一天，我会因为这种厌恶给这件荒谬又可笑的事情做个了结，然后转身而去。的确如此，我很有可能外出一两个月，或者三个月，甚至半年。我也会继续吃饭、睡觉和忙些别的事情，以同样机械的、平静的、有序的方式，就像我这个冬天表面上的生活那样。与此形成强烈对比的是，我的内心四分五裂，濒临崩溃。一个人内心越是狂躁不安，烦躁纷扰，他的外表看起来越是安详平静，仿佛与世隔绝。没办法，日子总得过下去——要是你拒绝这样的表里不一，只想退隐，安安静静地做一个遁世者，那么生活上的突然改变会侵袭你的内心，检验你的品格，看你到底是英雄还是傻瓜。

我已经准备好一个新的笔记本，以记下我的“故事”。为什么要这么做呢？也许是因为可以找点事儿做？也许是出于对心理研究的喜爱，觉得有必要研究以便放松自己？必要性多么给人安慰啊！也许只是为了享受偶然地超越自我，偶尔用无所谓的态度审视自己？因为我意识到无所谓有时候也是一种幸福。

一

感觉就好像是很久以前的事了。我的故乡是座古老的小城。小城里，房屋的山墙面向狭长、弯曲的街道，哥特式的教堂和喷泉静静地矗立在那儿，淳朴又正直的居民整日忙忙碌碌。城里有一幢高大的贵族公寓，因年代久远房子已变成了灰白色。这就是我长大的地方。

房子位于小城的中央，这里曾居住过四代有名望的富商。前门上面钉着“祈祷与工作”的标牌。门厅是用石头砌成的，很宽广，四周是一圈白色的木头回廊。如果从门厅踏上旁边宽大的台阶，再穿过一个宽阔的前厅和一个昏暗的圆柱式小厅，然后通过一扇高大的白门，就能进入客厅。客厅里，我母亲坐在三角大钢琴旁弹琴。

厚实的深红色窗帘挂在窗前，她就坐在一片昏暗的朦胧之中；墙上白色的神像好似要走出蓝色画面，变为立体，来聆听肖邦夜曲厚重低沉的起始音。我母亲尤为喜爱这首夜曲，她每次都弹奏得很慢，仿佛要充分享受每个和弦的忧伤。大钢琴已经很老了，音量受损不像以前那样洪亮，但是钢琴踏板让高音有点暗哑，却能达到极为奇特的效果，让人联想到没有光泽的银器。

我坐在宽大的硬靠背绸缎沙发上，倾听着母亲的弹奏，并凝视着她。她个子娇小，身材玲珑，大多数时候穿着一条灰白色软料子的长裙。她那消瘦的脸庞虽然不是很漂亮，但是在分梳到两边、稍卷曲的淡金色的头发下面，是一个安静的、温和的像孩子正在幻想的脸。当她坐到钢琴旁，头稍微偏向一边，她就像古画上那些坐在圣母的脚边弹奏吉他的天使，那么地娇小和动人。

当我小的时候，她常用温柔低沉的声音给我讲童话故事，讲那些别人都不知道的故事；有时，她会把手放到我的头上，而我把头靠在她的怀里，静静地坐着，一动不动。我想，那是我一生中最幸福，最安宁的时光。那时她的头发还没有变成灰色，当然对我来说她从来没有变老。只是她的身体越来越虚弱，脸更加消瘦，神情更加安详，更沉迷于幻想。

我的父亲是一个宽肩膀的高大男子，穿着精致的黑色西服和白色马甲，马甲上挂着一副金边夹鼻眼镜。他的下巴浑圆，如上嘴唇一样刮得光洁，从短短的灰白连鬓胡子中间露出来，向前突起。他的眉毛中间经常有“川”字形皱纹。他是一个强壮的男人，对于公司事务很有影响力。我常常看到一些人离开他办公室时眼神闪烁，呼吸急促，异常兴奋，而有些人则黯然沮丧，非常绝望。之所以对父亲有这样的印象，也许是因为我、母亲以及我的两个姐姐亲眼目睹过这些场景。也许是因为父亲想要向我灌输雄心壮志和远大抱负，希望我像他一样能在世上有所作为。也许是因为像我疑心的那样，他需要一个观众。他有个习惯：喜欢倚在椅子上，一只手插在西服上衣的翻领里，目送着那个兴奋的人或沮丧的人离开。这让我从小就有这种怀疑。

我坐在一个角落里，打量着我的父亲和母亲，仿佛要在他们二人之间进行选择，思考究竟是在幻想中还是实干中生活得更好。最后，我的目光落在母亲那张平静的脸上。

二

也不能说我的外表和母亲相似，因为我大部分的日常活动并不是安安静静、悄然无声的。我记得其中的一项活动，那是我非常喜爱的，那种热情甚至超过与同龄孩子交往、玩耍。直到现在，我快三十岁了，只要一想到它就会满心欢喜。

那是一种背景宏大、道具精良的傀儡戏，而且是我自编自导的。我把自己一人关在房间里排练，上演那些奇妙的音乐剧。我的房间在三楼，房内挂着两幅祖先神秘的画像，画上的祖先蓄着华伦斯坦式的胡子。在房间里，我先遮住外面的光线，然后在舞台旁放一盏灯，因为人工照明对于增强戏剧效果是必不可少的。我还是乐队指挥，所以我径直在舞台前就坐。我的左手放在一个大大的、圆圆的硬纸盒上，这是我这支乐队唯一看得见的乐器。

现在，参与演出的艺术家们要进场了。这些艺术家都是我自己用笔蘸墨水在纸上画出来的，然后再剪下来粘到木条上，这样他们就能站得住了。先生们穿着大衣，戴着礼帽，女士们也非常漂亮。

“晚上好，”我说，“诸位都好吗？我已经到场了，因为还要做出几项规定，不过就要到了，大家抓紧时间更衣吧！”

人们都进入了后台的更衣室，一会儿又走了出来，完全变了样，装扮成了形形色色的戏剧人物。我在帷幕上剪了一个洞来看看房间里是否安排好了，事实上安排得很不错。于是，我拉响了铃声，宣布演出开始了。接着，我举起指挥棒，享受这一动作带来的肃静。很快随着我下一个动作，急促低沉的鼓声响起戏剧的前奏，这是我用左手在硬纸盒上敲出来的。小号、单簧管和竖笛也一起响起来，这些声音都是我用嘴巴模拟出来的，方式无可匹敌。音乐声继续，直到一个强有力的渐强音出现，帷幕升起，音乐剧开始了！场景可能是阴暗的森林，也可能是华丽的大厅。

尽管我事先会在脑海里构思情节，但是到具体表演时我也会即兴创作。于是，房间里响起了激情悦耳的歌声，单簧管吹出颤音，硬纸盒被敲得隆隆作响。这些都是奇特的、响亮的诗歌，充满了伟大和奔放的词句。这些词句有时也很押韵，然而很少有意义。音乐剧继续演下去，我左手敲鼓，嘴巴唱歌和奏乐，右手指挥角色演出和安排其它琐事。因此，每一幕结束后都会响一阵热烈掌声，帷幕不得不一再拉开。有时候，乐队指挥也要从座位上转过头来，自豪而又讨好地向全场致谢。

的确，每当竭尽全力表演过后，大汗淋漓地收拾我的剧团的时候，我总是感到既疲惫又幸福，就像一位伟大的艺术家竭尽所能，胜利完成他的艺术创作的感觉一样。

三

我的童年和少年时代究竟是如何在这幢大房子里度过的？那时，我的父亲在楼下的房间里处理公事。我的母亲坐在楼上一张扶手椅上遐思，或者若有所思地温柔地弹钢琴。我的两个姐姐分别比我大两岁和三岁，在厨房里和衣橱边忙碌。关于那时的情形，我就只记得这么一点。

但可以肯定的是，我是一个十分活泼的少年，善于通过我优越的出身，惟妙惟肖地模仿老师，表演各式各样的杂耍和用客套话左右逢源,在同学间赢得爱戴和尊敬。可是,我在课堂上却表现很糟糕,因为我把注意力都放在寻找老师动作中的滑稽之处,对别的事无法集中注意力。而到了家里,我满脑子都是歌剧素材、诗句和乱七八糟的东西,所以无法认真地学习。

“哼!”父亲嗤之以鼻,眉毛间的“川”字更加明显。每当午饭后我把学校的成绩单送给在起居室的父亲,他站着把手插在上衣翻领里看完那张纸后,总是会这么说。“你就故意不让我高兴,真的。你说说,你以后能有什么出息?你生活永远入不了上流……”

这可真令人沮丧。可是,这并不妨碍我在同一天晚饭后给父母亲和姐姐们朗读我下午写好的诗。我读的时候,父亲哈哈大笑,笑得夹鼻眼镜在白马甲上晃来晃去。“真是胡闹!”他一次又一次喊道。但是,母亲把我拉到身旁,把我前额头发撩到后面,说道:“一点也不差,孩子,我觉得有几处写得很优美。”

后来,我年纪又稍大点,学会自己弹钢琴。我开始弹奏F大调和弦,因为我觉得那些黑色的琴键特别迷人。我还尝试向别的乐调过度。我每天都在钢琴旁坐上好几个小时,渐渐地,我能稍熟练地在无节奏和无旋律间进行和声转换,转换时我总是尽可能地表现这种神秘的起伏。

我母亲说:“他的指触感很好,这说明他有很好的审美感。”她安排我上了六个月的钢琴课,不过因为我实在没能掌握准确的指法和节奏只好作罢。

就这样,光阴如梭,虽然学校让我苦恼,但我还是快乐地长大成人。我在亲戚和朋友圈子里,轻松愉快,很受大家喜爱。我机灵活泼,很有魅力,因为我想扮成一个讨人喜欢的人,虽然我已经开始本能地讨厌那些枯燥乏味,毫无想象力的人。

四

我十八岁左右,是准备升入高年级时候了。一天下午,我偷听到父亲和母亲在客厅里的一次短暂对话。他们坐在圆形的沙发桌旁，不知道我就在隔壁餐厅里，百无聊赖地躺在窗边，仰望着山形墙屋顶上方的苍天。当我听到他们提到我的名字，我踮着脚躲到半掩的双扇白门后。

父亲坐在椅子上，倚在椅背上，跷着二郎腿。他腿上的那只手拿着交易所的文件，另一只手缓缓地摸着络腮胡间的下巴。母亲坐在沙发上，平静的脸贴向手中的针线活。一盏小灯就立在他们中间。

父亲说："我的意思是，他该退学到一家大商号里锻炼锻炼。"

"噢，"母亲叫道，沮丧地向上看了一眼，"他是个多么有才华的孩子啊！"

父亲沉默了一会，仔细吹掉外套上的一点灰尘。然后他耸了耸肩，伸出胳膊，向母亲摊开手掌，说道："如果你认为，亲爱的，光有才华就能做好生意，那么让我告诉你，这种看法是错误的。无论如何，我很遗憾地告诉你，我越来越觉得这孩子在学校里是没什么作为的。你所谓的才华，只不过是滑稽的模仿，是一种小丑的才能——我还得补上一句，我当然不是轻视这种才能。他想讨人喜欢的时候，就能左右逢源；他知道如何与人们打交道，如何取悦他们，如何迎合他们。如果他真需要讨人喜欢，就能做到。许多人凭着这样的才能已经发家致富。根据他的无所谓态度，我敢说他适合做个商人，而且事业也会相当成功。"

父亲表达完自己观点之后，满意地往身后一靠，从烟盒里拿出烟，从容地点着了烟。

"毫无疑问，你是对的，"母亲说，眼睛难过地环顾房间，"我只是有时候想，或者说是期望吧，他将来有一天能够成为艺术家……诚然，他的音乐才能从来没有经过训练，我们也不能指望他在音乐上能有什么作为。但是你有没有发现，自从他参观过那个小型画展后，最近有点关心作画了？我觉得他画得一点不差。"

父亲吐出一口烟，在椅子上坐正身子，简洁地说：

"那全是滑稽戏法和恶作剧。当然，咱们不妨问问他自己的想法，只有这样才合理。”

我自己的想法！我能有什么想法呢？但是，能够改变外部生活环境让我高兴。我摆着一副郑重其事的面孔表示我愿意离开学校，成为一个商人。于是，我正式成为施里弗克特先生木材行里的学徒。那个木材行就在河流的下游。

五

毋须多言，变化纯粹是表面的。我对施里弗克特先生木材行的生意兴趣微弱。我坐在我的转椅上，坐在煤气灯下，感觉昏暗狭窄的办公室就像学校一样，有同样的陌生和空虚。只是我不用那么担惊受怕，这是唯一的不同。

施里弗克特先生身材肥胖，脸庞绯红，留着硬邦邦的灰白色水手胡子。他不怎么留意我，因为他大多数时间都待在锯木厂里，锯木厂离商行和贮木场都有些远。他的雇员们对我都很尊重。我跟他们其中一人较为熟悉，关系也比较好。那人是一个有才华的、愉快的年轻人，出身也好。我在学校就已经认识他了，他叫施林。与我一样，他对周围每个人和每件事都取笑一番。但是，他对木材行的生意表现出浓厚的兴趣，没有一天不表示他最终的目标就是想方设法成为富人。

而我呢，就只是机械地完成我的任务，其余时间就在贮木场的木材堆和工人们之间闲逛，隔着高高木栅栏凝望那条河流，偶尔会有一列火车缓慢地驶过。此时，我还会想着看过的某部话剧，听过的某场音乐会，或者读过的某本书。

我读过很多书，实际上，只要能到手的书我都会读，而且我极易被感动。我对作者们的品格有种直觉的理解，仿佛能够从他们当中看到自己的影子。我会在很长一段时间里一直思考一本书，感受书的风格，直到有另外一本书又打动了我。我坐在以前曾布置为傀儡戏剧场的房间里，把一本书放在膝盖上，仰望着两位先辈的画像，回味着书中的婉转的语言，头脑里满是残缺的想法和幻象，完全一片混乱……我已深深地被作者折服了。

不久，我的两个姐姐先后嫁了出去。当我不去木材行的时候，就到下面的客厅里，母亲经常一个人坐在那里。她脸色有点病态，但神色显得越来越平静和天真。她为我弹奏肖邦作品的时候，我会告诉她一些新的和声技巧。她会问我是否对工作满意，是否幸福……毋庸置疑，我是幸福的。

我才二十出头，我的生活状况只是暂时的。我经常想，我完全不必在施里弗克特先生那，或者别的什么木材行里度过我的一生，不管多么有前途都不行。我告诉自己，有一天我会挣脱缰绳，离开这座小城，远离这些有山墙的房子，住到别的地方，做我喜欢的事情：读些内容美好，创作优雅的小说，看看戏，弹弹钢琴……幸福吗？可是别忘了，我饮食精致，穿衣考究。以前上学的时候，我已经注意到我那些衣衫褴褛的穷同学们出于习惯地服从于我和其他像我这样的人。他们卑微地奉承我们，视我们是发号施令的主人。这让我得意地意识到，我属于精英阶层，属于上流社会，被人羡慕，我生来就有权利善意地蔑视那些贫穷的人，那些不幸的人，那些嫉妒我们的人。我哪有理由不幸福呢？我乐于顺其自然。暂时，我乐于做个有魅力的人，在亲戚和朋友中左右逢源，从容得意。我嘲笑他们思想狭隘，枯燥乏味，但是我又颇为卖弄地以洒脱的态度对待他们。他们对我的态度和我的性格感到既困惑又敬畏，而我自己也陶醉于他们这种困惑的敬畏之中，因为他们并没有能够从中揣测到我性格中那些相反和极端的东西。

六

我父亲的身体开始有了些变化。每当他下午四点钟与我们一起就餐的时候，他眉毛之间的“川”字更加明显。他再也不威风凛凛地把手插进上衣的翻领里，而是神情紧张，心情压抑，举止胆怯。有一天，他对我说：“你已经长大了，能够与我一起分担让我身体不适的忧虑了。无论如何，我有责任让你知道我在忧虑些什么，以防你对将来的生活抱有错误的期望。你也知道，你两个姐姐的出嫁花了家里不少钱，最近公司生意又亏本，这使我们的家产大大缩水。我已经是个老人了，已经失去信心了，我不相信情况会有根本性的改观。我必须让你知道，你得靠自己赚钱生活……”

这些话是在他去世前大约两个月的时候说的。一天，有人发现他瘫倒在他个人办公室的扶手椅上，脸色蜡黄，身体瘫痪，口齿不清。一周后，全城的人参加了他的葬礼。

母亲静静地坐在客厅圆桌旁的沙发上。她看上去很虚弱，而且她的眼睛大多是闭着的。当我和姐姐们问她有什么需要时，她可能会点点头，微微一笑，然后又继续静静地坐在那，一动不动；她两手交叉放在腿上，瞪着眼睛，漠然、伤心地望着墙纸上的某个神像。当穿着双排扣西服的先生们来汇报公司清算结果时，她也同样是点点头，然后又闭上眼睛。

她不再弹奏肖邦的作品，有时她会抚摸头发，每当这个时候她那苍白、柔弱、疲惫的手就颤抖不止。父亲去世后才半年，她也倒下了。她去世的时候没有一声痛苦的叫喊，也没挣扎，就这样平静地走了……

现在一切都结束了。有什么可以让我留在这个地方呢？生意也结束了，不管是好是坏，我最后得到的遗产大约有十万马克。这足以让我独立了——彻底地独立了，特别是由于某种原因，我也不需要服兵役。

我与看着我长大的那群人再也没有联系了。他们看我的目光越来越陌生和惊讶，他们对生活的看法太狭隘，我现在已不愿意去迎合。确实，他们对我的了解并没有错——我绝对是个没用的人。我也承认这一点。但是，我也对此持怀疑的态度，因为我父亲形容我的“滑稽小丑的才能”的说法让我不相信什么宿命了。我愉快地决定以我自己的方式享受生活，对此我十分满意。

我接受了我那份小小的家产，几乎没有告别就离开了生我养我的小城，开始了我的旅行。

神的光辉

一

慕尼黑阳光明媚，天空如蓝绸缎般闪闪发光。在蔚蓝的天空下，有繁华的广场、白色的柱廊、仿古纪念碑、巴洛克式教堂，还有宫殿、喷泉和公园。这是六月初晴朗的一天，街道宽敞，景色怡人，树木绿意甚浓，一切都沐浴在明媚的阳光之中。

所有的街道都充斥着婉转的鸟鸣和人们窃窃私语时的欢笑声……在广场上、房屋里，都可以看到，居民们在这座美丽的城市里安逸快乐、自由自在地生活。来自世界各地的游客们乘坐着雅致的马车，缓缓前行。他们对一切都很好奇，不时地打量左右两旁建筑物的院墙，或下车踏上博物馆门前的石阶。

许多窗户都是敞开的，音乐声从窗户里飘到街上，这是艺术爱好者在认真、热情地练习钢琴、小提琴或者大提琴。而在市政音乐厅里传出来的琴声，是专业的音乐家们在三角大钢琴旁严肃地演奏。

吹着口哨的年轻人，在外套口袋里装着文学杂志。白天，他们或是在街上闲逛，或是出出进进于大学和国立图书馆；夜晚，他们挤在现代剧院的后排。艺术学院的附楼延伸到土耳其街和胜利门之间。学院前面停着一辆豪华的马车。大门前的斜坡上或站或坐或躺着形态各异的模特，他们是身穿阿尔巴尼亚服饰的老人、孩童和妇女。

在城市北部，人们在长长的街道上从容地闲逛。在这儿人们没有被盈利的欲望吞噬，只是安闲地过日子。青年艺术家们，后脑勺扣着小圆帽，胸前随意地系着领带。他们靠画彩色速写支付房租，生活得无忧无虑。他们在早晨出门散步，从明媚的阳光中寻找着艺术的灵感。他们的目光追随着那些稍微有些丰满的漂亮姑娘们，望着她们深褐色的皮肤，她们头上的发结，她们稍大的脚板，还有她们活泼可爱的举止……每五个房子里就有一个是艺术家的工作室，房间有着闪闪发光的窗户玻璃。通常，在一排单调的建筑中，突然会有某位青年艺术家充满幻想的杰作脱颖而出：建筑宽阔，表面装饰奇特，极具个性和创新。或者，突然在一个单调的建筑前，你会看到一个大胆的即兴之作，线条流畅，色彩明快，表面还雕着酒神的信徒和玫瑰色人物的胴体……

在艺术品工坊和时髦的奢侈品商店的窗前徜徉总是让人心情愉悦的。这里的东西是多么地富有想象力，线条是多么地流畅啊！真是令人心情舒畅，使人想开怀大笑！城市里到处都是售卖雕塑、相框和古董的小商店，橱窗里，十五世纪佛罗伦萨妇女的半身像玲珑有致，让人浮想联翩。在这些小商店中，就连最小的那家商店的主人也会与你大谈多纳泰罗[①]和米诺·达·费埃索莱[②]，好像他们已经亲自授权让他复制作品似的……

但是，在音乐厅广场上，在镶嵌着不同类型石头的宏伟拱廊边，在皇宫的斜对面，总是有一大群人挤在艺术品商行宽大的橱窗和陈列柜周围——那是布吕顿茨威格先生的艺术品商店。华美的展品是多么让人赏心悦目啊！艺术馆里有全世界所有画廊里的大师佳作的复制品，它们被镶嵌在色彩考究、装饰精美的昂贵画框中，让人觉得既真实又珍贵。这些仿制品以幽默和写实手法将古典艺术的幻想再现到生活中，让人的所有感官都为之一快。现代油画的摹品、文艺复兴时期的完美雕塑、赤裸的青铜人像、易碎的雕花玻璃器皿、由于长期金属雾化而变得色彩艳丽的

---

① 多纳泰罗（1386—1466），意大利早期文艺复兴第一代美术家，也是十五世纪最杰出的雕塑家。

② 米诺·达·费埃索莱（1387—1455），意大利文艺复兴时期的画家。

高挑陶瓶、流行的新式装帧的抒情诗人的精装书……这中间还悬挂着艺术家、音乐家、哲学家、演员和诗人的画像,可以满足大众对名人的好奇心。在紧挨着书店的第一个橱窗里,在画架上陈列着一幅巨大的画像,画像前人潮涌动。那是一幅基调为红褐色的画像,镶嵌在暗金色的相框中。这是一件引起轰动的展品——是这一年的国际展览会上最为杰出作品的复制品。仿古样式的展览广告张贴在广告柱上的音乐会广告和艺术性化妆品广告之间,吸引人们前往参观。

环顾四周,看一看书店的那些橱窗吧!你会看到这些书,譬如《文艺复兴以来的室内装潢艺术》、《培养色感》、《现代艺术业的文艺复兴》、《作为艺术品的书籍》、《装饰的艺术》和《渴望艺术》等等。要知道,这些启蒙性著作的读者数已达成千上万,而且,在夜晚拥挤的大厅前,大家讨论的话题也集中在这些著作上……

如果运气好,你甚至能碰到一位那些大师作品中出现过的贵妇人,她们既富有又美丽,染着红色头发,戴着钻石项链。她们迷人的颜容通过天才肖像画家之手得以永世留存,而她们的风流韵事则被全城的人津津乐道。她们是狂欢节里艺术家舞会上的女王。她们略施粉黛,魅力四射,风情万种,惹人爱慕。看,那儿就有一位大画家和他的情人坐在马车上,他们正向路德维希大街驶去。人们手指马车,驻足观望那对爱侣,有许多人向他们问候致意,警察们也立正向他们致敬。

在这里,艺术统治了一切。艺术拿着玫瑰花枝缠绕的权杖,微笑着伸向全城。艺术在此会继续繁荣下去,因为这里充满着对艺术的期待和关切,充满着对艺术全心全意的研习和传播,充满着对线条、装饰、造型、感觉和美的崇拜……慕尼黑光芒四射。

二

一个年轻人沿着施林街走来。走在路中间的石头街面上,他在自行车铃声的包围中向高大的路德维希教堂的正门走去。看到他，你会感到太阳仿佛蒙上了一片乌云，心头仿佛被过去某个黑暗的记忆所笼罩。难道他不喜欢洒向这座城市的快乐阳光吗？为什么他走路的时候眼睛紧盯着路面，全神贯注地想着心事，对周围的一切都不闻不问呢？

他没有戴帽子，在这衣着随意的城市里是不会惹人反感的，他把斗篷的兜帽戴到了头上代替帽子，遮住了他那棱角分明的低额头，也盖住了耳朵，好像给他那瘦削的脸加了一个框。他内心到底是遭受什么样的烦恼、疑虑亦或困难的折磨，以至于双颊凹陷？在这样阳光明媚的日子里看到一个人脸色暗沉，岂不是很可怕？他那两道乌黑的眉毛，紧皱在长长的鹰钩鼻的鼻根两旁，嘴巴很大，嘴唇很厚。每当他抬起间距很小的褐色双眼，他那棱角分明的额头上就出现一道道皱纹。他的眼神里流露出对苦难的会意。从侧面看，这张脸就像一幅保存在一间佛罗伦萨狭小、阴冷的僧房里的肖像画，而僧人之所以要画这幅肖像画是要向生活的胜利发出恐怖的、毁灭一切的抗议……

他的名字叫希洛尼姆斯。现在，他双手紧紧地扣住斗篷，迈着缓慢而坚定的步子，沿着施林街前行。两个丰满漂亮的大脚女孩，头发上扎着发带，举止得体，手挽着手，从他身边快活地走过去。当她们经过他的时候，推推撞撞，笑话着他的兜帽和他的脸，她们笑得前俯后仰，然后又跑开了。但是，他对此毫不关心。他低着头，一点不东张西望。他穿过路德维希大街，踏上了教堂的台阶。

教堂的中间大门敞开着。在昏暗的祈祷灯光中，香烟萦绕，让人感到潮湿、清冷和沉重。远处似乎有一点淡红色的微光。一个眼睛通红的老妇人从祈祷凳上站起来，拄着拐杖，在大厅的柱子中间蹒跚穿过。除此之外，教堂里空无一人。

希洛尼姆斯从水盆里沾了点水，拍拍额头和前胸，在大祭坛前弯弯膝盖，然后又站到教堂中央。他一动不动地直立在那，仿佛变成了一座雕像。他高抬着头，大大的鹰钩鼻带着威严的表情从嘴唇上面凸起，眼睛不再望着地面，而是大胆地看向前方，看着大祭坛上的耶稣受难像。他就这样无声无息地站了一会，然后他又屈了下膝，后退，最后离开了教堂。

他再次沿着路德维希大街往前走，迈着缓慢而又坚定的步子。他走在路中间没有铺石头的车行道上，向宏伟的柱廊和柱廊旁边的雕像走去。他走到音乐厅广场后，抬起眼，棱角分明的额头上又出现了皱纹。他放慢了脚步，注意到在布吕顿茨威格艺术馆的宽大橱窗前，聚集了一群人。

人们从一个橱窗前挤到另一个橱窗前，一面指点着橱窗里的精美展品，一面互相交换意见，目光越过别人的肩膀仔细观赏。希洛尼姆斯也挤到人群中，开始一件件地仔细观赏。

他看着来自全世界画廊的那些大师佳作的复制品，造型简单但又贵重的画框，文艺复兴时期的雕塑、青铜人像和雕花玻璃器皿，色彩艳丽的陶瓶，精装的诗集，以及艺术家、音乐家、哲学家、演员和诗人的肖像画。他观赏了所有的展品，每一件都会看上一会。他双手紧扣着斗篷，盖在兜帽里的头随着参观一件件的展品而微微转动，鼻根两边的乌黑眉毛高高地耸起，眉毛下面的眼睛对每个展品都细细地看了一番，露出困惑、冷漠和诧异的神色。就这样他到了第一个橱窗前，在这里，挂着那张引起轰动的画像。他的目光越过挤在前面的人的肩膀，停留在那张画像上好大一会。然后他挤到前面去，贴着玻璃站定。

那张红褐色的画像被精致地装裱在一个古色古香的暗金色画框之中，并被放置在橱窗中央的画架上。那是一幅圣母画像，画法摆脱了习俗，俨然是现代派的作品。圣母的形象具有女性的诱惑力，赤裸且美艳。她那撩人的大眼睛周围是一圈阴影，奇特、优美的嘴唇微笑地半张着。她那纤细的手微微有点神经质的痉挛，抱着一个孩子的臀部。那个孩子身材修长，全身赤裸，抚摸着她的乳房，同时眼睛里闪出智慧的目光，斜睨着参观的人群。

另外两个年轻的小伙子站在希洛尼姆斯的旁边，谈论着这幅画像。他们胳膊下夹着从国立图书馆借来或是要去还的书，显然颇有文化修养，而且通晓艺术和科学。

“见鬼了，他真是一个幸运的家伙！”一个说。

“显而易见，他想别人都羡慕他！”另一个答道，“一个令人起疑的女人……”

“是一个令人疯狂的女人！人们几乎要对圣洁的圣母受孕的教义产生怀疑了……”

“是的，是的，她给人的印象并非完全是圣洁不可触碰……你看过原作吗？”

“当然了，真是摄人心魄。在原画的色彩处理上，她看起来更加迷人……特别是眼睛……”

“确实很像啊。”

“你什么意思？”

“难道你不认识那个模特吗？他是用那个缝帽的小女工当模特的。这简直就是一幅她的肖像画，只是刻意把她画得更加性感……那个姑娘比较朴实些……”

“我希望如此。如果有许多这样可爱的圣母，生活得多费神啊……”

“绘画陈列馆已经把画买下来了。”

“真的吗？咳，咳，当然啦，他们知道自己正在做什么。肌肤的处理和衣服流动的线条描笔的确相当出色。”

“是的，一个很有才华的家伙。”

“你认识他？”

“有一点儿交情。毫无疑问，他以后会飞黄腾达的。他已经两次应邀参加皇家的宴会了……”

说完这些，他们准备道别了。

“今天晚上你去看戏吗？”一个人问道，“剧团今天会上演马基亚维里的《曼陀罗》。”

“噢，好极了！那一定会很有意思的。我本来打算看杂耍的，但是我还是去捧好朋友尼罗可的场吧。咱们晚上见……”

他们走到人群后面，各自向左右两边走去。新来的人站到了他们俩原来的位置，欣赏这幅成功的画作。但是，希洛尼姆斯还是一动不动地站在原处。他的头向前倾，紧扣着斗篷的双手攥成拳头。他的眉毛不像先前因为冷漠、厌恶和诧异向上耸起，而是阴郁地耷拉下来。半掩在兜帽里的双颊似乎比先前更凹陷了。厚厚的嘴唇已变得苍白，没有血色。他的头垂得越来越低，最后眼睛从下方呆呆地仰视那件艺术品。他那个大鼻子的鼻翼不停地颤动。

他这种姿势保持了大约有一刻钟。他周围的人慢慢地来来去去，而他一动不动地站在原处。最后他终于慢慢地，慢慢地，用足跟支撑着转过身，走开了。

三

可是，那副圣母像也跟着他一起走了。不论他是坐在那间既狭窄又简陋的小屋里，还是跪在冰冷的教堂里，圣母的画像总是不停地在他愤怒的心中浮现。画上的圣母长着一双撩人的大眼睛，眼睛四周有黑色的阴影，唇上有一抹神秘的微笑，赤裸且美艳。无论他怎么祈祷都无济于事。

到第三天夜里，希洛尼姆斯收到上帝给他的命令和召唤，要他采取行动来控诉和反对那些无耻之徒的轻浮放浪。起先，他以像摩西一样不善辞令作为推辞，但是毫无用处，上帝的意志坚定不移，他号令如山。希洛尼姆斯必须克服怯懦，直面敌人的嘲笑，完成神圣的使命。

于是，次日上午起床后，他就应上帝的要求动身去艺术馆——那个布吕顿茨威格先生漂亮的艺术品商店。他把兜帽拉起来罩在头上，双手从里面紧扣着斗篷，向艺术馆走去。

四

天气闷热起来，天空灰蒙蒙的，眼看暴风雨将至。又有许多人在橱窗前围观，特别是那扇陈列着圣母像的橱窗。希洛尼姆斯只是向那边瞥了一眼，然后推动门把手，那扇门上贴着海报还挂着艺术期刊。“这是上帝的意志！”他说着，走进了商店。

一个漂亮的年轻姑娘坐在书桌旁，正往一本大账簿上填写什么。她的皮肤是深褐色的，头上系着发结，脚板很大。她向希洛尼姆斯走来，客气地问他需要什么。

“谢谢，”希洛尼姆斯严肃地望着她的眼睛，棱角分明的额头上出现了皱纹，“我要跟商店的老板布吕顿茨威格先生说话。”

姑娘稍稍犹豫了一下，然后转过身，继续干她的事。希洛尼姆斯继续站在商店的中央。

展品在这里堆积如山，足有外面展览的二十倍那么多，而且色彩缤纷，造型繁多，品类丰富。希洛尼姆斯慢慢向两边打量着，然后将斗篷扣得更紧了。

商店里有好几个人。在一张横放的大桌子旁边坐着一位穿着黄西装的先生，他蓄着山羊胡子，正在看一个画夹里的法国画，还不时地发出格格的笑声。服务他的是一个年轻的店员，这个小伙子看起来经济拮据、营养不良。他又给那位先生拖来另外几个画夹。在这位格格笑的先生斜对面是一位高雅的老太太，她正在看时髦的艺术刺绣。刺绣上，奇异巨大的暗色花朵排列在细长、挺立的花茎周围。另有一个店员在接待她。在另外一张桌子旁边坐着一个英国人，他头戴旅行帽，嘴里叼着烟，大大咧咧地坐在那儿。他的脸上刮得干干净净的，穿着耐磨的硬料子衣服，态度冷淡，看不出多大年纪。他正在挑选青铜像，布吕顿茨威格先生亲自招呼他。有个青铜像是一个裸体的小姑娘的雕像。小姑娘还未发育成熟，四肢纤弱，双手娇羞地交叉在胸前。他拿着青铜像的头，慢慢地转动着仔细打量。

“一百五十马克，先生，”布吕顿茨威格先生用英语说，“这是慕尼黑艺术的代表啊，先生。您瞧，她是多么迷人啊，充满了魅力，她就是美的化身啊，先生。真的是太漂亮，太妩媚了，让人心动啊。”接着，他又想起了什么，补充说：“太撩人心弦了啊。”然后，他又从头开始夸起来。

他那位于嘴唇上方的鼻子太过扁平，以至于他呼吸的时候胡子里会不停地发出轻微的呼呼声。有时，他会躬着身子靠近顾客，好像想要嗅什么似的。当希洛尼姆斯进来时，他也以同样的方式草草地打量了他，可是马上又去招呼那个英国人了。

那位高雅的老太太选好了她要的刺绣，离开了商店。又有一位顾客进来了。布吕顿茨威格先生迅速闻了闻他，仿佛要估量他的购买力，然后让年轻的女会计接待了他。那个人只买了一尊皮洛的瓷像——也就是那个了不起的梅迪契之子的瓷像，然后离开了。英国人也准备离开了，他买了那个小姑娘铜像，布吕顿茨威格先生恭敬地送他出门了。然后，艺术品商人转向希洛尼姆斯，走到他面前。

"你需要什么？"他问道，态度可不太恭敬。

希洛尼姆斯从里面用双手把斗篷扣紧，脸部僵硬地盯着布吕顿茨威格先生，脸部肌肉。然后他慢慢张开他的厚嘴唇，说：

"我来这里是为了橱窗里那幅大画像的，那幅圣母像。"他声音嘶哑，脸上毫无表情。

"啊，是啊，当然啦，"布吕顿茨威格先生兴奋起来，开始搓手，"连框子一起七十马克，先生。一口价……这可是一流的复制品，最有吸引力和诱惑力啦。"

希洛尼姆斯没有接腔。商人说话的时候，他垂下罩在兜帽里的头，好像背也有点驼。接着，他又直了直身子，说：

"我应该事先告诉您，我不能，也不打算买什么。我很遗憾让您失望了。如果这让您不高兴了，我很抱歉。但是，首先我没钱；其次我不喜欢您卖的东西。不，我不能买任何东西。"

"你不能……噢，不买……"布吕顿茨威格先生说，喘气声音更粗了，"那么，我想问……"

"如果我猜的没错，"希洛尼姆斯继续说，"您会因为我不能在你这儿买什么东西而瞧不起我。"

"唔……一点也不会！"布吕顿茨威格先生说。"但是……"

"但是，我请您听我说，把我的话放在心上。"

“放在心上。嗯，我想问……”

“您问吧，”希洛尼姆斯说，“我会回答您。我到这儿来是为了让您把那幅画，那幅圣母像从橱窗里搬下来，以后再也不要挂了。”

布吕顿茨威格先生呆呆地盯着希洛尼姆斯看了一会儿，脸上的表情好像在等待希洛尼姆斯因为言语唐突而陷入尴尬，但是这种情况并没有出现。于是他带着更重的鼻音说：

“麻烦你告诉我，你是否有什么官职，来我这儿行使国家赋予你的权力，或者你到底有何贵干呢……”

“噢，不，”希洛尼姆斯答道，“我没有什么官职，国家也没赋予我什么权力。我没有什么权力，只是我的良心让我到这里来的。”

布吕顿茨威格先生来回晃动着脑袋，在脑海里寻找着合适的字眼，胡子里的呼呼声更大了。最后，他说：

“你的良心……那么，我要告诉你……你的良心……对我来说完全是件无关紧要的摆设！”

说完，他转过身，快步走到商店后面的台子旁开始写起来。两个店员开心地大笑，那个漂亮的小姑娘也伏在她的账簿上哧哧地笑。而那个穿着黄色西装，蓄着黑色山羊胡的人，看起来显然是个外国人，因为他完全没有听懂刚才的谈话，他只是继续看着他的法国画，同时不停发出格格的笑声。

“你去对付那位先生吧，”布吕顿茨威格先生对他的助手说，然后接着写。那个看上去经济拮据、营养不良的年轻人强忍住笑，走向希洛尼姆斯，其他的店员也围了过来。

“您还需要别的什么吗？”那个收入不多的店员温和地问。希洛尼姆斯用痛苦、锐利的目光盯着着那个店员。

“不，”他说，“别的没什么事了。我求您立即把那幅圣母像搬下来，再也别挂了。”

“噢？为什么呢？”

“那是圣母啊……”希洛尼姆斯低声说。

“当然了……可是您刚刚也听见了，布吕顿茨威格先生不准备听您的。”

“我们必须记住，那可是圣母啊，”希洛尼姆斯说，脑袋都颤抖了。

“的确是。但那又怎么样呢？难道展出圣母像也有错吗？难道画圣母像也有错吗？”

“不能画成这样！不能这样！”希洛尼姆斯声音低得就像是在耳语。他挺直了身躯，使劲地来回摇了几下头。兜帽下棱角分明的额头堆满了深深的皱纹。“您也知道得很清楚，这幅画本身就是邪恶的，表现了赤裸裸的淫欲！我亲耳听到两个单纯的人的谈话，他们看了这幅画之后对圣洁的圣母受孕的教义产生了怀疑。”

“噢，不好意思，我们还是不谈这个吧，”那个年轻的店员说，脸上露出骄傲的微笑。他在业余时间里写了一本关于现代艺术运动的小册子，因此谈起话来颇有修养。“这幅画像是一件艺术品，”他接着说，“要用恰当的标准来欣赏它。各方面对这幅画都有赞誉。国家已经把它买下来了。”

“我知道国家已经买下这幅画了，”希洛尼姆斯说。“我也知道这幅画的画家已经两次参加皇家宴会了。人们都在谈论这些事。天知道画出这样一幅画的人竟然能得到尊敬?！这件事说明了什么？是世界的盲目，伪君子的无耻。这幅画是肉欲的产物，表现出的也是肉欲……对不对？回答我！您也回答，布吕顿茨威格先生！”

希洛尼姆斯停顿了一下。他看起来像是想要得到一个非常严肃的答案。他那褐色的眼睛露出痛苦和锐利的眼神，来回看着两个店员和布吕顿茨威格先生浑圆的后背。那两个店员也看着他，既尴尬又好奇。店里一片寂静，只有那位蓄着山羊胡、身穿黄衣服的先生一边俯身看法国画，一边发出格格的笑声。

“就是这样的！”希洛尼姆斯继续说，他嘶哑的声音中爆发出愤怒，“您不敢否认！怎么能称赞这样一幅画的作者？难道他为人类的文化又添了一笔宝贵的财富吗？怎么能站在这幅画前，毫无忌惮地沉湎于无耻之中，用‘美’这个词泯灭良心，还鼓吹说是高尚的，具有最高尊严的呢？这到底是可耻的无知还是邪恶的伪善呢？我已经理解不了……我已经理解不了这种荒诞！一个人竟可以因为无知地发挥动物性的本能而获得最高的荣誉！……美……美到底是什么呢？美通过什么表现出来，又对什么产生影响？没有一个人能无视这些，布吕顿茨威格先生！一个人怎样才能既看透这些，而又不会心怀厌恶和悲哀呢？通过对羞耻无知的孩童来夸大美和亵渎神明简直就是犯罪！这样的做法是极其愚蠢的——是轻佻的愚昧，是精神盲目的愚昧，是对苦难一无所知，无法救赎！……你们会对我说，陌生人，你看事情太悲观。我告诉你们，认识是世界上最痛苦的磨难，但是，不经过磨练，不遭受净化的痛苦，人的灵魂就无法得到救赎。布吕顿茨威格先生，不是浮躁轻佻的幼稚和无所忌惮的无耻，而是消除肉欲的认识，才对人有所裨益。”

又是一阵沉默。身穿黄衣服的山羊胡先生又发出短促的格格笑声。

“现在您该离开了。”那位收入不多的店员温和地说。

可是，希洛尼姆斯根本不打算离开。他披着带兜帽的斗篷，挺直身板，站在商店中央，两眼咄咄逼人。他的厚嘴唇继续发出一连串的咒骂声，声音仿佛生了锈……

“艺术！他们高呼——多快乐，多美啊！将世界蒙上美的面纱，将一切赋予高贵的意义！……这真是太卑鄙无耻了！你们以为虚华的色彩就能遮盖住世界的苦难吗？你们以为狂欢节日的喧嚣就能遮盖住受难大地的呻吟吗？你们错了，无耻的人，上帝是不允许被嘲弄的，在他看来，你们那些虚华的崇拜是一种罪行！你们会这样回答我，陌生人，你，你是在毁谤艺术。你们说的是谎言，我告诉你们，我没有毁谤艺术！艺术不是毫无良知的欺骗，也不是诱惑人们走向肉欲！艺术是神圣的火炬，仁慈地照亮了一切可怕的深渊，那些充满羞怯和忧伤的深渊。艺术是神圣的火，燃烧了世界；艺术同情和救赎苦难，燃烧了世界上所有的耻辱和痛苦——布吕顿茨威格先生，请您把那位著名画家的作品从橱窗里搬下来吧——您最好放火把它烧掉，然后让风将它的灰烬吹散……”

他那难听的声音止住了。他朝后退了一大步，一只胳膊从黑斗篷里伸出来，做了一个狂热的动作。他用一只痉挛的手指哆哆嗦嗦地指向橱窗，指着那幅引起轰动的圣母像。他保持这个庄严的姿势，大鼻子似乎带着一种威严的表情，乌黑的眉毛在鼻根处耸起，兜帽下棱角分明的额头上爬满了深深的皱纹，凹陷的双颊上泛起一片病态的潮红。

而这时布吕顿茨威格先生转过身，或许是烧掉价值七十马克的复制品这个要求激怒了他，或许是他对希洛尼姆斯的演说忍无可忍了，总之，他怒火冲天。他用钢笔指着店门，鼻子激动地朝胡子里喘着气，一时说不出话来。接着，他用极其强硬的口气说：

“如果你这个疯子不马上从这里消失的话，我就让包装工人赶你走了！你懂么？”

“噢，您不用吓唬我，您不能赶我走，您不能让我沉默！”希洛尼姆斯一面叫喊着，一面将兜帽紧拉到胸前，毫不畏惧地摇着头说，“我知道，我势单力薄，可是尽管如此，我也不会沉默的，我会一直坚持直到您听从我的话，布吕顿茨威格先生！请您把画像从橱窗里取出来，今天就烧了！啊，您不仅要将这幅画烧掉，还得把这些小雕像和半身像都烧掉！这些都是引诱人犯罪的邪恶东西！花瓶和瓷器也要烧掉，这些代表了无耻的异教精神的复活。还有那些精装本的爱情诗！您店里的一切都应该烧掉，布吕顿茨威格先生，因为在上帝看来这里一切都是肮脏的！烧掉，烧掉，烧掉！”他狂怒地转着圈子嘶喊……“庄稼应该要收割了……在这个时代，对神明的亵渎已经无孔不入了……我要对您说……”

“科劳特乎伯！”布吕顿茨威格先生转脸对着后面的一扇门大声疾呼，“马上进来！”

随着这声命令出现的是一个巨人，他身形大得吓人，四肢粗壮得几乎要连在一起了。这个巨人沉重的步子慢慢地压过地面，气喘吁吁——他是一个普通老百姓的儿子，因麦芽糖吃多了而营养过剩。他真是一个身强体壮的大力士啊！他脸上海豹式的胡须非常引人注意，身上围了一块粘满浆糊的皮围裙，黄色衬衫的袖子挽到了胳膊上。

“给这位先生开门，科劳特乎伯，”布吕顿茨威格先生说，“如果他自己找不到门，就把他送到街上。”

“好的，先生！”大力士说，用他那大象眼睛般的小眼来回望着希洛尼姆斯和他的雇主。然后，他走向商店的门口，打开门，他的脚步使屋里的一切都震动了。

希洛尼姆斯脸色变得苍白。“烧掉……”他又开始说，但是他又感觉到自己被一种恐怖的力量扭过身子，这个他无法抗拒的力量将自己向门口挤过去。

“我身体很弱……”他叫喊着，“我身体受不了暴力……受不了暴力……不！你这是要干什么？烧掉……”

希洛尼姆斯住口了。现在他已经在艺术商店外面了。布吕顿茨威格先生的大力士手下最后只是轻轻一推，他就跌在地上。他一只手撑着身子，斜倒在石阶上，而他背后的玻璃门“咣当”一声关上了。

希洛尼姆斯爬起来。他站直身躯，喘着粗气。一只手攥着胸前的斗篷并拉紧它，另一只在斗篷里的手垂了下来。他的双颊一片灰白，大鼻子的鼻翼颤抖着，难看的嘴唇由于绝望和仇恨而扭曲着，眼睛里燃烧着怒火，恍恍惚惚地扫视着美丽的广场。

路人的好奇和嘲弄，希洛尼姆斯全然不放心上。此刻的他，眼里看到的仅是从宏伟柱廊前的石径上凸显出来的人世间的各种虚华：艺术家狂欢节的礼服、瓷器、花瓶、首饰、各种工艺品、裸体雕塑、女人的半身像、异教主义的绘画、大师所作的美女肖像、精装本爱情诗和艺术宣传品……他看到这些东西堆成了一个巨大的金字塔；他看到受其奴役的民众欢呼着将它们都投进熊熊的火焰之中；他看到戏院上升起的淡黄色云层，云层中隐隐响起了雷声；他看到一把燃烧着火焰的巨大宝剑立在上空，将金色的神的光辉洒向这座欢乐的城市……

“天空中神的光辉……”希洛尼姆斯用那厚厚的嘴唇喃喃自语。他挺直戴帽斗篷里的身躯，垂下的手痉挛地攥成一个拳头，用颤抖的声音继续说道，“即将来临。”

通往墓地的路

通往墓地的路与公路平行，又紧挨着公路一直到终点——墓地。在路的另一边，是一排民宅——这些都是郊区新盖的房子，其中有一部分还在施工，紧挨着民居的便是田野了。而公路呢，两边全是树，虬曲的山毛榉树已经染上了岁月的风霜。公路上面一半铺了石头，另一半则没有。但是通往墓地的路上面却稍微铺撒了些砾石，这使它成了一条舒适的人行道。这两条路被一条狭长而干涸的沟渠分开，沟渠里长满了青草和野花。

现在虽然是春天，但是差不多快入夏了。大自然在微笑。蔚蓝的天空中密布着一朵朵圆圆的云彩，形状离奇有趣，颜色如雪一般。鸟儿在山毛榉树间叽叽喳喳地叫，田野上吹来阵阵轻柔的风。

公路上，一辆从邻近村庄驶来的马车正缓缓向城里驶去。马车一半行驶在铺了石头的路面上，另一半行驶在没铺石头的路面上。马车夫两条腿悬在车辕的两边，嘴里吹着走了调的口哨。马车的后面坐着一条小黄狗，它背向车夫，眼神顺着小小的尖鼻子看着来时的路，神情中有种说不出的庄严和肃穆。这是条优雅的小狗，平时还特别能逗人开心。可惜它跟现在要说的故事无关，我们只好略之不谈。一队来自附近兵营的士兵开过来，在脚步扬起的尘雾中一边行进一边唱着歌。另外一辆从城里驶来的马车正缓缓驶向邻近的村庄。马车夫打着盹，车上也没有小狗，因此这辆马车一点也引不起人的兴趣。两个手艺人走了过来，他们一个驼背，一个身形如巨人，都把靴子搭在背上赤着脚赶路。他们兴致勃勃地朝那个打盹的车夫打招呼，然后继续赶路。这就是公路的交通情况，既不繁忙，也不会发生堵塞和事故。

只有一个人走在通往墓地的路上。这个男人走得很慢，低着头，拄着一根黑手杖。他叫皮普萨姆——罗布高特·皮普萨姆，随你信不信，我在这特别强调他的名字是因为接下来他的行为极为古怪。

他穿着黑色的衣服，因为要到墓地给已故的亲人上坟。他戴着粗布礼帽，穿着一件磨得发亮的旧礼服，身上的裤子又窄又短，黑色的羊皮手套到处都磨坏了。他的脖子又瘦又长，上面有个大喉结，脖子从磨损的翻领里伸了出来——是的，翻领的边也磨得起毛了。当他不时地抬头看看离墓地还有多远的时候，你就能看到他那张奇特的脸。毫无疑问，这是一张让人看了就难以忘记的脸。

这是一张刮得光洁、苍白的脸。那颗蒜头鼻凸起在凹陷的双颊之间，鼻头比鼻根要厚很多，上面布满了不匀称的小疙瘩，而且红得出奇，显得反常，就像个不健康的瘤子。鼻子的红色与苍白的脸色形成了强烈的反差，让人觉得鼻子很不真实，像是人造的，看起来就像狂欢节戴的假鼻子，有些幽默的忧伤意味。他的嘴巴很宽，紧紧地闭着，嘴角往下掉。当他向上看的时候，你就能看到那两条夹杂着白色细毛的黑眉毛耸立在帽檐下。此时，他那红肿的眼睛和骇人的黑眼圈也一览无遗。总之，这是一张让人不得不深表同情的脸。

罗布高特·皮普萨姆的外表显得极不快活，与这春日明媚的早晨很不协调。即使是给亲人上坟，他的外表也太忧伤了。可是，如果你们稍微了解他的心境，就不得不承认，他这样是有充足理由的。他心情相当低落，是吗？……这恐怕很难向你们这些高兴的人解释清楚……不过，是的，他确实是遇到了麻烦。如你们所看到那样，他被欺负了。啊，老实说，他的情况不是有点糟，而是糟糕透了。

首先，他酗酒。呃，这点我们下面还会提到。另外，他老婆死了，孩子也没了，孤苦伶仃，被世界遗弃了。在这个世上，他已经没有一个亲人了。他的老婆，娘家姓莱布札尔特，六个月前生孩子时死了，那是他们第三个孩子，生的时候就夭折了。另外两个孩子也死了：一个死于白喉，另一个没生什么病，也许只是因为营养不良就夭折了。他遭的罪还没完，不久，他又丢掉了工作，被可耻地夺去了职务和赖以为生的饭碗。这与他的饮酒嗜好有关，似乎这种嗜好比他皮普萨姆本人解释他现在的困窘都更有说服力。

他在过去还能稍微控制一下，尽管每隔一段时间也会无节制地放纵一下。不过，当他失去了妻儿，失去一切亲人，孤零零地一人生活在世上的时候，他的嗜好主宰了他，逐渐侵蚀他的自控力，也侵蚀了他的灵魂。他曾经在一家保险公司任职，已经是位高级职员，每个月能拿九十马克的现钞。可是他经常疏忽大意，工作上屡犯错误；雇主在多次警告后不再寄望于他，就将他辞退了。

很难说皮普萨姆的品行因此而有所改善；恰恰相反，他是完全走上了自我毁灭的不归路。众所周知，不幸会摧毁一个人的尊严（知道这些知识总是有好处的）。事实上，这个情况真是又怪异又恐怖。如果一个人坚持说自己是无辜的，那么这毫无用处：他会渐渐地因为自己的不幸而鄙视自己。自我鄙视与罪恶之间存在一种可怕的亲密的关系——它们相互吮吸彼此的养分，彼此扶持，十分怪诞，真是叫人毛骨悚然。皮普萨姆就是这样情况。他喝酒因为他鄙视自己；他越来越鄙视自己，因为一切美好愿望一而再、再而三地破灭了。他的自信也被蚕食了。他家的衣橱里放着一瓶看起来是黄色液体的毒药，这是一瓶能摧毁人的毒药。谨慎起见，我还是不提它的名字了。在这衣橱前，罗布高特·皮普萨姆曾经双膝跪地，紧咬牙齿，差点咬破舌头，可到最后他还是屈服了……我也不愿意向读者们阐述这些事情，但是这些毕竟还是有教育意义的。现在柔和的清风吹拂，吹着其他人，也吹着他的鼻子，可是他却丝毫感觉不到。他的眉毛高耸着，用空洞悲伤的眼睛注视着这个世界，这个悲痛欲绝的人好像已经失去了灵魂。突然，他听见背后有声音，便停下脚步，转过身来……原来是辆自行车的轮胎碾压铺着砾石道路的声音。自行车正全速驶来，可是由于皮普萨姆站在路中心，车速就被放慢了下来。

一个年轻人骑在车上—— 一个男青年，一个无忧无虑的游客。哦，天哪，他丝毫不想别人把他当作世界上什么了不起的大人物！他正骑的那辆车质量不怎么好，也不贵，大概也就值二百马克。他来自城里，想在乡下骑车转转。他踏着在阳光下闪闪发亮的脚踏，来到大自然的怀抱，真是快活！他穿着一件花衬衫，外面罩着一件灰色外套，套着运动绑腿，还戴着世界上最俏皮的小帽子。这顶帽子真是绝妙至极：棕色的格子花纹，顶上还有一粒扣子。一团乱糟糟的浓密金发露在帽子外边，蓬松的头发搭在额前，眼睛湛蓝。他神气活现地骑了过来，并不断地按车铃；可是皮普萨姆却丝毫没有让路的意思。他站在那儿，神情呆滞地盯着这个生气勃勃的年轻人。

年轻人生气地朝他扫了一眼，然后从他身边缓缓骑了过去。接着，皮普萨姆也继续向前走。但是当年轻人骑到他正前方时，他慢慢地用加重的语气念道：

"九千七百零七号。"

然后，他闭上嘴，盯着地面。这时他感觉到年轻人愕然的眼光落在他身上。

原来，年轻人已经转过身来，一只手扶着车子的车座，非常缓慢地蹬着车。

"什么？"年轻人问道。

"九千七百零七号，"皮普萨姆重复道，"喔，这没什么。我要告发你。"

"你要告发我？"年轻人问。他的身体更向后转，车子蹬得更慢，因此不得不费力地来回摆动把手来保持平衡。

"当然了。"皮普萨姆回答道，这时跟那个年轻人相隔五六步距离。

"为什么？"年轻人问，并且下了车。他站在那里，露出一副期待的神情，希望能得到回答。

"我要告发你的原因你自己很清楚。"

"不，我不知道。"

“你应该知道。”

“可是我不知道，”年轻人说，“而且我对你为什么要告发我一点也不感兴趣！”说着，就靠近车子，准备再骑上车。年轻人的嘴巴可不饶人。

“我要告发你，因为你在这儿骑车了。你不到公路那边骑，偏偏要到这条路上骑，这是条通往墓地的路。”皮普萨姆说。

“可是，亲爱的先生！”年轻人又恼火又不耐烦地干笑了一声，再次转过身，停了下来，“你看，这儿整条路上都是自行车的车轮印……大家都在这骑车……”

“那对我来说根本不是什么理由，”皮普萨姆回答，“我还是要告发你。”

“好吧，你高兴怎样就怎样吧！”年轻人喊道，又骑上车。他真的就骑了上去，并没有因为骑不上车而当场出丑。只是用脚蹬了一下，年轻人就稳稳当当地骑在车座上，按他性子尽力蹬着车，又把车蹬得飞快。

“要是你继续在这儿骑车，在这儿，在这条通往墓地的路上，那我就肯定要去告发你！”皮普萨姆提高了嗓门，声音颤抖地说。可是年轻人根本不理睬他，加快了速度向前骑去。

如果你们此时看到了罗布高特·皮普萨姆的脸，肯定会大吃一惊。他紧紧咬住嘴唇，脸颊和通红的鼻子因而都扭曲了。在极不自然的高耸的眉毛下面，带着发狂的眼神的眼睛死死盯着那辆驶过去的自行车。突然间，他冲向前去，飞快地跑过自己与自行车之间的几步距离，接着抓住车座后面那个工具包。皮普萨姆双手死命地抓紧这个工具包，仿佛是吊在上面。他就这样用尽全力拖住那辆向前挣扎、左右摇摆的自行车。谁看见这场景都会产生怀疑，他到底是心存恶念想要阻止年轻人继续骑下去，还是突发奇想要坐坐自行车，让年轻人带他兜兜风？这样蹬着闪闪发亮的脚踏，长驱直入广阔的大自然，这真是棒极了！……自行车承担不了两个人的重量，只好停下来，歪向一边，倒在地上。

这时年轻人勃然大怒。他先用一条腿站稳身体，猛挥右臂，狠狠向皮普萨姆的胸口推了一下，弄得皮普萨姆踉跄后退了好几步。然后年轻人咆哮起来，声音又高又吓人："你喝多了吧，老家伙！你这个老怪物胆敢再来阻挡我，我就狠狠揍你，懂吗？我就敲烂你的骨头，我警告你！"言毕，他就转过身，背向皮普萨姆先生，怒气冲冲地向下拉紧帽子，重新骑上自行车。可不是吗，年轻人的嘴巴可不饶人。他骑上去的时候，和刚才一样也没有出差错。年轻人只是用脚蹬了一下，就稳稳当当地骑在车座上，并且很快控制了车。皮普萨姆眼睁睁地看着他的背影越来越快地远去。

皮普萨姆在那儿喘着粗气，瞪着年轻人渐渐离去的背影……年轻人既没有跌倒，也没有发生什么意外——没有爆胎，也没有石头挡着路，只是轻快地把车骑走了。于是，皮普萨姆开始嘶叫和咒骂起来。那声音简直就是一种动物的嚎叫，根本不像是人类的声音。

"你给我下来！"他吼道，"我不准你在这儿骑！你要骑就到外边公路上去骑，不准你在通往墓地的路上骑，你听见没有?！……下来！你立刻给我下来！喂！喂！我要告发你，我要起诉你！啊，我的老天爷，但愿你跌倒，但愿你摔一跤，你这个狂徒！我要踩死你！我要用靴子踩扁你的脸，你这个该死的兔崽子……"

从来没见过这种事！一个男人竟然在通往墓地的路上破口谩骂。他脸红脖子粗地大喊大叫，又挥手又跺脚，怎么都控制不了自己！那辆自行车已经不在视野之内了，但是皮普萨姆仍然站在原地大发雷霆。

"拦住他！拦住他！他竟然在通往墓地的路上骑自行车！把他拽下来，把这该死的臭小子拽下来！啊……啊……要是被我抓住，看我怎么扒你的皮，你这个没脑子的狗东西，你这个流氓，你这个小丑，你这个无礼的畜生！……下来！立刻下来！怎么没人把他拖下车来？……骑自行车出来兜风，是吗？在通往墓地的路上骑车兜风，是吗?！哼！你这个无耻的流氓，你这个无礼的兔崽子！你这该死的狗东西！你长着蓝色眼睛，是吗？除此之外你还有什么呢？让魔鬼把你这双眼睛挖出来，你这个无知，什么都不懂,不学无术的呆子！……”

现在皮普萨姆开始使用的字眼已不适合在这重复了。他唾沫四溅,用嘶哑的声音骂出最下流的话。手和腿也因为愤怒而乱舞,而且越来越狂躁。有几个小孩子提着一个篮子,牵着一条小猎狗,从公路那边走过来了。他们越过沟渠,围着这个大喊大叫的男人,好奇地注视着他那张因愤怒而扭曲的脸。几个正在建筑工地上干活的工人和几个刚刚开始午休的工人也注意到他了。不仅是这些人,还有些拌石灰的女工也朝这边走过来了。可是,皮普萨姆仍然继续在发狂,而且越来越厉害。他仿佛瞎了一样,发狂地朝着天,朝着四面八方挥舞着拳头。他双腿摆个不停,一会儿蹲下来,一会儿又猛地跳起来,拼命地大喊大叫,连气都不喘一口,一刻不停地谩骂。不知他是从哪里寻来的这些话,真是奇怪。他的脸也肿胀得厉害,大礼帽也滑倒了后脑勺上了,假衬领也从背心里露出来了。这时,他毫无边际的一通乱骂,早就跟这件事一点关系都没有。其中还透漏了他自己的罪恶的生活方式以及他的宗教信仰。这些话都是用非常不相称的腔调吼出来的,并且还胡乱地夹杂着一些骂人的字眼。

“你们过来,大家都过来这!”他叫道,“不是你们,不只是你们,还有那些戴着小帽子和长着蓝色眼睛的家伙们！我要向你们耳朵里灌输真理,让你们感到害怕,你们这些轻狂的家伙！……你们咧着嘴笑？你们耸肩？……我喝酒……是的,我喝酒！我甚至还酗酒呢,如果你们想知道的话！这又怎么样呢?!我还来得及改的！你们这些卑鄙的坏蛋,上帝裁判我们的日子就要来了……啊……啊……耶稣基督将会驾云而现,你们这些无知的混蛋,他的正义不会受到这个世界所左右！他将会把你们抛到地狱的黑暗之中,你们这些神气活现的乌合之众,到了那儿你们只有哭了……”

现在,围在他四周的人群已经到了相当的规模。其中有些人在哈哈大笑,有些人则是紧蹙眉头看着他。越来越多的工人和搅石灰的女工从建筑工地那边聚拢过来。甚至有个马车夫,把马车停到马路边，手拿皮鞭爬下马车，跨过沟渠向人群这边走了过来。有个人拉了拉皮普萨姆的胳膊，想让他安静下来，但无济于事。一队士兵走了过来，也伸长脖子探头看他并且大笑起来。那条小猎狗再也忍不住了，用两条前腿撑着地，夹着尾巴，朝他的脸使劲吠叫。

突然，罗布高特·皮普萨姆用尽全身力气大叫："你给我下来，马上给我下来，你这个不学无术的混蛋！"他边喊边用一只胳膊画了个大半圆，接着就瘫倒在地。他躺在那里，突然一声不吭，看上去就像人群中的一摊烂泥。他的礼帽从头上滑下来，在地上弹了一下，也像它主人那样一动不动了。

两个泥瓦匠弯腰看皮普萨姆，然后用工人师傅那种沉稳和理智的口吻商量怎么处理这个突发事件。然后他们中的一个人快步离开了。留下来的人们设法对这个失去知觉的人进行急救。一个人从桶里舀水往他身上洒，还有一个人用倒了些瓶装白兰地的手心揉搓他的太阳穴。可是这些努力都白费了。

就这样，片刻之后，大家听到了车轮声。一辆马车从公路那边过来了，是辆救护车，到了现场就停下来了。车是由两匹漂亮的小马拉着的，两边画着大大的十字。两个穿着整洁制服的工作人员从马夫的位置上爬了下来。其中一个人跑到车子后面，打开车门，拉出活动床。另外一个人大步跑到通往墓地的路上，分开看热闹的人群，在一个男人的帮助下，把皮普萨姆先生抬到了马车那儿。皮普萨姆被放到担架上然后推进马车里，仿佛是一块面包被送进烤炉里。然后马车门"砰"的一声关上了。两个穿制服的人又重新爬到车座上。他们的动作都非常娴熟，准确到位，眨眼间就全都弄好了，活像是在玩杂耍。

然后，他们就把罗布高特·皮普萨姆拉走了。

特里斯坦

一

这就是赫赫有名的爱因弗里德疗养院！有一幢白色建筑，包括低矮的、长长的主楼和两侧的附楼，线条笔直。它就矗立在宽阔的花园中央。花园里设有假山洞，林荫形成的拱廊和树皮搭成的小亭子。在大楼的石板瓦屋顶后面，郁郁葱葱的松树林覆盖着连绵的山峦，在云天之间勾勒出山峦的轮廓。

一直以来都是列昂德医生管理着这所疗养院。他蓄着两头尖的黑须，那既鬈曲又僵硬的小黑胡子，简直就像填塞家具用的马鬃；他还戴着一副厚厚的、闪闪发亮的眼镜，露出一副冰冷、僵硬的神情，仿佛科学已经将他冷却、锻炼成一个冷静而宽厚的悲观主义者。他以自己特有的严峻保守的方式来管理疗养院里的病人。而那些本身优柔寡断的病人就只能听凭他的管理，同时也乐于依赖他的严格管束。

而封·奥斯特罗小姐呢，她负责疗养院里所有的内务，她工作起来十分卖力，简直就是鞠躬尽瘁。天哪，她真是忙得团团转！她顺着楼梯跑上跑下，从疗养院的一头匆匆赶到另一头。她在厨房和储藏室里发号施令，在收纳换洗衣物的衣柜里翻来翻去，指挥着用人，按照经济、卫生、可口和美观的原则安排全院的伙食。她操持内务既麻利又面面俱到，但是她的精明强干好像暗示了对整个男人世界的不满，因而，到现在还没有一个男人想把她娶回家。可是，她的脸上有一抹绯红，燃烧着永不熄灭的炙热盼望——她希望有一天自己能够成为列昂德医生夫人……

新鲜的空气，还有祥和的静谧！……不管列昂德医生的竞争对手怎么宣传，对于肺病患者，爱因弗里德的确是值得大力推荐的。而且，不仅仅是肺结核病人，其他的病人也到这儿来，男女老少都有。列昂德医生对各种疾病的治疗都卓有成效。疗养院里有胃病患者，如市政参议员施帕兹夫人，此外她耳朵也有毛病。还有形形色色的心脏病、中风、风湿病和神经系统疾病的患者。有一位患糖尿病的将军，在这儿消耗着他的退休金，一直抱怨个不停；有一位先生，瘦得皮包骨头，两条腿不听指挥地晃来晃去，这显然不是什么好兆头；有一位五十多岁的夫人，她是赫伦劳赫牧师的太太，她先后生养过十九个孩子，她已经完全丧失思维能力，却被一种疯癫的烦躁所困扰而不得安宁。一年以来，她倚着她的私人女看护的胳膊，瞪着无光的眼睛，讷讷不言，漫无目的地在房子里逛来逛去，令人毛骨悚然。

"重病号们"都待在自己的房间里，从不出来吃饭，也不在客厅露面。偶尔其中有人死去，其他人也不知道，甚至连住在隔壁屋里的人都不知道。于是，在一个寂静的深夜里，那位僵硬的客人便被拉走，而爱因弗里德疗养院的活动继续有条不紊地进行着，丝毫不受干扰。在配有现代设备的各个治疗室里，继续进行着按摩、电疗、注射、淋浴、盆浴、体操、发汗和气疗……

是的，疗养院的确很热闹，病人往来不断。当新客人来的时候，在附楼入口处的门房就会敲响大钟。当有人离开的时候，列昂德医生就会和封·奥斯特罗小姐一起，郑重其事地送出院者上车。什么样的人物爱因弗里德没有接待过啊！这儿甚至有一位作家。他真是一个怪家伙，名字似乎是某种矿物或宝石什么的，也在这里消磨时光……

顺便说一下，除了列昂德医生，还有一位叫缪勒的医生，他负责照顾轻微或者已经无望的患者，当然，这不值一提。

二

一月初，批发商科勒特亚恩——科勒特亚恩公司的老板——也把他的夫人送到了爱因弗里德疗养院。门房敲响了大钟，封·奥斯特罗小姐在一楼的接待室里接待了这位从远方来的新客人。接待室与整个古老建筑的布置几乎一样，都是地道的法兰西第一帝国的艺术风格。接着，列昂德医生也来了。他鞠了个躬，随即双方开始了初次的交谈。

窗外，花园里是一派冬天的景象，草垫子盖在花坛上，山洞上覆盖着厚厚的雪，小亭子孤零零地立在那里。因为没有一条直达屋前的支路，两个仆役正把客人的行李从停在栅栏门外道路旁的马车上搬进来。

当科勒特亚恩先生领着他妻子经过花园的时候，他说："慢点儿，加波莉埃莱。当心，我的宝贝儿，把嘴巴闭上。"凡是见过科勒特亚恩太太的人，都不能不心存温柔和担忧，对科勒特亚恩先生这句用英语说的"当心"产生亲切的共鸣。——实际上呢，科勒特亚恩先生是完全能够用德语流利地说出这两个字的。

从车站把客人送到疗养院来的马车夫是个迟钝的粗人，也不懂什么温柔，可是当批发商搀扶着夫人下车时，他竟提心吊胆起来，不由自主地把舌头伸到了牙齿中间。那两匹褐色的马在寂静的严寒中呼出雾气，尽力向后翻着眼睛，紧张地注视着这令人不安的场面，看起来好像也对批发商夫人的娇弱充满了忧虑。

这位年轻的太太患的是支气管病，关于这一点，科勒特亚恩先生从波罗的海的海滨写给列昂德医生的信中就明明白白地提到了。谢天谢地，毛病不是在肺上！因为，如果是肺有毛病，那这位新客人的模样决不会显露出当下的娇媚高贵、超凡脱俗。此刻，她坐在魁梧的丈夫旁边，娇弱疲惫地靠在笔直的白漆扶手椅上，倾听两人的谈话。

她的双手美丽而又苍白，放在双膝之间厚实的深色布裙的褶皱里，除了一枚结婚戒指外，没有戴别的什么首饰。她穿着一件硬高领的银灰色紧身上衣，上面镶满了浮雕似的阿拉伯样式的丝绒缀饰。可是，这厚实的衣服却让她那娇柔、甜蜜与疲惫的脸蛋显得更加迷人、脱俗和可爱。她的头发是浅褐色的，平平地梳到后颈，绾成一个髻，只是靠近右边太阳穴，才有一缕弯曲地松开搭在额头上。额头下是描画得引人注目的眉毛，眉毛上方有一根出奇细小的血管，呈现出淡蓝色，这根小血管在完美无瑕、宛若透明的额头上虚弱地岔开。眼睛上的这根小小的蓝色血管控制着整个娇嫩的椭圆形脸蛋，令人不安。只要年轻的太太一开口说话，哪怕只是笑一下，它就明显地凸起来，使她的神情显得紧张和烦闷，让人感到莫名的担忧。但是，她还是有说有笑的。她那略显沙哑的嗓音，说话的时候显得直爽且友好；那疲惫的眼睛，微笑的时候显得有点失神；那细长的鼻根两边的眼睛，说笑时候笼罩在深浓的阴影之中；她漂亮的嘴巴微笑的时候，显得没有血色，却还是闪闪发亮的，也许是因为她的嘴唇轮廓鲜明吧。偶尔，她会轻声地咳嗽，这时候她就用手帕捂住嘴，然后再拿下来仔细地看手帕。

“别咳嗽，加波莉埃莱，”科勒特亚恩先生说，“亲爱的，你知道，在家里的时候辛兹佩特医生就特别嘱咐你不要咳嗽。只要你尽力克制一下就好了，宝贝儿。就像我说过的那样，只是支气管的毛病。”他重复道，“一开始发作的时候，我还当真以为是肺病呢。天哪，我真是害怕极了。但是不是肺的毛病，不是的！真见鬼，我们才不会被那种病缠上呢！对吧，加波莉埃莱？呵呵！”

“当然不会。”列昂德医生说，眼镜片朝着她闪了闪。

接着，科勒特亚恩先生叫了咖啡和黄油面包卷。他说话很特别，“K”音是从喉咙深处发出来的，黄油面包卷的“U”说成“O”，别人听起来不禁要嘴馋，感到胃口大开。

他叫的东西送上来了，而且他和妻子共住的房间也分配好了，于是便安顿了下来。

顺便说一下，列昂德医生亲自负责治疗这个新来的病患，不用缪勒医生过问此事。

三

新来的女病人在爱因弗里德疗养院引起了不小的轰动。而科勒特亚恩先生呢，对这种现象早已司空见惯，得意地接受了人们对他妻子的赞美。患糖尿病的将军在第一次看见她的时候，竟然在片刻间停止抱怨；瘦骨嶙峋的先生走到她跟前时，便露出微笑，拼命地控制两条不听指挥的腿；市政参议员施帕兹夫人立即和她亲密起来了，成为她年长的朋友；那位在爱因弗里德消磨了好几个星期，名字听起来像是什么宝石的作家，在走廊碰见她的时候，两颊绯红起来，立刻停住脚，直到她的身影从他视野中消失，他还像生了根似的站着不动。啊，这位被称作"科勒特亚恩夫人"的女人，的确给人们留下了深刻的印象！

还没到两天，全疗养院的人都知道了她的身世。她的家乡在不来梅，这从她说话时发出的可爱乡音中就能听出来。两年前，她在不来梅答应了批发商科勒特亚恩先生的求婚，将终身大事托付于他。她跟着他到了位于波罗的海海滨的家乡。在大约十个月前，在极度困难和危险的情况下，为他生了一个孩子。那是一个极其活泼、发育良好的儿子和继承人。但是自从经历过那段可怕的日子后，她始终就没有恢复她的体力——如果以前她体力丰沛的话。生完孩子后，她筋疲力尽，刚从床上起来就咳出了一点血，喔，并不多，就微不足道的一点点。可是，要是根本没有这点血，就更好了！让人不安的是，这桩不幸的小事故，在很短的时间后又发生了一次。自然也有办法处理它，家庭医生辛兹佩特医生采取了很多办法。他叮嘱她要卧床休息，让她吞食小冰块，有时还用吗啡抑制咳嗽对身体的刺激，尽可能让心脏平静。但是，她的病没有像预期那样痊愈。她的孩子小安东·科勒特亚恩，这个强壮的婴儿，以他充沛的精力无情地占据和巩固了他的地位。与此同时，年轻的母亲却似乎在低烧中安静地凋萎下去……正如前面所说的，毛病是在气管上。说这话的是辛兹佩特医生，所以对大家有惊人的令人慰藉和冷静的作用，差不多可以鼓舞士气了。不过，尽管毛病不在肺上，但是辛兹佩特医生认为，温和的气候以及在疗养院住上一段时期，对于加速病的痊愈是迫切需要的。而爱因弗里德疗养院以及院长的声誉，轻松解决了这些问题。

情况就是如此。科勒特亚恩先生亲口对每一个感兴趣的人讲述这些事情。他用他那大嗓门，懒洋洋地、快活地讲述，一看就知道他是一位消化系统与他的财政状况一样良好的绅士。与那些北方海边的居民一样，他讲话时把嘴唇分得很开，语调拖得又长又急促。他吐出来的有些词中每个音节仿佛是一次短促的爆炸。对此，他颇为得意并且哈哈大笑，如同讲了个有趣的笑话似的。

他中等身材，肩膀宽阔，体格健壮。他还有一张圆润的红脸，一双蓝色的眼睛，两道浅黄色的眉毛，一个宽大的鼻子和一张一直是湿漉漉的嘴巴。他蓄着英国式的络腮胡子，连穿着打扮也是英国式的。当他在爱因弗里德遇到一家英国人的时候，简直是喜出望外。这家英国人，包括父亲、母亲、三个漂亮的孩子以及孩子的保姆。他们住在这里，只是因为他们不知道还有什么别的地方好去。早晨的时候，科勒特亚恩先生总是要和他们一起吃英国式的早餐。他这个人就是喜好吃喝，还要求食物和酒一定要好，以便显示自己是个真正的美食家和品酒大师。用餐时，他津津有味地向疗养院的人们讲述家乡朋友们举办的宴会，还要介绍这儿的人都没听过的美味佳肴。他说话的时候，眯着眼睛，表情十分亲昵，语言里面夹杂着上腭音和鼻音，喉咙里还有轻微的咯咯声。另外，他对世上别的一些娱乐，原则上也是不反对的，有一天晚上的事可以证明。有一位在这里疗养的作家，曾看见他在走廊上放肆地调戏一位侍女——当然啦，这只是件开开玩笑的小事情。可是那位作家露出了一副莫名其妙的厌恶表情。

至于那位科勒特亚恩先生夫人呢，显而易见，她是十分钟情于她的丈夫的。听他说话时，她总是面带微笑，注视着他的一举一动。她完全不像有些病人对健康人抱着不宽容的态度，而是如同那些和善的病人一样，对身体健康的人表现出的自信感到愉快。

科勒特亚恩先生没在爱因弗里德待很久，他的任务是把夫人送到这里。一个星期后，当他看到自己的妻子已经被托付给可靠的人，受到很好的照料，就觉得没有必要再继续留在疗养院了。他还有两个同等重要的职责：照顾他生气勃勃的孩子和照看他欣欣向荣的生意。这些迫使他听从召唤，动身回家去，留下妻子在这里享受最好的照料和治疗。

四

那位在爱因弗里德已经消磨了几个星期的作家，名字叫做史皮奈尔[①]——戴特莱福·史皮奈尔。他的模样真是奇怪极了。

我们就来看看这位三十出头的男人到底长什么样吧。他是高个子，身材匀称，很明显，两鬓的头发已经开始变得灰白。可是，他那圆圆的、苍白的、略有浮肿的脸蛋却完全没有长胡子的痕迹。他也没有刮过胡子——如果刮过也是能看出来的。那是一张细嫩的没有轮廓好像孩童的脸，上面只是零零星星地长了一些细小的绒毛，看上去非常古怪。他那浅褐色的眼睛看上去很温和，很明亮；鼻子厚实，肉乎乎的。另外，他的上嘴唇毛孔很多，呈拱形，很像一个罗马式的建筑，嘴巴里面的大板牙都被虫蛀了。两个脚板也大得出奇。那位两腿不听使唤的先生爱开玩笑，喜欢嘲讽人，在背后给他起了一个绰号，叫他“腐烂宝贝”。这个绰号不仅有点恶毒而且也不那么恰当。他穿着讲究，打扮入时，穿着一件黑色长外套和一件带花点的马甲。

这位史皮奈尔先生性格孤僻，跟任何人都不交往。偶尔他心情高兴，待人就和蔼可亲，热情洋溢。不过这往往在他感受到美

① 史皮奈尔(Spinell)在德语中意为尖晶石。

好时才会发生。当他看到一些美好的事物，比如看到两种色彩搭配协调，看到一个精致的花瓶，看到夕阳余晖中的山峦，这时他就会情不自禁地高声赞美："多美啊！"他一面说着，一面歪着头，耸着肩，摊开双手，皱起鼻子，努着嘴巴。"噢，天哪，你瞧，多么美啊！"在这心情激动的时刻，他甚至会冲动地去拥抱最高贵的人士，不管对方是男的还是女的……

在他的桌子上，总是放着那本他写的书，无论是谁走进去都一目了然。那是一本篇幅不长的小说，封面的画让人感觉不知所云，而印书用的是咖啡滤纸一类的纸张，上面的每个字母看上去就像哥特式的大教堂。封·奥斯特罗小姐在闲暇的间歇里曾看过这本书。她认为小说写得很"文雅"，这是她代替"沉闷得让人麻木"的委婉说法。小说的故事发生在豪华的客厅，高雅的卧室，在那里摆满了雅致的物件：花样的壁毯，古色古香的家具，珍贵的瓷器，昂贵的针织品和各式各样的艺术珍品。作者描述这些物件的时候真是倾尽全部心血，读者在阅读时仿佛能看到史皮奈尔先生皱着鼻子，高声赞美："多美啊！天哪，你瞧多么美啊！"……顺便一提，令人诧异的是，除了这本书以外，他还没有写出第二本来！尽管他热衷于写作，一天大部分时间里都关在屋子里创作，也寄出去很多信件，几乎每天都有一两封——奇怪和可笑的是，他本人却难得收到一两封信件……

五

用餐时，史皮奈尔先生被安排在科勒特亚恩夫人的对面。当这一对高贵的客人第一次到附楼底层的餐厅吃饭时，史皮奈尔先生来得稍微迟了点。他用柔和的声调向每个人问了声好，然后坐到他自己的位置上。接着，列昂德医生不太客气地把他介绍给新来的客人。他稍微有点窘迫地鞠了一躬，便开始吃饭。他从紧窄的袖口中伸出一双白皙颀长的大手，相当不自然地使用着刀叉。用完餐后，他变得随意一点了，便仔细地先后打量着科勒特亚恩先生和他的妻子。用餐时，科勒特亚恩先生曾问了他几个问题，并与他就爱因弗里德的环境和气候交换了意见，科勒特亚恩夫人在中间也娇媚地插了两三句话。对于这些问题，史皮奈尔先生都礼貌地作了回答。他的声音柔和，听上去很悦耳，可是他说话时不太流利，仿佛他的牙齿妨碍了舌头发音。

饭后，当大家都到客厅时，列昂德医生特别过来与两位新来的客人说些客气话。科勒特亚恩夫人便向他打听刚刚坐在她对面的那位先生的情况。

“他叫什么名字？”她问，“史皮奈里？我没听清楚。”

“史皮奈尔，不是史皮奈里，夫人。不，他不是意大利人，据我所知，他是雷姆贝格人……”

“你介绍说他是一位作家，或者什么来着？”科勒特亚恩先生问。他的双手插在舒适的英式裤子口袋里，他把耳朵贴近医生，像很多人习惯的那样，张着嘴巴在听。

“是的，我不清楚——他在写作……”列昂德医生回答，“我好像记得，他出版过一本书，小说之类的吧。我真的不太清楚……”

列昂德医生重复说“我不清楚”意味着，列昂德医生一点儿也不重视这位作家，不愿意为他负任何责任。

“但这真是十分有趣啊！”科勒特亚恩夫人说，她还从来都没亲眼见过一位作家呢。

“喔，是的，”列昂德医生附和道，“我听说他也有点名气的……”然后就不再谈论这位作家了。

可是过了一会儿，当新来的客人出去了，而列昂德医生正准备离开的时候，史皮奈尔先生拦住了他，也向他打听情况。

“刚刚那对夫妇姓什么呢？”他问，“我刚才没听清。”

“科勒特亚恩。”列昂德医生回答，他抬腿继续走。

“丈夫叫什么名字？”史皮奈尔先生问。

“他们姓科勒特亚恩。”列昂德医生边说着边走开了。他确实不把作家放在心上。

六

我们上面不是提到科勒特亚恩先生先回家了吗？是的，他又回到波罗的海的海滨，照料他的生意和孩子了，那真是一个精力充沛但不体恤人的小家伙，他给母亲带来了这么多苦难，又让她气管出了毛病。小家伙待在家里，而这位年轻的母亲，却要待在爱因弗里德。市参议员施帕兹夫人与她结交，并以朋友的身份陪伴着她。不过，这并不妨碍科勒特亚恩夫人和疗养院其他人建立良好的关系。比如，史皮奈尔先生。出乎大家意料（因为他过去从没有和其他人交往），他从一开始就对她极其恭敬和殷勤。而她呢，在严格日程安排中的空余时间里，也未尝不愿意和他随便聊聊。

他小心谨慎、极其谦恭地接近她，说话时总是细心地压低嗓门，以至于那位耳朵有毛病的施帕兹夫人通常一句话也听不清。他踮起大脚的脚尖，轻轻走向科勒特亚恩夫人的靠背椅。在离她有两步远的时候，他就停下来，然后一脚在前一脚在后，俯下身子以独特的舌头受阻的方式和她说话。一旦发现她脸上有疲乏和厌烦的表情，他就随时准备离开。但是他并没让她感觉厌倦，她面带微笑，娇柔地靠在椅背上，邀请他坐到她和施帕兹夫人旁边。她会问他一些问题，然后带着微笑，好奇地听他说话——因为他经常会说一些稀奇古怪、好玩的事情，这些她以前都没听过。

“你究竟为什么要到‘爱因弗里德’呢？”她问，“你需要什么样的治疗呢，史皮奈尔先生？”

“治疗？……呃，我只是稍微做一些电疗。真是不值一提。我会告诉你，尊贵的夫人，我为什么要到这里来——我是为了这里的风格而来的。”

“啊？”科勒特亚恩夫人说，将她的下巴贴到手上然后转向他，露出一副夸张的感兴趣的神情，就像大人要听小孩子讲述什么故意装出的样子。

“是的，‘爱因弗里德’是地道的法兰西第一帝国的艺术风格。据说，它以前是皇家宫殿，是一座避暑的宫殿。两侧的附楼是后来增建的，而主楼是古建筑。有些时候，我简直离不开这种法兰西第一帝国的艺术风格。为了最起码的健康保障，这种艺术风格是必不可少的。显然，在柔软奢华的家具中让人产生舒适乃至淫逸的感觉，与在笔直线条的桌椅和帷幔中的感觉是迥然不同的……这种明亮和硬朗，这种冷酷的朴素以及拘谨的严格给了我力量和尊严。尊贵的夫人，毫无疑问，它最终会让我内心得到荡涤和复苏，提升我的道德修养……

“是吗，真是奇怪。”她说，“我想，只要我费心琢磨肯定会理解的。”

他接着回答，这是不值得她去费什么心思的。然后，他们就一块儿大笑起来。施帕兹夫人也笑了，她觉得很奇怪，但她没表示她听懂了没有。

客厅既宽敞又漂亮。敞开的高大的白色双扇门通向隔壁的台球室，那位双腿不听使唤的先生和其他几个人在里面玩得很开心；另外一边有一扇玻璃门通向外面，能够看到开阔的阳台和花园的景色，玻璃门旁边摆着一架钢琴，还有一张铺着绿绒的玩纸牌的台子，患糖尿病的将军和几位先生在那儿玩惠斯特[①]；女士们有的在看书，有的在做针线活。供暖的是一只铁皮炉子。而精美的壁炉前放着供人聊天的舒适座位，壁炉里面只是仿制的假煤块，上面贴着火红的纸条。

“你真是位爱起早的人，史皮奈尔先生，”科勒特亚恩夫人说，“有两三次我碰巧看到你早上七点半就出去了。”

“爱起早的人？……啊，从特别意义上来说，尊贵的夫人。事实上，我起得早是因为我贪睡。”

“这一点你可得好好解释了，史皮奈尔先生！”施帕兹参议员夫人也要求他解释。

---

① 惠斯特（whist），一种纸牌游戏。

“嗯……如果你是一个爱起早的人，那么我认为不需要真正起早。良心啊，尊贵的夫人，良心真可怕！像我这样的人，一辈子都要与它纠缠，忙得不可开交，不时欺骗它，让它有一些小满足。我们这些人是没用的，像我这样的人，除了一点短短的好时光，在其余时间里我们都是在伤痛和疾病中受岁月的煎熬。因为内心认为自己是没用的，所以我们憎恨有用的，视其是粗俗和丑陋的。我们捍卫这样的真理。即使这样，我们还是受到良心的责备，感到被良心啃噬，所以我们体无完肤。而且，我们的内心，我们的世界观，我们的工作方式……这些都极为不健康，腐蚀和折磨我们，让情况更加糟糕。幸亏有些稍稍有效的缓解方法，否则我们真是坚持不下去。譬如，生活中的某些规矩和讲究保健的要求，对我们来说，这十分必要。起早，早得出奇，洗个冷水澡，到外面风雪中散步……这样也许会让我们在一个小时的时间里感到满足。如果按照我的习惯，请你相信，我一定会在床上躺到下午。因此，我早起，其实是真正的虚伪。”

“不，为什么？史皮奈尔先生！我说这是自我克制……不是吗，参议员夫人？”施帕兹夫人也认为这是自我克制。

“不管是虚伪也好自我克制也好，尊贵的夫人！随便你用哪个字眼。我天生就有令人烦恼的诚实……以至于我……”

“原来如此，你一定是太爱自寻烦恼了。”

“是的，尊贵的夫人。我时常烦恼。”

一直是好天气。天空明亮，空气清新，没有一丝风，无瑕的湛蓝色天穹笼罩着大地上的一切，附近一带的山峦、房屋和花园都沐浴在耀眼的光线和淡蓝色的阴影之中。大地上到处都冻得硬邦邦的，好像有无数的亮片闪闪发光。在这段时间里，科勒特亚恩夫人身体状况还算不错，她没有发烧，偶尔咳嗽一声，吃饭也不少。按照医生的叮嘱，她常常在阳台上坐上几个小时，在寒冷的空气中晒太阳。地上落满了雪，她裹着皮大衣和毛毯坐在那里，希望呼吸纯净、寒冷的空气来治疗她气管的毛病。有时，她会看到史皮奈尔先生在花园里散步。他也穿得很暖和，脚上蹬着一双毛皮棉鞋，使他那双大脚显得出奇地大。他试探性地迈着步子，双臂小心翼翼地挥动着。当他走进阳台时，向她恭敬地打了声招呼，然后踏到下面的石阶上以便与她交谈几句。

“我今天早上散步的时候看到一位美丽的女士……哦，天哪！她多么美啊！”他说，同时把头歪向一边，摊开双手。

“真的吗，史皮奈尔先生？给我描述一下吧！”

“不，我可办不到。就算我勉强为之，也只是给描绘一个不真实的形象。我仅仅在经过的时候，瞥了那位夫人一眼，实际上没怎么看清。可是我的一瞥足够让我展开想象，我想到一幅图画……是的，一幅美丽的图画！”

她格格地笑起来：“你就是这样观察美丽女士的吗，史皮奈尔先生？”

“是的，尊贵的夫人。这样看就很好啊，要是我贪恋真实，一直呆头呆脑地盯着她看，只会得到一个有缺陷的真实形象……”

“贪恋真实……多么奇怪的词语！十足的作家措辞，史皮奈尔先生！但是，我要告诉你，我对它有很深的印象。这个词好像蕴含很多，我好像能体会到，有独立和自由的意味。它把真实都不放在眼里，尽管真实是最体面的，真实本身就值得尊敬……我意识到，除了唾手可得的东西，还有别的更加奇妙的东西……”

“我只知道有一张脸，”他突然说，激动地把紧握的手举到肩膀，蛀牙都露在外面，“我只知道有一张脸，要是让我的想象对它进行任何修改，那就是犯罪！我端详它，恨不得眼睛不要离开它，不止是几分钟，或者是几个小时，而是用我的一生去端详它。让我陶醉其中，忘却人世间的一切……”

“是啊，是啊，史皮奈尔先生。可是，封·奥斯特罗小姐的耳朵可灵了。”

他闭上了嘴，向她深深地鞠了一躬。当他站直身子时，眼睛里出现窘迫和痛苦的神色。他将目光停留在她的那根奇特的小血管。那根血管呈淡蓝色，带着病态，在她宛若透明的额头上分岔出来。

七

一个怪人，一个十足古怪的人！科勒特亚恩夫人有时候会想起他，因为她有的是空闲时间。不知是换个环境的治疗失效了，还是受到某些有害因素的影响，她的健康开始恶化了。气管的毛病一点都没好，她感到虚弱、疲惫、食欲不振。列昂德医生嘱咐她要休息，要静养并且小心谨慎。因此，除非是卧床休息，否则她就只在施帕兹夫人的陪伴下，静静地坐着，膝头上放着针线活，但是她并不做，只是胡思乱想。

是的，他引起了她的思考，这位古怪的史皮奈尔先生。当然了，她也不是全都在思索他，大部分时间是想自己。莫名其妙地，他在她的内心里唤起了对自己命运的异样好奇。而她以前从没有这种好奇。一天，他在闲聊时表示：

“唉，女人们真是难解的谜团……事情一点不新奇，但是你总会感觉诧异。比方说吧，一个奇妙的人，一个美人，一个梦幻般的女人，一个童话里的仙女，她做了什么呢？她嫁给了市集上卖艺的大力士或者是屠夫的学徒。她挽着他的胳膊，甚至还把头靠在他肩上，还狡黠地四下探望，似乎在说：‘好了，你们就为这个事伤脑筋吧！’——于是，我们为此伤透脑筋。”

这席话引起科勒特亚恩夫人的反复思索。

还有一天，施帕兹夫人十分惊讶地发现他们之间如下的对话：

“我知道这很冒昧，但是，尊贵的夫人，你姓什么——真正的姓氏？”

“我姓科勒特亚恩啊，史皮奈尔先生！你是知道的啊！”

“嗯，是的，那个我是知道的。或者说，我否认这一点。我意思是，你自己的姓氏，你还未出嫁时的姓氏。说句公道话，尊贵的夫人，你得承认，谁称你科勒特亚恩夫人，谁就该挨鞭子！”

她哈哈大笑起来，连眉梢上淡蓝色的血管都令人担心地凸出来了，使她的脸看起来有一种令人不安的紧张和迫切神情。

“为什么呢，好心的史皮奈尔先生？鞭子！难道‘科勒特亚恩’这个姓氏对你来说这么可怕吗？”

“是的，尊贵的夫人。从我第一次听到这个姓氏我打心眼里憎恨它。这个姓氏既滑稽又俗气。如果非得按照习俗，把你丈夫的姓氏加到你头上，那真是又野蛮又卑鄙！”

“咳，那么‘埃克霍夫’呢？会不会好点？我父亲的姓氏是埃克霍夫。”

“啊，你瞧！‘埃克霍夫’就是另一种感觉啦！甚至有位伟大的演员也叫埃克霍夫。埃克霍夫太合适了。你只提到了你的父亲。难道你的母亲……”

“是的，在我很小的时候，我母亲过世了。”

“我明白了。请你再多讲点关于你自己的事情。你介意我的请求吗？如果你感到为难，那就算了吧。那么你休息一会，让我像上次那样说说巴黎。你可以小声说，你要知道，耳语会让你的描述更美丽……你是在不来梅出生的？”他几乎是用口型问了这个问题。脸上还带着意味深长的恭敬表情，仿佛不来梅是一个举世无双的城市，隐藏着无法形容的奇迹和不为人知的美好，在那里出生就天生带有神秘和高贵。

“是的，可不是吗！”她不经意地说，“我是不来梅人。”

“我去过那里。”他若有所思地说。

“天哪，你到过那？不，我的意思是，我相信你。从突尼斯到斯匹次卑尔根群岛[1]，你什么地方都游览过啦？”

“是的，我去过那里，”他重复道，“只待了晚上几个小时。我记得有一条狭窄的老街，月亮奇怪地斜挂在街旁尖顶房上方。后来我走进了一个地下酒馆，里面是一股酒味和美味。我的印象很深……”

“真的吗？那是在什么地方呢？我就生在这样尖顶房里，一

① 斯匹次卑尔根群岛位于北欧的挪威。

座古老的商人住宅，门厅的地板有回响，走廊刷了白漆。”

“你父亲是商人？”他有点迟疑地问。

“是的。不过，他首先是位艺术家。”

“啊！啊！什么样的艺术家？”

“他会演奏小提琴。但这并不能说明什么，关键是他是如何演奏小提琴的，史皮奈尔先生！我一听见其中的一些音调，就会情不自禁地热泪盈眶。从来没有其他任何经历会让我这样，你不会相信的……”

“我相信！噢，我相信你！……告诉我，亲爱的女士，你们是个古老的家族吧？已经有好几代人在尖顶的房子里生活、劳作，然后去世？”

“是的。但是你为什么这样问呢？”

“因为这类事情很常见：一个有着务实和刻板的资产阶级传统的家族，在接近衰亡时，会通过艺术大放光彩。”

“是这样的吗？不错，比如我父亲，他就比那些有着艺术家头衔的人更像一个艺术家。我只是略会弹奏钢琴。当然，现在他们不让我弹了。但是，我以前在家的时候，我会弹琴。父亲和我经常一起演奏……是的，那些年的经历是我最宝贵的记忆。特别是那座花园，我们的花园在房子后面。花园荒废了，野草蔓生，围墙也是破败不堪，上面布满了青苔。但正是这些令它格外迷人。花园中间有一座喷泉。喷泉四周长了一圈百合花。夏天的时候，我经常和女伴们一起坐在那里。我们围着喷泉坐在小折椅上……”

“多美啊！”史皮奈尔先生说，一边耸肩。“你们坐在那唱歌吗？”

“不，我们通常在织毛线。”

“啊，可是……可是……”

“是啊，我们在织毛线，还会聊天，我的六个女伴和我……”

“多美啊！啊，天哪，这多么美啊！”史皮奈尔先生喊道，好像他已经亲眼看到。

“但是那有什么美的呢，史皮奈尔先生？”

“啊,除了你,还有六位姑娘,你不包括在这六个人之中,你很突出,就像一位女王……你与你的六个女伴是不同的。有一顶小小的金灿灿的王冠,虽然很不引人注目,但是颇有含义,它在你的头发上闪闪发光……”

“喔,真是无稽之谈,哪儿有什么金王冠呢……”

“啊,有的,它微微地闪着光。如果我在这样的时刻躲在树丛里,我会清楚地看到,它就在你的头发上……”

“天知道你会看到什么。不过,你并没有躲在树丛里,倒是我现在的丈夫和我的父亲从树丛里走了出来。恐怕他们已经偷听到我和女伴们的谈话……”

“那么,就是在那儿你认识了你的丈夫?”

“是的,我是在那儿认识他的!”她快活地高声说,面带微笑,眉梢的小血管紧张地凸起。“他是来找我父亲谈生意的。第二天,我们就请他吃饭。三天后,他便向我求婚。”

“真的吗?这一切发生得这么快吗?”

“是的……但是以后的发展就慢了。你要知道,我的父亲本来是完全不同意的。于是,他提出要考虑一段时间。首先,他希望我最好留在他身边,此外他还有别的顾虑。不过……”

“不过什么?”

“不过我下定决心了。”她微笑着说,那根小血管,带着紧张和病态再次凸现在可爱的脸庞上。

“嗯,你下定决心了?”

“是的,我态度郑重而且非常坚决……”

“是的。我明白,我明白。”

“……我的父亲最后不得不做出让步。”

“于是你就离开了他和他的小提琴,你离开了老房子,离开了荒芜的花园,还有喷泉和你的六个女伴,追随科勒特亚恩先生而去。”

“‘追随他而去……’你的用词真是奇怪,史皮奈尔先生!简直就像《圣经》里的词语!是的,我离开了那儿的一切,因为这是人的本性啊。”

“是的，这可能就是人的本性。”

“毕竟，这关系到我未来的幸福。”

“当然。然后，幸福就来了……”

“幸福是在那个时候来的，史皮奈尔先生。当他们第一次把小安东抱到我身边，我们的小安东，他鼓足那健康的小肺的力量，使劲地哭喊，他可真是个强壮、健康的小家伙啊……”

“这已经不是我头一次听到你谈起小安东多么健康，夫人，想必他一定超乎异常地健康吧？”

“嗯，是的！而且他看上去十分像我的丈夫！”

“喔！——事情的经过原来就这样啊。于是，你现在再也不姓埃克霍夫，你改了姓。你有了健康的小安东，但是气管出了点小毛病。”

“是的。可是，你真是一个神神秘秘的人，史皮奈尔先生。我敢肯定……”

“是的，我对天起誓，你正是这样的人！”施帕兹夫人说，原来她也在场。

此后，这次谈话也同样让科勒特亚恩夫人反复思索。尽管对话本身没有什么意义，但是对话里隐伏着令她审视自己的动力。这是否对她产生了有害的影响呢？她越来越虚弱，还经常发烧。她带着微烧躺在床上，迷迷糊糊中有一种微微兴奋的感觉，夹杂着思考，自我审视，自我欣赏和顾影自怜。当她不是卧床休息的时候，史皮奈尔先生便会踮起他那双大脚的脚尖，小心翼翼地走到她面前，在离她有两步远的时候就停下来，然后一腿在前一腿在后，俯下身子，十分谦恭地压低嗓子跟她交谈，仿佛他怀着尊崇和敬畏将她高高地举起，放在柔软的云榻上，那里远离尘嚣也没有任何噪音烦扰她……每当这时候，她就会想起科勒特亚恩先生夹杂着英语说话的神情：“小心点儿，加波莉埃莱。当心，我的宝贝儿，把嘴巴闭上！”他的模样好像在严厉地、好心地拍拍她肩膀似的。然后她连忙抛开这样回忆，重新在虚弱和兴奋中躺回史皮奈尔先生为她殷勤铺好的云榻中。

一天，她在聊天时突然转到那次关于她出生地和未婚时代的简短谈话上。

“是真的吗，史皮奈尔先生？”她问，“你真的看到那顶王冠？”

虽然已经离那次谈话已经有两个星期了，可是他立即就理解了她这话指的是什么，并且激动地向她做了保证，当她和她的六个女伴坐在喷泉旁的时候，他肯定会看到那顶小小的王冠在发光——在她头发上微微发光。

过了几天后，一位疗养院里的病人出于礼貌，询问她家中小安东的健康情况。她飞快地扫了旁边的史皮奈尔先生一眼，然后有点不耐烦地回答道：

“谢谢你。他很好呢——不然会怎样呢？他和我的丈夫都好着呢。”

八

二月下旬的一个寒天，空气更加纯净，阳光更加灿烂，爱因弗里德一片欢腾。患心脏病的先生们红光满面地交谈着；患糖尿病的将军像年轻人那样哼着歌；两腿不听指挥的绅士们也欣喜若狂。这是怎么一回事呢？这可不是件小事，疗养院要举行一次到山中的集体郊游。大家要乘着雪橇，挥着马鞭在叮叮当当的铃声中去游玩。这是列昂德医生的决定，好让他的病人们能散散心。

当然了，“重病号们”必须待在家中，真是可怜！大家一致同意，不能让他们知道这个计划，能够借此表示一点同情和关心，大家都感到心里稍微好受点。有几个人虽然身体状况可以同去，却不愿意参加。至于封·奥斯特罗小姐呢，她不愿同去，自然可以获得大家的谅解。像她这样担负重责的人，压根儿别想参加什么雪橇郊游。疗养院里的琐碎事情让她必须留下来——一句话，她不得不留在爱因弗里德。可是，当科勒特亚恩夫人表示要留在家时，大家普遍都有点失望。尽管，列昂德医生一再强调，出去郊游和呼吸新鲜空气有诸多益处，但是她说她没有兴致，头痛得厉害，她感觉很累。所以，大家只好随她去了。但是，那位爱开玩笑、嘲讽人的那位绅士趁机说：

"大家瞧着吧，那个'腐烂宝贝'也不会去的。"

他还真说对了。史皮奈尔先生表示，他当天下午要工作——他非常喜欢用"工作"这个词来形容他可疑的活动。不管怎样，没人对于他的缺席感到惋惜；同样，施帕兹夫人要留下来陪伴她年轻的朋友，因为她说雪橇会让她感到头晕，大家对此都表示理解。

这一天还不到十二点就开饭了。午饭刚结束，那些雪橇就停在爱因弗里德的门口了。病人们都穿得暖暖和和的，又激动又好奇地在喧闹的人群中穿过花园。科勒特亚恩夫人和施帕兹夫人一起，站在通往阳台的玻璃门那看病人们出发，而史皮奈尔先生守在自己窗户那看病人们启程。他们看到，病人们在嬉闹中可笑地抢占好位置，为此还发生了小小的争吵；他们看到，封·奥斯特罗小姐，脖子上围着毛领围巾，从这个雪橇奔到那个雪橇，把装满食物的篮子塞到座位底下；他们看到，列昂德医生前额上紧紧扣着毛皮帽子，戴着闪闪发亮的眼镜，最后又巡视一遍，坐到座位上，发出启程的号令……马儿拉动了雪橇，几位女士发出尖叫声，向后倒去。铃儿叮当响，短柄的皮鞭也甩出噼噼啪啪声，长长的鞭绳拖曳在雪橇木架外面的雪地上。封·奥斯特罗小姐站在铁栅门旁，挥舞着手帕送行，一直等到滑动的雪橇在公路的转角处消失了，快乐的喧闹声听不到了。然后，她穿过花园匆匆地去履行她的职责了。两位夫人也离开了那扇玻璃门，而几乎就在同时，史皮奈尔先生也从他的"瞭望口"走开了。

爱因弗里德四下俱寂。探险队不到傍晚是不会回来的。"重病号们"待在他们的房间里，忍受着病痛。科勒特亚恩夫人和她年长的女伴散了一会儿步，然后各自回房间了。史皮奈尔先生，同样，也待在房间里，忙着他自己的事。大概四点钟的时候，用人给每位夫人端来半公升的牛奶，而送给史皮奈尔先生的还是往常的清茶。片刻后，科勒特亚恩夫人轻轻地敲了敲她与施帕兹参议员夫人房间的墙，说：

“我们到下面的客厅吧，施帕兹夫人？在这里，我实在不知道要干什么。”

“好的，亲爱的！我马上就来。”施帕兹夫人回答，“请允许我先穿上靴子。要知道，我刚才躺在床上休息呢。”

不出所料，客厅里空空荡荡没有一个人。两位夫人坐到了壁炉旁，施帕兹夫人在一块十字网布上绣花，科勒特亚恩夫人，同样，也做着针线活。但是，她绣了几针就把针线活放在膝上，然后靠在安乐椅的扶手上陷入遐想。最后，她漫无目的说了几句不值启齿的话。尽管如此，施帕兹夫人还是问：“你说什么呢，亲爱的？”于是，她又不得不耐着性子又重复了一遍。施帕兹夫人还是问：“什么？”就在这时，他们听到走廊里传来脚步声，然后门开了，史皮奈尔先生走进客厅。

“我打扰到你们了吗？”他站在门槛上温柔地问，眼睛直看着科勒特亚恩夫人，接着他文质彬彬地俯下身子。

年轻的夫人回答道：“咳，怎么会呢，史皮奈尔先生！首先，这个房间是对所有人都开放的，再说，你在这怎么会打扰到我们呢？我觉得，我肯定使施帕兹夫人感到烦闷了……”

他不知道说什么，之后咧嘴笑着，露出了他的蛀牙。接着，在女士们的注视下，迈着拘谨的步子走到玻璃门那，然后停下来，非常不礼貌地背对着两位女士。他随后转了半个身子，眼睛看着花园，说：

“太阳落山了，天空不知不觉已经布满了灰色的云。天快黑了。”

“是啊，确实如此。到处都是灰色的影子。”科勒特亚恩夫人回答道，“看来，我们的雪橇队还会遇上一场雪呢。昨天这个时候，天还亮着呢，可是现在已经有点黑了。”

“喔，”他说，“眼睛终于可以放松一下了！这些天阳光太明亮了——太阳的光太亮了，把一切，不论是美还是丑，都照得一清二楚……我真是感激它能够稍微把脸藏点起来呢。”

“史皮奈尔先生，你不喜欢太阳吗？”

“呃，我不是个画家……如果没有太阳，人会更加深沉，注重思考——天上有厚厚的灰色的云，也许这预示着明天会融雪。顺便说一句，我劝你不要在那后边费劲地做针线活儿。”

“噢，不用担心，我本来就没瞧它哩。可是又有什么好做呢？”

他已经坐在钢琴前面的旋转椅上，一只胳膊靠在钢琴盖上。

“音乐……”他说。“要是现在能听到一些音乐该多好啊！这些天，只能听到一些英国儿童唱几首黑人的歌曲，仅此而已。”

“可是昨天下午，封·奥斯特罗小姐还抽空弹了《修道院的钟声》呢。”科勒特亚恩夫人提醒他道。

“但是，尊贵的夫人，你会弹琴，不是吗？”他恳求地说，站了起来，“你曾经每天都和你父亲一起演奏的啊。”

“是的，史皮奈尔先生，可那都是过去的日子啦！那些在花园里喷泉旁的日子，你知道的……”

“今天再弹一次吧！”他恳求，“就弹几小节！你要知道，我是多么渴望听到……”

“我们的家庭医生，还有列昂德医生，都禁止我弹琴呢，史皮奈尔先生。”

“他们不在这啊，他们中哪一个都不在这啊！我们现在自由啦……你自由啦，尊贵的夫人！只弹几小节的和音……”

“不，史皮奈尔先生，我办不到啊。天知道你指望我弹得多美妙啊！可是，我跟你保证，我忘得差不多了。我几乎都记不起来调子了。”

“噢，那就弹那些记不起的调子吧！况且，这儿有几本乐谱呢——就在这，在钢琴盖上。不，这些都没什么意思。这儿有肖邦的曲子……”

“肖邦？”

“是的，肖邦的夜曲。现在，只需要我为咱们点起蜡烛啦……”

“我是不会弹的，史皮奈尔先生！我不应该弹琴！如果弹了对我健康有害呢!”

他沉默了。他站在钢琴上两支蜡烛的光亮中,双手无力地垂在两边;他的脚板依然是那么大,身上依然穿着黑色的长外套,两鬓头发依然花白,轮廓不分明的脸上依然没有胡子。

最后,他温柔地说:“如果是这样的话,我就不恳求你了。如果,你害怕会对你身体有害,尊贵的夫人,那么就让从你手指间倾泻出来的美丽消失吧,沉默吧。你过去不是这么小心谨慎的,至少,在你做出与美丽背道而驰的决定的时候,你不是这样深思熟虑。你过去不关心你的健康,你毫不犹豫、决绝地遗弃了喷泉,摘下那顶小小的金王冠……请听我说,”他停了一下,喘口气,声音更加低沉,“如果你现在坐在这,像过去那样弹奏,就像你父亲还站在你身边拉着小提琴,小提琴的调子让你流泪——也许,还可以看到那顶小小的,微微发光的王冠在你的头发上……”

“真的吗?”她面带微笑问道。说话的时候,恰巧嗓子被意外地堵住,发出来的声音是半无声的。她清了清喉咙,然后问:

“你那儿真的有肖邦的夜曲吗?”

“真的有。乐谱已经摊开了,万事俱备啦。”

“好吧,那么,愿上帝保佑,我弹奏一曲吧。”她说。“但是,我只弹一首,你明白吗?总之,听完一首,你就再也别想听啦。”

说完,她站了起来,放下针线活,然后走到钢琴前。她坐在旋转椅上,椅子上放着几册装订的乐谱。她摆正蜡烛,翻开乐谱。史皮奈尔先生也拖了一张椅子,坐到她身旁,俨然一副音乐老师的模样。

她弹的曲子是《降 E 大调夜曲——作品九之二》。如果她真的在钢琴演奏上有所荒废的话,那么过去她的弹奏艺术一定是十分完美了。这架钢琴的音质只能属于中等水平,但是她在弹了几个音之后,就能自如地优美弹奏。她对不同音色非常敏感,对有节奏的旋律那激情的完美的掌握令人难以相信。她的指法坚定而又温柔。在她的指下,曲调流出最诱人的甜蜜,装饰音优雅、温柔地依附在她手指周围跳跃着。

她穿的是才到疗养院的那身衣服，一件硬高领的银灰色紧身上衣，上面镶满了浮雕似的阿拉伯样式的丝绒缀饰。这件衣服把她的脸蛋和双手衬托得脱俗、优雅。弹奏的时候，她脸上的表情没有什么变化，但是她嘴角轮廓似乎更加清晰了，眼角的阴影似乎更深了。弹完以后，她双手从琴键上移到膝上，但是眼睛继续看着乐谱。而史皮奈尔先生一动不动地坐着，一语不发。

她又弹奏了一首夜曲，她弹了第二首，第三首。然后，她站起来，但只是为了在琴盖上再找到些乐谱。

史皮奈尔先生突然想到要去翻一翻旋转椅上黑色硬皮的本子。突然，他莫名其妙地发出一声尖叫，他那双苍白的大手激动地抚摸着一本被忽略的乐谱。

“不可能！……不可能是真的！……”他说，“但是，我没弄错！……你知道这是什么吗？……你知道什么放在这吗？……我手里拿的是什么啊？”

“是什么？”她问。

他默默地指了指乐谱的封面。这时，他脸色煞白，拿乐谱的那只手垂下来，嘴唇发抖地看着她。

“真的吗？这本乐谱怎么会在这里呢？那么，把它递给我吧。”她率直地说。然后，她把乐谱放在谱架上，坐下来。在静默片刻后，她开始弹奏第一页。

他坐在她的身旁，弯着腰，双手合十放在膝间，低着头。她在弹奏曲子起始部分的时候，速度慢得折磨人，在每个音节之间常出现令人不安的拖长停顿。这是一个渴望的主题。深夜中一个孤独的、迷失的声音，悄悄地低吟出腼腆怯懦的疑问。紧接着是沉默，是等待的沉默。看哪，有回答了：同样怯懦而孤独的音调，但是更加响亮，更加温柔。又是沉默。突然，她故意抑低弹奏出一个美妙的加强音，仿佛情绪突然振奋，喜悦和激情迸发出来。爱情的主题出现了。音调继续上扬，狂喜而又甜蜜地向上攀爬，到达绵绵情意的顶峰，然后又滑落下去。然后，音调深沉的大提琴音鸣响起来，歌颂着痛苦、沉重的快乐，将曲子继续下去……

在这架可怜巴巴的乐器上，钢琴演奏者相当成功地演奏出交响乐队的效果。她出色而又准确地弹奏出小提琴渐强音。她弹奏手法细腻，虔诚地守护着每一个音符的形象，恭顺地烘托出每一个音符的细节，就好像是神父把十字架举在头顶。她在演奏什么样的故事呢？有两股力量，有一对痴缠的情侣，在痛苦与快乐中相互追求对方，在疯狂地渴望永恒中拥抱彼此……序曲如大火熊熊燃烧起来，然后熄灭。她在分幕的地方停止演奏，但是仍旧默默地看着乐谱。

而施帕兹夫人已经无聊烦闷到了极点，她的脸都变了样，眼睛也鼓了出来，神情如僵尸般可怕。不仅如此，这种音乐也影响了她的胃部神经，使她这个消化不良的器官处于恐惧和不安之中。施帕兹夫人甚至害怕胃痉挛又发作了。

“我必须回到自己房间去，”她有气无力地说，“再见，我等会再回来吧。”

然后，她离开了。外面，暮色苍茫。一团一团的雪花无声无息地飘落在阳台上。琴架上的两支蜡烛发出摇曳的烛光。

“第二乐章，”他轻声地说。于是，她翻页，开始弹奏第二乐章。

远方的号角声渐渐消逝……也许只是风中的树叶簌簌作响吧？还是泉水潺潺低语？夜幕的寂静已如潮水般涌入树林和房屋，现在任何恳求和警告都不能阻止汹涌澎湃的渴望。神圣的秘密已经上演了。火光熄灭了，死亡的主题，随着突然阴翳的奇异音调降临了。而渴望迫不及待地展开双臂，从黑暗中向它走近的情人，挥舞着白色的面纱。

啊，在这尘世中的相会超越了一切世俗，带来无穷无尽、永无止尽的快乐！令人烦恼的误会消除了，时间和空间的枷锁解开了，“你”和“我”幸福地融合，“你的”和“我的”成为一体！白昼用险恶的幻象使他们分离，但是它的谎言再也不能欺瞒黑暗中的他们，因为黑暗已经给了他们极具魔力的一剂药，让他们能够洞察一切。谁曾怀着眷恋目睹过死亡之夜和它的甜蜜的奥秘，他就会在白昼的幻觉中留下一点渴望,渴望那神圣的夜,那永恒、真实、融合一体的夜……

啊,爱之夜,降临吧,请赐给他们渴望的忘却,用欢乐紧紧拥抱他们,让他们从尘世的虚伪和离别中解脱出来!“看,最后的灯光已经熄灭了!思考和虚荣已经消逝在神圣暮光之中,拯救尘世的暮色已经笼罩了所有的痛苦和幻影。白昼用幻影来欺骗我,带给我无尽的渴望,用这渴望折磨我,带给我无尽的痛苦。当幻影黯然失色的时候,当我的视线在狂欢中变得模糊的时候,噢,我就看到渴望变成了现实!多么美妙啊!于是——我就是世界了……”就在此时,小提琴音奏出布兰甘妮[1]的阴沉的警告,音调令人冷静下来。

“我一直不明白这里,史皮奈尔先生,有时候我只能靠猜测。‘于是——我就是世界了’这句是什么意思呢?”

他温柔地给她做了简短的介绍。

“是啊,是这样的。——可是,既然你理解得这么透彻,为什么你却弹不出来呢?”

真是奇怪,这个简单的问题把他难住了。他红着脸,搓着手,仿佛要连同椅子一起钻到地板下。终于,他以受挫的声调说:

“鱼与熊掌很少兼得。不,我不会弹琴——不过,你继续弹吧。”

他们继续沉醉于那神秘的爱情旋律之中。爱情死了吗,你的特里斯坦的爱情,我的伊索尔德的爱情?噢,爱情是永恒的,死亡也夺不走!除了用毁灭来阻挠我们在一起,死亡还有别的魔力吗?爱情以甜蜜的“和”把二人紧密相连——即使死亡能扯断这纽带,可是死亡怎么能带走一个人又留下另一个人,一个人生另一个人死吗?……他们唱响神秘爱情的二重奏,唱响他们莫名的希望,他们至死不渝的爱情,他们永不分离的结合——他们在环绕神秘爱情的夜晚迷失了。噢,甜蜜的夜晚,永恒之爱的夜晚!

---

① 布兰甘妮是瓦格纳歌剧《特里斯坦和伊索尔德》中女主角伊索尔德的侍女。

无所不容的乐土！在思念中看过你的人，怎么会在白昼中醒来而不带忧愁呢？噢，仁慈的死亡啊，请驱散这哀愁吧！从梦醒的痛苦中永远解放这对爱人吧！啊，这不可思议的美妙节奏就像狂风暴雨！噢，参悟神秘后的喜悦不断高涨！“喜悦超越所知，超越曾经，远离分开我们的白昼之光！那是一种没有虚伪和恐惧的柔情眷恋，没有疼痛地结束后的美丽，在这无尽的迷梦中！你是伊索尔德，我是特里斯坦；噢，你不再是伊索尔德，我也不再是特里斯坦……

就在此时，他们被打断了，他们吓了一大跳。弹奏者突然停止弹奏，把手遮在眼睛上，向黑暗处探望，史皮奈尔先生也从座位上急忙转过身。在他们后面，那扇通向走廊的玻璃门打开了，一个阴暗的人影倚着另一个人影的胳膊飘了进来。原来，这是爱因弗里德的一位病人。她的病情同样不允许她参加雪橇郊游，于是在夜晚朦胧之中，倚着看护，在疗养院里悲伤地四处游荡。她就是那位生养了十九个孩子、已经失去思维能力的女病人——赫伦劳赫牧师的太太。她倚着女看护的胳膊，头也不抬，迈着茫然的步子向前探索。她穿过客厅的后面，消失在对面那扇门里——她一语不发，瞪着呆滞的眼睛，好像在梦游。接着，又是一片寂静。

“那是赫伦劳赫牧师的太太。”他说。

“是啊，是可怜的赫伦劳赫太太，”她答道。然后，她翻过几页乐谱，开始弹奏乐曲的结尾部分：伊索尔德之死。

她的嘴唇是多么苍白，嘴巴弧线多么分明，眼角的阴影多么深沉！那根眉梢上淡蓝色的小血管，越来越明显地在她仿佛透明的额头上凸出来，让她的脸看起来紧张不安。在她灵活的手指下，乐曲跃上不可思议的高潮，然后突然被肆意的最弱音抢断——仿佛脚底的地面塌陷了，然后跌落到壮丽的欲望深渊中。解脱和满足的情绪涌了出来，而且反复出现。满意的咆哮声，反复怒吼出来，接着如潮水般落下去。当满意和解脱的怒吼慢慢地低下来，似乎要消失了，但是渴望的主题又一次在和弦中体现，呼出最后一丝气息，逝去，化为寂静，飘散。又是深深的寂静。

他们两个人都歪着头，侧耳倾听。

“是铃铛的声音。”她说。

“是雪橇，”他说，“我走了。”

他站起来，穿过房间。他在后面的门口蓦地停住了，转过身，焦躁不安地将重心从一脚换到另一脚。突然在离她十五步到二十步的地方，他竟然跪了下来，默默地屈膝跪地。他那黑色的长外套铺在地上。他双手合十放在嘴巴上，双肩不停地抽搐。

她坐在那，手放在膝上，背对着钢琴，身体前倾，看着他。她的脸露出窘迫的、迟疑的微笑。她的眼睛沉思地凝望着黑暗，有些费力也有一丝不自觉的动摇。

雪橇的铃铛声，鞭子的噼啪声和人们的说话声，从远处渐渐传来了……

九

雪橇郊游是在二十六号举行的，事后大家对旅途的见闻还谈论了很久。二十七号是个融雪的日子。那天，一切好像要融化了，到处都在滴水，水滴四溅。科勒特亚恩夫人身体状况也不错。到了二十八号，她吐了一点血——噢，并不值得一提啊，可是，毕竟是血呢。同时，她变得更加虚弱了，不曾有过地虚弱，她不得不躺在床上。

列昂德医生给她做了仔细的检查，他的表情既冷淡又严肃。他科学地开出处方：冰块、吗啡、绝对的静养。恰巧第二天，他声称因为工作较为繁重，不再继续单独负责她的治疗，将她转给缪勒医生了。而缪勒医生根据他的职责范围和合同规定，温顺地接管了她。他是一个少言寡语的人，一个面色苍白，既平凡又忧郁的人。他简单且微不足道的职责就是看顾那些几乎没有患病或者病入膏肓的人。

缪勒医生阐述的第一个的观点是：科勒特亚恩夫妇已经分别很久了。现在迫切需要的是，科勒特亚恩先生能再来爱因弗里德访问一次，当然，这得在他蒸蒸日上的事业允许的情况下。也许可以给他写封信，或者拍封简短的电报。如果他能够把小安东带来，那一定能让年轻的母亲快乐和振作起来。再说，医生们也颇有兴趣见识一下这个健康的小安东。

看啊，科勒特亚恩先生驾临了。他接到缪勒医生发去的简短电报后，从波罗的海的海滨赶来了。他爬下马车，在客厅里叫了咖啡和黄油面包卷，脸上一副诧异的神情。

“先生，”他说，“出了什么事了？为什么叫我来看她呢？”

“因为你最好是……”缪勒医生答道，“你现在最好是待在你夫人身边。”

“最好……最好……！但是这必须得这样吗？我得节省啊，我的先生——这年头经济不景气，火车票又很贵。这样费时一天的长途旅行难道不能免去吗？假如说，毛病在肺上，我就不说什么了。可是，谢天谢地，是气管上有毛病……”

“科勒特亚恩先生，”缪勒医生温和地说，“首先呢，气管是个重要的器官……”“首先”这个词，他用得很不准确，因为他没接着说“其次”。

与科勒特亚恩先生一起到达爱因弗里德的，还有一个裹着红色的苏格兰呢绒、浑身金饰的胖女人。在她臂弯里是小安东·科勒特亚恩，那个健康的小安东。是的，他也来了，而且任何人都没法否认，他真是健康极了。他健康红润，皮肤白嫩，他的穿着整洁清爽，胖胖的身上闻起来香喷喷的。他重重地压在他那金光闪闪的保姆的手臂上，保姆的手臂已经发红。他大口喝着牛奶，吞着碎肉末，大声哭喊，脾气极为任性。

从他的窗口中，作家史皮奈尔先生看到小科勒特亚恩来了。当小家伙从车里抱出来到房间里的时候，他半睁着眼，用一种奇怪又很敏锐的审视眼光观察着这个小家伙。然后，他带着这个表情又在窗边呆立了很久。

从此，他尽量避开小安东·科勒特亚恩。

十

史皮奈尔先生坐在他的房间里“工作”。

这间房与爱因弗里德其他房间别无二样，布置得古色古香，简单雅致。巨大的五斗橱上镶嵌着金属的狮头，高高的壁镜已经不是光滑一片了，露出了许多小块的水银底层。地板上涂着淡蓝色的油漆，能清楚地映出家具僵直的腿影。靠近窗户摆着一张宽阔的写字台。作家拉上了黄色窗帘，以便更好地审视自己的内心。

在淡黄色的朦胧之中，他伏在写字台上书写——写无数信中的一封。这样的信，他每周都会寄出几封，可笑的是，在大多数时候他都没有收到回信。他面前放着一张又大又厚的信纸，在信纸的左上角，画着模糊难以辨认的风景，画下面用新奇的铅字印着他的姓名：戴特莱福·史皮奈尔。他正在纸上书写，纸上已经写得密密麻麻了，他的字体纤小而又工整。

> “先生！”他在信上写着，“我给你写下面这封信，是因为我非写不可，因为我必须告诉你这些话，它们梗塞了我的内心，让我痛苦和战栗。这些话急迫地朝我涌来了，倘若我不将它们写下来以释重负，我就要窒息了……”

严格地来说，史皮奈尔先生用“涌来”这个词并不贴切。天晓得他是出于愚蠢的虚荣还是别的原因，非得这么说不可。他的这些话压根儿不肯“涌来”。对于一个以写作为职业的人来说，他写得真是慢得可怜。要是有谁看过他写作，必定会有这样的看法：写作对于作家来说比任何人都要困难得多。

他用两个手指的指尖捏住脸上那些奇怪的绒毛中的一根，捻了大概一刻钟，同时，他盯着空中出神，一行字也写不出来。随后，他提笔写了几个纤小的字，接着又停下笔来。另一方面，我们不得不承认，最后写出来的东西倒是给人一个生动、流畅的印象，尽管信的内容读起来颇为古怪和可疑，甚至有点难以理解。他继续写道：

“一种不可推卸的责任迫使我把我看到的与你分享。我所看到的，就像不可磨灭的幻景，几个星期以来不断浮现在我眼前。让你可以在我语言阐述中看到通过我的眼睛后呈现在我心中的东西。我习惯了不回避这种冲动，因为它迫使我用令人难忘的准确字眼，把我的经历开诚布公。因此，请你仔细听我说下去。

“我想要告诉你的，是已经发生和正在发生的事。我只是讲个故事，故事很短，但是令人愤慨。我在讲述中，不作注释，不加责难，也不妄加评判，只是用自己的语言将它叙述出来。这是关于加波莉埃莱·埃克霍夫的故事，先生，就是你自称是你夫人的那个女人……请你注意，尽管亲身历经这些事情的是你，但用语言将它提升至具有经历它们的意义的却是我。

“你还记得那座花园吗，先生？那幢古老的灰色的贵族房子后面荒废的花园，青苔茂盛地长在破败的围墙的裂缝之中，岁月洗礼下的围墙坚守一个荒凉的梦境。你还记得花园中心的喷泉吗？淡紫色的百合花，俯首点缀着喷泉朽坏的边缘，白色的水柱溅落到破裂的石头上，仿佛在窃窃私语一些神秘的事情。这是在一个夏日薄暮的时候。

“七位少女围着喷泉坐成一圈。可是，夕阳的余晖在第七位少女，也就是第一位少女的头发上悄悄地编织了一个至高无上的闪光标志。她的眼睛宛如羞怯的幻梦，但是，清澈的嘴唇上含着微笑……

“她们在唱歌。她们扬起瘦削的脸，望着跳跃的水柱的顶端。水柱在顶端无力地弯成美丽的弧形，并向下溅落。她们那温柔而又清脆的歌声围绕在水柱周围翩翩起舞。也许，在她们唱歌的时候双手抱膝……

“先生,你还记得这情景吗?你看到了吗?当时你并没有看见。你的眼睛生来不是看这些的,你的耳朵也听不见歌声中纯洁的甜蜜。也许你看见了,你连大气都不敢出,你不得不抑制自己的心跳。你理应离开,回到生活中去,回到你自己的生活中去,把你所看到的一切作为不可触犯和不可伤害的圣物保留在你的心中。但是,你做了什么呢?

“这个美景结束了,先生。难道你一定要摧毁它,然后给它一个充满鄙俗和痛苦的续篇吗?这是一个动人和宁静的结局,沐浴在荒败、破落的夕阳余晖之中。一个古老的家族,它太疲惫而且太高贵了,不能再有所作为,不能面对现实生活,正站在末日的边缘。它最后的表现是在艺术上发出鸣响,奏出几首小提琴的乐曲,充满了行将衰亡的悲哀……你看见她那双眼睛了吗?这些乐曲的旋律让她的眼睛热泪盈眶。或许,那六位女伴的心灵属于生活,而她们的这位姐妹的心灵却属于美丽和死亡。

“你看见了,这死亡之美。你仔细地看着,你要追求它。面对那动人的圣洁,你的心灵竟没有丝毫的敬畏和羞愧。你不满足于只是看,你还要占有它,使用它,玷污它……你的选择可真是好极了!你是个贪吃汉,先生,一个卑俗的贪吃汉,一个贪食美味的陋民。

“请你注意,我绝没有诋毁你的意思。我所说的,不是责难,而是一种讲述方式,用来简短地表述像你这样平庸、在思想上毫无价值的人。我之所以这样说,是因为我不得不向你说明你的行为和本性,因为在人世间我的不容推卸的职责就是直言不讳地说出事物的真相,让真相为世人所知,并且审视事物的本性。世上充满了我称为‘无知的人’。不过,我容忍不了这些人,这些无知的人!我实在受不了他们整日浑浑噩噩、无知无识,我受不了我周围这个愚蠢得令人愤怒的世界!一种痛苦而又无法抗拒的力量迫使我尽己所能去揭示周围的一切，说明周围的一切，让世人可知。——不管这会给我带来慰藉还是徒增我的痛苦。

“先生，正如我所说的，你是一个卑俗的贪吃汉，一个贪食美味的陋民。你大腹便便，处于思想进化的低级阶段。你的财富和骄奢淫逸的生活方式，使你神经系统发生突然的变化，堕落到史无前例的野蛮，让你有了欲望上贪婪的需要。当你决定将加波莉埃莱·埃克霍夫占为己有的时候，也许你的喉头肌肉已经抽动起来，就像面对一碗美味的汤或者一盘稀有的菜……

“确实如此，你把她富于幻想的思想带入歧途。你让她离开了荒芜的花园，走进生活和丑恶之中。你给她冠上你那粗俗的姓，让她成为你的妻子，成为家庭妇女，成为母亲。你贬低了在疲惫、羞怯以及梦幻中盛开的死亡之美，使之在平庸的日常琐碎中服侍愚蠢、无知和鄙俗的形象——即所谓的‘本性’。在你这个俗人的心里，却对这种卑鄙的安排毫无意识。

“再说一遍：到底发生了什么事呢？有着梦幻般双眼的她给你生了一个孩子；她把血液和生命中的一切都给了这个孩子，而他只是乃父作为低级存在的延续——然后，她就快死了。她就快死了，先生！但愿她不在庸俗中死去，但愿她最后从压抑她的深渊中解脱出来，在美的致命亲吻中自豪而快乐地死去。而且，只有我才对这事情关心。而你呢，此时关心的大概只是怎样在寂静的走廊里与女仆消磨时光吧。

“但是，她的孩子，加波莉埃莱·埃克霍夫的儿子，却活着，健康而幸福地成长，得意扬扬。也许，他会继续他父亲的事业，成为一个生意人，按时交税，饮食考究；也许，他会成为一个士兵或一名政府官员，一个无知但又精明能干的国家栋梁。无论如何，他都是一个不懂艺术却又正常的人，无所顾忌且充满自信，体格强壮但头脑简单。

“请允许我坦白承认，先生，我恨你，恨你和你的孩子，如同我憎恨生活的本性一样。我憎恨你所体现的卑俗的、可笑但又获得胜利的生活，它是美永恒的对手和死敌。我不好说我蔑视你。我不能这么说。我很坦诚。你是生活的强者。在斗争中，我只有一样东西能拿出来与你对抗，那就是弱者崇高的武器和报复工具：思想和文字。今天我已经在使用它了。因为这封信不是别的——我也坦率承认这一点——而是一次报复行动。信中哪怕只有一个词称得上尖锐、精彩和优美，足以令你感到震惊，让你觉察到一种异样力量的存在，让你那坚强和镇静的身躯发生瞬间的动摇，那我就会欢呼雀跃了。

戴特莱福·史皮奈尔”

然后，史皮奈尔先生把这封信装进信封，贴上邮票，用秀气的字体写上地址，便由邮局寄出去了。

十一

科勒特亚恩先生敲了敲史皮奈尔先生的门。他手里拿着一张满是工整字迹的大信纸，看上去要采取什么决然的行动。邮局履行了它的职责，这封信走完了它该走的行程，作了一次从爱因弗里德到爱因弗里德的奇怪旅行，并准确无误地到了收信人手里。时间是下午四点钟。

科勒特亚恩走进房间时，史皮奈尔先生坐在沙发里看他那本封面古怪的长篇小说。他站起来，既诧异又疑惑地望着来访者，而同时他的脸明显地涨红了。

“你好，”科勒特亚恩先生说，“请原谅，我打扰了你的工作。不过，请问这封信是你写的吗？”说着，他举起左手里那张满是工整字迹的大信纸，同时右手背把信纸敲得啪啪响。随后，他拿回右手插进他那宽松、舒适的长裤口袋里，歪着头，像有些人习惯的那样，张着嘴等着听对方的回答。

史皮奈尔先生古怪地笑着，又紧张又有点疑惑，还半带歉意。他抬手拍着额头，若有所思地说：

“啊，是的……是这样……我冒昧地……”

原来，他今天又恢复了老样子，由着性子睡到将近中午。由于这个缘故，他内心有愧，头脑昏昏沉沉，情绪紧张，斗志不高。另外，已到的春天气息让他感觉慵懒和伤感。所有这些必须提到，这样才好说明在下面这一幕中他是多么可笑。

“真是你写的！啊哈！很好！”科勒特亚恩先生说，同时将下巴含到胸前，皱起眉毛，伸出双臂，做出种种准备，仿佛礼貌地问过问题之后就会言归正传，好好算账。由于他对自己的姿态过于自我欣赏，他的举动显得有点过火。结果是，他最后的行为与他装腔作势的吓唬人的开场白并不相符。但是，史皮奈尔先生的脸已经变得煞白了。

“很好，我亲爱的先生！”科勒特亚恩先生重复道，“那我亲口回答你，如果你不介意的话，从实际情况来看，给一个随时都可以谈话的人写几页长的信，我认为真是愚蠢至极……”

“什么……愚蠢至极……”史皮奈尔先生讪笑道，带着歉意和恭顺的神色……

“是的，愚蠢至极！”科勒特亚恩先生重复了一遍，使劲地晃着脑袋，表示对自己的看法非常自信。“这样的垃圾似的东西，我压根儿不想浪费口水去说它。坦白地说，它都不配包面包！不过，它只是让我明白了一些始终不明白的事，一些变化……可是，这与你有什么关系呢，当然这也不是我找你要谈的。我是一个生意人，我有很多重要的事情要考虑，不像你只是想着那些不可告人的幻景……”

“我写的是‘不可磨灭的幻景’。”史皮奈尔先生说，同时挺直腰板。这是他在对话中唯一显出一点尊严的一次。

“不可磨灭的……不可告人的……”科勒特亚恩先生答道，同时眼睛瞄向那张信纸，“你写得真是糟糕极了，我亲爱的先生。我的公司是不会用你的，一眼瞧过去，字迹整洁，可是仔细一看，内容就是东拉西扯，漏洞百出。不过，这是你的事，与我无关啦。我到这儿来，是要告诉你，首先你是一个傻瓜——但愿你已经意识到这一点。另外，你还是一个胆小鬼，这一点我都不用向你多加证明。我的夫人曾经给我写过一封信，她告诉我你对你遇到的女人都不敢直视她们的脸，只敢侧脸瞥一眼，为的是保存所谓的美好想象，因为你害怕面对现实。可惜的是，她在后来的信中就没怎么谈到你了。否则，我可能还会更加了解你的事情哩。不过呢，你就是这样的人吧。把'美'放在嘴边，但是你只不过是胆小、害怕和妒忌罢了。所以，你才不顾颜面地提到什么'寂静的走廊'的事，想要中伤我，但最后，我只是感到可笑。感到可笑！你现在明白了吧？我不是对你的……对你的'行为和本性'已经说明了吗，你这个可怜虫？虽然这不是我的'不容推掉的职责'，哼，哼！……"

"我写的是'不容推卸的职责'。"史皮奈尔先生说。但是，他立刻放弃了为自己辩解。他不知所措地站在那儿，挨骂受训，就像一个可怜的、头发灰白的大个子男学生一样。

"不容推卸……不容推掉……我告诉你，你真是一个卑鄙的懦夫。每天，我在餐桌上遇到你。你面带微笑跟我打招呼，面带微笑递给我餐具，面带微笑祝我有好胃口。突然有一天，你把一张充满诽谤字眼的荒唐东西寄给了我。哼，是的，在文字上你倒是很有勇气！如果，这只是一封可笑的信，就算了。可是呢，你却在搞什么阴谋，诽谤我，我现在总算是搞明白了……你不要以为这会让你有什么好处！如果你满心痴想，希望向我妻子头脑里灌输那些歪论，那你真是白费心思了！她没有吻小宝贝，也许是她只是过于谨慎罢了，因为最近有假定，说她的病不在气管上，而在肺上。在这种情况下，谁也没法说清楚……尽管毛病在肺上还不能确定，你却说什么'她就快死了，我的先生！'你简直就是一头驴！……"

说到这里，科勒特亚恩先生想要缓一口气。他实在是气愤极了，右手的食指不停在空中猛戳，左手把信纸揉得不成样子。他那张英国式的金黄色络腮胡子中间的脸庞，气得通红，暴怒的青筋像闪电一样布满了他那阴沉的额头。

“你恨我，”他继续说道，“如果我不是强者的话，你还会蔑视我……是的，我是个强者，去你的！我是个好心人，你却有一副坏心肠！如果不是法律禁止的话，我会把你连同你的‘思想和文字’剁成肉末，你这个阴险的白痴。但是，这并不意味着，我亲爱的先生，我不追究你的毁谤。当我回到家的时候，我会告诉我律师这件事，给他看看这个‘粗俗的姓’——看你到时候会吃到什么苦头。我的姓很好，我的先生，这当然是由于我努力的工作。你自问，谁会因为你的名字而借给你哪怕是一枚格罗申①，你这个不知道打哪来的二流子！法律就是用来对付你这种人的！你简直就是害群之马！你让人气得要发疯！……我要告诉你的是，你这次的奸计没有得逞，我的聪明小朋友！我是不会被你这种人占到便宜的，不会的！我可是心眼好……”

科勒特亚恩先生确实是非常气愤。他大声地咆哮，一再重复自己心眼好。

“‘她们在唱歌’，闭上你的嘴，她们根本就没唱歌！她们在织毛线。而且，据我所知，她们谈的是一种土豆煎饼的做法。要是我把你写的‘荒败’和‘破落’这类话拿给我岳父看，他也会控告你，你可得注意了！……‘你还记得这情景吗？你看到了吗？’我当然看到了，可是我不明白我为什么要屏住呼吸，为什么要跑开。我才不会侧脸偷看女人的脸，我会仔细打量她们，如果我看得上眼，她们也对我有好感，我就带她们走。我可是心眼好……”

突然，有人来敲门，急匆匆地连续敲了快十下。科勒特亚恩先生被这阵急促的慌乱打断了，收住了口。一个慌乱的声音不加停顿，着急地说：

“科勒特亚恩先生，科勒特亚恩先生——哎呀，科勒特亚恩先生在这儿吗？”

① 德国的一种镍币，一格罗申相当于十芬尼。

“给我待在外面!”科勒特亚恩先生没好气地说。“有什么事?我在这正说着话呢。”

“科勒特亚恩先生,”那个声音断断续续、颤抖着说,“你非来不可……医生们也都去了……噢,太可怜了……”

他一个箭步跨到门口,使劲拉开门。门外,施帕兹夫人拿着手帕捂着嘴站在那,大颗的眼泪断了线的珠子一样滚落在手帕上。

“科勒特亚恩先生,”她急忙又开了口,“实在是太可怜了……她咳了很多血,多得可怕……本来她安静地躺床上,轻声地哼着一段曲子,结果,噢,天哪,又咳血了,多极了……”

“她死了吗?”科勒特亚恩先生叫道,抓住了参议员夫人的胳膊在门口推来推去,“不,还没有死,是不是?还没有断气,她还能看到我……她又咳了一点血,是吗?是从肺里吗?我承认,那也许是从肺里咳出来的……加波莉埃莱!”他突然大声嘶喊起来,眼睛里涌出了泪水。显而易见,他的心里爆发出一股温柔、善良、诚恳且富有人性的情感。“是的,我来了!”他边说,边迈着大步把参议员夫人从门口拖进走廊。从走廊偏远的那一端,人们还能听到他急匆匆的声音:“还没有断气,是不是?……是从肺里咳出来的,是吧?……”

十二

史皮奈尔先生还呆立在远处,科勒特亚恩先生突然来访时他就站在那儿。他盯着敞开的门。过了很久,他向前挪动了几步,听听远处有什么声音。但是,四下俱寂,于是他关上门,走回屋里。

他照了照镜子,走到写字台那,从抽屉里拿出一个酒瓶和一个小玻璃杯,然后喝了一点法国白兰地——谁也不能因此而责怪他。然后他在沙发上伸开手脚躺下来,闭上了眼睛。

上半扇窗是敞开着的。窗外,鸟儿在爱因弗里德花园里啁啾。就在轻轻的、温柔的和欢快的声音里，春天一点一点地舒展开了。史皮奈尔先生轻声自语："不容推卸的职责……"然后，他摇了摇头，丝丝地从牙缝里吸气，仿佛牙疼得厉害似的。

要冷静下来并集中精神是不可能的。谁也受不了被这样粗暴地对待！经过一番思索——要分析史皮奈尔先生的心理活动，那就离题太远啦——史皮奈尔先生决定站起来活动活动，到外面散散步。于是，他拿起帽子，走出房间。

他一踏出大楼，一阵温柔的芳香就将他包围了。他回过头，目光慢慢地向上扫过大楼，然后落到一扇窗户上，一扇挂了窗帘的窗户上。他神情复杂地望着那扇窗户，既严肃又悲伤。过了一会，他收回目光，倒背着手，沿着石子路走去。他一边走，一边陷入沉思。

花坛上依旧盖着草垫子，树枝和灌木仍然是光秃秃的，但是雪已经融化了，小径上有几处还留下潮湿的痕迹。宽阔的花园，连同花园里的假山洞、铺满落叶的小径和小亭子，都沐浴在午后绚丽的阳光之中。明亮的天空下，暗色的树枝轮廓分明，温柔地从各个方向伸向空中，浓墨的影子与金黄色的阳光相互交织在一起。

此时，还能辨别出太阳的轮廓。模糊的光束逐渐变成一轮正在下沉的圆盘，太阳的光芒温和了许多，看着也不再那么刺眼。史皮奈尔先生没有去看太阳，他背对太阳，低头含胸，嘴里低声地哼着一段曲子。这是一段很短的曲子，一段胆怯而忧伤的旋律，不断上扬，出现了渴望的主题……蓦地，他颤抖地吸了口气，脚下生了根似的定在那里。他张大双眼，紧皱眉头，脸上一副惊恐不安和抗拒的神情……

小径拐了个弯，直对着下山的太阳。低挂在天边的太阳看起来更大了，两条镶金边的云带横穿太阳的表面。太阳的金红色的光辉倾斜到花园里，树梢仿佛都被点燃了。就在金光照耀之下，一个穿着红色苏格兰呢绒、满身金饰的胖女人，顶着巨大光环伫立在路上。她右手撑着浑圆的腰，左手轻轻地推着一辆式样别致的童车。童车里坐着的是那个孩子，那个叫做小安东·科勒特亚恩的孩子，加波莉埃莱·埃克霍夫的胖儿子！

他坐在小车里，身上穿着白色的羊绒外套，头上戴着一顶白色大软帽。他看上去又圆润又优雅，还很健壮。他快活的目光与史皮奈尔先生毫无遮挡地相遇了。这位作家正试图振作起来：毕竟，他可是个男子汉啊。他本应该有勇气在金光灿烂下，从这个尤物身旁走过去，继续散步。但就在这个时候，一件可怕的事情发生了：小安东·科勒特亚恩开始大笑，又喊又叫，他毫无由来得意扬扬地尖叫不停。这真是令人毛骨悚然。

天晓得他是被什么逗得成这样。可能是他面前的这个黑色身影太过滑稽，也可能他只是健壮的身体本能地发作吧。他一只手拿着骨制的咬环，另一只手拿着铁皮小鼓。他快活地叫着，朝着太阳举起两样玩具，又摇又拍，好像要嘲弄地赶走什么似的。他的眼睛兴奋得眯成一条线，大张着嘴巴，连粉红色的上颚都露出来了。他一边欢呼，一边晃动着脑袋。

于是，史皮奈尔先生转过身，拔脚就往回走。他走了，身后是小科勒特亚恩欢快的尖叫声。他斯文地挥着僵硬的胳膊走在石子路上，勉强地放慢脚步，就像一个内心要逃跑的人故意掩饰自己的步态。

错乱与早痛

主菜是萝卜丸子，再配上煎排骨，后来又上了一道布丁，是用从市场上刚买的布丁粉做的，味道比杏仁味肥皂好不了多少。年轻的仆人克萨维尔把布丁端到了桌上。他身穿一件大得不合身的条纹制服，手戴一副白羊毛手套，脚穿一双黄色的凉鞋。两个“大家伙”委婉地提醒父亲，今天他们有客人要来。

所谓的“大家伙”，指的是十八岁的英格丽德和十七岁的贝尔特。英格丽德是个妩媚动人的姑娘，长着一双棕色的眼睛，即将参加高中毕业会考，不过她只要懂得讨老师欢心，尤其是校长，及格应该没问题的。但是，她根本不打算用她的文凭立足，她只想凭着讨人喜欢的笑容、娓娓动听的声音以及滑稽的模仿才能，在舞台上崭露头角。至于贝尔特呢，他是个金发小伙子，一心希望早点结束自己的学业，毕业后就能投身于生活，不是当个舞蹈家，就是当个歌舞厅里的朗诵家，甚至侍者也愿意。不过，要做侍者必须得到“在开罗”不可，那是一家有名的夜店。为了达此目的，有一次，他打算在早上五点逃跑出去，但是失败了。他与他年纪相仿的仆人，克萨维尔·克莱因居特尔，很相像，这并非因为他相貌平平——他相貌长得很像他的父亲柯尔内留斯教授，简直就是教授的翻版——而主要是因为两人在其他方面有非常相似之处，可以说是意气相投吧。两个小伙子衣着和举止都非常相似。两个人都有一头浓密的长发，头发在头顶中央草草地分开，因此，当他们仰头的时候，总是要甩一下前额的头发，甩头时候动作一模一样。他们俩穿过花园大门从家里出去的时候，无论是谁，都会光着头，穿着一件夹克衫（就是那种不论刮风下雨都穿的夹克衫），为了卖俏还系了根皮带，缩着头，佝偻身子。有时他们还会骑上自行车——克萨维尔总是很随便地使用主人的自行车，也骑女车，甚至在兴致高的时候还会骑教授本人的自行车。柯尔内留斯教授怎么都不能从卧室窗口分辨出，下面那个到底是仆人，还是自己的儿子。在教授眼里，他们俩看上去都像个年轻的农民。尽管贝尔特不能像克萨维尔那样搞到很多烟，但他和克萨维尔一样，都是烟瘾很大的烟鬼。克萨维尔每天要吸三十支烟，香烟的牌子是一个当红女星的名字。

“大家伙”称他们的父亲为“老人家”。他们不是在背后喊，而是当面就这样称呼，并且喊得十分亲昵。柯尔内留斯才四十七岁，而他的妻子比他还要小八岁，可是他们总是喊“可敬的老爷爷！”“真诚的老奶奶！”教授的父母提心吊胆地在家度晚年，在他们嘴里就成了“老祖宗”。至于“小家伙”呢，说的是楼上的萝尔欣和拜瑟尔，他们跟保姆“蓝安娜”在楼上用餐，之所以这么称呼保姆，是因为她的脸色发青。他们干脆模仿母亲对父亲直呼其名，叫他“阿贝尔”。他们喊他的时候，亲切至极，有说不出的滑稽。尤其是五岁的萝尔欣，她的声音甜润动听。她长得与柯尔内留斯太太童年照片上的样子十分相像。教授十分疼爱她，视她为掌上明珠。

“亲爱的老爷爷！”英格丽德亲切地说，把她漂亮的大手按在父亲手上。父亲按照中产阶级的传统坐在餐桌的上首，她则坐在父亲的左手边，母亲就坐在她的对面。“父亲大人，我要提醒你一件事，因为你肯定忘记了。今天下午，我们要举行一个小小的聚会，要像鹅一样乱蹦一气，还要吃上几盆鲱鱼沙拉。你得克制一下，不要总是黑着脸，我们到九点就散场啦。”

“啊？”柯尔内留斯拉长了脸说，“好吧，好吧。”他一边说，一边点点头，表示对这件必须完成的事没有异议，“我只是觉得，真的到时间了吗？星期四，是，不错。真是光阴如梭啊！那他们什么时候来啊？”

英格丽德回答他，客人大概四点半到。弟弟总是让她先与父亲交涉。她表示，父亲可以到楼上休息，几乎不会听到什么动静的。从七点到八点，他可以出去散步。如果他愿意，他甚至可以跨过平台溜出去。

“哦——”柯尔内留斯拖长了声音，意思是“你说得太过分了！”就在此时，贝尔特开腔了：

“万尼亚每个星期只有这个晚上不用去演出。别的日子，六点半他就得走，那样会使一起聚会的人感到难受。”

“万尼亚”就是伊万·赫茨尔，国家剧院的一位大名鼎鼎的演员。他与贝尔特和英格丽德很要好。他们常常在他那儿喝茶，还可以到更衣室里去看他。他是个新派艺术家，演出风格与其他人迥异。在教授眼里，他在台上的表演矫揉造作到了极点，大吼大叫的腔调也让人受不了。对他这位历史教授来说，这实在是难以忍受。可是，贝尔特却深受赫茨尔的影响，将下眼皮涂上黑色的眼线。为此，他与父亲发生过几次严厉的争执，但是毫无改变。像许多年轻人一样，他对长辈的内心痛苦不加理会，还表示要以赫茨尔为榜样，即便去“在开罗”当侍者，也要模仿他的举止。

柯尔内留斯向儿子微微欠身，并扬起眉毛，表明作为长辈应有的谦逊和自制力。他无声的举动并没有表现出明显的嘲讽，不管儿女如何理解。贝尔特既可以认为父亲的举动是针对自己的，又可以认为是针对他那位颇具才华的朋友的。

“除此之外，还有谁会来啊？”一家之主继续问道。于是，他们又说出了几个名字，他或多或少听说过，有来自别墅区和城里的，还有来自英格丽德所在的女子高中的……他们接着说，还得打电话邀请呢，比如，要打给马科斯——马科斯·赫哥泽尔，他是工科大学生。英格丽德马上用拖长的鼻音说出他的名字。据她说，赫哥泽尔一家人就是用这样的腔调说话的。接着，她又用极其滑稽和生动的方式继续模仿。她的父母忍俊不禁，差点被肥皂味的布丁噎到。哪怕在这个时候，人们遇到好笑的事，依然还是会捧腹大笑的。

这时，教授书房里的电话铃响了。两个“大家伙”跑过去，因为他们知道电话是找他们的。最近因为电话费涨价，很多人不得不把电话拆了。可是，柯尔内留斯家依旧使用，就像他家战前建造的别墅现在仍然住着人一样。一切得归功于一家之主柯尔内留斯教授——他是历史学正教授，每年有一百万马克的工资收入，他的这笔薪金尚能勉强维持生活。他们这幢郊外的别墅，既雅致又舒适，虽然年久失修，但那是因为材料稀缺。房子外墙已经被铁炉子长长的烟囱熏得面目全非了。尽管生活没有以前那么富裕，比如，他们穿的衣服较为破旧、寒酸，但他们依然过着昔日上层中产阶级的生活。孩子们却不当一回事，他们生来就是别墅里的“无产者”。对于衣着，他们更不放在心上。他们这一代人穿衣服讲究时髦——贫困与标新立异的结合。夏天，他们只是穿着一件带腰带的亚麻布大褂，脚上也只有一双凉鞋。中产阶级的家长们对此可接受不了。

两个“大家伙”把餐巾搭在椅子背上，跑去接电话，和朋友们交谈了。看来，电话是他们邀请的客人打来的。他们有的答应来，有的谢绝，有的和他们商量事情。两个“大家伙”说话用的都是他们圈子里的术语，是俗不可耐、玩笑嬉闹的粗话，“老人家”几乎一句都听不懂。孩子们又继续商量起聚会餐饮的事情。教授的中产阶级虚荣心此刻表现出来了，他希望晚餐时除了意大利色拉和奶油黑面包之外，再来一只圆形的大蛋糕，或者类似的糕点。但是，柯尔内留斯太太说这个太过火了，年轻人不会喜欢吃的。两个孩子也是一边随声附和，一边继续吃布丁。

他们家的主妇与英格丽德是同一种类型的，只是没她高。她被繁重的家务累垮了身体，很是憔悴。她应该去浴场疗养，可是她疲于应付家中乱七八糟的事情，目前还顾不上疗养。她现在想的就是今天必须买些鸡蛋，于是嘴里也唠叨起来：六千马克的鸡蛋只有在每个星期的这一天才能买到，还必须到离家一刻钟路程的那家店铺去买。孩子们吃完饭就得去买。邻居家的小孩，丹尼，会过来叫他们一起去的。克萨维尔也要穿上便服和少爷小姐们一起去。因为，那家店铺每家只供应五个鸡蛋，这些年轻人必须用各种化名走进店里，然后为柯尔内留斯家搞到二十个鸡蛋。

对所有买鸡蛋的人来说，这是一个星期最高兴的事，包括克萨维尔·克莱因居特尔。英格丽德和贝尔特对此尤为兴奋。他们喜欢装模作样，把同去的人搞得晕头转向，而且处处随心所欲，哪怕一个鸡蛋也搞不到。他们用平常不用的粗话滔滔不绝、故弄玄虚地谈论。谈话内容都是关于常听到的话题，比如政治、食品价格以及虚构的日常琐事。全车的人听他们喋喋不休的谈论时，感到既有趣又忐忑不安，总觉得有什么地方不对头。英格丽德尖起嗓子，声音又颤又高，叽叽喳喳地说话。她装成一个女店员，声称自己有一个暴虐成性的私生子，私生子最近在乡下极其残暴地折磨一只奶牛，残暴的行径简直让基督教徒无法容忍。她尖着嗓子说出“折磨”这个词，说话时的神态让贝尔特险些笑出声来，但他还是竭力忍住了。他继续同那位扮演不幸女店员的英格丽德胡扯起来，肉麻地表示同情。他们关于病态的残忍问题进行了冗长、愚昧、下流的讨论，谈话内容令人发指。一位老先生实在忍不住了，站起来反对年轻人再详细地谈论这类“话题”。这位老先生坐在斜对面，车票夹在食指和戴印章戒指的手指之间。他说“话题”这个词时用的是希腊文复数。听了他的话后，英格丽德佯装痛哭流涕，贝尔特则对老先生露出一副勃然大怒又极力克制自己愤怒的姿态。但他又好像无法再控制自己的愤怒情绪，握紧了拳头，咬牙切齿，浑身发抖，以至于那位好心的老先生不得不匆忙地在下一站下车了。

“大家伙”就是这样胡闹的。他们胡闹的时候，电话起了重要作用。他们的电话可能打给任何人——有政府官员，剧院歌手，教会领导——他们或者扮作商店的店员，或者佯称某某贵人或贵夫人，最后才勉强承认自己拨错电话了。有一次，他们倒空父亲的名片夹，分别胡乱地投在邻居们的信箱里。他们明知这可能会引起一阵混乱，结果真是掀起了轩然大波。谁也不知道谁突然过来拜访了。

克萨维尔进来收拾盘子，头发一甩一甩的。他已经脱掉了上菜的手套，可以看到他左手上戴着一枚黄色的戒指。教授喝光了他那杯价值八千马克的啤酒，然后点燃一支雪茄。接着，他听到“小家伙”们从楼梯上冲下来的声音。他们像平时一样，饭后总是要跑来问候爸爸和妈妈的。他们风一样地冲进餐厅，撞了下门，立即用小手扯着门把手。他们的小脚穿着红色的拖鞋，袜子已经滑到鞋子上了。他们又笨拙又慌张地踩过地毯，叽叽喳喳地分别扑向各自的目标。拜瑟尔扑向妈妈，跪着爬到妈妈的怀里，吹嘘他吃了多少饭，还故意腆了腆鼓鼓的肚子。而萝尔欣则奔向爸爸阿贝尔，他是属于她的，当然她也是属于他的。她感受到爸爸对她珍贵的、深深的爱，这种深深的爱像其他感情一样还带些微微的忧伤。他温柔地抱着“小家伙”，眼睛里满是疼爱。他亲吻她秀气的小手或是额头。她那可爱的额头上能看到娇嫩的淡蓝色小血管。

“小家伙”们彼此看上去很相像，再加上穿着同样的衣服、理着同样的发式，看上去就更像一对兄妹了。不过，他们又有着根本的不同，性别不同，一个是小亚当，一个是小夏娃。拜瑟尔比较有自尊心，身体敦实，四肢粗壮，虽然只比妹妹大了四岁，但是举手投足和口头言语间处处都显示出他那男子气概。他的小胳膊从微微耸起的肩膀上垂下来的样子，活像一个小小的美国运动员。他说起话来，嘴巴向下撇着，试图发出深沉、诚挚的嗓音。可是，这种一本正经、装腔作势的男子气概与他实际性格不符。他是在一个经济萧条、充满恐慌的时代出生的，所以他的神经系统很敏感，也很不稳定。他经常因为生活中的种种困难和烦恼，动不动就大发脾气，或者痛哭流涕，甚至陷入绝望的境地。因此，母亲特别疼爱他。他有一双栗褐色的、圆圆的大眼睛，经常会斜视，可能以后要带上矫正眼镜吧。他长着一个长长的小鼻子和一张小巧的嘴巴。他的鼻子和嘴巴都很像他的父亲，特别是当教授刮去山羊胡、露出整洁的下巴以后（现在再也不能留着山羊胡了，即使是历史学教授，也得顺应时代的潮流），看上去真像是一个模子刻出来。

柯尔内留斯把女儿抱在膝上，他的小萝尔欣，那个小夏娃。

她比男孩优雅多了，脸上的表情也更甜。他把夹雪茄的手离她远远的，任由她那双娇嫩的手随意摸他的眼镜。她每天都对分别用来看远处和近处的镜片非常感兴趣。

实际上，柯尔内留斯也觉得，妻子疼爱儿子比他宠爱女儿要更有远见。男子气的拜瑟尔比温柔的小女儿也许更加重要。可是，他又觉得，人无法不服从自己的心。自从她呱呱落地，他就觉得自己的心属于这个小宝贝了。每当他抱着她的时候，他就会回忆起第一次看到她的情景。当时他在妇产医院的一间明亮的病房里，小萝尔欣就是在那家医院出生的，那时离大儿子贝尔特的出生已经相隔十二年了。他走过去，孩子的母亲正含笑看着他。他轻手轻脚地走到小床那，小床就在大床的旁边。他小心翼翼地揭开小床的床幔，看到那个小宝贝躺在枕头上，长得那么秀气，简直是甜美的化身。小手比现在小多了。小宝贝睁着眼睛，眼睛是天蓝色的，就像明亮的天空，闪闪发亮。几乎就在那一瞬间，他就爱上了这个小宝贝，完全被她夺取了心。这种感情，他以前从未奢想过，可是之后却成为他内心的一部分。他怀着惊喜，立刻将这种感情理解为一辈子再也无法更改的舐犊情深。

除此之外，柯尔内留斯教授还意识到，这种感情完全是出人意料的，令人无法控制的，仔细琢磨起来，似乎有点不对劲。他其实非常清楚，他不仅被这种感情俘获，将其变为生活的一部分，而且，他下意识地对此有所准备，确切地说，他已经做好了心理准备。他的心中酝酿着一种情感，要在某个时间里爆发出来。而这也是他作为一位历史学教授的一种本性。可是，柯尔内留斯教授，从来没有将这说出来，只是偶尔心里想到这一点时，会兀自微笑。就像他作为历史教授喜欢历史一样，他之所以喜欢历史，并不是因为历史正在发生，而是因为历史已经发生了。他们历史教授，憎恨现在的变革，因为他们认为这是不成章法的、错乱的、无耻的。简而言之，这是“违反历史”的。他们的心属于连续的、有条不紊的、循规蹈矩的过去的历史。当这位大学教授在晚饭前散步的时候，他总是沉湎于过去的回忆之中。他认为，只有支配过去才能支配无限和永恒。这种“过去”在历史学教授的脑海中，远比错乱的“现在”更为合适。过去是永存的，也就是已经死亡了。死亡才是各种虔诚和永恒的来源。当教授独自在黑暗中徘徊的时候，他的内心就领会到了这一点。这是他顽强的天性和对“永恒”的认识，这也让他陷入到对小女儿的疼爱之中，不受狂躁时代的影响。父亲对儿女的爱，伏在母亲胸前的婴孩，难道这些不是永恒的吗？因而也是十分神圣和美好的啊！但是，在黑暗中的柯尔内留斯也知道，他这种爱不完全如此。科学起见，他理论上承认这一点。这种爱的根源有倾向性，也就包含着反抗，敌视正在发生的一切，迷恋于过去的一切，也就是迷恋死亡。是的，这相当奇怪，但又是事实，在某种程度上来说确是事实。他对这个可爱的小生命和后代如此疼爱，多少与死亡有关。对女儿的疼爱与死有关，与生格格不入，这从某种意义上来说有些不美好、不正确，但要因为偶尔的科学认识，居然将最纯洁、最美好的情感从心中驱赶出去，那真是过得像苦行僧一样了。

他把亲爱的小女儿抱在怀里，她粉红色的小腿就搁在他的膝上。他扬起眉毛，用半庄重半诙谐的声调同她说话，并高兴地听着女儿的回答和喊他“阿贝尔”时甜润的嗓音。他和孩子的母亲彼此会心地对视一下。这时，孩子的母亲一边抚摸着拜瑟尔，一边温柔地责备他，告诫他以后遇事要冷静些。因为今天，他由于受到生活上的某个刺激，又大发脾气了，大吼大叫，就像一个穆斯林的托钵僧。柯尔内留斯还不时地向两个“大家伙”看一眼，目光中带有猜疑，因为他认为，这两个年轻人是不会知道他饭前散步时总结出来的科学卓见的。如果他们知道，他们就不会表现出这样了——他们两个站在椅子后面，两臂撑在椅背上，善意而又嘲讽地看着幸福的父母亲。

两个“小家伙”穿的是砖红色的厚衣服，时髦的衣服和衣服上刺绣的式样，颇具艺术气息。这些衣服是贝尔特和英格丽德以前穿过的，式样和以前不是完全一样，唯一的区别就是：拜瑟尔又短又小的裤子从罩衣下面露了出来。两个人的发型也一样，都是刘海儿式。拜瑟尔的头发是金黄色的，正在变黑，长得很不规则，乱蓬蓬的，就像一顶又小又怪的假发。萝尔欣的头发是栗褐色的，柔滑得就像丝绸，熠熠生辉，如同她这个人一样可爱。她的头发披到耳根处，可以看出，她的两只耳朵大小不一样，一个是正常大小，而另一个却大得异乎寻常。父亲有时会对这只耳朵表现出故作惊讶的姿态，装作以前没有注意到这个小小的缺陷，令她既害羞又开心。她的两只金褐色的眼睛分得很开，亮晶晶的，目光清澈可爱。眼睛上的眉毛也是金色的。她的鼻子还没完全定型，鼻孔很大，几乎看上去是圆形的。她的嘴巴很大，表情丰富，不停动弹的上嘴唇弯弯的，很美。她笑的时候，脸上会有小酒窝，并露出一口稀松的牙齿，看上去就像一串松散的珍珠。她已经掉了一颗牙——当她父亲用手帕把那颗摇摇欲坠的牙拔下来的时候，她吓得脸色苍白，全身打颤。她的脸颊有她这个年纪应该有的柔润，但是一点也不胖，相反还有点凹陷，可能与她脸的骨架有关。她的下巴有点突出，在靠近头发的脸颊上有一颗长了茸毛的痣。

萝尔欣对她的长相不是很满意——这是一个信号，说明她已经关心起这种事了。她有点伤心，认为自己的脸有些丑，不过，从另一方面说呢，"身材"还不错。她喜欢用"另一方面"这种文绉绉的字眼，听上去既文雅又稳重，比如什么"也许"、"当然"、"最后"之类的，而且她善于把这些词连在一起。拜瑟尔也具有自我批评精神，但主要关于道德。他往往对自己乱发脾气的行为而后悔，认为自己是个大罪人，以后上不了天堂，只能下地狱。别人的劝说——上帝会明察秋毫，不会斤斤计较——对他全没用。他固执地、忧郁地摇着仿佛戴着劣质假发的脑袋，说他永远进不了天国。只要一感冒，他的喉咙里就塞满了痰；只要你碰一下他，他就全身呼哧呼哧地颤抖，而且还会突发高烧，一个劲儿地喘粗气。保姆安娜对他的体质也持悲观的态度，她认为他这样一个"血浓得异乎寻常"的孩子随时可能中风。有一回，她甚至误认为他已经到了那个可怕的时刻。当时，拜瑟尔大发雷霆，然后就站在墙角那忏悔。她无意间看到他的脸越来越青，甚至比她自己的脸还要青得多。她拔腿就跑，大喊孩子的血已经太浓了，已经到了末日。谁知道那个顽皮的拜瑟尔突然冷静了下来，变得温顺了，连他自己都不知道是什么原因。最后，总算查明他脸色发青并不是中风造成的，而是儿童房墙壁上的蓝色涂料在他泪流满面的脸上反光所致。

这时，保姆安娜也跟着进来了，抱着双手站在门边。她围着白围裙，头发油光光的，长着一双鹅一样的眼睛。她的一举一动都显得自命不凡，缺乏教养。她自以为对孩子关怀备至，教导有方，并且为此自豪不已。她宣称两个孩子“生长得很好”。她有十七颗牙已经化脓了，因此镶了一口黄色的假牙，假牙配上暗红色的橡胶颚，美化了她那张农妇的脸。她脑子里一直有个怪念头：所有人都在谈论她的那副假牙，甚至连屋顶上的麻雀也对此事叽叽喳喳个不停。她常常一本正经、神神秘秘地说：“就因为我装了一副假牙，才招来一大堆没用的闲话。”她喜欢发表一些含糊不清、讳莫如深的言论，让人难以理解。比如，她经常提起一位“铅脚博士”，说每个孩子都知道他，“住在房子里的人也会冒充他”。大伙儿听了只是一笑了之。不过，她也教孩子们一些童谣：

铁路，铁路，
上面来了个火车头！
嘟嘟，嘟嘟，
它开来又开走。

有时，她也教一首时下流行的讽刺诗，虽然语调欢快，但内容却是反映生活清苦的：

星期的开始是星期一，
星期二就没什么可吃。
星期三已经到了一半，
星期四有很多事要做！

星期五总算吃上炸鱼，
星期六围着圆桌跳舞。
星期天终于吃上猪肉，
还能再吃美味的沙拉！

或者一首浪漫的四行诗，抒发的是难以理解的情怀：

快开门，快开门，
一辆马车要进门。
车上坐的是何人，
一位金发的先生！

最后，她总是会唱那首歌谣：

玛丽安坐在一块石头上，
坐在，坐在石头上；
她梳着她的金发，
梳着，梳着她的金发。
鲁道夫抽出一把刀，
抽出，抽出一把刀！

结局当然是悲惨极了。

萝尔欣那张灵巧的嘴巴能背出也能唱出这些童谣和诗歌，而且声音甜润，十分动人，比拜瑟尔强多了。不论做什么，她都比他强。拜瑟尔也真心佩服她，在什么事情上都顺从她，除了他暴跳如雷的时候。有时，她也会教他，把一些画册上的鸟的名字告诉他："这是苍头燕，这是红腹灰雀，那是海豚。"他也不得不跟着念一遍。她也教他一些医学常识，比如疾病的名称：胸部炎症、出血性炎症和呼吸道炎症。如果他不用心，她还罚他站墙角。有一次，她生气打了他一记耳光，事后她自己很羞愧，便罚自己在墙角站了很久。

是的，他俩相处得很好，简直是两人一条心。他们经历过同样的事，一回到家，就异口同声、相当激动地说，他们在公路上看到“两头母牛和一头小牛”。家里的仆人有克萨维尔和两位欣特霍伊夫人。她们是一对姐妹，本来是中产阶级，后来像人们说的那样“家道中落”，就在教授家当厨娘和打扫卫生的女佣，以此解决膳宿问题。在孩子们心里，他们和自己，以及自己的父母没有多大区别。有时候，他们挨了骂，就会跑到楼下的厨房，告诉他们，先生和太太生气了。但是，和楼上的人玩更有意思，特别是同阿贝尔，如果他不用看书和写字的话。厨房里的人永远都想不出他们父亲的好点子。比如，有个叫“四个先生散步”的游戏。当他们玩的时候，阿贝尔曲着腿，身子缩得像两个孩子那么大，然后他们手挽手，有时会围着餐厅走上一天。实际上，包括缩小了的“阿贝尔”，一共是五位“先生”。他们从没对这个游戏厌烦过。

除此之外，还有紧张刺激的“坐垫游戏”。做游戏时，一个孩子，多半是萝尔欣，坐在餐桌边的一张椅子上，躲着不让阿贝尔看到。孩子像老鼠那样不出声，静静地等着阿贝尔过来。他探头探脑地走过来，尖着嗓子说这个椅子是多么舒适，然后就一屁股坐在萝尔欣身上。“怎么回事？”他说，“这是什么？”他左摇右摆，丝毫不理会后面发出的窃笑声。“有人在我的椅子上放了个坐垫？这坐垫多硬、多奇怪、多糟糕啊！我坐着真是不舒服极了！”他在这个奇怪的坐垫上不停地扭动身子，扭得越来越厉害，还伸手去抓那些兴高采烈地窃笑和逗弄他的孩子们，直到他终于转过头，把他们都认出来，这场戏才收场。这样的游戏哪怕是玩上几百次，也不会让孩子们失去兴趣。

可是今天不能这样玩了。两个“大家伙”因为要设宴而紧张不安，他们还有好多事情要做，首先，得去买鸡蛋。萝尔欣要背《铁路，铁路》这首儿歌，而柯尔内留斯教授也要看看她的耳朵是不是一样大。这时，邻居家小孩丹尼进来了，来找贝尔特和英格丽德。克萨维尔也脱下条纹制服，换上了夹克衫，看上去活泼敏捷，很是招人喜欢。保姆和“小家伙”们又回到他们的领地上去了。教授回到书房去看书，这是他饭后的习惯。他的妻子正一心一意地忙着为聚会准备酸辣鳀鱼酱面包和意大利沙拉。在年轻人回来前，她还要带着购物袋骑车进城一趟，把手头那笔还未贬值的钱换成生活必需品。

柯尔内留斯靠在椅子上看书，雪茄夹在食指和中指之间。他先查看了麦考莱[①]关于十七世纪末叶英国国债产生原因的资料，随后他又读了一位法国作家有关十六世纪末叶西班牙债务增长的文章，这些都是为他明天上午讲课作准备的。因为他想把英国当时惊人的经济繁荣与一百年前西班牙发行国债灾难性的后果进行对比，分析一下造成这种差别的道德与心理的原因。因此，他也有机会把原来涉及到威廉三世时期的英国追溯到腓力二世时期和反宗教改革时代。这是他的爱好，他已经对此写了一本被广泛赞誉的书，这本书经常被人引用，也让他当上了正教授。他的雪茄快燃尽了，他的身体也感到些许疲倦，心中萌生出一些感伤的句子——明天，他打算讲，跟不上时代的腓力如何绝望地与新事物及历史潮流斗争，反对日耳曼人，努力地追求自由，反对锐不可当的势力；他还打算讲顽固的贵族们如何与进步和改革势力抗争，他们这种抗争不为生活所容，也被上帝抛弃。他找到了合适的表达方式，又斟酌着字句，然后把用过的书放好。他上楼走到卧室，像往常一样准备休息。他需要关上百叶窗，小憩一会。但是今天，他有点心不在焉，想到屋子里马上就会像节日那样闹哄哄的。一想到这个，他的心跳有些加快。同时，他又想到身穿黑色丝绸的腓力，这两个思绪混成模糊的一片。就这样，他睡了五分钟。

当他躺下来的时候，他能听到门铃不时响起来的声音，听到花园里的门打开又关上的声音。每次听到门铃声，他的心就不安地颤抖一下。一想到是年轻人来了，宾客满堂了，他心里感到既

---

① 麦考莱（Macaulay，1800—1859），英国政治家和历史家。

兴奋又期待，还带着一缕不安。他暗笑自己怎么会有这样的心情，但是这种笑也与神经紧张有关，当然也包含着兴奋——遇上欢庆的场合，谁会不兴高采烈呢？四点半的时候（这时天已经快黑了），他起床了，在盥洗台前梳洗了一番。盥洗台上的脸盆已经开裂一年了，一侧的活节已经断了口，没法修理了，因为没有修理工人，也不能换个新的，因为没有一家店里卖这种脸盆了。所以，只能如此歪歪斜斜、马马虎虎地将它挂在出水口的大理石板边。只有双手抬起来，才能将里面的水倒光。柯尔内留斯一天之中每每看到这个水盆，都要无奈地摇摇头。他仔细地梳洗完毕，在吸顶灯的灯光下，将眼镜擦得锃亮，然后走下楼，来到餐厅。

下楼的时候，他听到楼下拖沓的脚步声和留声机的转动声。于是，他摆出一副和蔼可亲的神态。“我没打扰你们吧？”他决定这么说，然后径直到餐厅里去喝茶。他认为这么说最为合适，客人听起来很亲切，同时对自己来说也是一道很好的防护墙。

客厅里，灯火辉煌。枝形吊灯上的所有灯泡都亮了，除了一盏已经烧坏的以外。柯尔内留斯在楼梯下面的一级台阶上站好，扫视了一眼客厅。客厅在灯光的照耀下显得很漂亮。砖砌的壁炉架上有马雷①的复制品，壁炉的两侧是软木制的墙裙，地上铺有红地毯。客人们三五成群地站在地毯上闲谈，他们手里端着杯子，拿着小片涂着酸辣酱的面包。客厅里洋溢着一片节日的气氛，隐约地散发出衣服、头发和人们呼吸的气味，十分有趣，令人忍不住要加入其中。衣帽间的门敞开着，因为客人源源不断地来了。

这个聚会令人眼花缭乱，教授只看个大概。他没有发现，英格丽德这时正站在楼梯脚下，面向着他。她的身边围着一群朋友。她身穿深色绸裙，裙子的领圈延伸到肩膀上，两只胳膊露在外面。她向他含笑点头，露出漂亮的贝齿。

“你休息好了吗？”她悄悄地问他。教授认出她时莫名其妙地

① 马雷（Marèes，1837—1887），德国画家。

愣了一下神。然后她把朋友们介绍给他。

“请允许我介绍一下，这位是朱博尔先生，”她说，“这位是普莱辛格小姐。”

朱博尔先生长得其貌不扬。普莱辛格是个地地道道的日耳曼姑娘，长着一头金发，塌鼻梁，身材丰满，穿着轻飘飘的衣服。教授彬彬有礼向她问候，她回答了他，嗓门很大，一听就是位口齿伶俐的姑娘。

“噢，欢迎之至，”教授说，“承蒙光临，不胜荣幸。您和我女儿是同班同学吧？”

朱博尔先生是英格丽德在高尔夫俱乐部结识的朋友。他属于商界人士，在他叔叔的酿酒厂做事。教授跟他说了会玩笑话，他说现在的啤酒味道很淡，装作过高地期望年轻的朱博尔可以改善啤酒质量。“可是，我还是不打扰您了吧！”他转换话题说道，打算走进餐厅。

“马科斯也来了。”英格丽德说，“哎，马科斯，你这个讨厌鬼，怎么这么晚才过来玩？”

他们彼此都亲热地以“你”相称，谈话方式让老年人很不习惯，这里一点也看不到庄重、客套和文雅。

这时一个小伙子从衣帽间里走了出来，和他们打招呼。他穿着白衬衫，黑礼服上打了一个蝴蝶结。他的肤色黑里透红，胡子也剃过了，但耳根那依稀能看到络腮胡的痕迹。真是一个帅小伙！他不像吉卜赛小提琴手那样漂亮，引人发笑，举手投足间都显得十分有教养，言行举止温文尔雅。他的一双黑眼睛十分亲切，黑礼服穿在他身上甚至显得不相称。

“嗯，嗯，柯尔内留斯小姐，你别骂我，”他说，“都怪那些讨厌的课。”于是英格丽德向父亲介绍，他就是赫哥泽尔先生。

噢，这就是赫哥泽尔先生。他彬彬有礼地感谢主人盛情的邀请。“我姗姗来迟了，”他文绉绉地开着玩笑，“是因为今天我上课一直上到四点钟，然后，我还得回家换身衣服。”接着，他就谈起他的浅口无带舞鞋，看来，刚才他在衣帽间忙得不可开交。

"我把鞋子放在袋子里带来了,"他说,"在您这儿,穿着硬跟皮鞋踩地毯可不行。可是,我真糊涂,忘记带鞋拔子了,怎么穿也穿不上去。哈哈,您想想,这真是一件令人难以置信的怪事!我这辈子都没穿过这么紧的舞鞋。鞋号乱七八糟的,一点也靠不住,料子也硬得很!您看看,这不是什么皮子,简直是生铁哩!我整根食指都压坏了……"他一边说,一边急切地把根红通通的手指伸出来,嘴里还不停地叫着"怪事",而且是非常讨厌的怪事。他的鼻音怪里怪气的,拖得很长,说话的腔调与英格丽德模仿得一模一样,但是,显然并不做作,赫哥泽尔家的人说话就是这个方式。

柯尔内留斯教授批评衣帽间竟然没有鞋拔子,并对客人的食指表示同情。"现在,我真的再也不能打扰你们了,"他说,"再见!"于是,他穿过客厅走到餐厅。

餐厅里也有些客人,他们在喝茶。那张家用的餐桌已经搬走了。教授走到挂着刺绣的角落里,有一盏小小的吸顶灯专门给这个角落照明,他通常在那里的一个小圆桌旁喝茶。他在那儿看到妻子同贝尔特以及其他两个小伙子聊天。一个叫做赫茨尔的小伙子认识柯尔内留斯,便同他打招呼。另一个叫莫勒尔,是一个"候鸟"型的年轻人。他显然没有也不想有那种中产阶级赴宴的礼服(实际上,这以后都不会有了),也没有什么"绅士"风采(实际上,这也同样不存在了)。他穿着束皮带的短上衣和短裤,戴着一副角边眼镜,脖子很长,头发浓密且蓬乱。他在银行工作,除此之外,据教授所知,他爱好民间艺术,是一位民歌歌手,业余时间收集世界各地、各类语言的民歌。今天,他应他们的要求把吉他带来了。此刻,吉他就挂在衣帽间的油布袋里。

至于赫茨尔,他是一个演员,身材矮小,胡子又黑又浓。他修过胡子的脸颊上敷了厚厚一层粉,就足以说明这一点。他的眼镜很大,眼神中流露出深沉的忧伤。他修过的脸上不但涂了粉而且还涂了胭脂,他脸颊高处那层微微的胭脂红,显然是化妆品的作用。"这真是怪极了,"教授想,"一个人不忧伤的时候才会搽胭脂，怎么可能同时又忧伤又搽胭脂呢？真是心理学上的自相矛盾。一个忧伤的人怎么会搽胭脂呢？可是，在这里我分明看到艺术家奇异的心理，这让这种矛盾成为可能——也许矛盾就因此产生的呢，这一切都太有趣了——所以，也没理由对他不客气。客气是一种礼仪，也是一种交际方式……”于是，他说：“您吃些柠檬吧，宫廷演员阁下！”

宫廷演员和宫廷剧院，实际上，现在已经没有这些了。但是，赫茨尔很享受“宫廷演员”这个头衔，尽管他是一位革新派艺术家。也许，他的精神和肉体也是自相矛盾的吧。教授的推测也可能是对的。他之所以奉承他，多少有点弥补他先前对他的成见，他反感他涂脂抹粉。

“太感谢您了！您真是太好了，先生！”赫茨尔说，有点尴尬。幸亏他口才出色，才没有失言。他对这家男主人和女主人表现出极大的尊敬，彬彬有礼得几乎到了谦卑的地步。他因为脸上的胭脂而心里有愧，仿佛他是迫不得已而为之，而且他已觉察到教授的反感，所以想通过对不施脂粉的人毕恭毕敬的态度来寻求和解。

他们一边喝茶，一边聊天。他们谈论莫勒尔的民歌，谈论西班牙和巴斯克民歌，后来谈到国家剧院最近排练的新剧《唐·卡洛斯》。赫茨尔在这部剧里饰演主角卡洛斯。于是，他非常自然地谈论起他扮演的卡洛斯。“我希望，”他说，“我扮演的卡洛斯是一个不可分割的整体。”接着，他们开始批评剧中其他的角色，评论戏中的布景以及戏剧的背景。这时教授发现谈话的内容不知不觉转到他的专业范围里来了，转到反宗教改革的西班牙了。他的内心不禁浮想联翩。他对此完全没有责任，但他也没有努力转换话题。他怕如果他这么做了，别人会以为他在找机会摆着教授的架子进而高谈阔论。所以，他对此不置可否，没有多说。当两个“小家伙”，萝尔欣和拜瑟尔，向圆桌走过来时，他的心情瞬间放松了。他们都穿着蓝色天鹅绒衣服，这是星期天穿的节日礼服。他们也想在睡觉之前在聚会上玩一会。他们睁大眼睛，腼腆地问候客人,同时也报上自己的名字和年龄。莫勒尔一本正经地望着他们,而演员赫茨尔则完全被他们迷住了。他直截了当地赞美他们,眼睛上翻仰望着天,双手放在嘴巴上。他的这些举动肯定是发自内心的,但是他已经习惯了演戏,所以他的言行不可避免地穿上了虚假的外衣。而且,他对孩子们如此热情,也好像是为了弥补他涂脂抹粉的过失。

那桌喝茶的客人已经散了。客厅里的人开始跳舞了。孩子们也跑了过去,教授也想离开了。“你们好好玩吧!”他说,并与已经起身的莫勒尔和赫茨尔分别握手。于是,他来到他的书房——他静谧的领地,放下百叶窗,打开台灯,开始工作。

这是一些在喧闹的环境中也能完成的工作,比如写几封信,做几份札记。当然啦,柯尔内留斯的思想也不是非常集中。他还沉浸在琐事的思绪中,赫哥泽尔先生那双难穿的舞鞋,普莱辛格肥胖的身体和大嗓门……当他写字或是望着空中发呆时,他又会想起莫勒尔收集的民歌,赫茨尔卑躬屈膝,想起卡洛斯和腓力二世的宫廷。他觉得人们谈话真是奇妙极了。人们总是喋喋不休地交谈,最后总是把话题转到自己不为人知的兴趣上来。他确定经常可以看到这种情况。他一边想,一边倾听外面舞会传来的声音——很有诱惑力。有时,他只听说话声,没有听到脚步声。他们不是在翩翩起舞转圈子,而是来回踏在地毯上,地毯一点都没妨碍他们的行动。他们互相拥抱的姿势非常奇怪,他们合着留声机里的音乐拍子扭动身体,那是新世界中的怪诞音乐。他仔细倾听音乐的节奏,原来是混杂打击乐的爵士乐。留声机的音响效果很好,能清楚地听到响板的噼里啪啦声,但是却丝毫没有西班牙风味。不,不是西班牙……他的思绪又转到自己的专业上了。

半个小时过去了。他突然想,拿一盒香烟去助助兴,倒也是展现友好的举动。他觉得,如果让年轻人自己掏烟出来抽,不免有些不合礼仪,尽管他们自己不在乎。他走进空荡荡的餐厅,然后从橱柜上拿出一盒存货来。这盒烟不是上等货,也不是他最爱抽的,烟卷又细又长,捐献出来没有什么舍不得的——毕竟他们是年轻人嘛。他把烟拿到客厅，微笑着举起烟盒，然后将烟放到壁炉台上。他环顾四周，然后回到了书房。

这时，舞会暂停，留声机也静了下来。客人们或是成群站在一起，或是围着窗户边的桌子站着，或是在壁炉前围成一圈坐下。室内楼梯上，也挤满了年轻人，就像在圆形露天大剧场一样。楼梯上铺有破旧的长毛地毯。马科斯·赫哥泽尔与丰满的大嗓门普莱辛格也坐在那交谈。年轻的姑娘盯着他的脸，而他则仰着身子和她说话，一只手撑在后面一级楼梯上，另一只手不停地打手势。客厅的地板上几乎没有人了，只有客厅的中央，枝形吸顶灯下，两个身穿蓝衣服的孩子笨拙地搂在一起，迷迷糊糊、慢慢悠悠地转着圈。柯尔内留斯经过他们的时候，弯腰摸摸他们的头发，说了句赞美的话。这没有打扰他们，他们依然在专心致志地跳舞。当教授走到书房门口时，看到工科大学生赫哥泽尔，可能他也看见教授了吧，于是他撑起身子从楼梯上走下来。他把萝尔欣从哥哥的怀里抢过来，同她跳舞，样子十分滑稽。他像教授做"四位先生散步"的游戏时那样屈膝，搂着害羞的萝尔欣，在没有音乐伴奏的情况下，跳起了狐步舞。周围的人看了都哈哈大笑。留声机又响起来，大家又开始跳舞了。教授手握着门把手，站在门前望着他们。他点头笑了笑，最后走进屋里。过了好几分钟，他脸上仍然挂着机械的笑容。

他又在灯光下翻阅书本，写札记，处理一些琐事。过了一会，他发现聚会已经从客厅转到他妻子的会客室了，会客室与客厅相通，而且就在他的书房旁边。他听到他们谈话的声音，其中还夹杂吉他的声音。莫勒尔大概要唱歌，果然，不一会儿，他真的唱了起来。银行职员一边拨动吉他，一边用浑厚的男低音演唱一支外国歌曲，可能是瑞典歌。教授虽然专心听他唱完，但却没听懂他到底唱的是什么。一曲终了，掌声雷动。通往会客室的门后挂着一道门帘，声音传过来时不是很清晰。一曲新歌开始了，柯尔内留斯悄悄地走进会客室。

会客室里光线朦胧，只有一盏带灯罩的落地灯亮着。莫勒尔跷腿坐在长沙发上，大拇指拨动琴弦。房间里的其他人，十分随便，有的坐着，有的站着，因为没有那么多座位提供给听众。有几个人站着，还有很多人索性坐在地板上。他们有的抱着膝盖，有的伸长两腿，连女士们都不例外。赫哥泽尔虽然穿着晚礼服，但也坐在地上，恰好位于钢琴旁边，身边是普莱辛格。两个“小家伙”也在会客室，柯尔内留斯夫人把他们抱在怀里，坐在歌者对面的靠背椅上。拜瑟尔，这个捣蛋鬼，不顾别人正在唱歌，大声嚷嚷起来。大人们不得不发出嘘声，伸出手指吓唬他。萝尔欣在这样的场合从不会犯错，而是听话地坐在母亲膝上，一声不吭。教授很想同她的小天使眨眨眼，可是她没看他。她似乎对引吭高歌的歌唱家也不在意，眼睛往下看。

歌唱家莫勒尔唱的是《漂亮的鼓》：

陛下，请您将您的女儿赐给我——

大家都听得入迷了。“唱得多好啊！”赫哥泽尔用他家族特有的鼻音柔声说。接下来的一首歌曲是莫勒尔自创的德语歌，大家听到后尽情鼓掌。这是一首乞丐歌：

乞丐女想去逛市场，
哎呀嘿！
乞丐哥也想去，
哎呀嘿嘿，哎呀嘿！

快乐的乞丐歌一结束，大家一致喝彩。“唱得太好啦！”赫哥泽尔说，声调和刚才一样。接着，莫勒尔又唱了一首匈牙利流行歌曲，声音粗犷。这首歌当然非常成功，尽管大家听不懂歌词。教授也跟着大家一起鼓掌喝彩。在狐步舞晚会中，竟然能听到富有教养和历史意义的艺术歌曲，教授不禁心潮澎湃。他走到莫勒尔身边称赞他，跟他谈论刚才演唱的歌曲及其来源。莫勒尔答应借给他一本带注解的民歌集，供他翻阅。柯尔内留斯对他十分亲切，他像所有的父亲一样，立即拿这个陌生的、有才华的小伙子和自己的儿子相比，感到又羡慕又惭愧，内心十分不安。他想，莫勒尔真是一个能干的银行职员（实际上，他根本就不知道莫勒尔在银行里是否能干）。而且，他还有音乐才能，要培养这种才能当然需要花费精力来钻研知识，可是，他那可怜的贝尔特却什么都不懂，什么都不会，只想当个小丑，可他连小丑的才能都没有！他试图让自己公正些，贝尔特还是一个好青年，也许基础比这个有成就的莫勒尔更牢固，说不定以后会成为诗人之类的人。他想当侍者，只是受时代影响的幼稚想法而已。他越想，他的父亲式悲观和妒忌情绪就越厉害。因此，当莫勒尔又开始唱歌时，柯尔内留斯教授回房间了。

他像先前那样，心不在焉地工作。差不多七点钟的时候，他想起来有封信要写，是一封不重要的短信，现在正好可以写，写信是消磨时间的好办法。快到七点半的时候，他写好了信。八点半的时候，仆人会端上意大利沙拉。教授正好可以借这个时间出去一趟，把信寄出去，还能在漆黑的夜里呼吸新鲜空气，活动活动。客人们又在客厅里开始跳舞了。为了取大衣和鞋子，他必须穿过客厅。不过，他不用紧张，他和客人们已经不陌生了，不用担心打扰他们。他收拾好文件，将信带在身边，走出门。他看到妻子坐在门旁边的靠背椅里，于是就在她旁边逗留一会。

她在看年轻人跳舞。有时两个“大家伙”或是别的年轻人也会过来和她说话。柯尔内留斯站在她身边，也微笑地看着他们。舞会已经到了高潮。此外，还有别的旁观者，比如脸色发青的蓝安娜。她十分拘谨地站在楼梯上，她知道两个“小家伙”还没闹够，而且她还得小心照看拜瑟尔，以免这个血浓的孩子转得太多会危险地脑充血。连厨房里的“用人”都来看客人们跳舞了。两位欣特霍伊夫人和克萨维尔也站在门旁的餐具柜那儿，看得津津有味。两个姐妹中年长的那位，瓦尔布尔加小姐，在厨房里做事——你可别喊她厨娘，她非常反感这个称呼。她褐色的眼睛上架了一副圆形眼镜，眼镜的鼻托上裹了一块亚麻布，免得压坏鼻子。她脾气好，人也诙谐。她的妹妹，赛琪利亚小姐，尽管已经不年轻了，但还是尽力保持原中产阶级的尊严，一举一动都显得很自负。她出身于中产阶级，如今却沦为用人，所以她坚决不愿意戴任何用人帽子，或使用任何象征用人的标志。每到星期三晚上，她总觉得大难临头了，因为那时克萨维尔有事外出，她不得不端盘子。她端盘子时，扭过头，皱起鼻子，活像一个落难的女王。她那副凄惨模样，真令人痛苦。有一次晚餐，“小家伙”们恰好和大人们一起用餐，看到她的样子，两个人都放声大哭起来。

年轻的克萨维尔对此没有什么烦恼。他喜欢侍候人，干起活来又麻利又熟练，因为他过去做过“跑堂”。除此之外，他真是一个没什么用的家伙，满嘴油腔滑调——他有自己的性格优点，他的主人们也承认，但整体上看他实在是个不像话的轻浮浪子。于是，他的主人们对他睁一只眼闭一只眼，毕竟荆棘丛里是长不出无花果的。他是这个动乱时代的产物，是这代人的典型代表，向往革命，同情布尔什维克。教授经常称克萨维尔为“庆祝会先生”，因为他在特殊或喜庆场合，只要他乐意，总能一显身手，表现得十分机灵，很是讨人喜欢。可是，他经常玩忽职守，行为懒散。就像人们很难教一只狗跳过横杆一样，显然，循规蹈矩并非他的本性，大家对他已经无可奈何了，只能听之任之。有时他因为什么开心、有趣的事，夜里都能起来做；可是平时不到八点，他是绝不会起床的。他不愿意，就像狗不肯跳过横杆一样。克萨维尔生活自由散漫，一天到晚模仿手风琴调子吹口哨，用粗犷的声音深情地唱歌。他快活的口哨声从下面一直传到楼上。抽烟时把餐具室搞得乌烟瘴气。两个落难的厨娘干活时，他总站在一旁袖手旁观。清晨，教授吃早餐时，克萨维尔就把写字台上的日历撕下来，除此之外，室内的活他什么都不干。柯尔内留斯教授经常阻止他去撕日历，因为克萨维尔经常把下面一页也一并扯下来，把时间搞得乱七八糟。不过，年轻的克萨维尔很喜欢撕日历这活，继续我行我素。

此外，他还是孩子们的好朋友，这属于他讨人喜欢的一面。他会全心全意地陪着“小家伙”们在花园里玩耍，给他们做玩具，修玩具，两只手很灵巧。有时，他还会鼓起厚嘴唇给他们读书，听起来特别有趣。他爱看电影，看完电影后总是很感伤，总是充满渴望地自言自语。他怀着朦胧的憧憬，希望有朝一日，自己能融入那个圈子，从而获得幸福，一想到这就激动万分。他的理由是，他有一头浓密的头发，身手敏捷，而且勇敢。他经常爬上花园里那棵又高又细的白蜡树，在枝丫间爬来爬去，一直爬到树梢上，真叫人害怕。他还在树上吸烟，晃来晃去，连树干都跟着摇动。他一边在树上嬉闹，一边留心观察电影院的经理是否正好路过，好把他聘去当演员。

如果他脱下条纹制服，换上便装，他也能参加舞会，和大家一起跳舞，谁也认不出来。“大家伙”们的朋友，穿着各不相同，有些年轻人穿着中产阶级的社交礼服，但不是所有人都这样穿着，还有像歌手如莫勒尔这些人，他们中有男有女，并没穿礼服。教授站在妻子的靠背椅旁边观看。他对这些年轻人的情况大概了解了一些。他们有的是中学生，有的是大学生，有的是艺术学校的学生，他们的生活深受动荡不安的时代的影响。其中有一位脸色苍白、身材瘦长的男青年，他是牙医的儿子，做些投机倒把的生意。教授听说，他靠着这个生意过得像是有神灯的“阿拉丁”。他有一辆轿车，常常请朋友来参加香槟晚宴，一有机会就给朋友们送礼物，都是些黄金和珍珠制成的小玩意。今天，他给年轻的主人也带来了礼物，他送给贝尔特一支金笔，送给英格丽德一对大耳环。耳环真是大得吓人，不过，谢天谢地，不会真的穿过耳朵，只是用个小夹子夹住而已。“大家伙”们把这些礼物拿给父母亲看，父母亲尽管摇头，但还是不住地赞赏。“阿拉丁”则在远处鞠躬致意。

年轻人看上去完全沉浸在舞蹈之中——如果能将他们专心致志跳的动作称为舞蹈的话。他们的脚在地板上跨着大步，怪模怪样地搂在一起，姿势很新奇；他们下身前挺，屁股一扭一扭，跟着神秘的节拍舞动着。这些人跳起来并不疲倦，因为这样跳不会疲倦。这里看不到起伏的胸膛，也看不到板着的脸庞。要么是两个姑娘搂在一起，要么是两个小伙子搂在一起，反正他们的姿势都差不多。他们随着留声机里播放出来的异国歌曲迈着舞步，唱机的唱针很结实，因此音乐效果很好。客人们跳什么舞的都有，有狐步舞、快四步舞、一步舞、双重狐步、非洲摇摆舞、爪哇舞以及克里奥尔人的波尔卡舞。这些异国情调的歌曲，有的粗犷激昂，有的忧伤动人。乐曲十分单调，用上了一些打击乐器，嘎吱嘎吱，噼里啪啦，就像黑人乐队正在演奏不熟悉的曲子一样。

“这是什么音乐？”柯尔内留斯指着唱片问英格丽德，此刻她正挽着苍白的投机商人从柯尔内留斯身边经过。他觉得这张唱片的某几个段落听起来还算得上悦耳。

“《帕彭海姆亲王》。‘别担心，亲爱的孩子！’”她揶揄他，快乐地笑了，露出一口洁白的牙。

枝形吸顶灯下烟雾弥漫。舞会气氛浓郁，这是甘之如饴、激动人心的节日气氛，让每个敏感的人轻易就忆起心酸的往事，譬如教授。两个“小家伙”仍在客厅里。他们对晚会太着迷了，大人们允许他们玩到八点钟。客人们已经对参加晚会习以为常了，他们在晚会上各得其乐。两个“小家伙”分开了，拜瑟尔穿着蓝色天鹅绒礼服，一个人在地毯中央转圈；而萝尔欣则追在一对跳舞的人的后面，试图拉住男人的礼服。那一对是马科斯·赫哥泽尔和普莱辛格小姐。他们跳得不错，看他们跳舞也是一种享受。必须承认，这种疯狂的现代舞如果是合适的人跳的话，感觉倒也还不错。年轻的赫哥泽尔跳得确实非常出色。他合着节拍，舞步看起来潇洒自如。在宽敞的地方，他后退的舞步是那么地优雅！他知道如何优雅地立于人群之中。他的舞伴配合得也很好，她身躯柔软，动作优美，丰满的女人往往都有这个本事。他们脸对着脸谈话，没在意跟在后面的萝尔欣。别人看到“小家伙”这么固执，忍不住哈哈大笑。当他们经过柯尔内留斯教授时，他趁机想把“小家伙”抓住，抱到怀里。可是萝尔欣气呼呼地挣开他，两只小胳膊抵住他的胸，扭开可爱的脸蛋，不耐烦地逃跑了。眼下，她不想理睬阿贝尔，只想追着自己喜欢的舞伴。

教授感到心头一紧。在这一刻，他憎恨这个舞会，舞会太有魅力了，搅乱了他的小宝贝的心，让她疏远他了。他对她的爱——并不完全是偏心而致，是他不由自主萌生出来的——太容易受伤害。他脸上带着机械的笑容，但眼睛却模糊了。他呆呆地盯着那对舞者脚下地毯上的图案。

“孩子们该上床了。”他对妻子说。可是她请他让他们再玩一刻钟，她已经答应过他们了。他们实在是太喜欢这样的场合了！他笑了笑，摇摇头，这样站了一会，然后穿过客厅到了衣帽间。衣帽间里堆满了大衣、围巾、帽子和鞋套之类的衣物。

他费了好大的劲才从一堆杂物中扯出自己的大衣，这时马科斯·赫哥泽尔正好从客厅走过来，手抹着额头的汗。

“您要出去吗，先生？”他用赫哥泽尔家族特有的腔调问道，恭敬地帮教授穿上大衣。“我的舞鞋真是讨厌极了，”他说，“简直要把我的脚夹断了。这鞋子做得太紧了，用的料子也不是什么好皮革。鞋正好压在我的脚趾头上……”他一边说，一边单脚着地，双手捧住另外一只脚，“我实在是受不了了，非得把它脱下来不可。只能穿拷花皮鞋将就下了……哦，我来帮您吧，先生。”

“谢谢，”柯尔内留斯说，“还是别麻烦了，您自己也烦着呢……噢，您真是太客气了！”此时赫哥泽尔已经单膝跪地，帮他扣紧鞋带了。

教授又向他致谢。对方如此恭敬真诚，又乐于帮助长辈，他很感动。“希望您换了鞋后能玩得愉快，”他祝福道，“穿着那样的舞鞋真是没法跳舞。您必须得换一双。再见，我要出去透透气了。”

“我马上还得跟萝尔欣跳舞！”赫哥泽尔在教授身后喊道，“她长大后准是一位非常棒的舞蹈家！”

“您这么认为？”柯尔内留斯在走廊上答道，“是的，您可是一位行家。您弓着背，小心别闪着腰！”

他点了点头，离开了。“真是个厉害的家伙！”他离家时暗想，“他是工科大学生，头脑灵活，前途无量，而且长得也不错，还为人友善。”想到他的“可怜的贝尔特”，他做父亲的妒忌心不禁油然而生。与那个年轻人相比，他的儿子真是相形见绌。怀着这样的心情，他开始了他的晚间散步。

他走到了林荫道上，过了桥，又沿着对岸的河边向前走，一直走到下面的一座桥。天气又湿又冷，还不时地飘着雪花。他竖起大衣领子，把手杖放到背后，手杖柄挂在一只胳膊上。他不时地做着深呼吸，让肺里吸入冬夜的冷空气。像往常一样，他在散步时又想起自己的工作、自己的课程，以及他明天要讲的内容。他明天要讲一番关于腓力镇压日耳曼人革命的话，正义又忧伤。尤其是正义！他想，这是科学的灵魂，理解的原则，也是一种情感的启蒙。这是为了精神的培养，也是为了维护人性和个性。他必须教给年轻人，既不会冒犯他们，也不会间接地动摇他们的政治信仰。如今，人们在政治见解上自然地分裂成好几派，派别之间彼此对立，剑拔弩张，充满火药味。如果在历史上对某一方持偏袒态度的话，就会招致另一方的攻击，甚至可能会身败名裂。“不过，历史是不允许偏袒的，只有正义才属于历史。”他想。正因为如此，他才需要考虑周详。正义不是年轻人的激情、好奇心、忠诚、快乐。正义本质上是忧郁的。所以，正义同情忧伤和绝望，与二者息息相关，与好奇心、忠诚、快乐无关。归根结底，正义的本性是同情，若是没有同情，正义根本就不会存在！“如此看来，正义不是根本就不存在了吗?”教授扪心自问，陷入这个思绪中，不知不觉地将信投到下一座桥附近的信箱中，然后往回走。这是一门需要思考、扰人心绪的学科，但它的确是一门科学，既需要钻研，又需要懂得心理学。因此，研究时必须谨守职责，不偏不倚，不管它是否扰人心绪……就这样想着，柯尔内留斯教授回到了家。

克萨维尔站在房子的拱形门那，似乎在等他。

“教授，”克萨维尔甩了一下头发，张开厚嘴唇说，“请马上上楼看看萝尔欣吧。她有麻烦了!”

“怎么了?”柯尔内留斯惊讶地问,“她生病了?”

“不,也不是生病,”克萨维尔回答,“她就是情绪很糟,大哭大闹,还不是因为和她跳舞的先生,那位穿晚礼服的赫哥泽尔先生。她不愿意上楼,怎么劝都不听,一把鼻涕一把泪的。”

“胡闹!”教授一边说,一边进了门,将他的衣服脱到衣帽间。他别的什么也没说,打开通往客厅的挂帘玻璃门,看也不看跳舞的客人,就径直上了楼。他两步并一步走上楼,经过门厅和一个小走廊,来到儿童房。克萨维尔跟在后面,站在了门口。

儿童房里还亮着灯。周围的墙壁上贴满了花花绿绿的纸做的饰品,一个大书架上乱七八糟地堆满了玩具。房里还有一只木马,它的鼻孔涂成红色,两只马蹄子撑在摇动梁上。漆布上还摆着其他玩具,积木,小火车,一只小喇叭。两张带栏杆的小床相隔不远,萝尔欣的床靠窗户,拜瑟尔的床在里面。

拜瑟尔已经睡着了。他像往常一样,在蓝安娜的教导下,临睡前大声祈祷,然后迅速进入梦乡。他睡得又香又甜,即使在他床边放炮也不会把他吵醒。他的两个小拳头,紧紧地握着,搁在枕头上的脑袋的两边。他睡得很沉,小小的“假发”被搞得很乱,仿佛只能勉强地套在头上。

萝尔欣的床边围了一圈女人。除了蓝安娜,两位欣特霍伊夫人也过来了。她们姐妹俩站在栏杆旁,不时地和蓝安娜交谈着,彼此也说上两句。教授过来时,她们退到一边。他看到萝尔欣坐在她的小枕头上,面色苍白,抽噎着,痛哭流涕。柯尔内留斯教授从来没见到她这么伤心过。她可爱的小手放在前面的被子上,那件花边的睡衣从她瘦削的肩膀上滑了下来,她真像小鸟一样瘦。她的脑袋,她那个漂亮的小脑袋,柯尔内留斯是多么喜欢啊!她的脸就像一朵小花开在脖颈上似的。现在,她扭过头,泪眼婆娑地望着天花板和墙壁之间的那个角落,仿佛那里可以淡化她的悲伤。她依然点着头,抽泣不止。不知道是不由自主,还是故作姿态,还是哭得太厉害了,总之,她那个小脑袋不停地摇,泪水夺眶而出，不断地滚落下来。小巧的嘴巴半张着，上唇弯成一个弧形，就像一个悲痛欲绝的小圣母一样。她的嘴里发出一种单调的哭诉声，与一个淘气的孩子发出的愤怒、撒娇的嚎哭声不同，而是发自内心地伤心。教授再也受不了了，他从来不忍心让萝尔欣流泪，也从来没见她这么哭过。

教授对女儿充满怜爱，一股闷气油然而生，他首先将闷气发泄到两位欣特霍伊夫人身上。

“晚饭怎么办？”他严厉地吼道，“还有好多事要做呢！难道让太太一个人忙着？”

这几句话，足够触动那两位中产阶级出身的女人的神经了。她们悻悻地离开了，在门口又受到克萨维尔·克莱因居特尔怪模怪样的嘲笑。克萨维尔出身下层，因此经常取笑家道中落的两位女士。

“小宝贝，小宝贝，”柯尔内留斯低声说，把痛苦的萝尔欣搂在怀里，在床边的椅子上坐下来，“我亲爱的小宝贝怎么了？”

她的眼泪都滴到他的脸上了。

“阿贝尔……阿贝尔……”她呜咽着说，“为什么……马科斯……不是我的哥哥啊？马科斯……应该……做我的哥哥……”

啊！啊！这是多么不幸啊！欢乐的舞会惹出了什么样的乱子啊！柯尔内留斯心想，一筹莫展，仰脸看看那位蓝安娜。她煞有介事地站在床边，双手叠放在围裙上。

“很明显，”她撇着嘴巴一本正经地说，“尽管她还是个孩子，但却过早地表现出女性的本能了。”

“住口！”柯尔内留斯厉声说。他也有点庆幸，萝尔欣至少不像刚刚在楼下看到他时那样掉头就跑，也没有将他推到一边。她只是依偎在他的怀里，向他求助，痴痴地重复着，要马科斯做她哥哥，或者哀求他，让她下楼和马科斯继续跳舞。可是马科斯呢，此刻正与普莱辛格小姐跳舞。她是个发育完全的大块头，完全有资格做他的舞伴。在惆怅的教授眼中，萝尔欣从来没有像现在这么瘦小，小得就像只小鸟。她悲伤无助地依偎着他，抽噎着，不知道自己可怜的心里萌发了怎样的情感。她不知道，她也不明白她的烦恼来自普莱辛格小姐，那个胖子。她已经发育成熟，完全有资格和马科斯·赫哥泽尔跳舞。而他和萝尔欣跳舞，只是因为好玩而已，也就偶尔跳上一次，尽管萝尔欣比对方娇媚得多。可是，不能因此责怪年轻的赫哥泽尔，也不能对他提出不近人情的过分要求。萝尔欣的烦恼，别人帮不上忙，也无药可治，因此不能声张。可是，正因为哀伤来得莫名其妙，又无法抚平，所以觉得格外痛苦。蓝安娜和克萨维尔一点儿都感受不到这种痛苦，他们不是愚昧无知，就是铁石心肠。教授看着她痛苦不已的样子，又不能化解这种可怕的哀伤，他那颗慈父之心简直要碎了。

他尽力劝说她已经有一个很出色的小哥哥了，也就是旁边酣睡的拜瑟尔，但这无济于事。她只是泪眼婆娑地向另外一张小床轻蔑地瞥了一眼，然后继续吵着要马科斯来。他又允诺她，明天将围绕餐厅做一次增加为“五位先生”的散步游戏，而且试图向她描述，他们在桌子前玩的“坐垫游戏”是多么有趣。可是，她什么都听不进去，也不躺下睡觉。她不睡觉，就这么直挺挺地坐着伤心。就在这时，阿贝尔和萝尔欣忽然听到奇怪的响动。他们听到两个人的脚步声接近了儿童房，难以置信的奇迹出现了……

这肯定是克萨维尔的杰作，马上就一清二楚了。克萨维尔·克莱因居特尔刚才在门口嘲笑那两位被撵出来的女士，然后他活动了一下。他在想办法，部署计划，计划周密才去行动。他下楼到了客厅，抓住赫哥泽尔先生的衣袖，用厚嘴唇对他说了几句话，并且提了一个要求。于是，两个人就上楼来了。克萨维尔做完这些事后，又退到门口。赫哥泽尔先生走到萝尔欣的小床前，仍旧穿着他的晚礼服，耳边蓄着细细的黑色络腮胡，黑色的眼睛散发出迷人的光芒。显然，他对扮演幸运使者的角色充满信心，好像童话里的王子和天鹅骑士那样，仿佛在说：“瞧，我来了，一切烦恼都没了！”

柯尔内留斯几乎像萝尔欣一样，激动万分。

“快看哪，”他有气无力地说，“看看谁来啦！您真是太客气了，赫哥泽尔先生。”

“没事，”赫哥泽尔说，“我当然要再来看看我的小舞伴，跟她说晚安啦。”

于是他靠近小床的围栏，萝尔欣这时一言不发，坐在围栏里，然后破涕为笑，笑得那么幸福。她的小嘴里发出一声轻轻的尖叫，像是幸福的叹息。她默默地用那双金色的眼睛深情地看着天鹅骑士。尽管她的眼睛又红又肿，但还是比胖胖的普莱辛格那双眼睛漂亮得多。她没有伸出胳膊搂住他的脖子。她的幸福与她的烦恼一样莫名其妙，只是，她没有搂住他。她那双漂亮的小手静静地放在被子上，马科斯·赫哥泽尔将胳膊撑在围栏上，好像撑在阳台的栏杆上似的。

“现在呢，”他潇洒地说，“你不该‘长夜漫漫之中，坐在床边垂泪’啦！”他看了教授一眼，希望得到教授对他文采的赞赏。“哈哈！”他笑着说，“快到年龄了。‘控制你自己，我的乖孩子！’放心吧，你会好的！等着瞧吧，你以后会好的！只要你长大了……既然我来和你说晚安了，你就该乖乖地躺下来睡觉了。不要再哭啦，小萝尔欣！”

萝尔欣看着他，容光焕发。她那小鸟般瘦削的肩膀露在外面，教授将她的花边睡衣扯上来盖好。他不由得想起一个凄婉的故事。以前，有个孩子在马戏团看到一个小丑，便欣喜若狂，久久不能忘怀。后来，这个孩子快死了，想在临死前再见小丑一面。小丑在他临终的前一刻，穿着演出服来到他面前，演出服前后都绣着银蝴蝶。于是，孩子幸福地死去了。不同的是，马科斯·赫哥泽尔身上没有绣蝴蝶，当然，谢天谢地，萝尔欣也不会死，只是遇到“麻烦事”了。不过，这两种情况大同小异。年轻的赫哥泽尔倚在围栏上滔滔不绝，与其说是劝导孩子，不如说是讲给她的父亲听的，只是萝尔欣丝毫没有觉察到罢了。教授对他的感情真是五味杂陈，混合着感激、尴尬、痛恨和羡慕。

“晚安，小萝尔欣！”赫哥泽尔说，将手伸进围栏里握她的手。她那柔嫩又白皙的小手就隐没在他红通通的、有力的大手中。

“好好睡觉吧，”他说，“做个好梦！但是，看在上帝的份上，可别梦到我哦！你还没到年龄啦，哈哈！”他以小丑的表演结束了这次童话般的访问。柯尔内留斯陪着他走到门口。

“没什么，您别客气，这不是应该的嘛！”赫哥泽尔大方地让教授不用客气。克萨维尔和他一起下了楼，然后给他端上意大利沙拉。

教授回到萝尔欣身边。她已经躺下了，脸颊贴着她那扁扁的小枕头。

“这不是很好吗？”他一面说，一面帮她掖好被子。她点点头，发出最后一声呜咽。他又在围栏旁坐了一刻钟，看着她像她哥哥那样入睡了。她丝绸一样的褐色头发打着卷儿披下来，长长的睫毛遮住了眼睛，无尽的哀伤刚刚从这流淌出来。天使般的上唇弯成一个美丽的弧形，嘴巴微微张开。在她缓缓的呼吸声中，不时还能听到几声颤抖的抽噎。

她的小手，白里透红，就像花儿一样，一只静静地放在被子上，另一只放在枕头上。柯尔内留斯教授望着她，沉醉在柔情之中，如同喝了美酒一般。

如果忘川的河水能在她的每次呼吸之间，流过她幼小的心灵，那该多好啊！但愿对孩子来说，一个夜晚就是隔开两个白天的深谷。到了明天，毫无疑问，年轻的赫哥泽尔将会成为她心中一个苍白无力的影子；到了明天，她不会记起，只会在快乐的氛围中，与阿贝尔玩“五位先生散步”的游戏，还有扣人心弦的“坐垫游戏”。

如若这般，就谢天谢地了！

魂断威尼斯

一

古斯塔夫·阿申巴赫在他五十岁生日那天被加封了，根据封号名字变成古斯塔夫·封·阿申巴赫。在公元二十世纪的某个春日下午，他一个人从慕尼黑市摄政王大街的住所里出来，沿着街道漫步。几个月以来欧洲大陆一直笼罩在让人惴惴不安的气氛中，仿佛某种危险就要到来一样。天空中也是乌云密布，阴沉沉的。阿申巴赫的创作已经到了关键的阶段，也是最艰难的阶段，这需要他小心谨慎且全身心投入。一个上午的工作已经使这位作家疲惫不堪了，但是他的创作热情却丝毫没减，脑海里简直就是“文思泉涌”——根据西塞罗的看法，能言善辩的本质就在于此。思想的火花不停地迸发，午饭后也没有停止。他想饭后午睡一会，由于体力消耗一天胜于一天，他感到每天的午睡非常必要，可却怎么都睡不着。因此，在喝完下午茶后，阿申巴赫出来透透气，活动活动，希望能够消除疲劳，晚上能再卓有成效地工作一番。

时值五月初，夏天在连续经历几个湿冷的星期后，终于来临了。尽管英国公园里的树木才刚刚长出嫩芽，但天气却像八月份那样闷热。市郊一带挤满了车辆和行人。通向奥迈斯特的几条小径比较幽静，阿申巴赫就在那漫步，眺望着以热闹著称的餐厅公园。公园周围停着几辆出租马车和豪华私人马车。当太阳落山的时候，他穿过公园外的广阔田野，走回家去。因为觉得有些累，而佛林一带眼看就要下雷暴雨了，于是他就到北郊墓园那等电车，让电车直接送他回城。

他意外地发现车站里和车站附近都没有一个人。不论是铺着石头的温格勒街还是佛林公路上，都看不到一辆车。在温格勒街上，电车轨道孤零零地闪着幽光伸向施瓦宾地区。石匠铺子的围篱后面也是静悄悄的。铺子里等待出售的十字架、纪念碑和墓碑等，形成了一个不埋尸体的坟场。对面是拜占庭式的殡仪馆，它默默地矗立在夕阳微弱的余晖中。殡仪馆正面装饰着希腊式十字架和浅色的僧侣图案。此外，上面还镂刻着几行对称排列的金字铭文，全都是与来世有关的格言，譬如“尔等均进入天国”，或者“愿永恒之光普照亡灵”之类。正在候车的阿申巴赫，专心默读这些文字，认真欣赏这些格言，斟酌了好几分钟，让自己的心灵沉浸于探索这些语句的神秘意义之中。这时，他突然看到在大厅的门廊那儿，在守护着通向教堂台阶的两只怪兽上面，站着一个人，他顿时从遐想中清醒了过来。这个人颇不寻常的外表将他的思路完全转到另一个方向。

谁也不知道，这个人是从大厅穿过青铜门走出来的，还是从外面悄悄走到台阶上来的。阿申巴赫对这个问题的答案不加深思就倾向于前一个假设。此人中等身高，瘦削，不蓄须，有个引人注目的塌鼻子。他属于那种红头发类型的人，皮肤呈奶油色，脸上有雀斑。很显然，他不是巴伐利亚人。他戴着一顶帽檐既宽又直的草帽，这样至少使他从外表看起来具有一种异域情调，显出他好似一位远方来客。实际上，他肩上背着一个本地人常用的帆布背包，身上穿的是一套带腰带的黄色套装，料子好像是粗呢的；左小臂上搭着灰色的雨衣，手臂托着腰；右手里握着一根铁头手杖，手杖斜撑着地，双脚交叉倚在手杖上。他仰着头，细瘦的脖子从开襟衬衫里伸出来，露出了喉结，没有光泽的红睫毛下的那双眼睛敏锐地望着远方。两眼中间排列着两条竖直的皱纹，与他那个塌鼻子搭配在一起很是古怪。或许是因为他站的位置较高，所以给人一种这样的整体印象：他有着一种盛气凌人甚至是粗野的神态。或许是因为他被夕阳照得眼睛花了，因此露出一副怪相；

或许是他的面部确实有些畸形的地方：他的嘴唇太短因而被牙齿往上拉得翘了起来，因此又长又白的牙齿就龇了出来，连牙龈都露出来了。

阿申巴赫对那个陌生人半是心不在焉，半是好奇。他打量着那个人，但是这种做法有点欠缺考虑。他突然发现那个人也在看着他，气势咄咄逼人。他盯着阿申巴赫的眼睛，明显带着敌意，他的眼神促使阿申巴赫赶紧转移目光。阿申巴赫讪讪地转过身，沿着石匠铺子的围篱开始前行。他决定不再去注意那个人。只过了一会儿，他就把那个人忘了。可是，不知是那个人的古怪外表对他的想象力有所激发，还是某种肉体或精神的因素在发挥作用，他惊讶地发现，自己的内心有一种豁然开朗的感觉，而且还伴随着一种年轻人想要去远方漫游的惴惴不安。这种忐忑的渴望非常强烈，并且又很新奇，是一种久违的早已淡忘的感觉。为了理清复杂的心绪，他两手反剪在背后，双眼盯着地面，一动不动地呆立在那儿。

这仅仅是一种想要旅行的渴望罢了，但它却又如此地强烈，来得如此地突然，以至于让人心潮澎湃，让人觉得好似一种幻觉。他的欲望看来已经是非常清晰了。他的想象力从早晨开始工作时起就一刻没有停息，此时又将那种欲望描绘出来，企图一下子就展现出万千世界的所有奇险与恐怖的画面。他看到这幅画面里描绘的是一片热带地区的景色：烟雾弥漫的天空下是一片沼泽地，沼泽地里空气潮湿，草木茂盛，阴森恐怖。一片原始的荒原，布满了岛屿、沼泽和满是淤泥的河道。在长满蕨类植物的茂密丛林中，在长满茂盛花草的土地上，远近都有毛茸茸的棕榈树傲然挺立。奇形怪状的大树的树根部分裸露在空气中，部分深入泥土，部分甚至沉入静静的、幽绿的水里。水面上漂浮着像碗口那么大的牛奶色的鲜花。形体奇特的大鸟高耸着肩膀，鸟喙更加奇特，立在浅滩上，一动不动地注视着旁边。在虬曲多节的树枝之间，蹲伏着一只老虎，目光炯炯有神。他的心因为害怕及未知的渴望而惴惴不安。然后，所有的幻境都消失了。阿申巴赫摇摇头，继续沿着石匠铺子的围篱赶路。

过去，至少是从有机会享受交通的便利时起，阿申巴赫就一直以为旅行是必要的养生之道，所以有时即使心里不太想去旅行，他也还是会出去走走。他的任务繁重，而且他身上那种严谨的“欧洲精神”使他自我要求颇高，因此他常常累得喘不过气来。他对娱乐非常排斥，不适合去外面的花花世界。不必远离自己的小天地就能获得知识，他对这一点感到非常满足。因而他一刻也不曾想过要远离欧洲大陆。尤其是他现在年华垂暮，体力渐衰，他的“艺术家的忧虑”——担心生命时钟在他完成作品前敲响，他没法鞠躬尽瘁地完成作品——已经不再是杞人忧天，不再能够被轻易消除的了。因此，他所有的外出活动就仅局限于他所居住的那个可爱的城市，仅仅局限于他那幢简陋的乡间别墅。那座别墅坐落在山区，他常常在那儿度过多雨的夏天。

不过，他很快就用理智和年轻时期养成的自控力，压制了刚才那个心血来潮的念头，放弃了想要放松的想法。他本来打算在去乡间之前先把他那呕心沥血的作品进行到某个阶段，至于去漫游世界的想法，这会使他中止好几个月的工作，这样就太不着边际了，又有违既定计划，所以不值一虑。他承认，他迫切地想到远方旅游，想去追求些新的事物，渴望自由，渴望卸掉负担，暂时忘记烦扰，但是他知道这些无非都是一时冲动而已，想要逃避现实，妄图摆脱原先呆板的、冷冰冰的、让人头晕的乏味工作罢了。诚然，他喜欢这样的工作；他喜欢那种几乎每天都让他筋疲力尽，但却每天都有的斗争，这是他那顽强、引以为荣而又往往耐住考验的意志力和与日俱增的疲劳之间的斗争。没有人会察觉到这种疲劳，而且作品也绝不会流露出他头脑失灵或江郎才尽的痕迹。可是，弓弦不可绷得太紧，渴望也不能一味地压抑，这似乎也是理所当然的。他想到自己的工作，想到今天又要像昨天那样不得不在暂时停下的地方打转。那个地方，无论是耐心琢磨还是灵感乍现都无法突破了。他一再斟酌那个地方，试图找到突破口，但最后还是怀着一阵让人战栗的恶心退缩了。其实，这并没有什么特别的难处，他精神涣散只是因为太过挑剔，而这种挑剔又无法得到满足，因此产生了兴趣寡然的疑虑。当然，这种不满足从他年轻时候起就被看作是天生的秉性和特质。恰恰因为如此，他约束和压抑了自己的情感。因为他知道，人很容易满足于近似的完美，从而得过且过。难道这种被压抑的情感现在试图通过离开他来报复他，不再为他的艺术生涯添砖加瓦，还要夺取他在形式上和在内容上一切的快乐和欣慰吗？这倒不是因为他江郎才尽，长年累月的工作使他对自己充满自信，自信自己可以随时冷静地写作。尽管这种自信的写作为他带来了全民的崇敬，但却没有让他乐在其中，他认为自己的作品缺少一种原创的火花，这种充满激情的独创性才是快乐的源泉，比任何内在的价值都更富有意义，也正是这种独创性才能为读者带来真正的快乐。他惧于在乡间小小的别墅里度过的漫漫长夏，陪伴他的只有为他准备三餐的女仆和服侍他的男仆；也惧于面对熟悉的山峦，它们将他团团围住，密不透风。因此，他需要换个不同的环境，一个可以暂时休憩的地方；他需要呼吸远方的空气，从而让自己的夏日过得稍稍舒服些，也好创作出更多的作品。这样一来，旅行一番应该是不错的选择了。不必太远，也不必去到老虎出没的地方。在卧车上度过一个晚上，去到充满魅力的南方的任何一个度假胜地，酣畅淋漓地休息三四个星期即可……

关于旅行的绮思丽想还充斥在他的脑海之时，电车叮叮当当的铃声就已渐渐逼近温格勒街。就在踏上电车的一刹那，他决定花一个晚上的时间来好好研究一下地图和时间表。在月台上的时候，他突然想起了那个戴着宽边草帽的游客，他的伙伴，于是他四下环顾，试图寻找他。正是因为那个人的片刻逗留促使他做出了新的决定，可是那个人却已经完全不知所踪了——不在车厢里或者在下一班车上——他的去向就这样成为了一个谜。

二

《马亚》这部作品描述了普鲁士腓特烈大帝波澜壮阔的一生，可以被称之为一部思路清晰、笔调鲜明、气势磅礴的史诗。这部小说人物众多且性格迥异，人物命运曲折却又紧密联系在一个主题思想之下。这部力作的作者还创作了另一部小说《不幸的人》，这部作品告诫那些应该饱含感恩之心的年轻一代，即使达到了知识的巅峰，仍然需要保持道德的高尚。《艺术与智慧》被认为是这位作家成熟时期的代表作，这部论著热情洋溢、激动人心、结构严谨并极具说服力，被批评家们拿来与席勒的《论素朴的诗与感伤的诗》相提并论。这些作品的创作者正是古斯塔夫·阿申巴赫。古斯塔夫·阿申巴赫出生于L城——西里西亚省的一个小县城。他是一个高级法官的儿子，他的祖辈都是军官、法官或者政府公职人员，在为国王和国家服务当中过着严谨、体面而又朴素的生活。先辈当中只有一位精神生活比较活跃，那是一位牧师。作家天性当中机灵和敏锐的特质来自于他的母亲，他的母亲是一位波西米亚音乐指挥的女儿，这也为他的外貌特征平添了几分异域情调。正是政府官僚的朴实严谨结合了波西米亚人的热情冲动，才造就了这位风格独具的艺术家。

阿申巴赫从一开始就一心追求名誉，尽管不是早熟，但由于写作技巧娴熟、笔锋果敢犀利，在年纪尚轻之时就已名声大噪。十年以后，他已经学会在书桌前用简练但富于深意的口吻给大批的读者回信，来表达他的善意了（因为一个成功、有威望的人每天都会面临很多要求）。到四十岁的时候，虽然已经被艰辛的工作和种种变迁磨砺得疲惫不堪了，但他每天还是得处理来自世界各地的信件。

因这非同凡响而又毫不怪异的才能，他既赢得了大众的信赖，也让那些极具识别力的阿谀奉承之人和吹毛求疵之人对他信赖有加。从青年时代起，他就被来自方方面面的人寄予厚望，所有人都希望他能够成就一番大的事业。因而,他从来就不敢有一般年轻人的闲散无聊和疏忽大意。三十五岁那年,他在维也纳病倒了,一位细心的观察家在某个社交场合看到他时说道:“看,这就是阿申巴赫生活的样子!”说着他攥起了自己的左拳头,“但不会是永远这样。”说完,他把手放开,慢慢地以一种漫不经心的姿态从休闲椅上垂了下来。确实,这番言论一语中的,他并不是天生精力旺盛,只是后天职业的要求令他不得不勤恳工作罢了。

因为遵从医嘱,他在童年时代就不得不放弃学业开始在家接受教育。没有同伴的他只能孤独地长大。事实上他已经意识到自己是何种类型的人了——那种不缺乏才能,然而却缺乏实现才能必需的健康体魄的人。换句话说,这种人往往在少年时期就显露出了才能,但却不能维持到自己足够成熟的那一天。不过,他最喜欢的格言却是“坚持下去”——在那本描述腓特烈大帝的历史小说里,他看到腓特烈大帝就是这一美好品德的杰出典范,并认为这句话集中体现了工作中美德的本质。同时,他渴望成熟,并一直认为这才是真正的伟大。他也认为只有艺术家的生活才是真正值得敬重的,只有艺术家的生活才具有表达人生各阶段的特殊能力。

由于这副柔弱的肩膀不得不承担起才华所赋予他的重任,而且他本人也志存高远,希望自己在这条道路上能够有所建树,所以他必须极端地自律——幸运的是,他从父亲家族的血统里继承了这种特质。在他人纵情狂欢、挥霍时间于幻想那些不切实际的宏伟计划时,他就已经开始养成严格自律的生活习惯了,直到不惑之年,阿申巴赫仍坚持这些习惯:每天天不亮就冷水湿身,接着开始工作,然后在两盏烛光的陪伴下,集中睡眠后的充沛精力,热忱地为艺术贡献上两三个小时。的确,那些没有相关知识的局外人会认为,“马亚”的世界或者描写腓特烈大帝宏伟人生的鸿篇巨作,都是作者在某种无名力量的鞭策下一气呵成的结果。然而,事实上,这些作品却是由作者日常生活中无数的灵感汇积而成的。这种不屈的意志与坚忍,简直可以与征服他的故土之人的精神相媲美了。为了这样的作品，他经年累月地紧张工作，几乎把自己所有的能力与最宝贵的时间都投入到这部真正的作品上了。

要想使一部不失深度与持久性的作品能立刻产生影响，就必须有一种神秘的内心和谐，甚至需要在作者本身的命运与其同时代大众的命运之间寻求一致。普通民众并不懂得为什么要赞赏某个艺术作品，他们并不是真的有鉴赏力，而是感觉作品中有无数的优点，能证明他们对作品的喜欢是理所当然的，但他们并不明白，自己这种赞赏的真正的潜在原因只是同情而已。阿申巴赫曾经对少数明显的现象进行过直接的铺陈，不管是忧虑、苦恼、贪婪、孤独、羸弱、罪恶、热情还是挫折，都有其伟大性的存在。这不仅来自于观察，还来源于生活的经验，是他赖以生活和成名的规则，也是他工作的关键。如果说这是他的道德风貌和最值得铭记的品格特征的话，那也不足为奇。

在阿申巴赫的作品中，总是会反复出现他喜欢的新英雄类型，对此，一位目光敏锐、思想独到的评论家曾这样分析：这个英雄应该是“充满智慧、宠辱不惊的，是即使用枪与剑穿刺身体也能于自豪之中矗立不倒的男子汉”。这种说法充满哲理并且十分准确，但却过于被动和消极。因为在面对命运之时，优雅地承受逆境比单纯地忍耐更有意义，甚至还具有一种主动的效果，会取得积极的胜利，圣塞巴斯蒂安[1]的形象是其中最美好的象征——即使在整个艺术中不一定是这样的，但在写作艺术中肯定是这样的。透过作品中虚构的世界可以看到：隐藏在内心的腐化堕落的一流的自制力、直到死亡时仍然窥探世界的衰弱的躯体、因暴躁和情欲而扭曲的丑陋面目依然可以将闷烧的火种点燃，化作一团纯洁的烈火，甚至在美的国度里达到至高无上的境界。即使身体已然衰弱，但依然能够从心灵深处获得力量，恢复活力，这种力量

① 圣塞巴斯蒂安（Sebastian，255—288），一名基督教徒，因身份被告发而被处以死刑，中箭后未伤及性命，被人所救。之后，他又到皇帝面前讨回公道，结果被乱棍打死。

足以让整个骄傲的民族在他的感召下都匍匐在十字架下；在做着空洞、呆板的工作时，仍能保有亲切优雅的举止。充满欺诈和危险的生活；令人身心俱疲的渴望和煞费心机的诡计，想一想所有这些苦难和其他更多的痛苦，人们不禁要质疑，在这种产生于脆弱之中的英雄主义之外，究竟有没有所谓的英勇？古斯塔夫·阿申巴赫是所有这些辛勤工作、心力交瘁已濒临崩溃边缘却仍坚持不懈的人们的代言人，尽管这些成就斐然的道德家们身材瘦削、生活窘迫，但仍然凭着顽强的意志力和自己的聪明才智，使自己的作品至少在一段时间内产生影响。这样的人为数众多，他们是我们这个时代的英雄。他们在阿申巴赫的作品中找到了自己的影子，他对他们充满了溢美之词，为此，他们心怀感激，让他声誉远播。

他曾经年轻幼稚，不识时务，也曾屡次犯错，纵容自己，不论是在言语中还是在著作中都曾有失谨慎，冒犯他人，违背常理。但他毕竟赢得了尊严，正如他一贯所主张的，尊严是每一个天才人物的内在动力，甚至可以说，他的一生都在有意识地、顽强地为荣誉而不懈努力，把所有的怀疑与讥讽都置之脑后，只是不停地努力攀登。

市民大众感兴趣的是生动活泼的形式而非形式完整、结构严谨的描写，但热情奔放却激进冒失的青年，却只是被作者所提出的问题所吸引：阿申巴赫像任何一个年轻人一样，激进且热衷于提问题。他崇尚理智，在知识的土壤中辛勤耕耘，收获果实；他摒弃神秘主义，怀疑天才，对艺术的真理嗤之以鼻——不错，尽管他的作品充满了工笔画般栩栩如生的描写，令天真的信徒们沉浸其中，倍受鼓舞，然而，这位同样年轻的艺术家，却对艺术和艺术家们存在争议的本质抱着玩世不恭的态度，这令二十多岁的年轻人们对他更加神往。

似乎没有什么比尖锐而犀利地体会知识，更能迅速地让一颗崇高而有能力的心灵萎缩下去的了。确实，比起巨匠们如阿申巴赫这类人所拥有的深邃而果断的决心，年轻人们坚忍不拔却略显激进的目标显然不值一提。当大师们察觉这些知识会使他的精神麻痹、意志薄弱，或者丧失体面、一文不名时，他就会否定它，排斥它，甚至完全忽视它。那篇著名的小说《不幸的人》不就是对当代颓废心理的有力谴责吗？小说中描述了一个栩栩如生的软弱愚昧的无赖，他挥霍无度，意志薄弱，因为胆怯而把自己的妻子送到一个乳臭未干的年轻人的怀里去了，却自欺欺人地告诉自己，这是他的精神境界令他不得不表现出的可鄙行径。作者用鞭辟入里的语言痛斥了被遗弃的人，对所有道德上的犹豫不决表达了深切的痛恨，对自作自受所招致的苦难绝不同情，他认为那些同情的话语毫无意义，比如说"了解一切就是原谅一切"。这里开始的是"重新再现公正无私的奇迹"，这在作者稍后的一次谈话中会表露出来。这真是一种奇特的思维模式。难道是由于这种"复活"，由于新发现的高贵和严谨，才使他更加能够欣赏美，才使他的写作更加富于形式美，更加高尚纯净、简洁明澈、结构合理，并且从那以后，他的作品就开始具有了明显的名家大师和古典主义的风格吗？然而，超越知识束缚的道德以及因无知而武断，这难道不是又把世界和人的心灵看得过于简单化了吗？因而这也导致了一种倾向，即把世界看成非黑即白，只问什么是邪恶的以及怎样去制止邪恶。这样，不是造成了形式上的二元化了吗？难道"道德"和"不道德"不能并存吗？"道德"是纪律的一种表现，"超道德"甚至"不道德"则意味着对道德的漠不关心，力图让道德屈服在自己的统治之下。

管它会是怎么样！发展也是一种命运，为什么处于大众目光焦点下的公众人物应该与那些默默无闻的老百姓走相同的道路？当非凡的才能渐趋成熟，忘记放荡的过去，习惯于拥有智慧的尊严，接纳了充满轻率然而却是独自奋斗的痛苦——这种痛苦削弱了它在民众中的力量和荣誉——孤独的道德观念时，人们就会发现这些无穷无尽的奇思怪想是多么无聊，进而经常奚落它。除此之外，在天才重生的过程中，又充满了多少戏谑、抗拒和纵溺啊！随着时间的推移，古斯塔夫·阿申巴赫的文章逐渐抛弃了他早年直言不讳的犀利风格和微妙细致的清新笔锋，慢慢变得有些官腔和带着说教意味，变得一本正经、循规蹈矩、精雕细琢，形式规整到甚至公式化的程度。像众所周知的路易十六的传说，这位年事渐长的作家在他的作品中不再选用普通的字句了。也正是在那时，教育当局把他的一些作品节选到教科书里去了。德国国王刚刚即位，就在阿申巴赫五十岁寿辰的时候授予他贵族头衔，他认为受之无愧并欣然接受。

经过了几年居无定所、忙于寻找合适安居之处的日子后，他很快就把慕尼黑选作永久的栖身之处。在那里，市民们对知识分子表现出了罕有的尊重，他一直就生活在这样的荣耀里。他和一位出身书香门第的姑娘结了婚，幸福而短暂的生活由于妻子的过世而戛然而止。妻子只为他留下了一个现已成婚的女儿，除此之外，没有留下任何子嗣。

古斯塔夫·封·阿申巴赫身材偏矮，发色乌褐，不留胡须。与纤弱的身材相比，他的脑袋显得有点大。他的头发向后中分梳开，发线附近比较稀疏，只有鬓角处的头发浓密而灰白，露出了皱纹密布、疤痕累累的高额头。一副弯曲的无框金丝眼镜，架在坚挺而有高贵曲线的鼻梁上。他的嘴巴宽而松弛，常常也会突然紧闭起来。他的面颊狭窄，满是皱纹。形状不错的下巴稍微有点裂开。这个多半因痛苦而倾向一侧的头，似乎总是承担着奇诡的命运，然而这全是被艺术所累。在这额角的后面，诞生了腓特烈大帝和伏尔泰关于战争问题的精妙的言论和巧妙的辩解。透过眼镜疲惫地凝望世界的眼睛，曾经目睹过七年战争时战地医院血腥的场景。即使从个人的角度来说，艺术是生活的升华，它能给人带来更大的快乐，但也能更快地消磨人的快乐。艺术在它的信奉者们的脸上镌刻着幻想的和精神上的冒险经历，即使在最幽静恬淡的气氛中，它也会产生某种一丝不苟、吹毛求疵、筋疲力尽、神经过敏的影响，即使是最汹涌的激情和快乐也无法动摇它。

三

从那次散步之后，一些缠身俗务和写作事务让急于踏上旅程的阿申巴赫不得不在慕尼黑又耽搁了两个星期。最后，他让人准备好乡间别墅以便四周后回来可以马上入住。然后，在五月中下旬的一天，他乘夜车去了的里雅斯特，在那里仅逗留了二十四个小时，第二天一早便乘船去了普拉。

他所寻求的是新奇而异于寻常生活的境界，并不需要真的去往山高路远之处。因此，他选择了一直以来极具口碑的、离伊斯里拉海岸不远的亚德里亚海岛住了下来。当地居民形形色色，衣着褴褛，操着令人摸不着头脑的本地口音。面向着广阔大海的悬崖峭壁形态独特，引人入胜。但遗憾的是，那里常常大雨如注，天气闷热，令人十分压抑。旅馆的老板也是目光狭隘、见识短浅的奥地利人，加之几乎很少有机会与大海进行平静、轻松的交流，这一切都让他的内心更加焦躁不安，隐约觉得这里并不是他旅程的终点。内心的冲动，搅得他不知道自己明确的方向究竟在何处。于是他仔细研究了客船的行进路线，四处搜寻。突然，令他吃惊和期待的目的地就展现在他的面前，真是“踏破铁鞋无觅处，得来全不费功夫”。当一个人想去看一看无与伦比、与众不同的浪漫之地时，他应该去哪里呢？毫无疑问，他应该去那里。那么他现在在这干吗呢？他实在是误入歧途了，那里，才是他真正想去的地方。想到这，他立刻毫不犹豫地中止了原来在岛上旅游的计划。在这个岛上待了十天之后，一艘快艇在薄雾霭霭的清晨把他和他的行李带回了军港。到达军港后，他直接穿过了栈桥，踏上了湿漉漉的甲板。这艘船汽笛轰鸣，正要往威尼斯驶去。

这是一艘意大利籍的旧船，陈旧阴暗，弥漫着煤烟。阿申巴赫一上船，立刻就被一个脏兮兮的却满脸堆笑的驼背船员引进了洞穴般的小舱内。舱内的一张桌子后面，坐着一个蓄着山羊胡子的男人，帽子歪戴额上，嘴角叼着根烟头，一副老式马戏团长的面孔。他态度轻佻，手法老练，一边登记旅客们的国籍，一边分发船票。“去威尼斯！”他重复了阿申巴赫的申请，伸出手臂，将羽毛笔伸到斜摆着的墨水瓶中蘸了蘸，“到威尼斯的头等舱！给你，先生！”他胡乱写了一通，从一只匣子里倒出一些蓝色的沙子，撒在他写的东西上，然后把沙子倒进泥罐里，用焦黄的、瘦骨嶙峋的手指把纸折好，重新写了起来。“多么明智的选择啊！”他一面写，一面喋喋不休地说，“啊！威尼斯！多么美丽的城市！对有教养的人来说，这个城市有一种不可抗拒的吸引力，不仅历史辉煌，而且今时今日更具魅力啊！”他动作敏捷地分发船票，并且不间断地说着一大堆空话，让人感觉他在招摇撞骗，好像担心面前的那位乘客会动摇去威尼斯的决定似的。他快速地收了阿申巴赫的钱，用赌场里收钱的人才有的熟练手法，把零钱放在污迹斑斑的台布上。“先生，祝您旅途愉快！”他边说边戏剧性地鞠了个躬，“承蒙光临，不胜荣幸！下一位！”他抬起胳膊喊道，好像还有一大批旅客排队等在门口一样，实际上再也没有什么人需要买票和办理手续了。于是，阿申巴赫返回到甲板上。

他把一只手臂靠在栏杆上，望着船启碇时码头上懒散的送行人群和船上的乘客们。二等舱的乘客们，男男女女都拥挤在前甲板上，用箱子和包袱当椅子坐。头等舱的旅伴中还有一群青年，看上去像是普拉城里商业公司的职员，他们聚在一起嬉笑，对意大利之行兴致勃勃。他们大声谈论着自己的工作，喋喋不休，不时哄堂大笑，并大声嘲弄着腋下夹着公文包沿着码头疾走的同伴们，码头的同伴们也暴躁地挥动手杖回应这些度假的人们。在这群青年中，有一个穿着非常时髦的淡黄色夏衣，系着一条红领带，戴着一顶显眼的向上弯曲的巴拿马草帽。他欢呼雀跃，扯着嗓门尖叫，声音比任何人都响。当阿申巴赫定睛细细打量他时，才吃惊地发现他可不是一个年轻人。毫无疑问，他的年龄已经不小了，眼角和嘴角都布满了皱纹。面颊上的淡淡红晕完全是化妆的结果；草帽下系着彩色发带的褐色头发原来是一顶假发；脖子已经皮肉松弛，青筋毕露；胡须也是染过颜色的；他笑时露出的一口黄牙，看上去镶嵌的就是一副便宜货；两个食指上都戴着印章戒指，一双手已经老态毕露。阿申巴赫望着这个老家伙和他的同伴，心里涌起了一阵反感。难道他们不知道或者没有注意到他已经是一个老人，不应该穿着像年轻人一样绚丽而俗气的衣服，不应该假扮成年轻人的样子而与他们混迹一处吗？但看上去什么也没有发生，好像他们对混在他们其中的这个老头已经习以为常，把他看做同一类人，一点也不反感地回应着他打趣的推搡。简直莫名其妙！阿申巴赫把手放在前额上，闭起了眼睛。他的前额发热，这是睡眠严重不足的征兆。他有一种现实正在变得不太真实的感觉，似乎像是进入一种无法言说的梦境一样。也许只需要把脸遮起来一阵子，等重新睁开眼睛时，眼前的一切就会明澈起来。但就在这时，他猛然有一种浮动的感觉，于是便惊慌地睁开眼睛，发现灰黑笨重的船体已经慢慢离开了码头。随着引擎前后交替运动，码头与船身之间污浊的、闪闪发光的水带便慢慢扩展，经过一番笨拙的操作之后，汽船开始驶向广袤的大海。阿申巴赫走到右舷，驼背船员已经为他准备了一把躺椅，同时，一个身着油迹斑斑工作服的服务生也站在那里等候他的差遣。

天空灰蒙蒙的，风中夹杂着潮湿的海的气息。码头和小岛已经向后退去，陆地很快就消失在视野当中。一团团煤灰浮尘，被湿气浸透，纷纷落在刚刚洗刷过的甲板上。船行大约一个小时后，甲板上支起了帐篷，因为下雨了。

我们的旅行者裹上外套，把书放在膝盖上，以此打发时光，时间在不知不觉中流逝。雨停了，帆布篷也已经撤下，放眼看去，海天相连，在幽暗的苍穹下，四周全是空旷寂寥、无边无垠的大海。在这浩渺无际的空间里，时间的运行似已休止，仿若置身梦境一般。奇怪的、模糊不清的身影——年老的花花公子、甲板舱里那个长着山羊胡子的管理员等——这些形象模糊不清，发出梦呓般的声音，在阿申巴赫的脑海里转来转去。最后，他沉沉入睡了。

中午，他被叫到一间走廊似的餐厅里吃饭，餐厅与卧舱相通。他在一张长桌子的一端吃着饭，另一端坐着公司的那些职员，其中还有那个老头。他们从十点钟开始，就一直和颇具幽默感的船长举杯痛饮。这顿饭很乏味，他三口两口就吃完了，然后迅速离开。他需要去外面透透气，看看天空：或许威尼斯现在正在远处若隐若现呢。

除了这个一直在他心目中保持光辉形象的城市之外，他并不期望见到别的什么。大海上和天空上浅灰色的浓云始终密布，不时还下起濛濛细雨。慢慢地，他意识到，也许通过水路见到的威尼斯，和之前通过陆路见到的会完全不同。他站在桅杆边，眺望着远方，等待着那片陆地的出现。他想到那位忧郁而狂喜的诗人，曾经描写过这种从潮水里登上圆顶屋和钟楼的意境，现在，静静地默念那些充满崇敬、快乐和忧愁的句子，阿申巴赫的内心仍旧感到怦然一动。尽管比起当时来，他现在心态苍老，躯体疲惫，然而他拷问自己：在这样闲适的旅程中，是否还经得起一阵新的热情和一种新的迷惑？

就在这时，右方的平坦海岸终于出现了，渔船活跃海上，岛上海水浴场清晰可见。轮船驶进岛的左边，由于港口狭窄，船减慢了速度，渐渐地可以看见海滨湖沼上各种简陋的屋舍。船终于完全停止了，旅客在此等候检查。

经过一个小时，船才真正抵埠。虽然每个人都没有什么急事，但却都表现得焦躁不安。这时，嘹亮的军号声从水面前端的公园传了过来，吸引了那帮年轻人的注意，在刚喝过的阿蒂斯酒的刺激下，他们纷纷来到甲板上，欢呼雀跃，高呼万岁。可是那个衣着太过讲究的老头和年轻人混在一起的样子实在是太不和谐。他年老衰退的大脑在抑制酒精方面显然无法与年富力强的小伙子们相提并论，此时，他已经完全醉了，目光呆滞地向四周张望着，瑟瑟发抖的手指缝里还夹着一根香烟。他摇摇晃晃，简直无法保持平衡，再迈出一步恐怕就会栽个跟头。因此他只好一动不动地站在原地，但仍然表现出一副虚张声势的样子：拉住任何一个经过他身边的人，唠唠叨叨、挤眉弄眼、痴痴傻笑，并伸出那只戴着戒指的干巴巴的手指去戏弄别人，还暧昧地舔弄着嘴角，姿态令人作呕。阿申巴赫皱着眉头望着他，顿生反感，瞬间又产生了一种非现实的感受，好像周围的世界已经发生了小而明确的变化，变得光怪陆离、奇异可笑。正在这时，机舱的引擎砰的一声发动起来，他不能再仔细琢磨这种感受了。轮船经过圣马可河道，返回它的航线了。

于是，他把注意力投向了最令人惊叹不已的码头，绚丽多彩的建筑群的结构令人目眩神迷，这是共和国为远航的海员们兴建的令人肃然起敬的景观：宫殿雄伟，叹息桥庄严，雕刻着狮子和圣像的圆柱傍水而立，圣马可教堂的侧翼高高耸起，华丽巍然，一眼就能看到圣马可时钟。他环顾四周，感到从大陆搭火车到威尼斯好比穿过后门的通道进入宫殿，只有像他这样乘船穿过大海来到这里，才能欣赏到这个城市的全貌，才能领略到这个城市难以想象的美丽。

引擎停止了，一些贡多拉挤挤挨挨地划上前来，上岸的舷梯也放了下来，海关人员登上船来准备履行他们的职责，船上的乘客可以下船了。阿申巴赫打算找个海边的房子住下来，这样的话，就得去到往返于威尼斯和利多的汽船码头上，于是他想租一条贡多拉。他们满足了他的愿望，并向水面上的船夫传达了他的要求，水面上，贡多拉的船夫们正用本地方言争吵着。由于箱子需要费很大的力气才能从梯子般的扶梯上拖下来，所以他一时还无法下船。就在这耽搁的几分钟里，他又遭到了那个可怕老头的纠缠。老头已经醉得神志不清了，非要向这位外国游客道别。“我们祝您在威尼斯有个最愉快的假期！”他往后移了一点，鞠了一躬，声音含糊不清，“希望您不要忘记我们！再见，请原谅，早安！尊敬的先生！”他口水直流，眨巴着眼睛，不时地舔弄着嘴角，把下巴上染过颜色的胡子弄得乱糟糟的。“请代我们问好，”他用两个手指摩挲着自己的嘴唇，继续嘟哝着，“请代我们向你的情人问好，向那个最可爱、最美丽的可人儿……”就在这时，他上面的假牙突然掉到了舌头上，阿申巴赫趁机赶紧溜之大吉。“你的情人，你最美丽的情人……”当他从扶梯上下来时，背后还传来空荡荡的、含糊不清的声音。

当一个人第一次坐上贡多拉，或者时隔许久再次踏进贡多拉的船舱时，免不了会感到一丝隐隐的不安，内心会涌起一丝神秘的颤栗，大概没有人会例外。这种奇妙的交通工具，大概从叙事诗时代传至今日都没有大的改观，它被漆成通常只有棺材才有的独特的乌黑色，让人想到深邃的夜幕下，水声四溅，一些犯罪勾当悄然进行的场景；而且，它会让人联想到死亡，想到灵柩，想到阴暗单调的葬礼和寂静肃穆、漆黑无垠的最终旅程！贡多拉上的扶手椅同样也是棺木般的乌黑，连垫子也是黑乎乎的，但是你是否注意到，这原来是世界上最柔软、最奢华，也最舒适的椅子？当阿申巴赫把行李整整齐齐地堆在对面的船头上，在船夫的脚下坐下来的时候，他马上意识到了这一点。这时，摇桨的船夫们还在吵吵闹闹地争执，声音粗哑，含糊不清，不时还舞动着威胁的手势。但这座水城不同寻常的寂静似乎把他们的声音都吸收起来，化于无形，然后播撒到海面上去了。港口里暖意洋溢，南面吹来的温和暖风轻拂着靠在柔软椅垫上的旅客，阿申巴赫舒服地闭起眼睛，享受着这非同寻常的慵懒时光。“这将是一个短暂的旅程，”他思忖道，“如果能这样直到永远该有多好！”在船身轻微的颠簸中，他感到尘世的喧嚣和嘈杂都离他远去了。

周围一直非常地安静，似乎是越来越安静了！除了船桨拍击水面的声音外，万籁俱寂。船头竖立着，模糊不清，像一支长戟一样插在水中。确实还是有其他声音的，那是船夫发出的低沉的喃喃自语，伴随着双臂用力划桨的间歇不时地迸出口中。阿申巴赫抬起头，不免有丝困惑，他注意到周围的水面正变得越来越开阔，船正朝着大海划去。看起来，他不应该这么彻底地乐观放松，实现他的愿望还要花费一些工夫。

“请划到汽船码头去！”他稍微转过身说。船夫的喃喃自语停止了，但并没有回答他。

“我说划到汽船码头去！”阿申巴赫重复了一遍，把身子完全转了过来，抬起头望着船夫。船夫正站在比他高一级的甲板上，铁塔一样的身体伫立在铅灰色的天空下。这个人的长相实在是不讨喜，甚至是有点凶悍。他穿着蓝色的水手服，腰间系了一条黄色的腰带，草帽已经变了形，斜斜地戴在头上。从面相上及短而硬的鼻子下一抹淡黄卷曲的胡子来看，他不太像意大利人。尽管身材十分纤细，看上去并不适合这项工作，但每次划桨他都用尽全身力气。有时由于用力过度，他嘴角还会翘向后面，露出一排雪白的牙齿。他盯着客人，皱了皱淡红色的眉毛，语调坚决，几乎有些粗鲁地说道：

“您不是要去利多吗？”

“是的，但是我只想乘贡多拉穿过圣马可河。我想乘汽艇去。”阿申巴赫答道。

“您不能乘小汽艇。”

“为什么不能？”

“因为小汽艇不能载行李。”

这是对的，阿申巴赫想起来了，于是便不说话了。但是这个人行为粗鲁，蛮横自负，对待客人一点都没有礼貌，这让他简直无法忍受。他接着说：

“那是我的事情，或许我可以把行李寄存一下。麻烦您摇回去吧！”

船夫一声不吭，船桨仍在不停地划水，波浪继续闷声闷气地拍打着船头。喃喃声和自言自语又开始了：船夫还是在齿缝间不停地嘀咕着。

应该怎么办？独自一人与这个怪异执拗、一意孤行的人在水面上划行，我们的旅行者不知道怎样才能说服对方按照他的本来意愿行事。如果可以顺其自然地接受这种情况，那该是多么舒服的一趟奢华之旅啊！他不是希望这段航程能够更长一点吗？他不是希望永远就这样下去吗？看来，最明智的选择莫过于顺其自然，毕竟这样做也是最合理的。一种奇妙的慵懒的感觉像是从扶手椅辐射过来，传遍周身，身后那位专横的船夫摇着桨，椅子随着船桨左右摇摆。“也许自己已落入歹人之手”的想法梦一样掠过阿申巴赫的思绪，但是沉沉的倦怠完全无法激起他反抗的念头。更麻烦的是也许他只是为了敲诈勒索。一种自尊心，或者所谓的责任感，也可以说是某种为了尽力阻止此事的警惕感，让他振作了一下精神。他尝试做最后一次努力，他问道：

“你这趟船要多少钱？”

那个船夫从上面径直地看向他，答道：

“反正你会付钱的，先生。”

很明显，对于这样的话是必须给予答复的，阿申巴赫不带感情地说：

“我一分钱都不会付的，如果你不把我带到我想去的地方，我就一个子儿都没有！”

“先生不是想去利多吗？”

“但不是搭你的船去的。”

“我可以带你去，我的船划得很好！”

这话倒是不错，阿申巴赫想到这，又放松了下来。一点也没错，你划得很好。即使你是为谋财而来，从后面用桨把我打死，你也可以划得很好，把我送到目的地。

但这种事情根本就没发生。甚至出现了和他一路同行的人：一艘满载着乐师的小船划过他们旁边，船上的男男女女伴着吉他和曼陀林在载歌载舞，小船莽撞地与贡多拉并向划行，本来平静的湖面立刻飘荡着他们的歌声，原来他们是在卖艺。阿申巴赫把钱币扔到他们伸过来的帽子里，他们静了下来，把船摇走了。贡多拉上再次响起船夫的喃喃自语。

船继续前行着，一艘驶往城里的汽艇划过，激起的层层波浪使贡多拉颠簸起来。岸上两位警官背着手，面向礁湖，在堤坝上来回踱着步子。阿申巴赫在一个手里拿着抓升钩的老人的帮助下，离开小船上了岸。威尼斯的每一个码头上都有这样的老人借此谋生。因为手头没有足够的零钱，于是他到码头附近的旅馆去换零钱，以便支付船资。等他换好零钱，返回码头时，发现行李已经放在了码头上的手推车里，贡多拉和船夫都已经无影无踪了。

“他溜掉了，”拿抓升钩的老人告诉他，“他是一个坏人，没有执照，先生。他是唯一一个没有执照的船夫。其他那些船夫已经打电话告诉我们了。他看到警官在等他，所以就逃掉了。”

阿申巴赫耸了耸肩。

“先生免费坐了一次船。”老人说着，把他的帽子伸了过来，阿申巴赫扔了一些硬币进去。他吩咐把行李送到贝恩斯酒店去，自己跟着手推车穿过了一条两边百花盛开的林荫路，路旁满是客栈、百货商店、餐厅和酒店。这条路横穿小岛，蔓延至海滨。

他沿着花园的草坪从后面走进宽敞的旅馆，穿过大厅来到前台。由于事先已经预订好房间了，所以他得到了亲切而周到的接待。经理是位身材短小、说话和气、态度殷勤的人，蓄着簇黑的胡须，身着双排扣的法式常服。经理亲自陪他乘电梯上至二楼，把他领进房间。这是一间舒服的屋子，屋里摆设着樱桃木的家具，为迎接他还特别放置了香气馥郁的鲜花，透过高大的窗户，广袤的大海一览无余。经理走后，他的行李也被运至房间。他走到窗前，遥望着沙滩，午后的沙滩已经不那么喧嚣热闹了，少了些熙来攘往的人流，落日的余晖并没有洒落在海平面上。时值涨潮，连绵翻滚的海浪拍击着海岸，发出有节奏的声响。

比起那些善于交际的人来说，个性孤独、沉默寡言的人在观察和际遇方面虽然没有那么独特，却更为深刻，他的思想更加厚重，更加奇特，而且从来不缺乏感伤。有些景象和感受，在别人那里可能会招来匆匆一瞥、三言两语地评论几句或者一笑置之，在他这里却会一直萦绕在脑海，在沉默中变得意味深长，成为生活经验、冒险精神以及复杂情绪。孤独的硕果之一是创造力，那些敢作敢为的美好事物，那些诗作般的创造都来源于此；孤独也会结出苦果，让人变得不近人情，荒唐怪癖甚至萌生禁忌之念。因此，旅途中的种种景象——那个酒后胡言乱语大谈情人的怪异老头，那个非法营业却没有拿到船资的船夫——依然令我们的旅行者不能释怀。尽管这些都不妨碍他理智行事，甚至都无法给予他任何真正的精神食粮，但这些景象对他来说都很怪异，这种矛盾令他的内心惴惴不安。在这样的情绪中，他举目眺望着大海，为能如此快捷轻松地到达威尼斯而雀跃不已。最后他转过身来，洗了把脸，吩咐客房服务员把房间布置得更加舒服一些，然后一个穿着绿色制服的瑞士电梯工开着电梯把他送到了底层。

他在前面的阳台喝了一杯茶，然后缓步走下阳台，沿着滨海大道往伊克塞尔斯酒店的方向走去。当他折返回来时，已经差不多到了换装用餐的时间了。他以他惯常的、舒缓却精确的方式换好衣服，这是因为他常常在盥洗室里构思他的作品，尽管如此，他来到大堂的时间还是稍早了一些。厅里已经聚集了不少等候用餐的客人，大家互不相识，都装出一副客气而冷淡的样子。他拿起一张报纸，坐进了一把皮质的扶手椅，观察着周围的同伴们。这些人举止文雅，彬彬有礼，与之前岛上的那些人迥然不同。

这里有一种令人大开眼界的感觉。人们都礼貌地压低声音讲话，操着各种口音的语言交流着。即便是着装，也都是代表着文明世界的各种礼服，让这里的人们自然地形成了一个整体。有干巴巴拉长面孔的美国人，有成员众多的俄罗斯大家庭，有英国的女士，还有法国保姆陪伴下的德国儿童。宾客当中大部分是斯拉夫人，在离他不远的地方就有人用波兰语交谈着。

那是在一张长条桌旁，围坐着一群由女家庭教师照看的青少年：三个女孩子，看起来十五六岁的样子，还有一个长头发的男孩子，大约十四岁。阿申巴赫惊奇地发现这个男孩子的长相极为俊朗。他肤色白皙，神态优雅，一头蜜色的卷发，加上那高挺的鼻梁和迷人的嘴唇，透露出一股甜美却又圣洁的气息，让人不由得联想到希腊鼎盛时期的雕塑。除了这近乎完美的圣洁外表外，他还具备一种极为独特的个人魅力，让阿申巴赫觉得不论是自然界还是艺术界，都从没有过如此完美的作品。令阿申巴赫惊异的还有，从孩子们的举止和被对待的态度来看，他们的教育方式实在是形成了鲜明的对比。三个姑娘穿着极为朴素，其中最年长的那个看起来已经成人，然而过于严肃的打扮影响了她们的形象。她们穿着一模一样的石灰色半长罩裙，并不太合身，翻转的白色领子是全身上下唯一的亮色。这身修女般的装束把她们身体上的任何曲线都掩盖起来了，显得毫无生气。平滑的头发被紧紧地固定在脑后，使她们的面孔看起来真的如修女一样空洞茫然，了无表情。这一定是她们母亲的杰作。很显然，她并没有把对这三个女孩的学究式的严格要求加在这个男孩子身上。他一定是在宠爱和极尽呵护下长大的。没有人会忍心把他那漂亮的头发剪短，像拔刺男孩的雕塑一般，他的卷发拳曲在额头上，垂落到耳朵上，甚至披散到颈背上。他穿着一件英国水手服，折起的袖子上端稍微缩紧，刚好包住了他孩童般精致的关节和纤弱的手腕。衣服上华丽的丝带、网眼和刺绣，使得这副小小的身躯透露出奢华和骄纵的气息。他坐在那里，阿申巴赫只能看到他的侧面。他的一只脚放在另一只脚前面，一只手肘倚靠在藤椅上，另一只手托着腮帮，看上去别有一番悠闲的神态，与他的姐姐们表现出来的拘谨呆板大相径庭。他生病了吗？因为在一头金发的映衬下，他的面颊像象牙一样苍白，或者他只是一个被大人们娇生惯养坏了的孩子。阿申巴赫更倾向于后面的想法。几乎每个艺术家都会有一种奢华和任性的倾向，那就是承认美所引起的不公，并对这种贵族式的偏袒心理表示敬意。

一个侍者到处走动着，用英语告诉大家晚餐已经准备就绪，这群人便渐渐地散开来，穿过玻璃门走进餐厅。迟到的人也纷纷从前厅或电梯里走过来。餐厅里面，晚餐已经开始了。但这群年轻的波兰人仍旧围坐在桌子边，阿申巴赫坐在这里本来就很舒服，又有赏心悦目的美人当前，于是他坐在那里和他们一起等着。

面色红润、身材结实的女家庭教师终于做出让孩子们起身的手势，并皱着眉毛把椅子推开，向刚刚走进大厅的一个高挑妇人鞠躬致意。这位妇人冷若冰霜，端庄稳重，略施薄粉的面容和简洁得体的服饰相得益彰。在这样一个将虔诚视作美德的圈子里，人们往往崇尚这样的风格。她可能是一位德国高级军官的妻子。她佩戴的首饰是唯一能透露出她高贵身份的东西：一副耳环和一串用樱桃大小的珍珠串成的三股式项链，一看就知道价格不菲。

孩子们立刻站了起来，吻了吻妈妈的手。她冷淡而克制地向他们笑了笑，用法语和家庭教师交谈了几句。她的脸保养得极好，却有些许生硬，此时更是布满了疲惫。然后她就朝着玻璃门走去。孩子们跟在她身后，女孩子按照年龄的顺序先后走着，女教师紧随其后，最后面跟着那个男孩子。不知是什么原因，那个男孩子在跨过门槛之前回头望了望，这时大堂里只剩一人了，男孩子独特的、如霭色晨光般的眸子与阿申巴赫的眼睛相遇了。他的膝上放着报纸，陷入沉思中，正目不转睛地看着这群人离开。

他所看到的这一切并没有什么不寻常的地方：在母亲到来之前不入席，等着她，向她致意，按照通常的礼仪进入餐厅。但是这群人所表现出来的一丝不苟、高贵的教养和自尊感莫名其妙地让阿申巴赫深受感动。又等了一小会儿之后，他才步入餐厅，找到自己的座位并坐了下来，看到那个波兰家庭和自己离得并不太近时，他的心里隐隐有丝遗憾。

虽然有些疲惫，但他的思维因为受到刺激依然很活跃。他用一些抽象甚至是超验的想象来打发这段沉闷的用餐时间。他仔细思索了自然法则和个人之间存在的神秘联系——也许人类之美就是由此产生的。他又由此出发，思考形式和艺术的普遍性问题，最后得出的结论是：他的思索和发现只不过像睡梦中某些偶然的提示一样，一旦头脑冷静下来，就会明白这些不过是些肤浅和不着边际的事情。用过晚餐后他又耽搁了一小会儿，抽了支烟，坐了一会儿，还到充满黄昏气息的酒店花园里散了散步。尽管天色尚早，但他还是回去早早睡下了，一夜安眠，只有时不时的梦境让这一夜充满了生气。

第二天天气也没有什么好转，陆地上吹来阵阵微风。在阴云密布的天空下，大海也呈现出一种怠惰般的沉静，没精打采，好像萎缩了一般。潮水早已退尽了，地平线清晰地展现出来，几行沙堤一览无余。阿申巴赫打开窗户，他仿佛可以闻到礁湖陈腐的味道。

他感到一阵不适。此时此刻让他萌发了离开的念头。几年前，当他度过了几周阳光明媚的春日后，也是这样的天气严重地影响了他的健康，使他不得不像逃难一样离开了威尼斯。这症状不是如出一辙吗？那种像害热病一样的感觉，太阳穴胀得发痛，眼睑也变得沉甸甸的。再换一个地方也一样令人感到厌烦，如果风向不变的话，那就实在没有必要继续待在这里了。既然这样，那也就没有必要把行李都打开了。九点钟的时候，他在大厅和餐厅之间专门吃早餐的房间吃了早饭。

大厅里氤氲着像某种庄严仪式正在进行般的寂静，这似乎是每一间气派的酒店都想要营造出的氛围。服务生们静悄悄地走来走去，为大家提供服务。除了为客人们倒茶时发出的瓷器碰撞的声音和低低的耳语声外，什么都听不到。在斜对着门，与阿申巴赫隔着两个桌子距离的一个角落里，他看到了那几位波兰姑娘和她们的女教师。她们坐得笔直，淡褐色的头发看起来刚刚梳理过，穿着呆板的蓝色亚麻布上衣，仍旧是白色的小翻领和白色的袖口，睡眼惺忪。她们把果酱递来递去，早饭已经差不多吃完了，可是那个男孩子还没有出现。

阿申巴赫心领神会地微笑起来。“这个小费阿克斯人啊！”他想，“比起你的姐姐们，似乎只有你有睡懒觉的权利。”他突然起了兴致，不由得吟起一首诗来：

“锦衣华服，
温汤沐浴，
卧榻安眠，
生之幸事！”

他慢条斯理地吃完早饭。这时，门房摘下帽子，走了进来。他从门房手里接过一些信件，打开其中几封，边抽烟边读了起来。与此同时，他看到另一张桌子上正等着的那个睡懒觉的男孩子走了进来。

这个男孩子穿过玻璃门走了进来，静悄悄地斜穿过餐厅向姐姐们的餐桌走去。他步态轻盈,无论是走路时摆动的身体,还是膝盖弯曲的姿态,或者是那灵动的双脚,无不透露出极致优雅的气息。他轻捷而柔软,但又不失高贵。走进餐厅时,他两次回头四下环顾,这种稚气的羞赧又为他平添了几丝妩媚。他笑盈盈地坐下了,用含糊不清的语言说了几句什么。这时,由于他的全部外形都展现在一直注视着他的阿申巴赫眼前,一览无遗,阿申巴赫再一次惊叹了。事实上,他是震惊了,震惊于上帝创造了如此圣洁的美貌。今天男孩子穿了一件蓝白条纹相间的便服,胸口扎着一个红领结,一个简单的白色领子。事实上这个衣领并不能很好地与他身上其他优雅的服饰相搭配,然而衣领之上却盛开着一朵无与伦比的鲜花——这是爱神厄洛斯的头颅,散发着帕罗斯岛大理石般的淡金色光华,眉毛精致而端庄,一头卷发浓密而柔顺地盖住了鬓角和耳际。

妙啊,真妙!阿申巴赫用专家品鉴大师级杰作般的冷静目光审视着他,已经快要压抑不住那种见到至高无上的艺术珍品时欣喜若狂的心情了。他暗暗想道:如果不是大海和沙滩在等着我,你在这里待多久,我就会在这里待多久。接着,他在服务生礼貌的注视下穿过大厅,沿着大露台,直接穿过木质走廊,来到酒店专门为客人们设置的私人海滩。那里有一个赤着脚的老头,穿着麻布短裤,水手上衣,戴着一顶草帽,他是这里的浴室服务员。他让服务员把他带到自己的海滩小屋中,从里面拿出一把椅子,搬出一张桌子,放在前面的木质平台上,然后把一把折叠椅拖到离海近一点的蜡黄色的沙滩上,舒服地躺在上面休息。

如同往常一样,海滩上的如画美景、轻松快乐的氛围令阿申巴赫陶醉不已。这个时间海滩上已经热闹起来了:孩子们在戏水,大人们有的在游泳,有的双手交叉枕在脑袋下面,躺在沙滩上休息,还有的则在没有龙骨的、漆成蓝红相间的小船上划着桨,在船倾覆的时候发出阵阵笑声,灰色的大海因此变得生机盎然。海滩上排列着一排排的小屋,小屋前的小平台就像阳台一样,人们在上面悠闲安坐,或慵懒休息,或交流聊天。有的人化了讲究的晨妆，有的人却不修边幅，半裸而卧，尽情享受着海边闲散的愉悦时光。在近海潮湿而坚硬的沙滩上，人们穿着白色浴袍或者颜色艳丽而宽松的便服，轻松地溜达着。在右边，孩子们搭起了一座层层叠叠、构造复杂的沙堡，上面插满了各个国家的彩色小旗。叫卖海蚌、蛋糕和水果的小贩蹲下身来，把货品摊开来展示着。在左面有一排小屋，这排小屋与另外一排小屋形成直角，那边就是海滩的终点了。这个小屋的前面，一家俄国人在此搭了帐篷：男人们都蓄着浓密的胡须，间或露出一排排牙齿；女人们则都成熟而慵懒，一位波罗的海小姐正坐在画架前描绘着大海，不时地发出绝望的惊叹；此外，还有两个长得并不讨人喜欢但很有教养的孩子，旁边陪伴着缠着头巾的恭顺的老女佣。他们在那里自得其乐，不厌其烦地喊着那两个不守规矩的孩子的名字，用意大利语和卖给他们糖果的老头打着趣，时不时地互相亲吻脸颊，毫不在乎旁观者的眼光。

阿申巴赫想，还是留下来吧。哪里还能找到比这更好的地方呢？他把双手交握，放在大腿上，任凭自己的目光漫无边际地游荡在大海上。他的眼神渐渐散乱迷茫起来，变得模糊不清，眼前只剩下一片空寂、荒凉的虚无。他之所以热爱大海，是因为艺术家的繁重工作使他渴望休息，渴望从各种恼人的、错综复杂的现象中逃离出来，投入到这纯净而又巨大的怀抱当中。然而这种禁忌的、深层次的渴望——对逍遥、永恒与超脱的渴望，对清静无为的渴望——恰恰和他的寻常生活背道而驰，却也因此更富诱惑力。一个追求完美的人渴望追求尽善尽美的宁静，那么清静无为不正是一种完美吗？正在他任由思绪任意驰骋的时候，沙滩上宁静的海岸线掠过一个人影。当他把视线从无边无际中收回来，凝神细望的时候，才发现眼前的人影是那个俊美无比的男孩，正从左边穿过沙滩，经过他的身边。他光着脚，看起来准备戏水，裤子卷到膝盖以上，露出光裸的纤细小腿。他步态悠闲，却轻捷而优雅，仿佛早已习惯了不穿鞋子走路一样。他边走边观察着这一排小屋，当他看到那家幸福和睦的俄国人时，脸马上阴沉下来。他皱着眉毛，嘴巴也紧紧抿起来，这样的表情几乎让他的脸显得有些扭曲。他的眉头是如此紧皱，以至于他的眼睛看起来都像是深陷下去一样，整个面部都笼罩在深深的厌恶当中。他转移了视线，又恶狠狠地向后一瞥，然后使劲地耸了耸肩膀，表示根本不屑一顾，将他的敌人们扔在了身后。

一种微妙的警觉，又或是一种满含尊敬的惶恐令阿申巴赫赶紧扭转身子，装作什么都没有看到的样子。一个严肃的观察者不应该凭借别人一时的情感流露而作出价值判断，更不用说是在如此私密的情况下。但也就在此时，阿申巴赫觉得既愉快又感动，周身洋溢着幸福的喜悦。这种直指最无害生存之道的稚气的狂热情绪，使得人类具备了某种静默的神性。它成就了造物主最杰出的作品，不仅取悦你的眼睛，更值得所有人虔诚地赞叹。这位少年不仅被赋予了杰出的美貌，更在此时此刻展现出了超越他年龄的气质，使人刮目相看。

阿申巴赫并没有转过头，而是继续聆听男孩清脆却有点羸弱的声音，他正招呼着几步开外忙着堆沙堡的玩伴们。他们不断喊着他的名字——也许只是小名——来回应他。阿申巴赫带着几分好奇凝神细听，除了两个悦耳的音节以外，其他的他无法听得更清楚了，听起来似乎是“阿德吉奥”，或者是“阿德吉乌”，因为尾声好像是一个长长的“乌”。他喜欢这个音调，觉得这个名字和它的主人真是相得益彰。于是他自言自语地默念了几遍，才心满意足地转过身来，接着看他的信件。

他把旅行文具包放在膝盖上，拿出钢笔开始处理各种各样的信札。但是还不到一刻钟，他突然觉得就这样错过眼前见所未见的美景，把时间花在这样毫无意义的俗务上，实在是暴殄天物。于是他把信件统统扔到一边，转过头来再一次面朝大海。但是没过多久，他的注意力就被那群堆沙堡的孩子们吸引住了，于是他转过头来，舒服地倚靠在躺椅的后背上，再一次观察起跑来跑去忙个不停的、非同凡响的“阿德吉奥”来。

阿申巴赫一眼就看到了他，那胸前飘拂的红蝴蝶结是无论如何都不会让人认错的。他和其他孩子们一起正忙着安装一块旧木板，作为沙堡的吊桥。他显然是监工，不停地摇头晃脑，发出指令。他的玩伴大概有十来个，都和他年纪相仿，有几个看起来稍微小一些。他们都在悄悄地聊着，有的说波兰语，有的说法语，甚至还有人操着巴尔干半岛的土话。经常听到有人呼喊他的名字，显而易见，他是这里最受仰慕和最受欢迎的。其中有一个健壮结实的男孩，和他一样也是波兰人，名字好像是“阿斯胡”，长着一头平滑的黑发，穿着一件亚麻上衣，看上去是他的心腹和挚友。当完成沙堡的工作后，这两个伙伴沿着沙滩溜达，互相揽着对方的腰，那个叫“阿斯胡”的孩子还在漂亮的阿德吉奥脸颊上亲吻了一下。

阿申巴赫真想伸出一个手指吓唬吓唬他：“我警告你，克里托布洛斯！”他微笑着想，“去外国旅行一年吧！我至少需要那么久才能痊愈！”接着，他从小贩那里买了一些熟透的大草莓，当作早点。尽管阳光还是无法穿透重重叠叠的云层，但是天气已经热起来了。整个人都沉浸在大海无垠的宁静当中，沉沉的倦怠让思维都停止了。严肃认真的阿申巴赫绞尽脑汁地琢磨着“阿德吉奥”到底听起来是哪一个名字，凭着对波兰语的一些零散记忆，他推断这个名字很有可能是“塔德奥”，它是“塔得乌兹”的简写，喊时听起来很像“塔兹乌”。

塔德奥在洗海水浴。有一阵子他从阿申巴赫的视线里消失了，过了一会儿，在远处的海面上，阿申巴赫又看到了他的头和胳膊，他的胳膊在划着水。虽然这里只是近海的浅水区，但很快他的家人就开始担心他了，在小屋里喊着他的名字。喊声像口令一样回荡在沙滩上：“塔德奥，塔德奥！”那柔软的辅音“乌”，拖着长长的声调，听起来既甜美又狂放。听到呼唤，他转过身来逆着波浪往回游，双脚激起一片浪花。他的头在波浪里忽隐忽现，生气勃勃，展现出一种将熟未熟的小男子汉气概。一簇簇卷发滴着水珠，仿若从海天之间漫步而来的年轻天神般丰盈俊秀。此时光景充满了神话的意象，像远古诗人们笔下流淌的诗句般迷人，那是神祇诞生时最初的模样。阿申巴赫闭起双目，聆听着自己内心已然开始吟诵的颂歌，再一次地，他觉得待在这里确实是不错的选择，他会一直待下去。

过了一会儿，塔德奥洗完了海水浴，躺在沙滩上休息。他裹着自己的白色浴袍，一半还枕在右边的肩胛骨下面，脑袋枕在裸露着的手臂上。尽管阿申巴赫在读书，并没有看向他，但他还是念念不忘这个男孩，此刻，男孩就躺在那里，他只要稍微转头，就可以再次欣赏这绝妙的形象。他感到自己坐在这里的目的就是保护这个半睡半醒的男孩，虽然他在忙着自己手里的事情，但其实是在一心一意地守护着右边不远处这个高贵的孩子。他的心里充满了慈父般的柔情，只有像他这样竭尽全力创造美的人才会对美本身全身心地投入，并流露出真实的感情。

中午过后，他离开了海滩，到了酒店乘电梯回到了自己的房间。在房间里，他花了好一阵子在镜子里端详自己：灰白的头发，疲惫而硬朗的面容。此时此刻他想到了自己的声望；想到了在街上偶遇他的人们，因他卓越优雅地运用语言的能力而用仰慕的目光看着他；他想到了他的一切成功；甚至想到了他已具备了的高贵的封号。然后他下楼去到餐厅吃饭。当他吃完饭走进电梯时，看到那群年轻人正推搡着进入电梯，塔德奥也在其中。他站得离阿申巴赫如此之近，这是阿申巴赫第一次得以近距离地观察他，能够看清楚他的长相。一个男孩子喊了他一声，他边回答，边扬起一个美得无与伦比的如花笑靥。后来，他在第二层跨出了电梯，眼睛看着地面，向后走去了。美丽使人谦逊，阿申巴赫想，并琢磨着为什么会这样。事实上，他注意到塔德奥的牙齿长得并不好，参差不齐，颜色暗淡，一看就知道并不健康，带着贫血病患者牙齿上常见的奇怪的半透明的特征。“他很虚弱，也很病态，”阿申巴赫想着，“他也许不会活太久。”他根本没有意识到为什么在这么想时自己竟涌起一种愉悦的感觉。

下午，他在房间里消磨了两个小时，然后乘小汽艇穿过发着腐臭味的礁湖去威尼斯。他去了圣马可广场，在那里喝了茶，然后像待在这里的每一天一样，他开始沿着街道散步。但是，正是这次散步，让他的情绪突变，并彻底改变了自己的初衷。

街巷里弥漫着让人感到压抑的闷热气息，难闻的气味从公寓里、店铺里和餐馆里散发出来：油臭味、香水味和其他很多说不清的味道混杂在一起，烟雾腾腾，无法散去。香烟缭绕在空中，久久不散。巷道里熙熙攘攘的人群互相推搡着，令阿申巴赫烦躁不已。走得越远，越是心烦意乱，这可能是由于海风和热风混在一起引起的疲倦造成的。他浑身冒汗，难受极了，眼睛也不听使唤，胸口闷得像被绑住了一样，头上的血管突突直跳。他急忙逃离拥挤不堪的商业区，穿过好几座桥，来到了一片贫民区。然而这里的乞丐们又纠缠着他，河道里散发的腐臭味道几乎让他窒息。终于，他来到了一个广场，这是威尼斯中心一个被人遗忘而充满神秘气息的地方，他靠在喷泉边休息了一会儿，擦掉额头上的汗，马上意识到自己该离开威尼斯了。

他再一次意识到，这个城市这个季节的气候对他的健康实在是大大不利，硬要在这里坚持下去并不是明智的做法，况且风向是否会变化也无从知晓。他必须马上做出决定。马上回家也不太可能，不论冬天还是夏天，那边都不是一个好的住处。当然不只是威尼斯拥有白浪和沙滩，其他的地方也有这样的景致，还不用忍受这礁湖的腐臭气息和逼人的热浪。他记起距离的里雅斯特不远的地方就有一个小的海滨度假胜地，很多人都向他推荐过那里。为什么不去那里呢？现在再换一个地方继续他的假期还来得及。主意已定，他便站起身来。在最近的一个小码头上，他租了一条贡多拉，穿过曲曲折折的河道，经过用大理石雕成的两侧刻有狮子的华丽阳台下面，绕过一些湿滑的墙角，又沿着凄清的宫殿群划过，贡多拉下的水面上倒映出这种种景象，载着他驶向圣马可广场。船夫为了从饰带和玻璃商那得到小费，载着他一会儿停在这里，一会儿停在那里，怂恿他购买些小东西。威尼斯之游本来是可以为他留下深刻印象的，但是这种没落女王般唯利是图的做法却让整个威尼斯都失去了魅力。

回到酒店后，他甚至都没能等到晚餐时间，就通知了办公室人员：因为一些意想不到的事情，他不得不明天一早就离开这里。职员深表遗憾并很快为他结清了账。用过晚餐后，他在阳台上的摇椅里度过了整个暖意融融的傍晚。上床休息前，他就整理好了行李，准备一早就离开。

因为担心着即将开始的下一段旅程，他睡得并不是很好。早晨打开窗户时，天空依旧一片阴霾，但空气似乎清新了许多，就在这时，他感到有点后悔。这个决定是不是太冲动了？为了一时的不适就匆匆决定离开是不是一个错误？如果他能稍微再忍耐一下，如果他能尝试着适应适应威尼斯的气候，或者耐心地等待天气好转，那么现在他就不用忍受旅途的匆忙和劳碌，而是可以像前一天那样，在海滩上悠闲地度过一个上午了。可是，太晚了，昨天他所渴求的东西，今天还必须继续追求下去。他穿好衣服，乘电梯下楼吃饭。

走进餐厅时，里面仍旧空无一人。在他坐着等饭时，零零散散地走进来几个人。在他喝茶的时候，他看到那几个波兰女孩和她们的女教师走了进来，依然一丝不苟，精神饱满，只是略有些睡眼惺忪。她们走向自己在窗户角落的餐桌。接着，门房走了进来，手里拿着帽子，告诉他该离开了，汽车已经等在外面，准备把他和其他的旅客送到伊克塞尔斯奥酒店，在那里，客人们可以乘汽艇穿过私人运河到达车站。"时间很紧张了，先生……"但阿申巴赫并不以为然，离火车开车还有一个小时呢。他极不喜欢酒店在时间尚早的时候就催促客人出发，因此他暗示门房，他希望自己可以安安静静地吃完这顿早饭，然后再动身。门房有些迟疑地退下了，但五分钟后又再次出现："汽车不能再等了！"他说道。阿申巴赫恼怒地回应说那汽车就应该赶紧离开，只需要把自己的箱子带走即可，他会在吃完早饭后自己乘公共汽艇过去，什么时候离开还是让他自己来决定吧。门房鞠了一躬，离开了。终于摆脱了门房烦人的催促，阿申巴赫从容不迫地吃完了早餐，甚至还让服务员给他递了份报纸。时间确实太紧张了，他终于站起身来，正在这时,塔德奥穿过玻璃门走了进来。

他径直朝家人围坐的桌子走去,正好与我们即将离开的客人相遇。在这位头发灰白的绅士面前,他谦逊地低下了头,只在经过他身旁时以他惯有的优雅风度抬起头来,温柔地看了他一眼。再见了,塔德奥!阿申巴赫思忖着,我们的相遇是多么短暂啊!事实上,他的嘴唇一反常态地说出了他的想法:“愿上帝保佑你!”然后他就开始履行离开前的一些惯例做法:递给侍者小费,与那位穿着双排扣法式常服的小个子经理道别,徒步离开饭店。像来时一样,他穿过百花盛开的林荫路,来到汽船码头,侍者跟在后面,为他提着随身的行李。到达码头,坐上船,开始了他满含悲伤与遗憾的冒险旅程。

依然是同样熟悉的旅程,汽艇穿过礁湖,经过圣马可广场,向大运河驶去。阿申巴赫坐在船头的圆凳子上,手臂倚着栏杆,一只手罩在眼睛上面,以避开炫目刺眼的阳光。市政公园从眼前掠过,广场还是一如既往地优雅,缓缓出现在他的面前,又很快被抛在身后;接着一排排宫殿式的屋宇又出现在眼前,河道转向时,里亚尔多灿烂夺目的大理石拱桥便映入眼帘。阿申巴赫出神地凝望着这种种景象,心里因为遗憾和后悔而阵阵绞痛。这城市的氛围,这弥散着腐臭气息的大海,这海面上的潮湿味道,曾一度是他迫不及待想要逃离的原因。然而现在,他却依依不舍,略带痛苦地深深呼吸着这样的空气。难道他过去并不明白,也不曾体会到自己对凡此种种已经有了深深的依恋?今天早上,他对自己做出的决定还只是略有疑虑,稍感遗憾,而现在,他却是绝望之至,追悔莫及,几近潸然泪下了。他责问自己为什么没有一点先见之明,是什么让自己如此难以忍受而不得不离开威尼斯?显然是他永远不用再见到威尼斯的想法驱使他做出离开的决定,而这次显然是永别。由于这座城市两次使他的健康遭到重创,每次都不得不匆忙离开,他就应当认为这座城市并不适合他,因此,重蹈覆辙显然没有意义。事实上,他觉得这次一旦离开,他的自尊心和羞耻心就会让他不愿意再次看到这座可爱的城市。这座城市已经两次从生理上击败了他，让他的灵魂也因此变得颓唐。内心的深度渴望和身体的不堪重负令阿申巴赫再一次感到痛苦，感到衰弱老迈的可耻，觉得应该不惜一切代价去克服这个缺陷。他不理解自己昨天为什么如此轻而易举就被打败了，甚至都没有稍作挣扎，或者让这不济的身体多加忍耐一下。

与此同时，汽艇已经行至车站，阿申巴赫忧愁烦闷，不知所措，甚至都有点迷茫混乱了。对于这位饱受折磨的人来说，走也不是，留也不是。纠结于这两种情绪当中，他走进了车站。但是已经为时太晚，如果他想搭乘火车离开的话，就一秒钟都不能耽误，必须马上买票离开。于是他赶紧买好了票，在拥挤的候车室里四下环顾，寻找负责运行李的酒店的门房。这个人终于出现了，告诉阿申巴赫他的行李已经被运走了，运到科莫去了。科莫？经过一番焦急的你问我答，问的人怒气冲冲，答的人羞愧尴尬，终于弄明白这只箱子确实是被运到科莫去了，甚至在他还没有离开伊克塞尔斯奥酒店时，这只箱子就被和别的行李混放在了一起，运到一个完全不对的地方去了。

阿申巴赫费尽力气才调整好自己的面部表情，毕竟不是任何人的行李被错运后都会像他一样这么开心的。一种狂野的喜悦，一种不可置信的雀跃之情充溢胸口，几乎令他高兴得要晕过去。门房赶紧跑去问询，看能不能把箱子拦下，但意料之中地空手而归。于是，阿申巴赫宣称没有行李他无法旅行，所以他得返回贝恩斯酒店，直到被错运走的行李完璧归赵为止。汽艇还在车站外等着吗？门房说是的。于是阿申巴赫来到票亭，用流利的意大利语与票务职员交涉，退掉了车票，并发誓一定要打电报催要行李，不惜一切代价也要把行李带回来。于是奇怪的一幕发生了：我们的旅行者在到达车站二十分钟后，又坐上了返回利多的汽艇，行驶在大运河上了。

这是多么奇妙而不可思议，有点尴尬而又满含戏剧性的，梦一般的经历啊！他本来怀着极其沉痛的心情要与这个地方告别的，然而命运就是如此奇特，他竟然又在短短的一个小时之内故地重游。疾驰的小艇在贡多拉和汽船之间巧妙灵活地转着舵，变换着航向，箭一般地飞向目的地，海浪在船头激起层层泡沫。此时，船上的唯一乘客，表面上怒气冲冲，实际上却像一个逃学的孩子一样，竭力掩饰内心的慌乱与激动。时不时地，他还会为自己这及时的不幸而暗自发笑，确实，哪个幸运儿能有他这么好的运气呢？到时候，只要解释解释，勇敢地面对大家惊愕的表情，就万事大吉了。一场灾难得以幸免，一个严重的错误得以纠正，而他本来以为已经被抛诸身后的一切将会重新展现在他面前，供他欣赏消遣。另外，难道是此时的飞快航速骗了他，还是风向真的改变了，正从海上吹来？

弓形的波浪拍打着狭窄运河两边的混凝土堤岸，这条运河穿过小岛直通伊克塞尔斯奥酒店。一辆公共汽车停在这里，等待着返程的旅客，然后通过波浪起伏的海面上的一条公路，将他们送回贝恩斯酒店。那个穿着法式常服的小胡子经理跑下楼梯来迎接他。

经理言辞礼貌，低声下气地为这次意外向他道歉，并声称他本人和饭店管理部门对发生这样的事情都感到非常抱歉，同时还肯定阿申巴赫留在酒店等待行李返程是非常明智的决定。他之前的房间已经被租出去了，但是另有房间可供他立即使用，并且和之前的房间一样舒服。"你的运气不太好，先生。"那位瑞士电梯工微笑着对他说。就这样，我们这位准备溜走的旅行者又在房间里歇息下来，这个房间的景观和家具陈设与之前那间别无二致。

一上午的劳碌奔波和迷茫混乱令他筋疲力尽，精神恍惚，一进房门，他就把随身的行李摆放好，即刻就瘫坐在了靠窗的摇椅上。大海变成了淡绿色，空气看起来越来越稀薄，也越来越清新。尽管天空仍然是沉沉的灰色，但海滩上却因为小屋和小船的点缀而色彩缤纷起来。阿申巴赫把手交握着放在大腿上，凝望着远方，为能重新返回到这里而感到开心，同时又为自己的反复无常而感到困惑不解。他就这样坐在这里休息了大约一个小时，思绪混乱，不知道在想些什么。中午的时候，他看到了穿着海军服、扎着红领结的塔德奥。他正从海边跑过来，穿过沙滩围篱，沿着木板路返回酒店。甚至都不用仔细辨认，阿申巴赫就透过窗口认出了塔德奥，他暗自想道：看，塔德奥，你又在这里了！但是这样轻松的问候并没有说出口，而是变作一根弦轻轻地抽打在他的心上——他觉得热血沸腾，灵魂深处却又悲喜交加，真相在拷问着他，他意识到，是因为塔德奥他才对这里如此依依不舍的。

他居高临下地坐在那里，沉默无言，一动不动，开始审视自己的灵魂。他神情严肃，眉头紧皱，紧接着，一抹专注、好奇而又释然的微笑浮现在他脸上。他抬起头，举起本来垂在椅子扶手上的两只胳膊，两掌向前，做了一个慢腾腾的圆形动作，好像打开并伸展手臂一样。这是一种欣然欢迎的姿态，一种平心静气接受一切的姿态。

四

最近几天，太阳神每一天都驾着四轮战车驰骋在天宇之间，热力灼人，黄色的光晕总是伴着强劲的东风一道袭来。宁静而广袤的大海上，波浪翻滚，泛着白绸似的柔光，沙烫如火。在闪着银色亮光的苍穹之下，一张张锈色的帆布在海滨小屋前伸展开来，在它们提供的阴凉地里，人们度过了早晨的时光。海边的夜晚也同样旖旎动人：公园的植物散发出幽香，夜幕中繁星点点，明亮如珠；夜幕笼罩下的大海低声轻唱，那歌声如同带有魔力一般，渗透到灵魂深处。这样的夜晚，预示着明天又将会是一个适合休闲玩乐的好天气，在这样的日子里，肯定会有许多纵情玩耍的好机会。

由于这个不幸的意外而留在这里的客人清楚地知道，领回失物并不意味着马上离开。几天以来，他不得不忍受着没有随身用品而带来的种种不便，穿着旅行服去大厅里吃饭。最后，当那只箱子终于再次出现在他的房间里时，他把箱子彻底打开，把自己的东西分门别类地放进了柜子和抽屉里，决定在这里待下去，想待多久就待多久。想到又可以穿着丝绸衫在海滩上消磨时光，又能穿着晚礼服体体面面地去吃晚餐，不禁喜形于色。一切终于尽如人意。

这种平静又极富规律的生活深深地吸引了他，这种恬静安闲而又充满生气的生活方式令他着迷。这是怎样的一种享受啊！南部海滩上精致的海滨生活与风光秀丽、繁华无比的城市生活结合在一起，一切都是这么美好！事实上阿申巴赫曾经一度并不喜欢这样的生活，每当他搁下笔，偷得空闲之时，他总是发现自己会耽于不安之中，并不能对自己感到满意，这种情绪在他年纪尚轻之时尤为严重。于是他总是没过多久就会返回写作，继续完成他每天神圣而不可或缺的任务。然而威尼斯却是个例外，只有这里能让他全然放松，放慢思考，感到快乐。有几次，当他躺在自己的遮阳棚下，半梦半醒地遥望着大海，或者是在温润芳香的夜晚，在满天星斗的陪伴下，坐在从圣马可返回利多的贡多拉里，看灿若星海的万家灯火渐渐熄灭，听悠扬缠绵的小夜曲慢慢沉寂时，他总会不由自主地想起自己夏季在山间别墅写作时的场景：那里，厚厚的云层穿过花园，剧烈的雷暴有时候会熄灭所有的灯光，他喂养的乌鸦惊吓得跳到枞树的树枝上去。相比之下，他现在简直是置身天堂，这里没有雪，没有冬天，没有暴风雨，更没有洪水。只有海洋之神厄西阿纳斯送来的阵阵柔和的凉风。日子在平静的闲散状态中度过，没有劳作，没有纷争，只有阳光和每天的盛宴。

阿申巴赫经常能看到塔德奥，甚至可以说是不断地可以见到他。他们在一个狭小的空间里共同生活，每天的生活都千篇一律，因此一整天他都能看到这个漂亮的小家伙，即使是看不到，也只会是很短的时间。他在任何地方都可以看到他，遇到他：在旅馆底层的房间里，在往返于威尼斯的凉爽的船上，在华丽的圣马可广场上，当然，运气好的话，还时不时地在其他地方遇到。不过，最常见到他的地方还是早晨的海滩，每天的这段时光都让他满心喜悦。几乎每天早上，他都要花好几个小时的时间，沉浸在欣赏这个造物主的杰作里。这种每天愉悦的享受，让他非常满足，仿佛生命又再次充满了生机，越发觉得留在这里是如此明智。在他看来，每一天的日子都令人无比愉快。

他起得很早，像是急于要完成什么工作一样，早早地就来到沙滩上。太阳初升，光线柔和，大海在晨光中还泛着白光，沙滩上还没有其他游客。他友好地向看门人致意，又向为他准备小屋、安置帐篷、往平台上摆放家具的赤脚老头问好。在接下来的三四个小时里，太阳会越升越高，发出可怕的热力，海水也会变得深蓝。在这几个小时里，他只是呆呆地望着塔德奥。

他看到塔德奥有时沿着海滨小屋从左边走过来，有时又突然从小屋中出来。偶尔他会吃惊地发现，自己竟然已经错过塔德奥到来的时间，因为那个男孩子已经在那里了。他穿着那件蓝白条纹相间的泳衣，这是他在海滩上穿的唯一一件衣服。此时，他已经像往常一样开始在沙滩上堆沙堡了。这是一种甜蜜琐碎、闲散不定的生活，漫步、戏水、挖沙、捉鱼、游泳。阳台上的妇人守望着他，不时用女高音呼喊着："塔奇乌！塔奇乌！"听到呼喊，他就会手舞足蹈地跑过来，告诉他们他刚刚看到了什么，经历了什么，还会向他们展示自己的收获：海蜇、小海马、蚌类，还有横爬的小龙虾等等。阿申巴赫完全听不懂他在说什么，大概只是一些家常话，然而男孩子的声音却像叮咚的泉水一般悦耳，这异国的腔调犹如天籁，烈日在他身上撒下无尽的光辉，就连雄伟浩瀚的海洋都成了映衬他的背景。

很快，这位痴迷的旁观者就熟悉了这躯一览无余的身体，每一处线条和每一个姿态都印在阿申巴赫的心里。尽管已经熟悉了，但他还是会一次次地被他的美丽所折服。他无法停止自己的惊叹，无法终止这种无尽的美的享受。有一次，这个男孩子被叫去迎接一位客人，这位客人正和女孩子们一起待在小屋里。孩子从一边跑了过来，身上还滴着水珠，他把卷发捋到后面，摊开手掌，一条腿支地，另一只脚踮着脚尖，转身的样子柔美极了。他姿态优雅，羞涩娇媚，良好的教养让他显出一副愉悦高贵的气质。

有时候他会平躺在沙滩上，浴袍裹在胸前，轮廓分明的胳膊支在沙滩上，一手托腮。那个叫“阿斯胡”的男孩子则蹲在他身旁，与他吱吱喳喳地说着话。跟他的下属和仆人说话时，他的眼睛和嘴唇神采飞扬，笑容无与伦比地迷人。有时，他远离家人，独自一人站在离阿申巴赫不远处的蔚蓝海边，身体笔直，两手抱着脖子，缓缓地摆弄着脚下的小球，如梦似幻地注视着远远的海面，任由浪花撩拨着他幼嫩的脚趾。他那蜜色的头发轻柔地覆盖在鬓角和颈背上，太阳为他脊椎上的汗毛镀了一层金边，他那微妙的精雕细琢的身形与匀称的胸部相得益彰，薄薄的泳衣完全不能掩盖他的美丽：他的腋窝还是光秃秃的，仿若雕像一般，膝窝淡蓝色的静脉泛着微光，仿佛他的整个身躯都是用透明的物质做成似的。这副年轻而修长的身材，体现出了多么高深的教养和多么深邃精密的思想！这背后得需要多么严谨坚强的意志和纯洁的心灵，才能塑造出如此神圣的作品！这种情感难道不为阿申巴赫所熟悉吗？他自己不也是这样吗？费尽心思地将灵魂深处澎湃着的激情，用冷静的刻刀在语言的大理石上工整刻出，并将这种智慧的美好硕果奉献给全人类。

榜样和明镜！他的眼睛饥渴地注视着蓝色海边的这个高贵的身影，一种狂喜涌上心头，他觉得自己就是在凝视着美本身。这个形象简直就是上帝的精巧构思，是寓于人类心灵的最崇高最完美的形象，是值得膜拜的人类的优雅化身。这是一种完全的自我陶醉，这位年长的艺术家毫不犹豫，甚至贪婪地沉浸在这种陶醉当中。他思绪万千，知识的积淀在澎湃，在涌动，他的记忆甚至过滤出了从接受教育的青年时代一直保持到现在，但从未爆发过的原始灵感。他曾经读到过这样的句子：太阳会将你的注意力从感官引向理智。书里说，太阳使理智和记忆混乱迷失，使人的灵魂因为纯粹的快乐和执着地眷恋于某种美丽事物而忘乎所以。是的，确实是这样的。灵魂只有借助于某个成型的物体，才可以达到更高的境界。数学家模仿爱神，必须借助于具体的模型，才能将抽象的概念传授给愚钝的孩子；爱神也是如此，为了将爱的精神传达给我们，他向我们展示了年轻人完美的形体和肤色，让我们可以琢磨美丽，使我们在欣赏后既满怀忧伤，又燃起希望之火。

这就是这个快乐的人当时的想法，也是他的感受。海浪的喃喃低语和闪耀的金色阳光交叉在一起，仿佛织成了一张绵密的大网，一幅幅景象浮现在他的眼前：那是离雅典城墙不远处的老悬铃树林，一个神圣的地方，绿树成荫，海姜树的香气扑面而来。为了纪念居于山林水泽的仙女和河神阿基琉斯而树立了许多神像，供奉着祭品。在枝叶繁茂的大树下，一条清澈的小溪从鹅卵石上汩汩流过，蟋蟀也在低低吟唱。缓缓起伏的草地上有两个人，他们靠在草地的斜坡上，来这里避暑乘凉。一老一少，一个美貌，一个丑陋，一个充满智慧，一个风度翩翩。这是苏格拉底正在用循循善诱的语言，教导菲德拉斯[①]关于情欲和美德的问题。他告诉对方当情人看到自己衷心之热爱的永恒之美时所遭受的恐惧和折磨；也告诉他那充满恶欲的异教徒无法看到隐藏在形象之后的美，更不会怀有崇敬的心理；他谈到了真正纯洁的灵魂，在面对美时会如何震惊、惶惑而不敢直视。如果世间其他人不觉得他愚蠢的话，那他就会像膜拜上帝一样崇敬美丽。他告诉菲德拉斯：美，也只有美，才是既可以看到，又可以感受到的事物。这是我们的感官唯一能够获取并且存留的有形式的精神形象。如果其他神圣之物也可以化作有形，比如理性、美德和真理，那么我们又会变成什么样子？我们难道不会被爱的烈焰燃烧殆尽，就像曾经塞墨勒[②]在宙斯面前那样？因此，美是爱人通往灵性的途径，只是一种途径，一种方法，小菲德拉斯……接着，他又指出了爱的真谛：那就是羞涩的求爱者。求爱者比被爱者更具神性，因为上帝就是前者，而不是后者。这也许是迄今为止最深情、最诙谐的想法，也是

---

① 菲德拉斯是古希腊的哲学家。

② 塞墨勒与宙斯相爱，宙斯的妻子赫拉由于嫉妒唆使塞墨勒要求宙斯以神的面目出现。塞墨勒受到蛊惑提出了这一要求但最终在见到宙斯真面目的那一刻因为无法承受伴随神出现的雷火而被烧死。

对世界上所有情欲的诙谐解读。

作家的快乐就在于思想和情感、情感和思想可以融为一体。当时,孤单的阿申巴赫就处于这样一种冲动的情感和精确的思想中。换句话说,当心灵臣服在美的面前,自然也会随之颤栗。他突然文思泉涌。正如我们所熟知的那样,爱神厄洛斯喜欢闲散,他也是为此而生的。就在此时,阿申巴赫产生了狂热的创作冲动,至于创作的动机是什么那几乎可以置之不理。当时,知识界就一个重要的文化和趣味的问题展开讨论,阿申巴赫在旅行的过程中也获知了这个消息。因为他有这方面的阅历,对此话题十分熟悉,然而直到现在,他才涌起不可抑制的将自己的想法诉诸笔端的冲动。他想在塔德奥面前进行写作。以这个男孩为蓝本,甚至书写的文笔也要与他神圣的身体线条保持一致。他要把他的美展现给整个文艺界,就像苍鹰把宙斯的牧人盖尼米得带入苍穹一样。他从来没有感觉到文字竟然如此充满着柔情蜜意,从来不知道爱神也会在语言和文字间徜徉。就是在这珍贵的几个小时里,他端坐在自己帐篷下面的粗木字台前,凝视着他的偶像,聆听着他天籁般的嗓音,开始倾心酝酿这篇散文——这篇一页半的散文言辞恳切、语言优美、情意缠绵,很快就能赢得众多读者的喜爱。当然,世人只会觉得这篇散文精妙绝伦,并不会了解作者是如何将它创作出来的。因为读者一旦了解作家灵感的来源,往往会变得迷茫甚至震惊,这会使优秀的作品失去它的魅力。这几个小时是多么奇妙!创作的艰辛是多么令人筋疲力尽!灵魂和肉体的交合又是一件多么神秘莫测的事情!当阿申巴赫放下自己的作品离开海滩时,他感到疲惫不堪,甚至虚弱衰败,他的内心在自我谴责,仿佛做了一件不可告人的放荡事情。

第二天早上,当阿申巴赫要离开酒店的时候,他看到塔德奥一个人已经在向海边走去了。阿申巴赫萌生了一个念头:何不利用这个机会和他结识,同时自然地欣赏他的神态和谈吐?这个男孩子,已经不自知地成为阿申巴赫创作的灵感源泉并左右了他的情绪。英俊的塔德奥此刻正闲庭信步,不难追上,于是阿申巴赫加快了脚步。在接近沐浴小屋外面的木板路时，阿申巴赫追上了他。他正想把手搭到他头上或者肩膀上用法语说几句话时，他突然觉得心跳到了嗓子眼，这兴许是因为刚刚跑得太急了吧。他气喘吁吁，说不出话来。他迟疑了一下，试着调整自己的状态，他突然又担心自己跟在他身后走了太久，塔德奥恐怕已经发现了他，会不会转过身子用质疑的目光询问他？他又尝试了一次，但还是失败了，于是他放弃了，垂头丧气地从他身边走了过去。

太迟了，已经太迟了，在那一刻他这样想道。真的太迟了吗？要不是刚才的片刻迟疑，或许现在他已经到达了幸福的彼岸，可以解开心结，摆脱负累。但是现在唯一的可能就是这位年长的求爱者不愿解开心结，对他来说，这种沉迷的甜蜜让他陶醉不已。谁能拨开艺术家灵魂深处和外在表现的迷雾呢？艺术家这种自律与放纵的秉性已经根深蒂固地融为一体了，谁又能理解这样的秉性呢？因为拒绝清醒地认识现实，就是恣肆放纵的表现。阿申巴赫厌倦了自我批判；他这个年龄的情趣、精神状态、自尊感、成熟程度和迟来的单纯都令他不愿静下心来剖析自己的动机，更不愿探究是什么阻止了他的行动——是良心不安，还是软弱而没有勇气？他感到困惑，惶惶不安，担心有人——哪怕是沐浴服务员——都可能看到了他的冲动行为和后来的功败垂成，他非常担心遭到别人的耻笑。另外，他不禁对自己滑稽的恐惧感到哑然失笑，“垂头丧气，”他想，“就像在战斗中折断双翼的斗败公鸡。这一定是神的旨意，他让我们看到美色就心神涣散，然后将我们的自尊打倒在地……”他玩味着自己的想法，任凭激情驾驭自己。他觉得还是因为骄傲，使他不愿承认自己恐惧的情绪。

后来，他不再在意给自己规划的固定的休息日期，而回家的念头更是一次都没有想起。他已经为自己的旅行准备了足够的开销，唯一担心的就是那个波兰家庭会不会突然离开。一个偶然的机会，他从酒店的理发师傅那里偷偷得知，这家人是在阿申巴赫来到这里之前不久才来的。太阳把他的手和脸都晒得黑黝黝的，清凉的带着咸味的海风让他的精神更加振奋。按照他往常的习惯，他会将睡眠、食物和大自然赋予他的活力统统重新投入到写作当中去，然而现在，阳光、休息和海风大大增强了他的体质，他却把这一切都漫无节制地花在陶醉的情思上面了。

他睡得很少，每一天都过得简单而快乐，夜晚也都在愉悦的焦躁中度过。他能肯定的是，每晚九点钟塔德奥消失在视野中的时候，也意味着他一天的结束，他也会早早休息。但是当第一缕晨光微露的时候，重重的心跳会将他从梦中惊醒，他会再次想起那天的冒险，于是便再也不能安睡。于是便一跃而起，轻松着衣，迎着早晨袭人的寒意，坐在洞开的窗前，等待着旭日升起。那天惊心动魄的冒险还萦绕在他的灵魂里，让他在睡梦初醒时心里萌生出一种神圣感。此刻，苍穹大海，还有海天之间的大地都依然笼罩在玻璃般苍白的晨光中，一颗孤星仍在天际明灭不定。从远处吹来阵阵清风，那是厄尔斯[①]从丈夫的卧榻之侧起来了，破晓的第一片柔美的红色彩霞在海天交接的远方缓缓升起，这预示着创作的激情将喷涌而出。诱骗青年的女神缓缓走近了，她夺走了克雷多斯和西弗罗斯的心，并全然不顾奥林匹斯山众神的嫉妒，享受着与俊美的奥利安之间的爱情。天际呈现出迷人的玫瑰色，在那世界的尽头，云霞一朵朵地缱绻盛开。初生的云霞微微透明，模糊不清，漂浮在玫瑰色与淡蓝色交织的薄雾当中，像是一个个伫立一旁的爱神丘比特一样。海面上泛起了紫罗兰色泽的微光，似乎在滚滚的波浪上翻腾。金色的长矛刺破穹宇，熹微的曙光俨然变成了耀眼的光芒，神圣而炽热，悄无声息地在天地间绽放。终于，太阳神驾着骏马，飞驰在地平线上，在天空中冉冉升起。太阳的光芒沐浴了这个独坐的老人，他闭起眼睛，任由这神圣光辉的炽热亲吻着他的眼睑。本来，他那一丝不苟的生活早已磨灭了内心对快乐的渴求，如今又在他的心里重新萌生了——他在茫然困惑和震惊中认出了它们。他苦思冥想，嘴唇慢吞吞地吟出一个名字，他仍然微笑着，脸朝上，双手交握放在膝盖上，又坐在安乐

① 厄尔斯，希腊神话中的曙光女神。

椅里睡着了。

这一天开始的时候就像火热的节日一般，不过从一整天来看，也还是非常快乐的，充满了神话般的色彩。不知从哪里吹来的清风，拂弄着他的鬓角，如轻柔的耳语般掠过耳畔。一簇簇羽毛般洁白松软的云团堆积在苍穹之下，像天神放牧的羊群。风越来越大，波塞冬①的马儿正在飞驰，他的牛群也在奔跑，这蓝发海神的牛群，咆哮着，奔驰着。更远处的海滩上，波浪像羊群一样扑腾着，在峻峭的岩石间奔涌。在这位神魂颠倒的艺术家周围，尽是潘神②的动物，他的心就沉浸在这柔软华丽的梦中。有时候，当夕阳沉落在威尼斯的后面时，他会坐在酒店花园的长条凳子上，呆呆地看着塔德奥，塔德奥穿着一件饰有彩色肩带的白色衣服，在平整的网球场上玩耍。在他的灵魂深处，他觉得眼前的孩子并不是塔德奥，而是许亚辛瑟斯③，因为两个神同时爱着他，他不得不选择死亡。不错，他深深地体会到塞菲拉斯对情敌阿波罗怀有的嫉妒滋味，这位情敌忘记了弓和竖琴，忘记了神谕，终日与美少年寻欢作乐。他看到了一个满含着痛苦嫉妒的铁饼掷在了那个可爱的头颅之上，瞬间太阳神也苍白如死，拥抱着那具残破的躯体，看到一朵鲜花绽放在甜蜜的血液里，徒留心痛……

两个人仅凭目光交汇而相识，没有什么比这种关系更加令人奇怪和尴尬的了。他们每天，甚至每小时都会相遇，但由于道德上的束缚，或者仅仅是受自身的古怪想法的左右，装出一副对对方漠不关心的样子，不会互相致意，更不会相谈甚欢。他们怀着一种不安的心情，对对方充满了好奇，想和对方交流，却又故意控制住自己，由此产生了歇斯底里的不满足情绪，也产生了一种含

---

① 波塞冬，希腊神话里的海神，传说他创造了第一匹马。

② 潘神，希腊神话中的畜牧神。

③ 许亚辛瑟斯是希腊神话中的美少年，风神塞拉菲斯和太阳神阿波罗同时爱上了他。由于嫉妒，塞拉菲斯用阵风吹偏了阿波罗的铁饼，结果铁饼砸到了许亚辛瑟斯前额，最后许亚辛瑟斯在阿波罗怀中死去，阿波罗悲痛万分，让血泊之中长出了风信子花。

蓄的敬意。因为当一个人在不能正确地估量对方之前,他总是对他充满了爱慕和敬意,这正是缺乏了解的明证。

阿申巴赫和年轻的塔德奥之间已经不可避免地产生某种联系了,这位长者欣然发现对方对他无微不至的关怀并不是没有察觉。比如说,当这个漂亮的小家伙每天早晨来到海滩的时候,他不再像过去那样沿着海滨小屋后的木板走廊过来,而是顺着前面的路,穿过沙滩缓缓走过,故意经过阿申巴赫的帐篷,有时候甚至不必要地挨过他的身子,几乎贴着桌子或者椅背经过,然后再回到家人的小屋里去。究竟是什么在吸引着他?难道是什么超然的力量或者魅力吸引了这个天真无邪的少年吗?阿申巴赫每天都在期待着塔德奥的出现,而当他出现了,阿申巴赫却又装作忙碌起来,丝毫不去注意从身边走过的美少年。但是有时候,他又会抬起双眼,此刻,他们的目光就会相遇,这时候,两个人都会表现出十分严肃的神情。长者抑制住自己内心激动的情绪,尽量表现出涵养;而少年的眼神则带着质询,一种沉思般的质问。他踌躇不前,眼睛看着地面,然后又优雅地抬起头来,当他经过的时候,他身上透露出这样的气息:那是因为良好的教养羁绊了他,所以他没有回身观望。

但是有一天晚上情况有些不同,阿申巴赫惊惶地发现,波兰家庭和女教师并没有出现在晚餐的餐厅里。吃过晚餐,带着不安的心情,阿申巴赫穿着晚餐礼服,戴了草帽,到酒店的前面散步。突然,在弧光灯的微光下,他看到了塔德奥那群修女般的姐姐们和女教师,在她们身后四五步远的地方,塔德奥紧紧跟随。显然,他们刚从汽船码头过来,由于某种原因在城里吃了晚饭。水上的空气微有凉意,塔德奥穿着一件饰有金色纽扣的深蓝水手服,和同样款式的帽子相得益彰。强烈的阳光和强劲的海风从来没有伤害过他,他的皮肤还是像往常一样呈现出大理石般的苍白,不过今天,也许是因为天气较凉,又或者是因为弧光的缘故,他显得比平日更加苍白。两道眉毛因此也更加突出,眼瞳漆黑深邃,美丽得难以用言语形容。这时,阿申巴赫再一次感到痛苦,因为他发现，言语只能赞美美丽，却无法让它再生。

阿申巴赫并没有做好在这里碰到心头之爱的准备，因此他没有时间让自己调整出冷静自持、高贵自尊的样子。当他的目光与失而复得的塔德奥相遇时，他的脸上毫不掩饰地浮现出了喜悦、惊喜和赞叹的表情，就在这一瞬间，塔德奥也向他绽开了一抹笑容。那微笑亲切而率真，仿佛要说什么似的，含笑的嘴唇微微张开。那是那喀索斯[①]的微笑，他在波光粼粼的水面上俯下身子，向水中倒映出的自己美丽的身影张开手臂，那喀索斯微微撅起嘴，试图去吻水中人影的娇唇，却没有吻到。此刻他媚态横生，好奇困惑，又心神不定，他完全被自己迷住了。

收到这张如花笑靥的阿申巴赫如同拿到了关乎生命的礼物一样，匆匆走开了。他激动得浑身打颤，以至于不得不从台阶和前花园的灯光中溜走，钻进花园里的一片漆黑当中。他莫名其妙地感到愤愤不平，柔情脉脉的责怪之情快要不受控制地说出声来："你怎么能这样笑！没有人可以这样笑！你听到了吗？不许你向任何人这样笑！"他一屁股坐在一条凳子上，惶惑地呼吸着草木散发出的馥郁芬芳，身子向后靠去，垂下双臂，激情难抑而又全身战栗。他悄声默念着热恋情侣间的陈词滥调，在这种场合下，他知道自己荒唐、堕落又愚蠢可笑，然而这句话还是庄严而值得充满敬意的，那就是"我爱你！"

五

在海滨浴场度过的第四个星期，古斯塔夫·封·阿申巴赫惊讶地发现，周围发生了些可怕的变化。首先，他发现，尽管时值盛夏，但是酒店里的客人不但没有增多，反而减少了，特别是周围德语的谈话声几乎都销声匿迹了。再者，无论是在餐桌上还是在海

---

① 那喀索斯是希腊神话中的美少年，有一天在水中发现了自己的影子但不知那就是他自己，爱慕不已，难以自拔，终于有一天他赴水求欢溺水而亡，死后化为水仙花。

滩边,他只能听到外语的交谈声。有一天,他在经常光顾的理发店那儿听到了一些话,不禁一怔。理发师喋喋不休地说道,一家德国人在这逗留了几天就离开了,接着讨好似的补充道:"但是您留了下来,您才不怕什么瘟疫呢!"阿申巴赫盯着他,重复了他的话:"瘟疫?"那个多嘴之人顿时禁言,佯装干活和没听到阿申巴赫的疑问。当阿申巴赫继续追问这个问题时,他说其实自己什么都不知道,试图用窘迫的回答来岔开话题。

那是中午时分。午后,阿申巴赫在烈日炙烤下乘船到威尼斯,路上风平浪静。他已经对尾随那个波兰男孩和他的姐姐们上了瘾。他看到他们跟着家庭教师从汽船码头出发,但是在圣马可广场却没有发现他们。于是,他坐在广场阴凉处的一张圆桌旁喝茶。这时,他突然闻到空气里弥漫着一股怪味。他猛然意识到他似乎闻到这个气味有好几天了,但是自己一直没有在意。这是一种微甜的药水味,让人联想起疾病、伤痛,或者可疑的卫生问题。他又仔细地闻了几遍,经过一番斟酌,他终于辨认出这种气味。喝完茶后,他从教堂对面的广场一侧离开了。走到小巷中,这种气味更加浓烈。每个街头都张贴了告示,当局提醒:由于盛夏季节里容易流行某些肠胃传染病,公众不要食用牡蛎和其他贝壳类食物,也不要饮用运河里的水。这则告示显然掩饰了什么。桥上和广场上都站了一群人,他们中间也夹杂了几个外国人。他们一言不发,默默地思考着什么。

阿申巴赫发现有个店主正倚在自家店门旁,店门两边放着珊瑚、珊瑚项链和人造紫晶首饰。于是,他上前打听,刚才闻到的怪气味到底是怎么一回事。那人用呆滞的目光打量着他,突然又活跃起来。"先生,这只是一种预防措施!"他摆着手回答,"警方的规定而已,我们不得不听。天气闷热,热风对健康不利。总之,您要明白,这只是过分地谨慎罢了……"阿申巴赫谢过他,继续走路。在回海滨浴场乘坐的那艘汽船上,他也闻到那种消毒药水的味道。

一回到酒店,他就直奔大堂的阅览桌,那里有各种各样的报纸。他在外文报纸里没有发现什么，但是德国报纸却刊登了一些传闻，还列举了模糊的数字，不过意大利官方却予以否定，怀疑瘟疫的真实性。这就不难理解德国人和奥地利人为什么离开了。但是，其他国家的人对此还一无所知，也没怀疑，依然若无其事。"他们想保密！"阿申巴赫心想，有些激动，然后他把报纸放回桌上。"他们不想张扬出去！"同时，他对周围即将陷入危险之中感到一种快意——因为激情就像罪恶一样，与稳定的秩序和规律的生活格格不入。对资产阶级社会的任何冲击以及世界上各种动乱和灾难，都能让人感到快意。因此，在小巷里，当局试图掩饰的真相，让阿申巴赫滋生一种幸灾乐祸的心理。威尼斯这个见不得人的秘密与他内心的秘密交织在一起，他要竭力保守。因为这个痴恋的人担心塔德奥也会因此离开，他还惊愕地发现，倘若塔德奥走了，他简直就不知该如何活下去。

最近，平日里经常与这位英俊少年见面或者制造机会偶遇，已经没法满足他了。他开始尾随那个少年，到处跟踪他。譬如，在星期天，那家波兰人从不在海滩上出现。他猜想，他们肯定是到圣马可做弥撒了，于是，他也匆匆忙忙地赶到那。他从阳光照耀下的广场一直走到阴暗笼罩中的教堂，发现丢失的小家伙正伏在一张祷告台上祈祷。他站在教堂的一个隐蔽的地方，脚下是马赛克地面，周围是跪地喃喃祈祷、手划十字的信徒。东方风格的教堂富丽堂皇，让阿申巴赫眼花缭乱。一个神父穿着贵重的教袍，走到神坛前，口中念念有词，还配合着手势。香燃烧出的烟雾，冉冉飘到空中，缭绕在摇曳的烛光周围。神坛上弥漫的香气之中似乎还混合了另外一种气味：那就是这个染病的城市散发出的怪味。在烟雾和烛光中，阿申巴赫看到，那个英俊的少年回过头来，用目光搜寻他，直到看到他才转过头去。

然后，人们从敞开的大门鱼贯而出，来到阳光明媚的广场上，那儿鸽子成群。阿申巴赫此刻神魂颠倒，他躲在前厅，悄悄守候。他看到那家波兰人离开了教堂，看到他们姐弟几个礼貌地和他们的母亲告别，然后母亲就穿过露天市场回去了。他又看到英俊的少年和他修女般的几个姐姐们跟着家庭教师，从右边的钟楼门洞中出来，走进了布店。他悄悄地跟在他们后面，保持几步路的距离。他们停下来，他也停下来；他们回头，他就溜进小餐馆和建筑物的院子里。就这样，他跟着他们在威尼斯逛来逛去。有一次，他跟丢了，为此，他懊恼不已，焦躁地在桥上和肮脏的小巷子里四处寻找，终于在一个狭窄的小巷子里遇到了他们。在巷子里，他没法回避，只能迎面走过去，真是进退两难，尴尬极了。尽管如此，也不能说他非常苦恼。他当时如痴如醉，脚步似乎只能听从魔鬼的使唤。可是，魔鬼的癖好就是践踏人的理智和尊严。

后来，塔德奥和他的姐姐们在某个地方叫了一只贡多拉。他们上船的时候，阿申巴赫就躲在某个建筑门廊或者喷泉后面。他们的船一离岸，他就立即雇了一只船，并低声告诉船夫，如果他能追上前面正在拐弯的那只船，并且悄悄地跟着，不被发现的话，自己就会给他一大笔小费。那个船夫像个皮条客，流里流气地保证，愿意为他效劳，一定办妥这事。听了之后，他不禁打了个寒颤。

他乘坐的小船，跟在前面那只鸟喙形船头的黑色小船的后面。他靠在黑色的软垫上，身子随着小船左右摇摆，内心的激情也随着小船的余波荡漾开来。有时他看不到小船了，就立刻焦躁不安起来。不过，他的船夫看来是熟谙此道，总是能娴熟地横摇船桨或者抄近路，不一会，那条小船又在视野中出现了。空气像凝固了似的，还夹杂着一股怪味。在炽热阳光的照耀下，天空在光芒之中变成了灰蓝色。汩汩的河水拍打着木头和石块。有时，贡多拉的船夫会发出警告和问候的呼喊，于是，在寂静的水道迷宫中就会响起奇怪的回声。从高处的小花园的颓垣上垂下伞状的花朵，有白色的，也有紫色的，花朵散发出杏仁般的香味。暮色中，阿拉伯样式的窗框时隐时现。一座教堂的大理石石阶浸到了水里，石阶上蹲着一个乞丐，一脸悲苦，将帽子伸到前面，翻着白眼，就像一个盲人一样。还有一个古董小商贩，在货摊前讨好地招揽过往的客人，希望能宰他们一下。这就是威尼斯，充斥着谄媚和猜疑的美丽城市，一半是童话，一半是陷阱。在污浊的空气中，曾经盛开过艺术之花。音乐家们也曾奏出流芳百世的旋律。当然，我们这位探险家也看到了这座城市的繁荣，听到了销魂的旋律。同时，他也想到疾病正在侵蚀着这座城市，而当局为了营利却秘而不宣。他静静地盯着前面滑行的贡多拉，眼神更加肆无忌惮。

就这样，这个痴迷的人什么都不想，只想追随他的心上人，如果看不到他，就痴痴地想着，如同坠入情网的痴男怨女，对着自己的影子诉说衷肠。身处异国他乡的孤独和迟来的爱恋俘虏了他，所以他才会毫无羞赧地做出荒唐之举，就像那一次。那一天，他很晚才从威尼斯回来，在酒店二楼那位英俊少年的房门前骤然止步，着迷似的将额头贴在门上，久久不愿离开，毫不顾忌疯疯癫癫的自己可能会被人撞见和抓住。

可是有时，他也会停下来，恢复理智，认真思考：我这是要干什么啊？每当想起这个问题，他就惊慌失措。他就像很多有光荣家世的那些人一样，每当自己取得一些成绩、获得成功时，总要想起先辈们，希望在思想上得到他们的认同和赞赏。即便是在此时，他也想起了他们。他现在卷入到一件不光彩的事件之中，被异常激烈的异国爱恋主宰着。他想到先辈们的端庄和严谨，不禁黯然苦笑。他们会说什么呢？他们知道他的经历后，到底会说什么呢？他现在的生活与他们大相径庭，他堕落了。他以前过着受艺术束缚的生活。在年轻时，他秉承资产阶级先辈们的精神，发表过具有讽刺意味的见解，当时的生活和他们的是多么一致啊！他也算服过役，当过兵，就像他们中许多人一样：因为艺术就像一场战争，需要耗费精力去抗战。可是，这已不再能够适应现今的潮流了。他将一种不断超越和不畏艰难的生活态度看作是符合时代的英雄主义的象征，那是一种需要备尝艰苦、努力坚持和节制的生活。他称这种生活态度是勇敢和凛然的态度。他觉得，主宰他的爱神由于某种原因特别喜欢这样的生活。爱神不是最喜欢勇敢的民族吗？是的，爱神就是因为喜欢勇敢，才偏爱这座城市！古时候，有许多英雄听从神的召唤，忍辱负重，若是心怀他念就被谴责为胆怯。所以，倘若一个人受爱神主宰，卑躬屈膝地苦苦追求他的爱人，那这种行为就没有蒙羞，反而应受到赞扬。

这个痴迷的人就这样思考着。他试图以这样的思考聊以自慰，来维持自己的尊严。同时，他也将注意力执着地放在威尼斯城内那些见不得人的事上。外在世界的冒险和内心世界的异动奇妙地交合在一起，萌生出一种既暧昧又疯狂的期望，滋长了他的激情。他仔细查看瘟疫的情况，浏览可靠的消息。他在城里各家咖啡厅里翻阅报纸，因为好几天前，这些报纸就从酒店的阅览桌上消失了。报纸上一会承认，一会否认。染病与死亡的数字的总和，有的说已达到二十，有的说是四十，还有的说已经到一百以上了。他又看到，隔天的报纸说瘟疫是从外国传进来的，只有少数几个人得了病，总算是没有否认威尼斯存在疫病这个事实。字里行间带有警告，对威尼斯当局这种危险的欺骗行为提出抗议。总之，他没有看到关于瘟疫的具体确切消息。

孤独的旅客认为，他有特权来分享这一秘密。他虽然独处一边，但是常常向知情者提出探寻性问题，但那些保守秘密的人，却不得不向他撒谎。他总是能从这里得到奇妙的满足。一天，在早餐时间，那个矮小的酒店经理，身穿法国小礼服，灵活地在客人中间招呼、寒暄。当他到了阿申巴赫那一桌时，阿申巴赫质问起他来。他用漫不经心、随意的语气问："为什么最近威尼斯到处都在消毒？"那个骗子回答："先生，这只是警方的预防措施罢了。天气异常闷热，可能会对公众的健康带来什么危害。当局这么做只是为了预防，也是尽职尽责嘛。"阿申巴赫回答道："这样说来，还真该表扬警方呢！"然后，在他们谈了几句关于天气的客套话之后，经理就离开了。

就在当天晚上晚餐后，有个街头卖艺的乐队从城里到酒店的花园中演出，乐队由一男两女组成。他们面向大露台，旁边有一盏弧光灯。灯光打到他们的脸上，将他们的脸照得惨白。旅客们就坐在大露台上，喝着咖啡或者别的饮料，欣赏着街头音乐。酒店的职工、电梯工、服务员以及行政人员都纷纷出来，挤到大厅门廊听音乐。那家惯于享受的俄国人，竟直接将藤椅搬到花园里，兴高采烈地围成了一个半圆，就是为了离乐队近点。站在主人后面的是他们年老的女仆，头上围了块阿拉伯风格的头巾。

这些街头艺人，奏响了曼陀琳、吉他、手风琴和一把声音尖锐的小提琴。器乐表演之后是声乐表演。两个女子对唱了一首热情缠绵的情歌，其中年纪较轻的那个女子声音尖锐，而另一个女子则用甜润的假声唱男高音。毫无疑问，真正有才华的是那个弹奏吉他的男子，他好像是乐队的领队。他唱的是配角男中音，几乎没有几句歌词，但是他很会模仿，样子十分滑稽。他常常一个人，拿着吉他冲到露台上表演，滑稽的模样让大家捧腹大笑。尤其是那家坐在“雅座”里的俄国人，特别中意南方人这样的即兴演出，不停地高声喝彩，一个劲地鼓掌。似乎是受到了鼓舞，他就更加大胆地表演了。

阿申巴赫坐在栏杆旁，不时地端起石榴汁饮料润润嘴。他面前杯子里的饮料如同红宝石一般泛着光。他的每根神经都全盘接收了那些咿咿呀呀的声音，以及蹩脚和肉麻的曲调，因为情爱已经让他不再挑剔，促使他以轻松的心情欣然接受这些事物，而在头脑清醒时只会对此一笑了之或是不屑一顾。那个街头艺人的滑稽表演，让阿申巴赫露出了苦涩的笑容。他漫不经心地坐在那儿，心里想着别的事情，因为倚在栏杆上的塔德奥，离他只有六步之遥。

塔德奥站在那儿，身上穿着白色系带上衣，他偶尔会在晚餐时穿这件衣服。他风度翩翩，好像天生就是如此。他双脚分开，左手扶在栏杆上，右手撑着臀部，俯看那个滑稽的街头艺人。他脸上似笑非笑，带着淡淡的好奇，观看这场演出。有时，他也会站直身子，挺挺胸，然后优雅地用双手隔着皮带扯扯白色上衣。可是有时，他也会犹豫地转过头，或者突然转头看看有什么惊奇的发现，好像被袭击似的，他的目光越过左肩，向痴恋他的人的方向扫去。这时阿申巴赫就会感到神魂颠倒，既得意自豪又惊慌失措。两人的目光没有相遇,因为痴恋者害怕被发现而胆怯地转移了目光。他的后面坐着照看塔德奥的几位女士。阿申巴赫开始担心自己太露骨会惹人注意。是的,在海滩上,在酒店的大堂里,在圣马可广场上,他曾多次注意到,有人将塔德奥从他身边叫过去,让孩子离他远远的,这让他像挨了闷棍一样难受。虽然他的自尊已经在苦痛中扭曲了,但是由此感受到的侮辱依然使他愕然。可是,他的良心不让他否定这样的侮辱。

这时,吉他手开始自弹自唱一首歌曲了,这首歌里有好几段是意大利流行的小调。他的表演真是既生动又滑稽。每当唱到副歌的时候,他的同伴们就会弹奏各自的乐器,唱着和音。他身材削瘦,面色憔悴,站在沙地上离同伴们很远。他的后脑勺上扣着一顶破毡帽,乱蓬蓬的红头发从帽檐下露出来。他大大咧咧地站在那,狂乱地拨动着琴弦,向露台上的观众唱了一首欢快的说唱歌曲,由于用力过猛,额上的青筋都暴出来了。他不像是威尼斯人,倒像是那不勒斯的滑稽小丑,一半像男妓,一半像演员,动作粗野但是很有趣。歌词本意十分乏味,但是到了他嘴里就有了些许味道,再配上他多变的表情和身体动作,又是挤眉弄眼,又是吐舌头,多少有些暧昧和粗鄙。他穿着城里流行的衣服,从运动衫松开的领口里露出细长的脖子,大喉结非常引人注目。他脸色苍白,长了一个塌鼻子,因为刮了胡子,所以很难看出他的实际年龄。他的脸上布满了皱纹,非常丑陋,两道淡红色的眉毛之间有条“川”字皱纹,让他看上去盛气凌人和专横野蛮,与他灵巧的嘴巴边上的笑容十分不配。但是,真正吸引我们孤独的旅客的注意的,是这个可疑的人身上也散发着某种可疑的气味。每当唱副歌的时候,这个歌手就挤眉弄眼地环绕一圈,和观众们握手。当他经过阿申巴赫的座位时,一股强烈的石炭酸味道就从他的身上飘了过来。

唱完了说唱歌曲之后,他开始收钱。他先从那家俄国人开始,他们非常大方,然后,他走上台阶。刚刚的表演还很粗野,可是在这露台上,他却很谦恭。他弯腰鞠躬,在一张张桌子间走来走去，脸上带着谦卑的笑容，露出一口结实的牙齿，可是他的川字皱纹仍然显得那么骄横。人们既好奇又嫌弃地打量这个收钱的怪人，用指尖捏着钱投到他的毡帽里，尽量不要碰到他。尽管演出很受欢迎，但是他与观众一旦挨得很近，就会引起窘迫。他也发现了这一点，所以就谦卑地请求原谅。他来到阿申巴赫身边，这股气味就跟着过来了，但周围的人好像对此并不在意。

“你听我说！”孤独的旅客压低声音，几乎是机械地说，“威尼斯到处都在消毒，这是为什么？”那个小丑用沙哑的声音回答：“这还不是警方的意思嘛！这是按照规矩办事，先生，现在刮着热风，天气太闷热了，对健康可是不利的……”他回答时表情很惊讶，竟然有人问他这个问题，他一边回答，一边摊开手掌，表示热风是多么闷人。“这么说，威尼斯现在没有瘟疫？”阿申巴赫轻轻地从牙齿间吐出这句话。小丑的脸孔无可奈何地皱成一个鬼脸：“瘟疫？什么瘟疫啊？热风就是瘟疫吗？警察也变成瘟疫了吗？先生，您真爱开玩笑！瘟疫？当然没有啦！先生！只是预防性措施，您要知道，这是警方因为热风而采取的预防性措施……”他一边说一边还打着手势。“好吧。”阿申巴赫简洁地说，声音依然很轻，他边说边将一枚异常大的金币放到毡帽里。然后，他给那个人使了个眼色，让他离开。他鞠了一躬，笑呵呵地走了，可是他还没走到台阶那，两个饭店的员工就迎上来了，凑向他的脸，小声地盘问他。他耸耸肩，似乎在保证，赌咒说他什么也没透露，而且大家都看见了。他这才被放开，回到了花园里。在弧光灯下与同伴们简短地商量之后，他再次出场，唱了谢幕的告别曲。

阿申巴赫好像在哪个地方听过这首歌。这是一首豪放的流行歌曲，歌词是一些当地的方言，还有一段欢笑的副歌，同伴们放开喉咙给他伴唱。这段副歌没有歌词，也不用乐器伴奏，只有歌者的笑声。这段处理得非常好，既和谐又自然。尤其是那位主唱的歌手，非常有才华，将笑声唱得非常生动。此时，他与观众之间又有了艺术性的距离，于是就又恢复了狂野。他朝露台发出肆无忌惮的假笑，笑声似乎带着嘲讽的意味。每当唱到一段歌词的最后一句，他就好像奇痒难当，然后猛抽喉咙，声音颤抖，还用手捂住嘴巴，耸起肩膀，就在这时，他会突然大叫，发出一阵狂野的笑声。这个笑声确实也感染了观众，于是露台上也是一片漫无目的的大笑。看到这样，歌手更加兴奋了，他弯下膝盖，拍了拍大腿，又拍了拍两侧。他似乎都不是大笑而是大叫了。他手指向观众，仿佛觉得这些正在笑的人是世界上最可笑的。最后，花园里和露台上的人都笑了，连挤在门廊的侍者、电梯工以及仆役们都笑了起来。

阿申巴赫在椅子上坐不住了。他僵直地坐着，试图避开或逃跑。然而那笑声、飘来的消毒药水的气味以及近在咫尺的英俊少年，融合成一个梦境，他深陷其中无法逃脱，他的思想和意识都被缠住了。在大家笑成一团的时候，他壮起胆子向塔德奥看了一眼。他发现英俊少年回眸时目光也很严肃，跟自己的眼神一样，好像他在照顾一位老者的情绪和心情，好像周围的欢乐的气氛对他毫无影响。他孩子般的温顺，让这位年老的痴恋者既感动又迷恋，好不容易才克制住自己的情绪，没有将脸埋在手中。塔德奥有时会直起身子，长呼一口气，阿申巴赫觉得，他是因为胸口闷，在叹息。“他生病了，可能活不长久了。”他又想。这时，他心中的痴迷和激情就会奇怪地消失了，心里充满了对少年的关怀和由此带来的满足。

同时，那个威尼斯乐队已结束了演出，准备离开。掌声欢送他们，那个领队也赶紧用滑稽的动作点缀着他的离去。他的鞠躬和飞吻真是令人捧腹大笑，他也似乎更起劲了。他的同伴们都已经出去了，他又装模作样地跑回来，假装撞到了灯柱，然后疼得弯腰似的踱着步子向大门口走去。走到门口时，他又突然变了脸，直起身子，一跃而起，放荡不羁地向观众们吐吐舌头，然后消失在暮色中。浴场的客人们纷纷离开了，就连塔德奥也早已不在栏杆旁边。可是，孤独的旅客还坐在小圆桌旁，桌上放着喝剩的石榴汁饮料，侍者们觉得他真是怪异。时光流逝，暮色渐浓。很多年前，他的老家有一只计时沙漏，但是现在，他又仿佛看见了那个又古老又有趣的小东西，好像它就在眼前。赭黄色的沙子悄无声息地流过狭长的玻璃管，一粒接着一粒，快要流光的沙面会形成一个小而急的漩涡。

第二天下午，固执的阿申巴赫对外界的探索又迈出了新的一步，这次他胜券在握。他走进圣马可广场上的一家英国旅行社，在柜台前换了一些钱，然后面带外国人的那种怀疑神情，向接待员提出那个重大的问题。那个接待员是一个年轻的英国人，穿着毛料衣服，头发中分，两只眼睛间距很小，看起来非常稳重朴实，这在精明的南方很是少见。他先是说："不用担心，先生，只是按规定办事而已。常有这样的规定，是为了防止闷热和热风对健康不利的影响……"阿申巴赫抬起他的蓝眼睛，正好与这个英国人疲倦又忧郁的目光相遇了，此刻，他盯着英国人的嘴唇，脸上露出轻蔑的神情。顿时，英国人的脸红了，他压低声音略显紧张地继续说道："这是官方的解释，他们认为必须坚持这样的说法。但我告诉您，这背后可是另有名堂。"于是，他就对阿申巴赫直言不讳了。

近几年来，印度的霍乱四处传播和蔓延的趋势日趋严重。瘟疫先是在恒河三角洲闷热的沼泽地发生，那里肆意生长的野草以及荒无人烟的原始森林散发出恶臭，竹林的老虎无精打采地伏在地上。瘟疫在整个印度半岛肆虐泛滥，既猛烈又持久，后来向东传到了中国，向西蔓延到阿富汗和波斯，再顺着商队来往的主干道传播，威胁着阿斯特拉罕①，甚至连莫斯科都受到了威胁。可是，当欧洲惊慌失措、害怕这个魔鬼顺着陆地沿途传播时，瘟疫却在叙利亚的商船上取道海路而来了。而且，地中海的几个港口几乎同时出现了，在土伦和马拉加②，在巴勒莫和那不勒斯都出现了，似乎要蔓延到整个卡拉布里亚和阿普里亚③，总算还没有殃及

---

① 阿斯特拉罕在俄罗斯的西南部。

② 土伦是法国港口；马拉加是西班牙港口。

③ 巴勒莫、那不勒斯、卡拉布里亚和阿普里亚均为意大利地名。

到意大利半岛的北部。可是，今年五月中旬的一天，威尼斯发现了两具尸体，一个是船夫，另一个是女菜贩。两人的尸体都是骨瘦如柴，浑身发黑，而且还检验出可怕的弧菌[①]。这些情况都被隐瞒起来了。仅仅过了一星期，又在不同的居民区发现了十个病人，接着是二十个、三十个。一个是来自奥地利某个省份的男人到威尼斯玩了几天后，回到家中就死了，症状完全一模一样。因此，德文报纸首先披露瘟疫袭击威尼斯的消息。对此，威尼斯当局发表了一篇声明，说城市的卫生状况非常好，现在正采取必要的措施进行预防。但是，食物，比如蔬菜、肉类或牛奶，可能已经受到污染，因为不管你是否认还是隐瞒，死亡仍然在小巷角落里继续。况且，今年夏天来得特别早，运河里的水温度很高，更容易滋生病菌。是的，瘟疫来势汹汹，病菌的抗药性和传染速度也加倍了。痊愈的病例很少，死亡率高达百分之八十，而且疫病发作时十分难受，死时的症状也极为可怕，市民们都将疫病称作"干式霍乱"，这是最厉害的一种霍乱。一旦得了这种病，病人的血管就无法进行正常的新陈代谢，不到几个小时，病人就变得干枯，全身抽搐，还会发出撕心裂肺的喊叫，血管里的血液会像沥青那样黏稠，最后病人会因窒息而死。如果在发病时，病人稍感不适昏迷过去了，那么差不多就醒不过来了，不过，这也算他幸运，免受折磨。六月初，市民医院的隔离病房就已经是人满为患了，两所孤儿院也挤满了病人，圣麦克岛墓园也突然冒出了许多新坟。可是，当局害怕全局利益会因泄露疫情而遭受损害，要为公园才开幕不久的绘画展考虑，还要考虑到一旦疫情泄露，城市就会陷入恐慌而且臭名远播，旅馆、商店等旅游业以及各式各样的企业都会受到威胁，这样一想，当局就顽固地一再隐瞒与否认，不在乎撒谎和违反国际协定了。威尼斯卫生部门的原最高长官刚正不阿，为此愤怒地辞了职，接任他的是个奸猾的官员。这事市民们都知道。政府的腐败加上死亡的威胁还有惶惶不安的情绪，这一切让

① 一种霍乱病菌。

社会出现道德败坏的现象。平时见不得人的反社会分子也嚣张起来,城市里的猥亵、下流的勾当层出不穷,犯罪率直线上升。与以前不同,现在到了晚上,街上就能看到很多酒鬼,流氓也四处作乱,弄得鸡犬不宁。盗窃案甚至是凶杀案也一再出现,有两个案件的受害者说是死于瘟疫,其实是被亲人毒死的。职业性犯罪更是空前地触目惊心,而在以前,这只是在意大利南部以及一些东方国家才比较常见。

最后,英国人从所述情况得出结论,他说:"先生,您最好今天就走吧,别等到明天了。估计,再过几天就要封城了。""谢谢您!"阿申巴赫回答道,接着离开了旅行社。

虽然没有太阳,但是广场上酷热难当。不明真相的外国游客,有的坐在咖啡厅里,有的站在教堂前,看成群的鸽子挥动翅膀竞相飞过来,蜂拥而上啄食人们手里的玉米粒。我们孤独的旅客在富丽堂皇的广场上,脚踩瓷砖地面踱来踱去,内心波涛汹涌。他为了解到事情真相而激动,但是嘴里又流露出一丝苦涩,心里产生莫名其妙的恐惧。他正在思考一种体面的解决方法,让自己免受良心的拷问。今天晚餐后,他打算走到那位珠光宝气的夫人那儿,和她说一番几经斟酌的话。他会说:"夫人,请允许我向您提出一个忠告,别人害怕利益受损而隐瞒了这件事。威尼斯正在闹瘟疫,请您带上塔德奥以及令嫒们,马上离开!"然后,他还会用手摸摸塔德奥的头,向这个让上帝都嫉妒的美少年告别,转身逃离这个危险的沼泽。然而,他发现自己远远不能下定决心迈出这一步。倘若这么做了,他就会回到以前,重新找回原来的自己,失去理智的人是不想回到单调乏味的从前的。他想起那幢白色的建筑,那闪烁着落日余晖的铭文,他曾经沉醉于探索这些铭文神秘的意义。然后,他又想起那个奇怪的人,正是他让阿申巴赫唤醒了年轻时去远方、去国外游历的梦想。一想到回家,一想到要头脑冷静地处理让人筋疲力尽的工作,一想到要老成持重,他就感到一阵恶心,脸也扭曲了。"这件事情要保密!"他激动地喃喃自语,"我应该保持缄默!"他知晓内情,他却参与了隐瞒疫情,那么他就是犯罪同谋。一想到这些，他就有些微醺，就像一小杯葡萄酒将疲倦的头脑迷醉了一样。他脑海中浮现出瘟疫蹂躏过的破败城市，他心中燃起了不可思议的希望，不可理喻但又充满荒诞的甜蜜。先前瞬间幻想的温柔幸福哪比得上这些甜蜜的希望呢？现在对他而言，艺术与美德怎么能比得上混乱带来的诱惑？于是他三缄其口，留了下来。

那天夜里，他做了一个可怕的梦，如果可以将梦称为人的肉体和精神上的一种经历的话，那绝对是可怕的梦。尽管梦在他熟睡时发生，完全独立于人的意志，但是身体却有真实的感受，只不过无法用眼睛看到梦中的一切罢了。也许，梦就发生在他的心中，各种事物从外部闯入，粗暴地打垮了他内心的反抗——重要的、理智的反抗，将他生活中的文明优雅破坏得体无完肤之后，扬长而去。

开始时，他觉得恐惧，既有恐惧又有快感；他心惊胆战，又对未来充满好奇。夜阑更深，他侧耳倾听。他听到远处的一阵喧闹声越来越近，声音里有咆哮声也有骚动声，还有叮叮当当、轰轰隆隆的声音，更有欢呼声和嚎哭声，而且还发出拖长的呜呜余音。但是，其中最响亮的是悲切而缠绵的笛声，笛声放肆地拉动心弦，迷醉了一切。他从笛声中隐约听到一个词，称呼将要降临的什么人物："异国的神灵！"烟雾中发出一道霞光，他看到一块山地，仿佛是他乡下避暑别墅的周围。在那道霞光中，一大群喧闹的人畜，从茂盛的森林中，从树干和长满青苔的岩石之间，像旋风一样跌跌撞撞地冲了下来。漫山遍野都是人群，手拿火炬，边吼边舞。女人的腰间系着长长的兽皮，走起路来磕磕绊绊。她们有的哼哼唧唧地仰起头，摇动铃鼓；有的挥舞着火星四溅的火炬和出鞘的短剑；有的腰间缠绕着吐出舌信的长蛇；有的双手抱胸大声嘶喊。男人的额头上长角，腰上围着兽皮，浑身长满长长的汗毛。他们低着头，抡起胳膊，抬起大腿，使劲地敲锣打鼓。皮肤光滑的少年拿着有叶子的树枝猛捅山羊，抱紧羊角，发出欢呼声，山羊则一蹦一跳地拖着他们。欣喜若狂的人们大声呐喊，声音里有柔和的清音和拖长的呜呜声，既甜蜜又粗野，他从来都没听过这样的声音。它如鹿鸣般响起，回荡在空中，接着，许多声音附和着，人们怀着疯狂的喜悦，相互追逐，手脚扭动，跳起舞来，这个声音似乎永不会沉寂下来。深沉和动人的笛声仍然在其中控制着这一切。虽然做梦的人心存厌恶，极力抗拒，但他还是强迫自己经历了这一切，放下羞耻心参加他们的酒宴和祭祀，这难道不是因为笛声对他太有诱惑力了吗？尽管他内心深恶痛绝，万分恐惧，但他意志坚定，抵抗异教，抵抗稳重端庄和冷静理智的另一面，这一点真是难能可贵。但是，喧闹声和呼啸声的回声越来越大，几乎大到疯狂的地步。山羊的膻味，人群的汗味，死水发出的恶臭味，再加上一股他熟悉的气味——伤口和传染病的气味，这些气味交织在一起，形成一团迷雾，困住了他的意识。他的心随着鼓声而颤动。他感到一阵昏眩，突然大发雷霆。他失去了理智，心神荡漾，他的心开始渴望参加他们的祭祀，渴望一起疯狂地跳祭祀之舞。他们祭拜的神像是一尊淫秽的木刻雕像，在揭下雕像的面纱并抬起后，他们疯狂、放荡地嘶喊。他们唾沫四溅，用猥琐下流的动作相互挑逗，发出放荡的呻吟和笑声。后来，他们还用带刺的棍子相互狠戳对方的身体，尖尖的棍子刺破了皮肉，于是他们就用舌头舔着身体上流出的鲜血。现在，那个刚刚还在做梦的人也加入到他们的行列，成为其中的一员。他竟然也信奉起异教的神了！是的，当他扑在牲畜身上茹毛饮血和大嚼鲜肉的时候，当他与他们一起在长满苔藓的地面上疯狂地胡乱交媾以完成祭神仪式的时候，他就和他们一样了！在经历过这样荒诞淫乱的仪式之后，他觉得自己的灵魂已经堕落了。

当这个不幸的人从梦中醒来的时候，他感到精神倦怠，浑身无力，宛若被魔鬼抓住无法脱身似的。他不再担心别人看他的眼神，也不在意他们是否怀疑自己。不管怎么说，海滨浴场的客人们还是纷纷走了，离开了威尼斯。海滩上空出了许多小客房。餐厅里用餐的人也越来越少，许多桌子都空了。看来越来越多的人已经知道了威尼斯在闹瘟疫。尽管有关方面相互配合封锁消息，但是他们已经没法控制恐慌的蔓延了。可是，这位珠光宝气的夫人和她的家人仍旧留在这里。也许，他们还不知道威尼斯瘟疫肆虐的事情；也许，他们虽然已经听说了，但是毫不放在心上，表现出无畏的精神。不管怎么，塔德奥还在这儿。有时候，在迷乱的阿申巴赫看来，死亡和逃离会带走周围每个妨碍他们的人，到最后只剩下他和他的英俊少年。确实如此，在每个清晨，他总是在海滩上，用深沉的目光漫不经心地凝望着他的心上人；到了傍晚，他毫无顾忌地跟随在他的后面，穿过死神笼罩下的大街小巷。他把如此荒唐之事看作大有可为，将道德习俗抛之脑后。

与所有陷入爱恋的人一样，他一心只想博取对方的欢心，唯恐自己引起对方反感。他想方设法改变穿着打扮，为了让自己显得更加年轻，更加耀眼。他戴上了钻石首饰，身上喷洒了香水，每天都在梳洗方面大费周章，而且一天要梳洗好几次。用餐时，他怀着激动的心情，盛装出席，既紧张又期待。在他痴迷的英俊少年面前，他看到自己花白的头发和瘦削的面孔，不免自惭形秽。他憎恨自己的衰老，觉得自己没有希望。于是，他更加千方百计地装扮自己，期待重焕青春魅力。所以，他经常光顾理发店。

在理发店里，他披着理发围布，絮絮叨叨的理发师给他修剪、梳理头发。他一边听着理发师的唠叨，一边惆怅地端详着镜子里的自己。

"头发都白了。"他撇着嘴说。

"只有一点点，"理发师答道，"之所以会这样是因为你懒得打扮，也就是所谓的不修边幅。有地位的人大多都会这样，这可以理解，但是一点儿都不值得赞美，特别是那些对世俗偏见不在乎的人就更加不在意外表了。倘若有人对化妆艺术抱有偏见的话，那他甚至对美容牙齿也深表反感。归根结底，这个人是衰老还是年轻，在很大程度上受精神和心理的影响。头发花白不一定就是年老的表现，与受人轻视的染发相比，只是更真实的假象而已。像您这样的，先生，完全有权利让头发恢复本色。您一定会让我为您恢复本色吧？"

"有什么办法呢?"阿申巴赫问道。

于是,这位健谈的理发师就开始用两种水给顾客洗头了,一种是清水,一种是黑水。洗完后,他的头发就变得像年轻时一样乌黑发亮了。然后,理发师又用卷发钳将头发烫出一道道柔和的波纹。做完这些,他退后一步,仔细端详起自己的作品来。

"现在只剩一件事啦,"他说,"那就是将您脸上的皮肤稍稍修饰一下。"

就像每一个不停劳碌、不知满足的手艺人一样,这个理发师也是闲不下来的,他一会儿忙这个,一会儿又忙那个。阿申巴赫舒舒服服地躺在理发椅上,任凭理发师打理。他没法拒绝理发师的美容建议,并且满心期待地看着镜子里的自己,看着自己形象的变化。他的眉毛弯曲得更加均匀好看了,眼角也画长了,眼皮下也画了一下,眼睛看起来更精神了。他再向眼睛下面看,变化也很明显:原来他的皮肤粗糙,肤色发黄,现在变得白嫩了,还泛着一片红晕;他的嘴唇在几分钟前还没有血色,现在像鲜嫩的草莓一样红润饱满;脸颊和嘴角边的皱纹以及眼角周围的细纹,在涂上润肤霜和扑上粉之后,一下子全都消失了。当看到镜子里出现一个血气方刚的年轻人时,他不禁心神荡漾。理发师对自己的作品终于满意了,于是按照他们这行人特有的谦卑和礼貌,谢过他的顾客。"只是略尽绵薄之力而已,先生,"他说,把阿申巴赫的外形最后整理了一下,"现在,您谈情说爱可是没什么顾忌啦!"阿申巴赫兴高采烈地走了,像做了一场好梦,既恍惚又有些紧张。他系了一条红色的领带,头上戴了一顶饰有彩带的宽边草帽。

一阵热风刮了过来,天开始稀稀拉拉地下起雨来。天气仍然闷热潮湿,弥漫着一股恶臭。阿申巴赫那涂满脂粉的脸更是热得发烫。他的耳边传来风的呼啸声,雨点的拍打声,好像凶恶的风神正横行于天地之间似的,海洋中的鸟身女妖正在追逐那些注定毁灭的人,啄食和污染他们的食物。酷热让他食欲不振,而且他又想到他吃的东西可能都被污染了,就更加没有胃口了。

一天下午,为了追随那个英俊少年的脚步,阿申巴赫竟然走到瘟疫肆虐的市中心。在迷宫一样复杂、曲折的街道中，他迷了路。因为威尼斯的大街小巷、小桥流水都非常相似，他一时分不清方向。可是，他唯一关心的是，不能让他苦苦追随的心上人从视线中消失。因为害怕被发现，他不得不一会躲到墙角，一会躲到行人后面。他紧张激动地跟了他们好长一段时间，体力差不多耗尽了，但是他一点都没感觉到。塔德奥通常跟在他的家人后面，前面是家庭女教师和他几个姐姐。由于他是单独一个人走在后面，所以他有时回过头，用奇怪的、朦胧的目光察看痴恋自己的人是否还跟在后面。他看到了阿申巴赫，但是他不露声色。阿申巴赫则心领神会，内心更加欢喜。在少年眼神的引诱下，他既兴奋又陶醉，狂乱的脑海中萌发出一种非分的期望。突然，他发现心上人从视线中消失了。那家波兰人爬上了一座拱桥，小桥的拱形桥顶遮住了追随者的视线。当他爬上桥顶的时候，他惊讶地发现他们不见了。他疯狂地向左右两边和前方张望，目光在那个肮脏、狭窄的码头上搜寻，还是没有看到。他筋疲力尽，全身无力，最后不得不放弃寻找。

他的头如火烫一般，身上沁出一层粘汗，脖子直发抖。他感到口渴极了，于是，他环顾四周，想赶紧随便找点什么喝上一口。在一家卖水果蔬菜的小店铺里，他买了些水果，是几个已经熟过头的草莓。他一边走，一边吃。在他面前出现了一个小广场，这个小广场上几乎没什么人，但是景色秀丽。他想起了这个地方，几个星期前，他曾经在这里制定了离开威尼斯的计划，结果他没离开。广场中间有一个石砌的喷水池，他坐在喷水池的台阶上，头靠在喷水池的边上。广场上一片沉寂，石头路面上杂草丛生，垃圾四处乱堆，一片狼藉。广场的周围矗立着一些破败的高楼，参差不齐。其中有一幢楼房像一个宫殿，窗户是拱形的，窗户后面了无人迹，小小的阳台上还饰有石刻的狮头。还有一幢楼房的底层是一家药房。阵阵热风时不时地吹过，带来浓浓的石炭酸气味。

他就坐在那，这位在世界文坛享有盛名的大作家，小说《不幸的人》的作者。他干练的写作方式已经成为楷模；他摒弃了吉卜赛的写作风格，摒弃虚华和晦涩的描写；他对陷入苦难的人们表示同情，对堕落的灵魂给予谴责；他社会地位崇高，知识渊博，傲然无视各种各样的讽刺。民众信赖和爱戴他，皇室也对他大加赞誉并给他加封，孩子们竞相模仿他的文体。就是这样的一个人，现在坐在那儿，眼皮紧闭，偶尔会抬起眼皮向下面嘲讽和悔恨地扫上一眼，然后又紧紧地闭上了。他松弛的嘴唇，由于口红的缘故而稍稍向上翘起。这张嘴里喃喃地发出一些声音，因为他那半睡半醒的头脑还在做着古怪的梦。

“菲德拉斯，你要知道，美，也只有美，才是神圣的，同时也是看得见的。因此，小菲德拉斯啊，美才是通往感觉的路，也是作家通往心灵的路。可是亲爱的，你相信一个凭靠感觉前往心灵的人，也能获得智慧，成为真正的男子汉吗？或者你认为（你要自己做出选择），这是一条纵然迷人但很危险的道路，是一条错误和罪恶的道路，势必将人引入歧途？因为，我要告诉你，我们这些作家如果没有爱神伴与左右，没有爱神在前方引导，是没法通过美的道路的。不错，我们能够成为时代的英雄，成为道德纪律的卫士，可是，我们与女人们一样，因为我们也需要激情来振奋自己，我们的心灵渴望爱的抚摸，我们以此为乐也引以为耻。现在，你看出来了吗，我们作家既没智慧也无尊严？你发现了吗，我们必然会误入歧途，必然会在爱情冒险中放纵自己？我们所谓的权威文体，就是谎言和闹剧；我们的声誉和社会地位，就是谬论；公众对我们的信任，真是荒唐可笑。所以，用艺术来教育民众和青年是极为冒险的，必须禁止。既然作家注定要无可救药地掉入这个深渊，那么他还有什么资格成为人师呢？我们不希望堕入深渊，我们希望获得尊严，可是，不管我们转向哪里，它总是吸引着我们。所以，让我们宣布放弃这噬人的知识吧，因为，菲德拉斯，知识既没有尊严也没有严谨，它只有理解和原谅，它没有立场与形式，它同情让人堕落的深渊，它本身也就已经堕落了。所以，我要决绝地抛弃它，今后我们就只追随美。只有美才是简朴的、伟大的，是新式的严谨，是新式的洒脱，而且还有可触摸的外形。可是，菲德拉斯，美的外形和洒脱的气质令人神魂颠倒，唤起人的欲望，还能让高贵的人陷入感情的漩涡，而原有的严谨就会将此视为无耻，不仅如此，这还会将我们引向深渊。我告诉你，它会将我们引到那里的，因为我们无法逃脱，我们只能放荡堕落。现在我要走了，菲德拉斯，你就留在这儿吧。只有当你再也见不到我的时候，你才能离开。”

几天后，古斯塔夫·封·阿申巴赫感到不舒服，早上离开海滨浴场也比之前迟了些。他感到阵阵眩晕，一半是身体上的原因，一半是精神上的原因，因为他越来越感到惶恐不安，感到走投无路，没有指望，他也不明白这到底是由外界环境还是由自己内心引起的。在大堂，他看到一大堆打好包正待托运的行李，就问门房谁要离开，门房告诉他那个波兰贵族的名字，实际上他暗中也意料到了。听到这个消息，他憔悴的脸上没有什么变化，只是稍稍仰头，就像随意间听到一个无关紧要的消息一样。接着他又问了一句：“他们什么时候走？”门房答道：“午饭之后。”他点点头，就向海边走去了。

海边一片冷清。在海岸与最近的沙洲之间有一片很宽阔的水域，这里的海水很浅，也没有什么海浪。过去这里是人头攒动、十分热闹的度假胜地，现在一片萧瑟，几乎看不到什么人。海滩已不像以前那样收拾得那么干净了，一些旅客们遗留的杂物到处都是，还有一个摄影三脚架，看来已经没了主人。三脚架上还蒙了一块黑布，在清新的秋风中随意飘动。

塔德奥与原来那三四个同伴们一起，在他们的小房子右边玩耍。阿申巴赫斜躺在大海和小房子之间的一张躺椅上，膝上盖了一条毛毯。他又一次看着那个少年。可能女人们忙于收拾行李准备离开，没人照看他们，所以，他们玩得非常放肆。那个身材粗壮，叫做阿斯胡的男孩，身穿一件系带套装，头发乌黑发亮，这个孩子阿申巴赫以前就留意过。不知是谁蒙住了他的眼睛，又向他的脸上撒了一把沙子，于是这个孩子火冒三丈，逼着塔德奥和他摔跤。塔德奥因为身体没有他魁梧，所以很快就输了，被撂倒在沙地上。可是，在马上离别的时刻，这个地位低下、一向谦卑的阿斯胡不愿就此罢休，好像要为以前的忍让报仇似的，他紧抓住塔德奥不放，使劲将他的脸往沙子里按，还骑在他的身上，塔德奥被他压得喘不过气来，简直要窒息了。他拼命地摆脱身上的重负，但是只能抽动几下。他们两个都停了一会，然后又扭打起来。阿申巴赫吓坏了，正要过去帮助英俊少年时，那个身强力壮的家伙终于放开了柔弱的少年。被放开的塔德奥脸色惨白，头发凌乱，眼神黯然。他一只手撑着坐在沙地上，就这样一动不动地保持这个姿势好几分钟。然后，他站了起来，慢慢地走开了。他的家人开始呼唤他，声音先是很柔和，后来就变得焦急起来，好像在恳求似的。可是他充耳不闻。那个黑头发的男孩开始为自己刚刚粗鲁的行为感到懊悔，于是跑上前想跟他重归于好。塔德奥耸耸膀，拒绝了他。塔德奥转弯向浅水湾走去，光着脚，身穿那件有红色蝴蝶结的条纹亚麻上衣。

他在水边徘徊了一会。他低着头，用脚尖在湿沙地上画着图像，然后又走进水里，水湾的水很浅，最深的地方也没漫过膝盖。他在水湾里蹚水，慢慢向前，很容易就到了小沙洲。他又在那站了一小会，向远处眺望，然后左转，沿着沙洲露出的沙地往前走。宽阔的浅水湾将他与陆地隔开了，他的骄傲任性也将他与伙伴们分开了。他就好像一个孤独脱俗的精灵，头发在海风中拂动，在一片朦胧的浩瀚之中，向前漫步。他又停了下来，眺望远方。突然，他好像想起了什么，又或者是心血来潮，他转过上身，手放在腰上，做了一个优美的旋转动作，眼睛越过肩膀向岸上望去。岸上，阿申巴赫坐在那儿，一直看着他，就像当初在酒店大堂第一次看见他那样。在迷蒙的目光中，他第一次捕捉到英俊少年回看他的目光。刚刚，他的头靠在躺椅上，慢慢地随着那个漫步的少年转动；现在，他抬起头，迎着少年的目光，然后又把头垂到了胸前，于是他的眼睛只能从下往上看了。他的脸上露出疲惫和虚弱的神情，像是昏昏欲睡，又像是若有所思。他觉得那个苍白的可爱的精灵正对他微笑，召唤着他，引导他的灵魂。他看到那个英俊的少年将手从腰间拿下来，伸向前方，像张开翅膀飞向充满希望的天空似的，而他，也像往常一样，跟在他的后面飞翔。

他歪倒在躺椅中，几分钟之后，大家匆匆赶来救援，手忙脚乱地将他送回房间。就在当天，世人震惊地获悉了他去世的消息。

马里奥与魔术师

一想到托勒·迪维纳，气氛就变得不愉快了。从一开始，空气中就弥漫着愤怒、烦躁和过度的紧张，最后，可怕的希波拉又让人惊出一身汗。他这个人，几乎集中体现了那种奇怪气氛所特有的恐怖，特别吓人。因为那个怪人的奸诈，这件事最后有了一个可怕的结局（事后想想，结局似乎是注定的，必然的），遗憾的是，孩子们竟然也在场亲眼目睹了，这真是不幸和不适宜！所幸的是，孩子们不知道灾难是从哪儿开始的，那么，我们就让他们高高兴兴地将一切都当作是演戏吧。

托勒·迪维纳距离第勒尼安海滨避暑胜地——波多克莱门特大约有十五公里。那个避暑胜地非常雅致，一连几个月都住满了人。一条坐落着旅馆和商店的街道，一直延伸到了海边。宽阔的沙滩上熙熙攘攘，到处都是遮阳棚、插着三角旗的沙堡以及晒黑了皮肤的游客。沙滩旁边是小松林，不远处的山峦俯看着这片小松林。沿着海岸一直有宽阔的细沙地，不足为奇的是，在稍远些地方出现了一个宁静的竞争者：托勒·迪维纳。这个地方以某个塔的名字命名，但是那个塔早就不见了。这个地方成为相邻避暑胜地大浴场的分场，在前几年成为少数人的世外桃源，是隐士的避难所。但是，像这样的地方，照例是安静不了太久的。宁静必然很快被驱逐到海岸更远的地方，到马丽娜佩特里拉以及天晓得什么地方。人们都知道，世人寻求宁静，但总是又把宁静赶走。世人怀着可笑的渴望扑向宁静，以为能与其共结连理，以为宁静就会如影随形。是的，他们以为在喧闹的集市上，宁静依然留在那。因此，有很多意大利人和外国人到托勒·迪维纳——到目前为止这儿还是比波多克莱门特更加质朴和幽静的——度假。尽管波多克莱门特仍旧人潮涌动，熙熙攘攘，但是有很多人已经不去那了。人们去了旁边的托勒。这里更优雅，也更便宜。尽管这些优点的吸引力还继续诱惑着人们，但是优点本身已经消失了。托勒有一家豪华大酒店，一些公寓也相继出现了，有的富贵堂皇，有的简单朴素。海滨花园和海滨别墅的业主和租客们再也不能旁若无人地欣赏海景了。在七八月份的时候，海滩看起来和波多克莱门特没什么两样：到处都是浴客的叫嚷声、争吵声和欢呼声，他们的后颈已经被炎炎烈日晒脱皮了。孩子们乘着五颜六色的平底船，在波光粼粼的蓝色海面上漂荡。母亲们关心地守望着，呼唤他们的名字，沙哑的声音在空中回荡。售卖牡蛎、冷饮、鲜花、珊瑚首饰和黄油卷的小贩们，跨过躺卧着的身体，用南方人特有的响亮嗓音吆喝买卖。

这就是我们到达托勒时看到的场景。海滩的确很漂亮，但我们还是来早了。八月中旬是意大利人的旅游旺季，但却不是外国人欣赏当地风光的合适时间。下午，林荫道边所有的咖啡厅都拥挤不堪，譬如，埃斯奎喜多咖啡厅。我们有时会去那里坐坐，马里奥曾在那里招待过我们。这个马里奥就是我马上要讲的那个人。咖啡厅里几乎找不到一张空桌子。各个小乐队互不相让，乱成一团。而且，每天下午，都会有一批人从波多克莱门特赶过来，因为对于那个度假胜地躁动的游客来说，相比之下，托勒当然是个受欢迎的好地方。菲亚特汽车在两地之间的公路上来回奔驰。路边的月桂和夹竹桃都蒙上了一层灰尘——这副景象真是叫人又诧异又厌烦。

确实，我们应该在九月份去托勒，那时大多数游客已经走了；或者五月份过来，那时水温还不高，南方人还不能下海嬉水。在旅游旺季前后，托勒也并不空闲，但是比较清静，本地人比较少些。那时，在遮阳篷的阴影下和公寓的餐厅里，英语、德语和法语的谈话更为多些。到了八月，至少在那家豪华大酒店里，佛罗伦萨人和罗马人完全垄断了那里，外国游客非常孤立，仿佛是二等游客。我们没有私人介绍，只好住在那家酒店。

我们到达的第一天晚上，就遭遇了一段不愉快的经历。我们到大厅里吃晚饭，主管的侍者给我们安排了一张桌子。那张桌子倒也没有什么不好，但是临海的玻璃阳台的景色吸引了我们，所以我们想到那儿用餐。和大厅里一样，阳台上也坐了很多人，但是还是有几个空位子。阳台的小桌子上，红色灯罩下的台灯发出朦胧的红光。孩子们对这种欢乐的景象也十分喜爱，于是我们提出，最好能到阳台上用餐。可是，这个要求说明了我们并不了解内情，因为侍者面露难色，礼貌地表示阳台上的雅座是留给“我们的客人”的。“我们的客人？”那就是我们这样的啊！我们不是过路人，也不是住一天就走，我们要住三四个星期呢，是固定的房客啊。不过，我们没有坚持让侍者解释清楚我们与那些在红灯下的客人有什么区别。最后，我们在大厅里，在单调的灯光下，在那张普通的桌上用了餐。那是一顿很普通的工作餐，味道一般，没有什么特色。后来，我们改在离海岸十余步远的爱来诺拉旅馆用餐，觉得那儿的饭菜味道好多了。

我们在那家豪华大酒店只住了三四天，就搬到爱来诺拉旅馆，住到了二楼。这并不是玻璃阳台和红色小台灯的缘故，因为孩子们很快与大酒店的侍者和跑腿的小厮混熟了，他们迷上了海滨生活，早就忘记台灯彩色的诱惑。但是，我们跟某些阳台上的客人，或者更确切地说，跟阿谀奉承他们的酒店领导发生了冲突。那场冲突从一开始就让我们极为不愉快。那些旅客中有自以为显赫的罗马贵族——一位携家人前来度假的某公爵。这位贵族的房间就在我们的隔壁。公爵夫人不仅是一位高傲的贵妇人，还是一位溺爱孩子的母亲。我们的孩子前不久得过百日咳，为此她吓得魂不附体。虽然孩子已经康复，但是在夜晚，我们的小儿子还是会被余咳搅醒。这种疾病的根源至今没有搞清楚，所以产生了各种迷信的说法。当然，我们也不能责怪高贵的邻居，责怪她听信一个流传的谣言：百日咳可以通过声音传染。她担心，这会对她的孩子造成糟糕的影响。于是，她以高贵的身份，自信地向酒店经理投诉。那位身穿礼服、大家熟知的酒店经理，亲自赶来了。他再三表示歉意，然后告诉我们，在这种情况下，我们不得不搬到酒店的附楼上去住。我们一再与经理交涉，告之孩子们的百日咳已经到了康复阶段，差不多快痊愈了，对周围的人根本没有危险。最后，经理做出让步，将这件事交给酒店的医生裁断，让他做决定，但必须是他们酒店的医生才有这样的资格。我们同意这个提议，以为这样既可以让公爵夫人放心，又能让我们不必费事去搬家。医生来了，他是一个忠于科学的人。他检查了孩子们的情况，表示灾祸已经过去了，不会有什么危险。我们以为既然医生已经证实了，这事情就算解决了，但是经理不顾医生的证明，还是坚持让我们搬到附楼上去。

这种溜须拍马的态度让我们感到愤慨。对我们如此反复无常和不讲道理，也许并不是公爵夫人的本意，很有可能是那个阿谀奉承的经理，并没有将医生的证明告诉她。不管怎样，我们向他表示，非要如此的话，我们宁愿立刻离开酒店，搬走我们全部的行李。这么做，我们不是非常担心，因为我们已经与爱来诺拉旅馆有所接触。旅馆看上去像个私人住宅，非常讨人喜欢，我们也认识旅馆的主人——安乔力瑞夫人和她的丈夫。安乔力瑞夫人是托斯卡纳人，大概三十出头，身材苗条，长着一双黑眼睛，皮肤是南方人特有的那种象牙色。她的丈夫秃顶，沉默寡言，衣着考究。他们在佛罗伦萨有一家较大的旅馆，只有在夏天和初秋时才到托勒·迪维纳管理这儿的分店。结婚前，旅馆的女主人曾当过专业女伴，陪人聊天和旅游，也做过管理戏服的工作，甚至还做过名演员杜塞的女伴。她把那个时期看作她一生中最光辉、最幸福的时期。与我们初次见面，她就和我们侃侃而谈。在她客厅里的桌子上和玻璃橱里，摆着一大堆那位杰出女演员的照片，上面还有亲切的题词，此外还保存了其他各种纪念她们共同生活的物品。尽管她对有趣的往事念念不忘是为了扩大旅馆的生意，但我们还是饶有兴致地听完她的故事。她带着托斯卡纳口音，抑扬顿挫地讲述她那位已过世的前雇主是如何慈爱善良、才华横溢、情感丰富。

我们叫人把行李搬到那家旅馆，大酒店的服务员们为此感到非常扫兴，因为他们意大利人是很喜欢小孩的。我们的新房间既幽静又舒适，去海边非常方便，只需穿过一条长满法国梧桐的林荫道，那条小道一直通到海滨。每天午饭时，安乔力瑞夫人总是亲自为客人盛汤，服务非常周到，菜肴也十分可口。我们在这里甚至还遇到了维也纳的老朋友，饭后我们与他们闲聊，还通过他们结识了新朋友。总之，我们对这次搬家非常满意，一切顺利，照理这次度假应该是称心如意的了。

不过，我们还是有些闷闷不乐。也许我们对荒唐搬家的缘由还耿耿于怀。我承认，我不能轻易忘却这样因为庸俗的人情和阿谀奉承的态度而引起的冲突，权力被愚昧地滥用，我受到了不公正的待遇。我反复思索这些经历，心里十分懊恼，尽管我明知这些情况已经司空见惯，再怎么想也是于事无补。同时，我们也没有和大酒店闹翻。孩子们还是和那边保持良好的关系，酒店的服务员依然热情地帮他们修理玩具。而且，我们有时还会在大酒店的花园里喝茶，偶尔还会遇见公爵夫人。她涂着珊瑚色的唇膏，迈着矜持而又高贵的步子，不时回头看看由英国保姆照顾的宝贝孩子们。她做梦都没想到，其实我们与她距离很近，只要她一露面，我就严厉警告孩子们不许咳嗽，哪怕是清嗓子也不行。

天气真是热极了——请允许我提到这一点，感觉就像到了非洲。除了碧蓝的海水外，其他地方都被烈日无情地炙烤和折磨着。所以哪怕只是身穿薄薄的睡衣，在海滩上走几步路到餐桌旁吃中饭也是一件让人唉声叹气的苦差事。你能受得了吗？你能忍受几个星期吗？当然了，这是南方典型的气候，这里有荷马的太阳，这里的气候孕育了文明的花苞等等。但是，没过多久，我就受不了了，我感到烦闷，已经到了情绪的临界点了。日复一日的艳阳高照和万里无云，令我更加烦闷。单调、耀眼的光线直射大地，虽然营造了节日的气氛，让人不必担心天气会突然变化，但是对于我这个北方人来说，这样的天气从一开始就没能满足我心灵深刻、复杂的需要，尽管我没法解释这一点。长此以往，我越发感觉空洞,甚至产生了鄙视的想法。您说的对,倘若没有那次百日咳引起的小冲突,我可能也不会有此想法。因为我被激怒了,所以我便有意无意地找一个精神上的借口,来加强和确认这种想法。就算我是心存歹念吧。在海边呢,清晨时刻躺在柔软的细沙中,面对永远壮丽的大海,照理应该感觉很不错吧,但是,与以前的度假不同,我们没感到舒适和愉快。

太早了!太早了!如我上文所提,本国的资产阶级霸占了整个海滩。您说的对,他们这些人看上去很是讨人喜欢,其中有些年轻人长得的确不错,也很迷人,可是,您不得不承认这一点,我们周围充斥了许多资产阶级败类,这一类人还没有本地人可爱。那些女人的嗓门可真大哟!有时,我真是难以相信我们是在西方歌唱艺术的故乡。“富杰洛!”至今我耳边仍然回荡着这个声音,因为在二十多个清晨,这个声音在我耳边上百次地响起。呼喊声伴随着沉重的呼吸声,十分嘶哑,而且重音发得可怕,元音“è”发得刺耳,呼喊中流露出一种不由自主的绝望。“富杰洛!你快回答我!”[①]当地人的发音,就像德国人一样,将“sp”发成“schp”,光是这个音,在你心情不佳的时候就能让你怒火中烧。这是在呼喊一个讨厌的男孩。他的两肩之间有好几处被晒伤了,伤口令人作呕。我从来没见过像他这样既固执又顽劣,还很凶残的孩子,而且,他还是一个胆小鬼。有一天,他在海里被一只小螃蟹夹到了脚指头,他竟然因为这点小伤而嚎啕大哭,发出像英雄遇难时的嘶喊,让人以为发生了什么人生惨剧。显然,他以为自己不但受伤了,而且中毒了。他爬到岸上,滚来滚去,嘴里喊着“哎呦”、“哎唷嘞”。他胳膊乱舞,两腿乱踢,丝毫不理会母亲的哀求和周围人的安慰。一大群人都跑过来看热闹。医生也被叫来了,就是那位给孩子们客观诊断过百日咳的医生。这次,他同样表现了忠于科学的精神。他安慰了那个男孩,告诉他没什么大不了的,直接到海里凉一下伤口就行了。尽管如此,富杰洛还是躺在临时拼成的

① 原文是意大利语:“Fuggièro! Rispondi almèno!”

担架上，像坠海或溺海获救似的。第二天，他又出现了，装出并非故意的样子，弄坏了别的孩子的沙堡。简而言之，这孩子真是坏透了。

这个十二岁的坏孩子，也是令我们的度假情绪变坏的一个因素。这种坏情绪让我们无法再继续享受这次旅行了。游客们都自命不凡，他们一本正经，彼此间和在外国人面前都摆起架子。起初，我们对此不太理解，这到底是怎么回事呢？后来，我们很快就明白了，这是因为受到政治的影响，关系到爱国主义。确实，沙滩上都是一群爱国的儿童，这真是一种怪异的、令人沮丧的现象。孩子是一个特殊的种族，组成一个特殊的社会，换句话说，他们组成了各自的“国家”。他们根据相同的生活方式，很容易就聚集在一起，尽管他们掌握的有限的词汇分属于不同的语言。我们的孩子曾经和当地以及外地的孩子一起玩，但是他们很快就受到了挫折。他们很失望，却不能理解。有些孩子自尊心强，就会表现得过分敏感，但似乎他们因此过于挑剔和爱说教，或者说他们是自尊心强都有点名不符实。他们还会因为悬挂什么样的旗子而争吵，这是关于主权和原则的争吵。大人们也加入进来，不是为了息事宁人，而是为了维护原则。他们义正词严地说一些诸如“伟大的意大利”和“意大利的尊严”之类的话，让人非常扫兴。结果，我们的孩子惊慌失措地跑了回来。于是，我们设法对他们解释：这些人正在经历一个阶段，也可以说，正在生病，感到不大舒服，但是又无法避免。

由于我们的疏忽，我们同这个已经熟悉的环境发生了一次又一次的冲突。看来，以前发生的事绝非纯属偶然。简而言之，我们干了件伤风败俗的事。我们的小女儿八岁了，但是，她身体发育的情况比实际年龄还要小一两岁，她瘦得像只小鸡。她在海里泡了很久，因为天气暖，上岸后就穿着湿泳衣在岸上玩起来了。我们让她将泳衣脱下来，在海水里洗洗再穿，免得再弄脏了。于是，她光着身子，在几米外的水边，在水里洗了洗泳衣，然后跑回来。我们怎么也没料到，她的这个行为，也就是我们的行为，立刻引来潮水般的讥讽和不满。我不是跟您说教，但是，近几十年来，全世界对人体和裸体的态度已经发生了根本的改变，看法也完全不同了。有些事物已经使人“不再有什么想法”，其中包括自由，我们仅仅就是给这个微不足道的小身体这样的自由。但是，在这里这样做竟然被视为一种挑战。那些爱国的孩子叫了起来，富杰洛也把手放嘴边吹起了口哨。旁边的大人们也议论纷纷，声音越来越大，这预示他们不会善罢甘休。有一位身穿城市套装的绅士，头戴一顶与沙滩格格不入的硬质礼帽，他信誓旦旦地向他愤怒的女伴们表示，会对我们采取惩罚性措施。他走到我们面前，声色俱厉地责骂我们。南方人的理智全用到道德规范上了。他说，我们的行为大失体面，简直是一种罪恶，说我们恩将仇报，利用了意大利人的热情好客。我们不仅侮辱了公共浴场的规章制度和公共道德，还侮辱了他的祖国。为了维护祖国的荣誉，这位身穿城市套装的绅士，一定要让侮辱他们民族尊严的人，受到惩罚。

对于这位绅士的责骂，我们表示接受。我们若是驳斥他，必然会火上浇油，引起别的麻烦。但是，我们心里却有一大堆话要说。譬如，他说的“热情好客”，实际上我们并没有感受到这个地方体现的好客精神。而且，从严格意义上来说，我们也不是意大利的客人，我们是安乔力瑞夫人的客人，至于这位夫人，近年来她已经不做杜塞的女伴，而是以热情好客作为自己的职业。我们也想说，在这个美丽的国度，道德败坏已经到了如此地步，这里已经成为一个假正经和神经过敏的地方。但是，我们尽量克制自己，没有对那位绅士表示出任何不敬，确保不去激怒他。我们请求他，那位罪犯年纪还小，身体还没发育好，不会引人注目的，请给予宽恕，结果我们白费口舌。他斥责我们的辩解毫不可信，也毫无根据，必须给予惩罚。我相信有人打电话通知了政府某个部门，于是，工作人员来到了海滩。那位工作人员宣称，“事情非常严重，我们必须跟他走一趟”。接着，我们被带到了高一级的有关部门——警察局。在警察局里，一位较高级的官员肯定了对我们的临时判决——“罪行严重”，与那位戴圆顶礼帽的先生判断一致。显然，这种判决在当地很显而易见。他们教训了我们一番，然后处以我们五十里拉的罚款和保释金。我们觉得，这次奇遇值得向意大利财政捐助这笔钱，于是便交了罚款，离开了警察局。我们当时不就该立即离开托勒吗！

如果真的离开就好了！那么，我们也就能避开恐怖的希波拉。可是，有很多原因让我们下不了更换地方的决心。有一位诗人曾经说过，惰性往往让人忍受尴尬。用这个箴言解释我们迟迟不离开的原因简直太合适不过了。人碰到这种事情之后，总是不大愿意直接离开，也不愿承认自己优柔寡断失了面子，特别是周围有些人对你表示同情、鼓励你反抗的时候。在爱来诺拉旅馆，大家一致认为我们遭到了不公正的待遇。饭后聊天结交的意大利朋友表示，这件事损害了国家的名声，决心以同胞的身份去质问那位头戴硬质礼帽的绅士。可是第二天，那位绅士连同他的女伴们，都从海滩上消失了。这当然不是我们的原因，很有可能是他知道自己马上要离去，所以才那么主张正义，出了风头。不管怎样，他的离去至少让我们轻松不少。总之，我们留下来了。还有个原因就是，我们觉得这次旅行非常特别，而特别本身就意味着某种价值，和愉快与否无关。如果我们遭遇一段不愉快的经历，我们就应该立即偃旗息鼓、小心避开吗？如果生活一开始有点不顺心、不如意，甚至有点痛苦和委屈，我们就应该立即打道回府吗？不，不应该这样！我们应该留下来面对生活，体验生活，也许正好可以学点东西！于是，我们留了下来。而我们的坚持不走也得到了回报，就是遇到了那个可怕的希波拉！

值得一提的是，差不多在我们缴纳罚款的时候，旅游淡季就开始了。不仅是那位戴硬质礼帽的绅士离开了浴场，而且大批的客人也都离开了，到处可以看见装满了行李的小推车，川流不息，涌向火车站。海滩上的爱国主义情绪也不再那么浓烈了，在托勒和松林道上的咖啡馆里，生活变得亲切多了，有了欧洲情调。我们现在完全可以去大酒店的玻璃阳台上吃饭，但是我们放弃了这样的权利，因为我们在安乔力瑞夫人这里已经很舒适啦——当然了，“舒适”是根据当地的情况来定义的。同时，随着我们感觉的变化，天气也发生了变化，几乎与广大游客的假期安排保持一致。天上布满了乌云，但是温度却没有降下来。不过，在我们来到此地后的第十八天，一直酷热的天气(可能之前也是这么炎热)突然变成了令人窒息的闷热。蒙蒙细雨打湿了丝绒般的沙滩，清晨，我们都会在这里消磨时间。此时，我们计划在托勒逗留的时间已经过了三分之二。大海也有了点不一样的变化，变得有些死气沉沉，海水的颜色也不再鲜艳，在浅水处还漂浮着懒洋洋的水母。这样的情况下，没人会傻乎乎地想再遇到那种把人弄得唉声叹气的炎炎烈日。

就在这个时候，希波拉出现了。有一天，他的海报突然贴得到处都是，连爱来诺拉旅馆的餐厅里也贴上了一份。海报上称他为骑士希波拉，说他是一个巡回演出的艺术家、念咒师、魔术家和幻术家，本次他要为托勒·迪维纳的观众表演神秘的奇迹节目。他是一个魔术师！光是广告上的这一点，就足以让孩子们神魂颠倒了。他们从来没有看过这样的演出，也许这次旅行能给他们带来前所未有的惊喜。于是，从这时起，他们就缠着我们，要我们买票去看。演出是晚上九点钟开始的，起初我们觉得有点晚，但是我们想到希波拉的表演很可能不太高明，孩子们在见识过后就能回家了，这样第二天早上就能睡个够，所以最后我们还是同意了。我们从安乔力瑞夫人那买了四张优惠票，她受房客的委托预定了一些好位子。她也不能保证这个人的演出会有多么精彩，我们几乎也不抱什么奢望。不过，我们自己也要散散心，况且孩子们的好奇心多少有些感染到我们。

骑士希波拉的演出地点是个礼堂，在旅游旺季的时候，那里用来放电影，每个星期换一部片子。我们从来没有去过那里。去那里要经过“宫殿”，那是一座封建时期留下来的待出售的建筑，样式像个城堡。经过“宫殿”后，再沿着当地最繁华的大街往前走，街上有药店、理发店以及其他一些常见的商店。大街差不多贯穿了贵族区、中产阶级区和贫民区。贫民区那里有渔民们简陋的房屋，有老婆子蹲在门前织补渔网。到达贫民区，你就能看到礼堂了。说是礼堂，其实就是大木板搭成的大棚子。入口两边像城门一样，横七竖八地贴满了彩色的海报。演出那天，我们吃完晚饭后，就披着暮色向那里进发了。孩子们穿着节日的服装，因为想到演出时会发生那么多新鲜事而兴高采烈。天气如前几天一样闷热。夜空中不时划过闪电，还飘起了小雨。我们撑着伞走在路上，一刻钟之后就到了礼堂。

在门口检过票后，我们进去找自己的座位。座位在左边第三排，我们坐下来后发现，魔术师并没有严格遵守本来就很晚的开演时间。观众似乎都是有意迟到的，大厅的位子是慢慢被坐满的。礼堂里面没有包厢，观众只有能看到的这些。迟迟不开演让我们很担忧。因为疲倦和焦急地等待，孩子们的双颊变得通红。我们到的时候，两边的过道和后边的站票区就已经挤满了人。那里站了托勒·迪维纳各种各样的壮汉，他们将半裸的双臂交叉在胸前，身穿花条纹紧身衣，其中有渔民这样的中年，也有朝气蓬勃的小伙子。这些本地老百姓的到来给演出增添了很多趣味，孩子们对此更是喜出望外。因为这些人中有他们的朋友，他们是下午在较远的沙滩散步时结识的。太阳完成繁重的工作以后，疲倦地沉到海里去了，把波浪染成金红色。这时，我们就会在散步回来的途中碰见一群渔民。他们在收网，光着腿，一个挨着一个，喊着口号，口号的声音拖得很长。他们从海里捕捞到的海货小得可怜，他们把这些小海货捡到滴着水的箩筐里。孩子们在一旁看热闹，用刚学会的几句意大利语和他们聊天，帮助他们拉绳索，还和他们交成了朋友。现在，孩子们正和站在站席上的朋友们打招呼，这个是圭斯卡尔多，那个是安东尼奥。他们轻声喊着朋友的名字，还招了招手。对方看到了，点点头，还以笑容，露出一口结实的牙齿。瞧啊，连埃斯奎喜多咖啡厅的服务员马里奥也来了，那个给我们端过巧克力的马里奥也来看魔术表演啦！他差不多是站在最前面的，想必来得很早。可是，他没看到我们。他不太注意别人，这是他的习惯，虽说他是一个服务员。接着，我们和那个在海滩上出租汽艇的人挥了挥手，他也来了，站在最后面。

九点一刻了，快要到九点半了。您能理解我们有多么焦急吧！孩子们到底什么时候才能上床睡觉呢？真不该把他们带来这儿，要是节目才开始就把他们带回去，那肯定行不通。大厅里已经快坐满了，可以说整个托勒的人都来了：有大酒店的客人，爱来诺拉旅馆和其他旅馆的客人。礼堂里能听到英语和德语的谈话声，还能听到法语，那大概是罗马尼亚人和意大利人在聊天吧。安乔力瑞夫人坐在我们后面两排的位置，旁边是她那位沉默寡言的秃顶丈夫，他正用两根手指抚弄自己的小胡子。大家都迟到了，但是没人来得太迟。希波拉让大家都在等他。

他让大家都在等他，这样说一点也不过分。他迟迟不出场，引得观众对他更加好奇。大家虽然能够理解这种做法，但是总得有个限度。临近九点半的时候，观众开始拍手，这是客气地表示不耐烦的一种方式，同时，也表示大家还是乐意捧场的。孩子们也一起拍手，觉得这很有趣。可能所有的孩子们都喜欢拍手吧。站席上响起了响亮的喊声："快啊！""开场吧！"瞧，就像常见的情形一样，不管因为什么耽搁了演出，不管耽误了多久，演出突然就开始了。一阵锣响，站席上的观众一阵叫好。大幕被拉开了，布置得不像舞台，反倒像个教室。前台的左侧摆了一个画架，画架上架起一块黑板。此外，舞台上还有一个普通的黄色衣架，几把常见的椅子。舞台上的稍后面放了一张小圆桌，桌上放着水瓶和几个玻璃杯。观众们看了这些道具大约两秒钟。然后，不等大厅的灯光变暗，希波拉骑士就出场了。

他迈着快步走上台来，既表现出急于与观众见面，又引起一种错觉，让大家误认为他好像风尘仆仆地赶了很长一段路似的，实际上，他一直都在后台站着。而他的衣着更是强化了这种错觉。很难判断他有多大年纪，不过他肯定不年轻了。他的脸型尖削，面容憔悴，但是眼神很锐利。他的嘴巴紧闭，嘴角皱起，上唇上的八字胡修饰得乌黑发亮，下唇和下巴之间的凹处蓄着所谓的山羊胡。他俨然是一副夜晚外出的打扮，衣服样式既复杂又考究，肩上披着一件宽大的无袖黑色斗篷，斗篷上有丝绒翻领和缎子衬里的披肩。双手戴了一副白手套并在胸前按住斗篷，胳膊摆动的姿势有些别扭。他的脖子上围了一条白色围巾，头上斜扣着一顶大礼帽，大礼帽的帽檐盖到了脑门。也许，意大利还继续保持着十八世纪的传统，时间要比别的国家长。江湖骗子和赤脚医生就是那个时期的典型代表。只有在意大利才能看到这样保存完整的形象。希波拉的整个打扮就非常符合历史传统，他的样子给人的感觉既浮华又滑稽，况且，那套奢华的衣服非常不合身，这里绷得太紧，那里又松得太多，好像是吊在身上似的。他的身材也有些畸形，前后都是这样，到了演出后期，这点更加明显。可是，我必须强调的是，他的表情和言行举止却没有任何诙谐的成分，也不像小丑那样取悦观众。与之相反，他非常严肃，拒绝搞笑，有时还流露出一种傲慢的态度和残疾人特有的自尊。但是，他这样的模样一开始仍在大厅里的许多地方引起了笑声。

他不再行色匆匆。他刚才匆忙上台，只是因为精力充沛，绝无讨好观众的意思。他站在舞台的脚灯前，漫不经心地脱下手套，露出一双细长、干黄的手。他的一根手指上戴了一枚印章戒指，戒指上还镶了一块巨大的蓝宝石。他站在舞台上，满是皱纹的眼皮下垂着，锐利的眼睛打量整个大厅。他不是仓促地瞥了一眼，而是让目光在每一个人的脸上都停留片刻，还沉思一会。他的嘴巴紧闭着，什么也没说。他把手套卷成一团，随意地朝稍远的小圆桌掷过去，手套恰好扔到了玻璃杯里，动作熟练得令人讶异，但是看上去却又那么随意。他还是什么都没说。接着，他从口袋里掏出一包香烟，用指尖夹出一根香烟，从包装上看，香烟是最便宜的那种国产牌子。他看都不看一眼，就用灵敏的打火机点燃了香烟，猛吸一口，然后从他尖尖的蛀牙中吐出一团灰色的烟雾。他一只脚在地上轻轻打着拍子，嘴巴抿着，脸上一副傲慢的神色。

下面的观众与他一样，也在细细地观察着他。站席上的年轻汉子皱着眉头，用犀利的眼光在这个傲慢的人身上审视着，企图寻找他的弱点。但是，他没有暴露任何弱点。在取出香烟和放回香烟的时候，外面的斗篷有点碍事，于是，他不得不解开斗篷，露出一根皮鞭，这与他的衣着十分不搭。他用小皮圈把皮鞭吊在他的左小臂上，银色的手柄就像动物的爪子一样。观众可以看到他没有穿大礼服，只穿了普通的礼服。当他撩开上衣时，观众还看到他的腰上围了一条彩色的绶带，绶带的一半掩在马甲里。我们后面有个人低声说，这条绶带表明他的骑士头衔。他的话不见得是对的，我个人觉得绶带与骑士头衔没有什么关系。可能，绶带也是表演用的道具，而他默不做声地站在那里，漫不经心、傲慢地吸烟，也是表演。

就像我上面所述那样，大家又笑了。站席上传来一个冷漠而响亮的声音："晚上好啊！"这时，所有人都笑了。

希波拉扬起头，竖起耳朵。"是谁？"他问，他觉得有人在挑战他，"刚刚是谁在说话？哦，刚刚那么大胆，现在就成胆小鬼了？害怕了，啊？"他高声喊，声音有点喘，但是很刺耳。他等待着。

"是我！"一个年轻人在寂静中答道，他显然接受了挑战。他站得离我们不太远，是个英俊的小伙子，身穿棉布衬衫，外套搭在一个肩膀上。他长了一头黑色卷发，发质看上去很硬，头发梳得又高又乱，这是新兴意大利时下最流行的发型，这让他看起来像个非洲人，与他的长相十分不配。"哈，是我！照理呢，你应该先打招呼，但我先说了，表示礼貌。"

大家笑声更响了。这个小伙子嘴巴真硬。"他真是能说会道啊……"我们旁边有人在议论。毕竟，小伙子这番话说得有理。

"啊，好极啦！"希波拉答道，"我喜欢你这样的年轻人。相信我，我一开始就注意到你了。像你这样的人特别合我的意，我需要你这种人。显然，大家都很欣赏你。你喜欢做什么就做什么。有没有可能你没做你喜欢的事？或者说，你有可能做你不喜欢的事，做别人让你做的事？听我说，我的朋友，让你的意志与行动分开了肯定是件有趣的事，因为你不用既想事情又做事情啦。这是劳动分工——要知道，这可是美国制度。比如说，你愿意在这些尊贵的观众面前伸出舌头吗？要把舌头全伸出来，舌根都伸出来！”

“不，我不愿意，”年轻人充满敌意地说，“伸舌头真是太没教养了！”

“那可算不上。”希波拉答道，“你只是不愿意而已。我尊重你说的教养，但是我还没数到十，你就会把头转到右边，向大家伸舌头，可能伸得比你想象的还长。”

他盯着那个年轻人，锐利的眼睛好像陷进眼窝深处。“一！”他开始数，手拿皮鞭在空中挥了一下，皮鞭已经事先从皮圈上解下来了。小伙子将脸转向观众，伸出舌头。他的舌头伸得那么长，以至于你发现他把整个舌头都伸出来了。然后，他转过头，面无表情。

“是我！”希波拉嘲弄地模仿那个小伙子说话，晃着头转向小伙子，“哈！是我！”然后，他转过身，不管下面的观众如何轰动。他走向小圆桌，拿起瓶子，倒了一杯酒（显然是白兰地），一只手端着酒杯熟练地一饮而尽。

孩子们欣喜若狂。他们几乎没有听明白刚刚的谈话，但他们认为台上的那个怪人与台下的那个观众之间发生了什么滑稽的事。他们对这个“夜晚”的表演一点概念也没有，只是觉得这样的开端真是棒极了。而对于我们来说，我们两人交换了眼神，我记得当希波拉挥鞭子的时候，我不由自主地模仿起鞭子声音。很明显，观众们对魔术表演的怪异开端茫然无措。他们不明白，那个替他们说话的小伙子怎么突然就背叛他们了，还撒起泼来。他们觉得他太不争气了，便不再理他，将注意力全放在魔术师身上了。魔术师已从小圆桌那走回来，他已经喝过酒，休息好了。他发表了下面的演说：

“女士们，先生们，”他用金属般的声音，气喘吁吁地说，“刚刚那位前途光明的大舌头语言学家企图教训我，对此我非常敏感，你们也看到了。”“大舌头语言学家”这一诙谐的称呼让观众们大笑起来。“我是一个有自尊心的人，这点请大家包涵。说‘晚上好’必须严肃和有礼貌，否则就没意义。当有人祝我晚上过得愉快的时候，其实也是让自己晚上过得愉快，因为我心情好，观众才会高兴。这个托勒·迪维纳的少女杀手(又是挖苦那个小伙子)做得好，他祝我晚上过得愉快，尽管他心里不是这么想的。我敢夸口说，差不多每个晚上我都很愉快，当然，偶尔会有不称心，但是，这个情况非常少。我的工作很辛苦，我的身体也不好。我身上有个小缺陷，这让我无法参加维护祖国荣誉的战争。我只好借助精神和思想的力量来征服生活，而这意味着要控制自我。我自认为，我已经取得了些许成就，并引起有教养的观众们的兴趣和重视。一些知名报纸已经对我的演出做了报道，比如《晚邮报》礼貌地称我是一位天才。在罗马演出的时候，有一晚，我有幸见到了元首[1]的弟弟。在繁华、高贵的大都市，观众们对本人的一点小癖好都给予体谅，可是没有想到，托勒·迪维纳这个僻陋的小镇(此时，可怜的托勒也让大家笑了起来)，竟然容忍不了我这个小癖好，想让我改掉。某些被女人惯坏的人竟然斥责我，这让我无法忍受。”当然了，希波拉又在挖苦那个可怜的小伙子，他乐此不疲地把他描绘成一个“花花公子”，一个乡下的浪荡子。他的敏感和对小伙子尖刻的挖苦与他说的自尊心格格不入，也不符合他所吹嘘的名声。希波拉选这个小伙子当笑料，可能是他的习惯，每个晚上都要选一个人嘲弄一番。可是，他的嘲弄充满了实实在在的敌意。其实，你只要比较下两个人的身材，就能明白他这么做的原因了，况且，那个畸形的人一再暗示小伙子很有女人缘，尽管他也是空口无凭，胡编乱造。

“嗯，”希波拉接着说，“在表演开始之前，请允许我放松一下。”于是，他走向衣架脱下外套。

“他讲得真是好极了！”我们附近有人如此评论。魔术师什么都没有表演呢，他仅仅说了一番话，就被大家当作是取得了很大

---

① 这里的领袖特指意大利当时执政的墨索里尼。

的成就，留下了很深的印象。在南方人当中，语言增添了生活的乐趣，他们认为语言在生活中的作用远比北方人估计的要高。他们非常尊重共同的语言，因为共同的语言是民族之间的纽带，这种尊重很显然就具有了象征意义。他们爱护语言的表现形式和发音规则，因为这些象征了生动活泼。他们高兴地说，高兴地听——听的时候也会带着批判的态度。一个人的谈吐，常常是衡量一个人社会地位的尺度。若是说话随便，笨嘴拙舌，则遭人蔑视；若是措辞文雅，口齿伶俐，则得到别人敬重。所以，即使是个普通人，在需要考虑到说话的效果时，也会尽量选择措辞，谨慎地组织语句。在这方面，希波拉已经明显地引起了观众的好感，尽管他不属于意大利人所谓“讨人喜欢”的类型，“讨人喜欢”可是从一个人的道德和外表综合评价的。

他脱下礼帽、围巾和外套，又回到舞台的前面。同时，他又整理整理自己的上衣，拉正了大纽扣扣好的袖口，摆正那条骗人的绶带。他的头发让人看不下去，说白了吧，他头顶几乎全秃了，只有一缕狭长的头发从头顶耷拉到额头上。头发已经被染黑了，好像是假发粘上去的。两鬓的头发也同样染黑了，分别梳到眼角，很像一个旧时马戏团经理的发型，真可笑！这跟他整个人的怪异风格很不相称，况且他又那么自以为是，所以大家的幽默感没有表现出来。他刚才提到的身体上的“小缺陷”，现在看起来明显了，但是不知因何所致。他前胸过高，就像常看到的那样，可是他背上的缺陷不在两肩，而是在身子稍微下面的位置，髋部和臀部凸起了一块。这虽然不妨碍他走路，却让他步态很奇怪。他每走一步，身子就奇怪地歪一下。不过，由于他已事先提到自己的“缺陷”，所以大家对此也就见怪不怪。大厅里洋溢着一种礼貌、谦逊的气氛。

“为您效劳！”希波拉说，“如果您允许的话，我们的表演就从算术开始吧！”

算术？这哪算什么魔术呢。我们开始猜测，他是不是滥竽充数，但又实在想不通他要干什么。我开始替孩子们觉得不值，可是，他们却高兴得很。

希波拉的算术表演既简单又让人百思不得其解。他先将一张纸用图钉固定在黑板的右上角，然后掀起那张纸，用粉笔在黑板上不知道写了些什么。他一边写，一边喋喋不休，尽量用话语充实他的演出，以免演出单调乏味。这时，他表现得像个老练的主持人，滔滔不绝，从未因想不起该说什么词而尴尬。他这么做完全是为了表演，同时也是为了让孩子们兴奋不已。他之前已经通过与年轻渔民的特殊交流消除了舞台和观众之间的隔阂，他现在要再接再厉，继续贴近观众，于是他邀请观众代表上台。为此，他还走下舞台的木头台阶，亲自与观众交流。随后，他又嘲弄起某个观众来，至于这是不是他故意而为，我就不得而知了，因为他总是表现得很严肃、很暴躁不安。而观众们呢，至少大部分人觉得，这大概也是为了演出需要吧。

他写完之后，用纸盖住粉笔字，然后表示希望有两位观众到台上去，协助他做算术题。他说，题目不难，即使是算术不好的人也能轻易解决。照例，没人自愿上去。希波拉不愿麻烦有教养的观众，于是他找了平民老百姓。他叫了后面站席上两个粗壮的小伙子，先是给他们鼓劲，接着责怪他们懒散地站在那，不愿为大家服务。结果，他们俩被说动了。他们迈着笨重的步子，穿过中间的走道，爬上木头台阶。在同伴们的喝彩声中，他们站到黑板前面，呵呵地傻笑着。希波拉又跟他们开了一会儿玩笑，夸他们身材魁梧，两只手又大又结实，正好可以更好地为大家效劳。然后，他把粉笔放在其中一个人的手里，让他记下他大声报出的数字，可是那个人却说自己不会写！“我不会写。”小伙子说，声音粗哑。他的同伴也表示不会写。

天知道他们是真的不会写，还是故意捉弄希波拉的。反正，他俩的坦白惹得台下观众哄堂大笑，但是希波拉却一点笑容也没有。他受到了侮辱，十分恼怒。他跷起腿坐在舞台中央的一把椅子上，又抽起了廉价香烟。香烟的味道显然比两个笨蛋上台时他喝下第二杯白兰地的味道要好。他深吸一口烟，然后从牙缝中吐出烟雾，同时还晃动着一条腿。他不看那两个得意的笨蛋，也没看台下的观众，而是看向空中，摆出对卑劣行径不屑一顾的样子，以显示自己很有自尊。

“丢人现眼，”他冷漠地咆哮着，“回到你们来的地方吧！在意大利，每个人都会写字，意大利的伟大不允许任何无知和愚昧的存在。在来自世界各国的观众面前，你们大声污蔑意大利，将自己的无知归罪于祖国，这不仅贬低了你们自己，还让国家和政府遭到诋毁。如果托勒·迪维纳真是国家最僻陋的角落，真的对起码的常识都一无所知的话，那么，抱歉，我来错地方了。当然了，我早就知道这里每个方面都不如罗马……”

说到这里的时候，那个留着努比亚人发型、将外套搭在肩膀上的小伙子，打断了他的话。看来，小伙子的斗志只是暂时被压了下来，现在他又昂起头，像个骑士一样，捍卫起自己家乡的尊严。

“够了！”他大喊道，“托勒的玩笑开够了吧！我们都是在这长大的，绝不容忍有人在陌生人面前嘲笑这座城市！那两个小伙子是我们的朋友，不错，他们不是什么学者，但是他们要比大厅里那些夸耀罗马的人正直得多，况且那些人又没有亲手建造罗马！”

说得真好！这个年轻人真是口齿伶俐！大家也很喜欢这样的场面，尽管唇枪舌剑延误了原定的演出，可是听人争吵确实很吸引人。有些人觉得非常有趣，还有一点幸灾乐祸，庆幸自己置身局外；还有些人感到焦急和不安。我很理解后者，可是我又觉得这一切可能是安排好的，是表演的一部分。那两个不识字的笨小子和这个穿棉布衬衫的小伙子都是在协助魔术师表演。孩子们听得津津有味。他们对争吵一无所知，只是觉得两人的声调扣人心弦。这是一场魔术表演，至少是一种意大利式的魔术表演，他们觉得十分有趣。

希波拉站起来，歪着屁股走了两步，走到舞台的脚灯前面。

“看看吧！这是谁啊？”他假装热情地说，面部狰狞，“一个老朋友！一个心直口快的小伙子！（这又引起哄堂大笑）好啦，我的朋友们，”他转向那两个笨小子，“我不需要你们啦，我要同这位正义人士打交道啦！这位托勒的守护者！他这样紧张，看来是在期待娇滴滴的感谢啊……”

“别开玩笑了！我们说正经的！”小伙子喊道。他眼神咄咄逼人，仿佛随时都会甩掉外套，跳上舞台和魔术师辩论。

希波拉对此满不在乎。我们面面相觑，非常担心。可是魔术师却不以为然，因为他的对手是他的同胞，他们站在自己的国土上。他保持冷静，表现出自己已经胜券在握的样子。他微笑地看着他的观众，然后向那个好斗的年轻人偏了下头，好像是为了让大家看看这个年轻人多么地好斗，而好斗却暴露了对手头脑简单的弱点。接着又发生了一件奇怪的事情，这件事情给希波拉的胜券在握蒙上了一层诡异色彩，并使他们的冲突莫名其妙地变得滑稽，让人感到羞恼。

希波拉凑近小伙子，怪模怪样地盯着他。我们座位左边是通向观众席的台阶，他甚至走下一半台阶，这样显得自己高些。他就这样站在小伙子面前，那根鞭子还挂在他的胳膊上。

“你不会是开玩笑的吧，孩子，”他说，“我们可以理解，因为人人都能看出你有病。你的舌头太不干净，这表明你的消化系统有严重的毛病。像你这样身体有病的人，就不该晚上出来看演出。我知道，你事先也想过，要不要躺在床上，把肚子裹起来。今天下午，你不该冒冒失失地喝那么多白葡萄酒的，那些酒可真是酸得可怕啊！现在，你的肚子很痛，痛得让你恨不得弯下腰。那就请便吧，别难为情。弯腰可是能大大缓解腹痛的呢。”

他吐出这些话，一个字接着一个字，气势逼人，十分严肃，他的眼珠似乎都突出在眼眶之外了，衰老的眼睛里透出精明的光芒，目光好像穿透了这个年轻人似的。小伙子没有避开他的眼睛，不是出于年轻人的高傲，而是因为他的这双眼睛真是奇怪极了。这个时候，小伙子青铜色的脸上，再也看不到骄傲的神情了。他瞠目结舌地望着希波拉，迷茫的脸上扯出一丝苦笑。

“弯下腰，”希波拉重复道，“你还有什么办法呢？你腹痛得这么厉害,必须弯下腰。你不会因为别人向你如此建议,就拒绝做这个自然的动作吧?"

小伙子慢慢地抬起小臂,交叉着按在肚子上,身体有些歪斜地弯了下去,越弯越低,两脚分开,双膝朝里弯,最后几乎是蹲在地上了,俨然一副腹痛难忍的样子。希波拉让他这样弯了几秒钟,然后用皮鞭短促地在空中一挥,迈着歪歪斜斜的步子回到小圆桌旁,倒了一杯白兰地。

"他真是喝多了。"我们身后的一位太太断言。她就仅仅注意到这一点了吗?我们不清楚观众到底看明白多少。这时,小伙子又站直了,有些尴尬地笑笑,好像还没弄清楚刚才的状况。刚刚场面还很紧张,现在缓和了,大家鼓起掌来,喊道:"好啊!希波拉!"又喊道:"好啊!小伙子!"显然,大家觉得,这场冲突的结果不能算是小伙子失败,相反,大家还鼓励他,认为他就像个表演尴尬角色的演员一样。确实,他那时腹痛弯腰的样子,十分生动,仿佛是表演给观众看的。简而言之,真是出色的表演。但是,我也不能确定,观众的态度是出于南方人特有的礼貌(在这方面,南方人比我们强),还是因为他们已经看明白了表演。

魔术师喝了酒,又点了一根烟,提起了精神。现在,算术表演可以继续啦!这次希波拉很容易地就在后面站席上找到一个年轻人,他愿意把希波拉报的数字写在黑板上。我们也认识那个年轻人——整个演出现场都让我们觉得很亲切,因为好多面孔都是老相识。这个年轻人是大街上食品水果店的店员,曾经热情地接待过我们好几次。他熟练地拿着粉笔写数字,表现出了生意人的精明。希波拉还走下舞台,在观众之间,迈着奇怪的步子走来走去,让大家随意地报出二位、三位和四位数字,然后他再大声转报给那个年轻的店员,让他将数字成行地写下来。在这个过程中发生了不少趣事,希波拉和观众们互相打趣、开玩笑,有时都离题了。魔术师碰到不会用意大利语报数字的外国人,他就会摆出骑士的风度,耐心地和他们周旋。有些礼貌的当地人觉得有趣,就哈哈大笑起来。于是,骑士就让他们将外国人用英语或法语报出的数字翻译成意大利语，将他们弄得异常窘迫。有些人报的数字是意大利历史上光荣的年代，这时，希波拉抓住时机，边走边发表爱国主义言论。不知哪个人报了“零”，这位骑士，一旦有人跟他开玩笑，就总是摆出深受侮辱的样子，于是他嘲弄地说，两位数还差一位呢。接着，有个捣蛋鬼叫道“零零”，惹得大家笑作一团。南方人但凡听到对一些事物的暗讽总是很开心的。虽然这个玩笑话是他引出来的，但是骑士依然装出一副高傲的样子，不加理会。不过，最终他还是耸了耸肩，将数字报给记录员。

黑板上写了大约十五个长短数字。然后，希波拉让大家将数字加起来。他说，数学好的人可以心算，也可以用笔在本子上演算。当大家忙着算数的时候，希波拉就坐在黑板旁的椅子上抽烟，脸上一副怪相，一举一动都带着畸形人那种沾沾自喜的神态。总和是五位数，很快就计算好了，有人报了出来，第二个人确认了这个答案，第三个人的答案有些出入，但是第四个人的答案又和前两个人相同。希波拉站起来，掸掸衣服上的烟灰，掀开定在黑板右上角的那张纸，大家看到了他先前写的数字。那是一个将近一百万的数字，正是正确答案。他竟然事先就猜到答案了！

全场震惊，掌声雷动。孩子们也折服了，他们想知道，他是怎么猜到的呢。我们告诉他们，那是骗人的把戏，但是现在不好随便解释。总之呢，这人就是个变戏法的。于是他们明白了，原来魔术表演是这样的啊。先是年轻的渔夫肚子痛，现在是在黑板上预先写好了答案，真是太奇妙啦！孩子们两眼放光，我们却很发愁，手表上的时间已经十点半了，现在把他们带走恐怕没那么容易。他们一定会眼泪鼻涕一大把的。但是，这个魔术师明明不是在表演“魔术”，至少从他手脚灵活度来说，不是我们常看的那种魔术。这不适宜儿童观看。我们仍然搞不清观众是怎么想的。所谓的“随便报数”也非常可疑，也许有个别观众是随心所欲地报了数字，但是总的来说，希波拉是挑他的“托儿”，控制了整个表演，得到了他想要的答案。不过，即使别的没什么好称赞的，但他敏捷的计算头脑也还是令人敬佩的。此外，还有他敏感的自尊心和爱国主义，这可能对他的同胞来说非常自然，可以继续说着俏皮话，但是我们外国人却觉得这些非常烦闷。

希波拉也设法消除那些明白人对他表演的怀疑，当然，他没有点明，只是含糊其辞。他一直喋喋不休，偶尔也会涉及到这一点，但他用的是一些模糊、夸张的字眼。他又继续进行他的算术表演，将计算弄得越来越复杂，连其他的运算方法都用上了。后来，他又把计算简化到极点，好让人们看出到底是怎么一回事。他干脆让人“猜”预先写在纸下面的数字，几乎每次都正确。有一位观众表示，他本来想说另一个数字的，但是魔术师的皮鞭在他眼前一挥，他就不自觉地报出了黑板上的那个数字。希波拉耸了耸肩，露出笑容。他假装佩服报数者的智慧，可是他恭维的口气却有些嘲讽和鄙视的味道。依我看，参加测验的人听了不会是很高兴，尽管他们脸上也挂着微笑，并且觉得观众们的掌声有一部分是给自己的。我觉得观众们对这位魔术师不是十分喜爱，我能察觉到他们的敌意和反感。但是，姑且不谈礼貌地抑制这些反感的情绪，单就希波拉本人的才能和严肃的自信也确实给人留下深刻的印象，我认为，甚至那个皮鞭也起到了隐藏反感情绪的作用。

数字游戏结束后，他用纸牌变戏法。他从口袋中掏出两副纸牌。我还记得他纸牌戏法的基本套路。他先从一副牌中抽出三张牌，不看牌面，装到上衣的口袋中，然后，他让参与表演的观众从另外一副牌中抽出三张牌，与他先抽的三张对照。并不是每张牌都一样，有时只有两张一样，但大多数情况下，希波拉总能胜出。他手拿三张纸牌，漫不经心地答谢观众的掌声。观众们觉得，不管他这个人是好是坏，但他的技艺还是很高超的。我们右面前排有个年轻人，一个高傲的意大利人，站了起来，表示要不受外界任何影响，自由地按照自己的意志抽纸牌。他问希波拉，如果他这样做的话，结果会如何。“你会给我的表演造成困难，”那位魔术师答道，“可是你的反抗改变不了结果。自由是存在的，意志也是存在的，但是不存在自由意志。因为如果按照意志寻找自由，就会陷入虚无。你有自由，可以抽牌，也可以不抽。但只要你抽牌，你就会抽到正确的牌，而且抽牌时，你越是想固执己见，越是抽得准确。”

必须承认，他的这番话真的能混淆视听，引起思想上的混乱。倔强的年轻人在抽牌之前，神经质地迟疑了一下。他抽了一张牌之后，就立即要看与先收起来的纸牌是否一样。“怎么了？”希波拉很诧异，“怎么不抽完呢？”但是，那个固执的年轻人坚持要看。“悉听尊便吧！”魔术师夸张地表示尊敬，自己看都不看就将叠成扇形的三张牌展示出来。左边的那张牌与年轻人抽出来的一样。

在大家的掌声中，为自由而战的年轻人愤怒地坐了下来。希波拉的表演，在多大程度上依靠骗人的技巧和灵活的手法，这只有鬼知道。就算他需要凭借这些才能表演，观众们也仍然很好奇，觉得这奇怪的表演十分有趣，认为他技艺高超。“他的手法真妙啊！”我们听到附近不时有人如此夸赞，可见客观的公正抑制了反感和无声的愤怒。

获得这样的成功后——虽然不是完全成功，但依然震惊了全场——希波拉马上又喝了一杯白兰地。确实，他喝得太多了，这给大家的印象可不好。但是，显然他需要酒精和香烟来振奋精神，而且他也说过表演从各方面来说都很辛苦。他的脸色的确不好，眼窝凹陷，萎靡不振，但只要一喝过酒，他就立刻恢复了精神，于是又能滔滔不绝地说话，同时从嘴里吐出灰色的烟。我记得很清楚，他表演过纸牌的戏法之后，又开始表演另一套戏法，这套戏法是根据人的下意识和超意识、依靠人的直觉和“磁场转移”来进行的，简而言之，是一种低级表演。我不记得具体的表演顺序了。我也不想一一赘述，以免读者厌烦。每个人都熟悉这种表演，每个人也都参加过，譬如找出事先藏好的东西，无意识地做些动作，而且你并不知道意志是怎么由一个人传给另一个人的。每个人都曾看到过这些暧昧、不可思议的神秘现象，对其既好奇又鄙夷。有些具有神秘力量的人常将这种力量与魔术混淆起来，真是令人厌恶。但是，用邪术进行魔术表演，并不能表示表演中的其他因素就一定是不真实的。我只能说，当希波拉这样的人成为这场邪术表演的导演和主角，那表演的每个环节就会更加令人好奇，给人的印象就更加深刻。他坐在舞台的后面，背对着观众吸烟。台下不知何处有几个观众悄悄商议打算让他表演这样的魔术：将一个物品传到另外一个人手里，首先要找出那件物品到底藏在哪里，再用物品做另外一件事。希波拉的动作也如同常见的表演那样：时而匆匆向前冲，时而止步倾听，忽而找错了方向，忽而急忙转身。他扶着一位知晓内情的助手，头向后仰，手向前伸，在大厅里曲曲折折地走。这位向导的动作必须完全符合希波拉的吩咐，思想也一定要集中在要找的东西上。也就说，角色完全调换了，历史的潮流转向了相反的方向，口若悬河的魔术师在表演前也明确提到这一点。刚刚我们的魔术师还在台上命令和指挥着，而现在呢，他却扮演了必须听从指挥的角色，完全压制自己的意志，听从于大厅里观众的无声意志。他说，抛弃自我，成为工具，不折不扣地服从别人，是命令和指挥的另一面，具有同样的性质。这是一种能力。命令和服从组成了同一条原则，两者构成了一个不可分割的统一体。发号施令的人也会服从命令，反之亦然。前者包含在后者之中，就像人民和领袖互相分不开一样。但是，他既发号施令又服从命令，所以他非常辛苦。他经常强调这一点，可能是为了解释他为了提神而不停喝酒的原因吧。

他受到观众意志的支配和引领，四处摸索，像个失明的先知。最后，他在一位英国女士的鞋子里找到了藏在此处的一枚钻石胸针，然后拿着它，时停时走，来到了另一位女士面前——这次是安乔力瑞夫人。他跪了下去，把别针递给她，并且说出预先商定的话，这句话虽然内容可以猜到，但要字字猜对却很不容易，因为那句话是用法语说的。“我送给您一件礼物，以表我的敬意！”这就是他该说的话。我们觉得这个要求有些苛刻，似乎隐含恶意，这反映了一个矛盾的心理：一方面期待魔术师成功，另一方面又希望这个骄傲的怪人失败。希波拉怪模怪样地跪倒在安乔力瑞夫人面前，试图猜到难题，说着些试探的话。“我必须说些什么，”他说，“我也清楚地知道要说什么，但是又觉得说的可能不对。您千万不要在无意中给我暗示啊!”他喊道,尽管这是他想要的。“你得好好想一想!”他突然用蹩脚的法语叫道,然后就用意大利语说出了该说的话,他似乎不谙法语,但最后一个重要的词又用法语说出来,腔调中还带着可怕的鼻音。尽管不是十全十美,但他还是成功地找到了别针,走到收礼的那个女士面前并跪下,这比彻底的成功更令人难忘。台下掌声雷动。

我只是举了别针的例子,因为它给我的印象太深了,您明白了吗?之后,希波拉站起来,擦了擦额头上的汗。他多次改变表演的形式,时不时地穿插即兴表演,这花费了不少时间,而他与观众之间的互动也激起他即兴表演的灵感,尤其是我们的女房东,似乎更激发了他的灵感,让他说出一番令人诧异的话,表现了他未卜先知的超能力。“我发现,夫人,”他对她说,“您的出身与众不同,令人敬重。有眼力的人都能看到,在您美丽的额头四周环绕着一圈光环。倘若我没看错的话,这圈光环曾经光芒四射,如今却日益暗淡。请不要说话!不要帮助我!您身边坐的是您的丈夫,是吧?”他转向默不做声的安乔力瑞先生,“您是这位女士的丈夫,您感到十分幸福。但是,这幸福中有一些回忆,准确地说是过去的回忆,夫人,就我判断,这些回忆对您现在的生活也有重大的影响。您认识一位国王,您在过去是不是遇到过一位国王?”

“没有啊!”午餐给我们盛汤的夫人低声说,金褐色的眼睛在高贵而苍白的脸上闪闪发亮。

“没有吗?不,不是国王,我只是表达了一个大概的意思,不是字面上的意思。不是一个国王,不是一个王子,而是一个高贵领域的国王和王子。您曾常陪伴在一位伟大的艺术家左右……您想否认我,但是我说的也不是全都错误。好吧,她是一位举世闻名的伟大女艺术家。您珍惜与她在青葱岁月建立的友谊,您与她之间的珍贵回忆让您的一生充满了光彩。她的名字?要说出她的名字吗?她的名字早与祖国联系在一起,并广受赞誉,流芳百世。爱来诺拉·杜塞。”他庄重而又温柔地说完了这番话。

这位娇小的女士情不自禁地点点头。大厅里响起一阵掌声,仿佛是一次爱国主义集会。大厅里几乎每个人都知道安乔力瑞夫人的光荣过去，因此对魔术师的超能力赞叹不已，尤其是爱来诺拉旅馆的客人们。但是，我们没弄明白有多少是他本来就知道的，还有多少是他到托勒打听而来的，要知道，这可是他们这一行的一贯手段。但我毫无理由一味地根据自己的理性怀疑他的超能力，我们马上就眼睁睁看到他的超能力招致了一场灾难……

接着是休息时间，我们的统治者回到了后台。我承认，差不多在一开始讲这个故事的时候，我就怕这个地方交代得不清楚——我很容易就猜到读者的想法了。毫无疑问，您会问我，我们为什么这时还不走呢？我真的不好回答，因为我自己也不明白，也没法为自己辩解。那时已经十一点半了，可能还要晚些。孩子们都睡着了。他们觉得最后一出表演没什么意思，自然就产生了困意。他们伏在我们的膝上，小的那个伏在我膝上，男孩子伏在他妈妈膝上。这一方面让我们稍感安慰，另一方面让我们心生同情，这是提醒我们应该把他们带回去了。我向您保证，我们当时的确打算这么做了，当真要离开了。我们唤醒可怜的小家伙们，告诉他们时间很晚了，必须回去了。可是，他们醒来之后就央求我们不要回去。您知道，无论是看什么表演，孩子们都不愿提早退场的，而且，根本无法说服他们。要想让他们回去，就必须采取强制措施。他们恳求说，魔术师的表演真是精彩极了，不知道下面还会表演什么，至少等休息结束后看看他表演的是什么再说吧。他们愿意在这时小睡一会，只要别回家，别上床睡觉，因为这里还有精彩的演出呢！

我们让步了，不过只答应他们再看一会，暂时只能呆一会儿，因为我们暗想，不过就几分钟的时间。我没法原谅我们带着孩子们又留了下来的行为，也没法解释这一点。我们将孩子们带过来本身就是个错误，现在是不是将错就错呢？不，这也不是个好理由。难道我们自己看得开心吗？既开心又不开心。我们对希波拉的感觉很复杂，如果我没弄错的话，其他的观众也是这样认为的吧。尽管如此，却没一个人离场。这个人以如此奇特的方式谋生，他除了表演节目和变戏法之外，还有什么吸引人的地方，令我们犹豫不决呢？当然还是我们的好奇心在作祟吧。我们只不过想知道，这场表演如何演下去，况且希波拉在中途退场的时候还暗示，下面的表演更加精彩。

可是，事情并非如此，或者说不尽如此。最正确的解释，还是用我们先前没有离开托勒·迪维纳的原因，来解答我们为什么还不离场的问题吧。依我看，这其实也是自我圆场，是在告诉自己这个疑问已经解决了。这里的气氛跟托勒一样，怪异而且紧张，一样令人不适、难受和憋闷，是的，甚至是有过之而无不及。我们这次旅行中所遇到的不快、怪异和紧张仿佛都聚集到这个大厅里了。大家正在等待的那个人，就是这一切的化身。既然我们都没有离开托勒，那么我们没有离开这里，也是合乎情理的。或许您会认为这也解释得通吧，又或许您会说这根本就是因为我们的惰性吧。不管您如何认为，我是想不出更好的解释了。

本来说休息十分钟的，结果休息了将近二十分钟。孩子早都醒了，看我们肯让步，便欣喜若狂。在休息的时候，他们过得很愉快，又同当地人打成一片。他们和安东尼奥、圭斯卡尔多以及出租汽艇的小伙子玩到了一起。他们双手合成喇叭状，向渔民们大声打招呼："明天多捉些鱼啊，装满一大网！"他们这些话都是从我们这学到的。他们又向埃斯奎喜多咖啡厅的侍者马里奥喊道："马里奥，上一份巧克力和一些蛋糕！"这次，他听到了，笑着回答："马上就到！"后来，我们终于明白了他那心不在焉的、友好的、忧郁的微笑。

就这样，休息时间结束了，又是一阵锣响。三两成群聊天的观众回到了自己的座位；孩子们也急切地回到座位坐好，将手放在膝上。先前没有闭幕，因此希波拉迈着奇怪的步子直接走上来了。他开始介绍下半场要表演的节目，啰里吧嗦地说了一大堆。

请允许我总结一下：这个自信的驼背是我一生中见过的最有本事的催眠师。显然，他在广告上谎称自己是个魔术师，是因为治安条例明文规定禁止利用此项技能谋生。也许，在意大利，像这样对法律法规阳奉阴违的表现，十分常见。而官方呢，也就睁一只眼闭一只眼。当然，这位魔术师先生从一开始就没打算隐瞒他表演的性质，所以到了下半场，他就开诚布公地运用他的技能进行表演了。虽然，他还拐弯抹角地夸夸其谈，但是在这些表演中，他蛮横地控制了别人的意志，剥夺了别人的思想。一连串滑稽、扣人心弦、令人诧异的节目，一直演到深夜还没完。在这些节目中，观众们不仅看到了自然的表演，还看到怪异的现象，有的平淡无奇，有的触目惊心。观众们一会大笑鼓掌，一会捶胸顿足。很明显，他们已经被这位严厉又自信的魔术师迷惑了。同时，我也发现，他们也不是完全被迷惑了，不是完全感觉不到，希波拉的胜利，无论是对单个人还是对全体观众而言，都是侮辱。

他的这些表演中有两样东西发挥了重要的作用：酒杯和爪形手柄的皮鞭。前者不停地为他的魔力增加能量，以免出现筋疲力尽的危险。也许这一点还能引起大家对此人的同情。但是，鞭子却成为他施展淫威的侮辱性的象征，大家在鞭子的呼啸声中，只会感到震惊、愤慨和屈辱，不可能有萌发温和的感情。他对此感到失落吗？他希望得到我们的同情吗？他想要这一切吗？他后来说了一番话，让我对此印象很深，表明他对此还是很羡慕的。在演出高潮的时候，有一个年轻人自愿配合他的表演，这个年轻人显然对这类影响毫无抵抗力。经过希波拉的按摩与呵气后，他被催眠了，进入到身体僵硬的昏睡状态。昏睡者的后颈和两只脚被架在两张椅子的椅背上，希波拉坐到他僵硬的身体上。看到这个身穿礼服的畸形人坐在昏睡者僵硬的身子上，真是既让人觉得难以置信，又让人觉得恶心。观众们认为那个充当科学表演的受害者、那个年轻人一定非常痛苦，纷纷表示同情。“可怜的人啊！”有几个好心人叫道。“可怜的人！”希波拉刻薄地反驳道，“你们喊错人了吧，先生们！我才是可怜的人！受罪的人是我啊！”观众被他数落后，就无话可说了。好吧，也许承受表演代价的是他，也许因为肚子痛而做出一副可怜相的也是他，但是，我怎么看都不像是这么一回事啊，哪有人自己受苦是为了侮辱别人，还自称自己是“可怜的人”的？

我又讲到后面的表演了，可能完全打乱节目顺序了。直到今天，这位骑士的“受难的事迹”还萦绕在我的脑海之中，只是我已经记不得先后顺序了，不过，这不要紧。那些掌声多的复杂的节目还没有一些时间短的小节目给人的印象深刻呢。我之所以想起年轻人充当座椅的表演，是因为希波拉数落观众的那番话。还有一个年纪大的老太太，她也被希波拉催眠了，坐在椅子上睡着了。她在幻境中竟然去了一趟印度，昏昏沉沉地讲起了她旅途上的奇遇。我对这个表演不是特别在意。在我看来，休息后的那一个节目着实要稀奇多了。一个身材魁梧、军人模样的绅士，怎么也抬不起胳膊来，而这都是因为那个驼背曾告诉他不能这样做，为此，驼背还挥了一下皮鞭。我至今还记得那个蓄着八字胡、魁梧的上校的面孔。他微笑着咬紧牙关，挣扎着维持即将失去的行动自由。真是令人惊愕的一幕！他似乎是心有余而力不足，他可能是身不由己，意志陷入麻痹状态，失去了自由，就像我们这位统治者曾经向那位罗马绅士所述的那样。

我更忘不了可怜的安乔力瑞夫人的那场表演，真是既滑稽又可怕。希波拉在第一次肆无忌惮地环顾大厅时，大概就已经发现了她在意志上没法抵抗他的魔力。他单纯靠催眠就将她迷惑，还让她离开了座位，离开了她坐的那一排。同时，为了炫耀自己的本事，他还嘱咐安乔力瑞先生呼喊她的闺名，似乎是要他拿自己的存在和魅力孤注一掷，用丈夫的声音唤醒妻子的意志，保护她的贞洁，抵御邪术的玷污。可是，一切都徒劳无功！希波拉站在这对夫妇不远的地方，将皮鞭一挥，我们的女房东骤然一惊，脸转向了他。这时，安乔力瑞先生叫了起来：“索夫罗妮亚！”（我们原先还不知道安乔力瑞夫人的名字叫索夫罗妮亚。）他应该喊她，因为人人都看得出这是危险时刻，此时他妻子的脸仍然一动不动地面向那个可恶的骑士。而那个骑士，将马鞭挂在手腕上，用他那又长又黄的十根手指，一面勾引受害者，一面向后退。而安乔力瑞夫人则脸色苍白，从座位上站了起来，身子完全转向了魔术师，跟着他一步一步向前走。多么阴森恐怖的一幕啊！她的脸上是一副梦游者的表情，两只胳膊僵直，秀美的双手从手腕处向上抬起，脚好像粘在了一起。她缓慢地从座位上滑下来，走向她的引诱者。“叫啊，先生，您继续叫啊！”那个可怕的人催促道。安乔力瑞先生用微弱的声音喊道：“索夫罗妮亚！”他喊了一遍又一遍，但他的妻子却充耳不闻，越走越远，后来他将一只手弯成喇叭状放在嘴巴上，喊的时候还挥舞着另一只手。但是，在迷失者背后，这充满爱和责任的呼声丝毫不起任何作用。安乔力瑞夫人像个梦游者一样向前飘去，对丈夫的呼喊充耳不闻。她迷迷糊糊地走进了中间过道，追随着向她招手的驼背，沿着过道向出口走去。看此情景，我们不禁冒出这样的想法：只要她的引诱者愿意，她会跟着他走到天涯海角。

“真是想不到！”安乔力瑞先生惊恐地喊道，他差不多要跳起来了，他的妻子已经走到大门口了。此时，魔术师犹如放弃了胜利的桂冠那样，停止了表演。“够了，夫人。谢谢您！”他矫揉造作地说，还向大梦初醒的她伸出手，将她带回到她丈夫的身边。“先生，”他向安乔力瑞先生打招呼，“这是您的夫人，我完好无损地把她交还给您，并向您致意。希望您这当丈夫的能全心全意地保护您的宝贝。请提高您的警惕性吧，您要看到确实存在比理性和道德更强大的力量，而这种强大力量不可能一直都是慷慨的，要知道，它是不会轻易放弃猎物的！”

秃顶的安乔力瑞先生，那么可怜，但又无话可说！他看上去不像有保护自己幸福的能力，哪怕只是抵御一般的邪恶力量，况且这个邪恶力量又可怕又嘲讽。魔术师趾高气扬地走回到舞台上，既严肃又傲慢，他的伶牙俐齿让观众的掌声更加响亮。如果我没弄错的话，通过这次胜利，他的威望简直提高到可以命令观众跳舞的程度了——是的，跳舞，就是字面意义上的跳舞。而且，跳舞还会带来一种混乱的情绪，一种深更半夜放纵自我的情绪，让观众们如同喝醉了酒，他们先前对这个可恶的人的表演一味地持抵制态度，而现在，也都抛之脑后了。当然了，他要实现全面统治还是需要进行艰苦斗争的。他必须解决那个罗马小伙子对他的敌意，因为他坚守道德规范，会成为反抗他统治的领军人物。不过，正是因为有这种榜样力量做参考，骑士才聪明地选择最薄弱的地方进攻。他让那个先前被他催眠、全身僵硬的小伙子带头狂舞，此人既软弱又顺从。希波拉只要瞥上他一眼，他就像被闪电击中了一般，上身后仰，双手紧贴着裤缝，陷入一副士兵梦游的状态。显而易见，他对任何荒谬的命令都照单全收，坚决执行，喜爱唯命是从，巴不得马上失去他那少得可怜的意志，因为他已经三番五次地自荐去配合表演，并且以自己是个随时可以失去意志的榜样为荣。现在，他又登上了舞台，只听皮鞭响了一下，他就按照魔术师的指令跳起舞来。他陷入癫狂的快乐状态之中，双眼紧闭，晃动脑袋，瘦弱的四肢到处乱甩。

这看起来似乎很有趣。不一会，又有两个队友加入了：一个小伙子衣着朴素，另一个小伙子衣着考究。他们俩在他旁边跳起舞来。这时，那位来自罗马的年轻人挺身而出，不服气地问骑士，他是否能教他跳舞，哪怕他本人心里不想学。

“哪怕您心里不想学！”希波拉回答道，口气令人难忘。这句可怕的“哪怕您心里不想学！”一直到今天还在我耳边回响。接着，双方开始对抗。希波拉喝了一杯酒，又点燃一支烟。他让那个罗马人站在中间过道上，面向出口处的大门，自己则站在罗马人背后不太远的地方。他挥了一下皮鞭，命令道：“跳吧！”但他的对手却一动不动。“跳吧！”魔术师果断地重复道，又挥动了皮鞭。这时，大家看见小伙子的脖子在衣领了扭了扭，同时抬起手腕，脚后跟也跟着向外挪动。可是，他这跃跃欲试的痉挛动作，一会猛烈，一会停止，就这样持续了很长一段时间。大家都清楚，魔术师需要战胜对方预先就准备奋力斗争的决心，需要战胜对方勇敢、顽强的精神。而这个勇敢的人已经下定决心去捍卫人类的荣誉。他浑身痉挛，但是没有跳舞。表演的时间拖得很长，魔术师只好转移了注意力。他不时地面向舞台，看看那几个跳来跳去的小伙子，朝他们挥动鞭子，约束他们。他还向观众喋喋不休，说这些跳舞的人不管跳多久，都不会感到累，因为费力的是他而不是他们。然后，他又盯住那个罗马人的后颈，再次向违抗他统治的意志进攻。

可以看出，在他不停的攻击和命令下，这坚强的意志已经动摇了——大家作为旁观者，带着几分同情，既可怜那个年轻人，又感到残忍的满足。倘若我对这件事没理解错的话，这个年轻人之所以失败，是因为他后来的斗争精神消极了。“不愿意”就像是告诉意志不要完成一项任务一样，而“不愿意去做一件事”，从长远来看，就是在心理上没法坚持下去。“不愿意做一件事”和“一点也不愿意”——换句话来说，也是要意志坚决服从——这两者都根本没法让意志自由。魔术师还在旁边加以诱惑，挥动鞭子，他的劝诱都是利用这个假定，让听者心理更加困惑，进而意志动摇。“跳吧！”他说，“谁会这么折磨自己呢？你认为这样克制你自己就意志自由了？跳一支舞吧！你全身的关节都发痒了吧？要是让这些关节都自由了，那该多好啊！喔，你已经跳起来了！这不再是斗争，是享受啊！”就这样，抽搐和扭动在反抗者的身上逐渐占了上风。他举起胳膊，抬起膝盖，所有的关节一下子变得灵活了。他扭动四肢跳起舞来。在大家的掌声中，魔术师将他带到了舞台上，让他加入到木偶的行列。现在，舞台上失败者的面孔可以看清楚了。他咧开嘴微笑着，半闭眼睛，沉浸在“享乐”中。大家看他确实比先前固执地顽强斗争时要快乐些，这对大家来说也算是一种安慰吧……

可以说，他的失败意义重大。一切反抗的情绪都消弭无踪了。希波拉的成功到达了顶峰。那个带有爪形手柄的皮鞭，就是喀耳刻[①]的魔杖，它呼啸着，拥有统治一切的魔力。我记得，那时大约已经过了午夜很久了，台上有八到十个人在跳舞，台下大厅里也是一片骚动。有一位英国老太太，戴着夹鼻眼镜，牙齿又尖又长，也从她座位的那一排走了出来，在中间的过道上跳起了塔

① 喀耳刻(Circe)，希腊神话中的女巫，能把人变成牲畜。

兰泰拉舞[1]，尽管魔术师根本就没在意她。这时，希波拉懒洋洋地坐在舞台左面的椅子上，大口地抽烟，然后骄矜地从丑陋的牙齿间吐出灰色的烟。他晃动着腿，间或耸耸肩大笑，他傲慢地打量着混乱的大厅，还不时半向后转，对某个跳得不够卖力的木偶挥动皮鞭。这时，孩子们都醒了。提到孩子们，我心里就感到愧疚。这里不适合继续待下去了，至少对他们不好，可是我们依然没有带他们离开。我只能说我们也被当时大厅里弥漫的放纵的情绪传染了。不管怎么说，现在已经没法改变了。谢天谢地，他们还不明白表演中邪恶的方面！他们天真无邪，对于被允许来观看这样的魔术表演，就已经感到欣喜不已了。他们有时会伏在我们的膝上睡上一会。现在，他们醒了过来，睁开惺忪的、红通通的双眼，看到魔术师竟让这么多人跳来蹦去，不禁捧腹大笑。他们没料到表演会这么有趣，兴奋地拍着小手，笨拙地跟着大家鼓掌。可是，当希波拉召唤他们的朋友马里奥的时候，也就是埃斯奎喜多咖啡厅的侍者马里奥，他们习惯性地从座位上兴奋地跳了起来。希波拉召唤马里奥的姿势与书上描写的一样，手放到鼻子前，然后勾动手指。

马里奥听从了他的召唤。我至今模模糊糊还能记得，他是如何爬上台阶，在魔术师用手指怪异的招引下，走向那位魔术师的。这个年轻人曾犹豫了一下，这一点我记得很清楚。那天晚上，他一直站在我们的左边，倚在一根柱子上，有时抱着双手，有时将手插在上衣口袋里。那个头发梳得像军人的小伙子站在他旁边。我们看到马里奥一直在全神贯注地看表演，神情专注，但是有点闷闷不乐。我们也不知道他看明白了多少。最后，他被请上台亲自参与演出，但他显然有些不太高兴，不过他还是听从了召唤。也许是因为他的职业习惯吧，这点不难理解。他这样一个朴实的小伙子，怎么可能不理会像希波拉这样显赫人物的召唤呢，从心理上来分析也是不可能的。不管愿意与否，反正他离开了那根柱

① 意大利南部的一种热烈、欢快的民间舞蹈。

子。前面的观众回过头来，给他让路。他向他们道谢，走上台阶，撅起的嘴上浮现出一丝疑惑的微笑。

他是一个二十岁左右的小伙子，身材敦实，头发很短，额头有点低，眼皮很厚，眼睛是灰蒙蒙的，夹杂着绿色和黄色。对他的长相，我们非常清楚，因为我们常常和他聊天。他的上半边脸上长了一个塌鼻子，鼻子上布满雀斑，下半边脸较为凸出，嘴唇很厚。他说话时，两片嘴唇之间露出湿润的牙齿。厚嘴唇和灰蒙蒙的眼睛，让他朴实的脸孔带着一副忧郁的神情。这也是我们对马里奥印象不错的原因。他的神情里没有粗野，他的双手修长柔润，光凭他这双手我们就能看出他是一个温和的人。即使在南方人之中，这双手也显得高贵，谁愿意让这双手来服侍呢？

我们只是知道这个人的外表，并没有和他深交——请允许我这么区别叙述。我们差不多天天都能看到他，对他那副若有所思的样子很有好感。他常常在工作的时候走神，又会突然变得很殷勤，以弥补他的疏忽。但他表情严肃，最多也就由于孩子们的关系笑一笑。他既不愁眉苦脸，也不巴结讨好。他不会刻意地假装亲切——或者说，他不愿意故作姿态来讨人喜欢。不管怎样，他的形象牢牢地烙印在了我们的脑海里，虽然这只是平常的见闻，但是比那些重要的经历都记得牢。至于他的家庭，我们只知道他的父亲是市政厅的一位书记员，他的母亲替人洗衣服。

他现在身上穿的是一件褪了色的条纹套装，还不如他的白色工作服合身。衣服上没有领子，所以他在脖子上围了一条色彩鲜艳的围巾，围巾的末端塞进了上衣里。他已经靠近了希波拉，但是魔术师仍然不停地勾动鼻子前的手指。马里奥只好再靠近一些，贴近椅子，站在了勾引者的腿旁。希波拉用双臂抱着他，将他转过来，让大家都能看到他的脸。然后，他迅速将马里奥上下打量了一番，既得意又冷漠。

“怎么回事啊，我的孩子？”他说，“咱们怎么这么迟才认识呢？不过，相信我，我老早就想认识你啦！是啊，我已经注意你很久啦，我知道你有一些优点。我怎么能忽略你呢？噢，我的事情太忙啦！现在，你告诉我，你叫什么？我只想知道你的名字。”

“我叫马里奥。”年轻人轻声回答。

“啊哈，马里奥。很好！是啊，我听过这名字，是个很常见的名字，也是一个古老的名字，这可是传承了咱们国家的光荣传统啊。好极啦！敬礼！”于是，他伸出手臂，张开手，歪着肩膀，行了个罗马礼。如果说他喝醉了，那一点也不奇怪。不过，他讲话还是和先前一样，咬字清楚，表达流利，只是他的言行举止更加装腔作势、傲慢无礼。

“好吧，我的马里奥啊，”他继续絮絮叨叨，“今晚你来了，可真好，而且还围了这么漂亮的围巾，很称你的脸色啊，让你在姑娘们那留下多么好的印象啊，那些托勒·迪维纳漂亮的姑娘们……”

从站席那边，也就是马里奥先前站的地方传来了笑声。那个头发梳得像军人的小伙子在笑。他站在那儿，肩膀上搭着他的外套，既粗野又嘲讽地哈哈大笑。

马里奥好像是耸了耸肩。反正，他动了一下，也有可能是吓了一跳，而耸肩只是事后掩饰，表明他对围巾和姑娘们不关心。

魔术师朝台下瞟了一眼。

“我们不用理会他，”他说，“他这是妒忌，因为你的围巾在姑娘们那很受欢迎，也有可能是咱们俩聊得很高兴，你和我……他要是再捣乱的话，我就提醒他是否还记得刚才的腹痛，这对我来说可是小菜一碟。说说吧，马里奥，你今晚是过来玩的，那么，白天你在杂货店做事吧？”

“在一家咖啡厅。”小伙子纠正他。

“哦，在咖啡厅，希波拉居然弄错了！那么说你是个倒酒水的侍者喽，是个甘尼美[①]。我喜欢，这又让我想起了一个典故。拿餐巾来！”魔术师一边说，一边用胳膊行礼，引得观众哈哈大笑。

马里奥也笑了。“以前，”他试图说得明白些，“我曾在波多克莱门特一家店里做过事。”他这么说，可能还想帮助魔术师圆场，

---

① 希腊神话中为宙斯侍候酒水的美少年。

希望他的预言或多或少说对一点。

“可不是吗，我不是说过了吗？是一家杂货店？”

“店里也卖梳子和刷子。”马里奥闪烁其词地回答。

“我不是说了吗，你不是一直就是甘尼美！不是一直在侍候人，替人拿餐巾！就算希波拉犯了错误，他也是为了让你相信他。现在，你告诉我：你相信我吗？”

马里奥不置可否。

“你只承认了一半，”魔术师断言，“毫无疑问，要取得你的信任非常困难。即使是我，也不容易，这点我看得出来。我发现你流露出矜持和伤感的神情，这是忧伤的特征。告诉我，”他抓住马里奥的手，“你有什么心事吗？”

“没有，先生！”马里奥急忙否定。

“你有心事，”魔术师坚持说，用他的权威摧毁马里奥的意志，“我还能不知道啊？你想瞒过希波拉？当然啦，是关于姑娘的心事，是一个姑娘，对吧？你遇到爱情难题了！”

马里奥拼命摇头。这时，我们旁边又响起小伙子粗野的笑声。魔术师听到了笑声，尽管他眼睛看向空中，但是耳朵却在听那人的笑声，然后半转身子，朝跳舞的人挥动鞭子。在与马里奥聊天的时候，他也这样挥了好几次。就在这时，马里奥差点溜走了，他突然转身，奔向台阶，眼睛通红。希波拉赶紧制止了他。

“别跑这么快啊，”他说，“会好的啊！你想逃跑吗，甘尼美？在最快乐的时刻逃跑？也许快乐才刚刚开始呢！别动，我给你看样好东西。我答应你，你不需要担心。那个姑娘——你认识她，别人也认识她——名字叫什么来着？等等！我在你眼睛里看到她的名字啦，就在我嘴边，你也正想说出来……”

“希尔维斯塔！”台下那个小伙子大喊。

“谁竟然这么多嘴？”他问，不往台下看，继续与马里奥聊天，好像一点都没受到干扰。“居然有这样多嘴的公鸡，不管是不是时候就乱啼一气。他从咱们嘴边抢走了那个名字，还以为他对此有什么特权似的，这个不知天高地厚的家伙！不管他了。但是希尔维斯塔，你的希尔维斯塔，啊哈，她真是个好姑娘！真是一个宝贝儿！就算只是看到她走路和微笑的样子，听到她呼吸的声音，也让人的心跳停止啊！还有她圆润的胳膊，她洗衣服的时候仰起的头，撩头发的姿势……她简直就像个天使！”

马里奥盯着他，头向前倾去，看起来，他仿佛忘记了观众，忘记了他站的地方。他的眼圈越来越红，就像涂上了红色的颜料。他厚厚的嘴唇也张开了。

“这个天使让你伤心了，”希波拉继续说，“噢，应该说，你为她伤心了。这是有区别的，亲爱的，告诉你，这个区别很重要。爱情中有误解，世界上所有的东西都没这么多。我知道你在想什么：希波拉，这个残疾人，怎么会懂爱情呢？错啦，全错啦，他懂很多。他对爱情的见解既全面又透彻，听听他的见解是很有用的。不过，咱们还是别管希波拉啦，不要想他，只想着希尔维斯塔，你迷人的希尔维斯塔！什么？她喜欢那个乱叫的公鸡，所以这只公鸡才在你伤心的时候大笑？喜欢他，而不喜欢你这个多情又讨人喜欢的小伙子？不太可能，是吧？这是不可能的，希波拉和她可是非常清楚这一点的。如果我是她，让我在你们俩当中做选择的话，一个是满身焦油味的蠢蛋，就像是咸鱼和海胆，一个是马里奥，一个翩翩侍者，他为绅士们服务，为贵宾们倒酒，端点心，并且他还深深地爱着我，我觉得这并不难选。我清楚我应该把心给谁，其实我早就害羞地暗许芳心了。现在，是应该让我的心上人看清和明白的时候啦！马里奥，亲爱的……说啊，我是谁啊？”

这个骗子现在的样子真是猥琐极了。他风骚地扭动着畸形的肩膀，对着马里奥挤眉弄眼，充满挑逗的意味，还佯装娇笑，露出两排蛀牙。哎，对他的甜言蜜语，我们的马里奥会做出怎样的反应呢？我实在是说不出口，也不敢看，因为我看到了一个人暴露出他内心的最深处，在公众面前暴露了胆怯的迷惑和销魂的激情！他双手交叉捂住嘴巴，肩膀因剧烈的喘息而上下起伏。他兴奋得不敢相信自己的眼睛和耳朵，却忘记了一件事，那就是他的确不该相信。“希尔维斯塔！”他轻声呼唤，情难自已。

“吻我！”那个驼背说，“相信我，你可以吻我！我爱你，吻我这儿！”他张开胳膊，伸出手，弯起小手指，用食指尖指了指自己嘴巴旁的脸颊。马里奥弯腰，吻了他一下。

大厅里悄无声息。这一瞬间是多么荒唐滑稽，多么紧张恐怖，但却是马里奥无比幸福的瞬间，实际上他的幸福以及各方面的感觉都是幻觉强加给他的。这是不幸的一瞬间。这时，不是在此之前，而是在马里奥的嘴唇可悲又可笑地与欺骗他感情的丑陋皮肉接触以后，我们左边的那个小伙子发出了笑声。笑声打破了等待的沉寂，声音既粗野又饱含嘲弄，好像还怀有——或许是我弄错了——对由于迷惑而受伤的人的一丝同情。但是没人喊“可怜的人啊！”因为希波拉曾宣称，应该同情的人是他，他才是可怜的人！

笑声还没停下来，就在这时，那个被吻的家伙，在椅子下面挥了一下皮鞭。马里奥突然惊醒过来，一跃而起，又跌了回去。他终于站定了，两眼发呆，双手叠在一起，捂住了被污辱的嘴唇。然后，他用拳头对自己的太阳穴猛敲几下，立即转身冲下台阶。这时，大厅里掌声四起。而希波拉则坐在那，双手放在膝上，肩膀因为大笑而不住地抖动。马里奥狂奔到台下，突然分开双腿，转过身，举起一只胳膊。骤然间，两声震耳欲聋的枪响压倒了掌声与欢呼声。

顿时，一片沉寂，连台上跳舞的人也停了下来，莫名其妙地呆望着。希波拉一下子从椅子上跳起来，双臂抵抗似的向两边伸开，仿佛在喊：“停下来！安静！都给我滚！怎么回事？”接着，就在那个瞬间，他瘫倒在座位中，脑袋耷拉下来，随后又从椅子里跌倒在地上，躺在地上一动不动，成了一摊乱扔的衣服和歪斜的骨头。

大厅里乱成一片。女士们浑身战栗，将脸藏到男伴的怀里。有人叫医生，有人叫警察，还有很多人冲上舞台，又有很多人扑在马里奥身上，试图解除他的武装，夺下那把毫无金属光泽、简直不像枪的小东西。那东西现在就吊在他的手里，枪管短得几乎看不见。确实是把枪，在命运的驱使下，这把枪正瞄向一个出人意料的地方。

我们终于带着孩子们离开了，领着他们向出口走去，出去时还遇到一对挎着枪的宪兵。“这就结束了吗？”孩子们想知道答案，然后才能放心地回去。“是的，结束了。”我们肯定地说。一个恐怖的结局，一个致命的结局，而且，我始终觉得这也是一个重生的结局！

托尼奥·科勒格尔

一

冬日里的太阳，悬挂在狭窄小城的上空，躲在薄薄的云层后面，射出昏暗的乳白色的光芒。两边排满房屋山墙的小巷子，十分潮湿，冷飕飕的，还不时地从上面落下松软的冰雹，既不是冰也不是雪。

学校放学了。获得解放的学生成群地穿过铺着石子的校园，冲出铁栅栏门，然后向左右分流。高年级的学生将书包高高地挎在左肩上，右手挡着风，急匆匆地赶回家吃饭；低年级的学生则快乐地一路小跑，脚底下半融化的雪四处乱溅，文具和书本在海豹皮制的书包里叮叮当当地乱响。有时候，他们也会碰上老师，老师们大多头戴沃坦帽，蓄着朱庇特式胡子，迈着稳重的步子。这时候，他们就会恭敬地脱下帽子向老师致意……

"啊，汉斯，你终于来了！"托尼奥·科勒格尔说，他已经在大街上等了很久。而他的朋友汉斯正和别的同学一边说着话，一边结伴从校园里走出来，准备回家。"怎么了？"他的朋友问托尼奥，然后又望了他几眼，"哦，好吧！那咱们一起散散步吧！"

托尼奥什么也没说，眼神有些抑郁。难道汉斯已经忘了吗？难道他现在才记起今天要一起散步？可是他自己自从约定之后就一直喜滋滋地盼着呢。

"好啦，大家，再见了！"汉斯跟他的同学们告别，"我还要和科勒格尔一起散步呢！"然后，他们两个人转到了左边，而其他同学则向右边走去了。

汉斯和托尼奥以前曾在放学后一起散过步，因为他们两家都是四点钟才开饭。他们的父亲都是做大生意的商人，而且还担任公开的官职，都是这个小城里很有影响的人物。汉斯家世代经营木材生意，在河流的下游有一家木材加工场，加工场里有很多大电锯，整日里都在嘶嘶声中将大树干锯成木材。托尼奥的父亲则是这座小城的参议员，他们家有个粮食商号。每天，人们都能看到堆满一袋袋面粉的马车从大街驶过，面粉袋子上用黑体字印着他们家商号的名字。他们家祖传的大宅子是这个小城里最豪华的房子。这对好朋友不得不一直脱帽行礼，因为在街上碰到了很多熟人，有的人甚至要等这两个十四岁小伙子先开口，好像他们本身就享有这个权利似的。

他们都把书包斜挎在肩膀上，两人都穿得很暖和，也很得体。汉斯穿了件短款的水手夹克衫，里面的海军服的大领子已经翻到了外面，盖住了肩膀和后背；托尼奥穿了一件灰色系带长大衣。汉斯戴了一顶丹麦海军帽，帽子上还系了根黑色的丝带，从帽檐下面露出一小缕浅棕色的头发。他长得很帅，身材也匀称，宽肩窄腰，一双灰蓝色的眼睛分得很开也很有神。相比之下，托尼奥则完全是一副南方人的长相，圆皮帽下面的那张脸轮廓分明，皮肤黝黑，眼皮很厚，眼角有柔和的阴影，一副若有所思的模样，看东西的时候露出胆怯的神情。托尼奥走起路来很懒散也不稳重，而汉斯的步子则既坚定又有节奏。

托尼奥没有说话。他感到很伤心。他蹙着斜立的眉毛，像吹口哨那样撅起了嘴巴，还将头扭到一边，看着别处。这是他特有的表情和动作。

突然，汉斯挽住了托尼奥的胳膊，从侧面看了他一眼。他很清楚托尼奥为什么不高兴。托尼奥虽然还是默不做声，但是心里已经没那么伤心了。

“我没忘记啊，你看，托尼奥，”汉斯说，眼睛向下看着人行道，“我只是认为，今天可能没法散步了，天气太潮湿了，又刮着大风。但是我一点都不在乎，看到你在等我，我很高兴呢。我原以为你都回家了呢，当时还很难过哩！”

听了这番话，托尼奥心里高兴极了，简直想跳起来。

“好吧。那我们到城墙那边走走吧！”托尼奥说，声音有些激动，“先到磨坊城墙，再到霍斯顿城墙，然后我送你回家，汉斯。接着，我自己走回家，没关系的，要不，你下次先把我送回家。”

其实，托尼奥并不十分相信汉斯说的话。他意识到，汉斯对于他们的散步不是那么重视，最多也不过有他一半那样重视。可是，他看到汉斯对于自己的健忘表示出了歉意，并且一心想要与他和好，所以他就没有拒绝汉斯的好意。

事实上，托尼奥喜爱汉斯·汉森，这也给他带来很多烦恼。谁爱得更深切，谁就会处于劣势，谁就必然有很多烦恼。这样一个简单而又残酷的道理，他这个十四岁的少年已经从现实中领会到了。托尼奥偏偏就是这样的性格，他领会到了生活的道理，而且铭记于心，甚至觉得这些道理非常有趣，可是他自己却不按照这些道理行事以便获得实际的好处。他还认为这些道理远比那些在学校里学习到的知识更为重要，更为有趣。是啊，当他在哥特式穹顶的教室里上课时，他就对自己在这方面的心得和体会进行深入的思考。他在思考的过程中获得了满足，与他在房间里练习小提琴(因为他会演奏小提琴)的感觉一样。他尽可能地把小提琴拉出柔和的声音，让琴声与老胡桃树下的喷泉喷出的潺潺水声融合到一起。

喷泉、老胡桃树、小提琴和远处的大海——波罗的海，这些东西都是他喜爱的，并且在夏日里对它们喁喁细语，就这样他度过了假期。他在它们中间展示了自己的内心，并将它们的名字再三运用到诗歌里，因为它们的名字很美妙而且能达到很好的文学效果。托尼奥有时会写几首诗。

他有一个小本子，上面写满了诗，都是他自己创作的。由于他的疏忽，大家知道了这个小本子，结果老师们和同学们都嘲讽了他。一方面，科勒格尔参议员之子认为，不管是老师还是同学都是既俗气又愚蠢，他看不起他们，也讨厌他们的大惊小怪，他觉得自己看穿了他们的阴暗心理；另一方面，他又觉得自己写诗是有些荒唐和不体面，他不得不承认人们对此大惊小怪也有几分道理，但是，这不能阻止他继续写诗。

因为他在家里荒废了大把的时间，所以到了学校他就无精打采、心不在焉，给老师留下了不好的印象。于是，他的学习成绩经常很糟糕，这让他的父亲非常恼火，也很伤心。他的父亲是一个高个子绅士，有一双深邃的蓝眼睛，穿着考究。他还经常将一朵小野花别到上衣的扣子眼里。而他的母亲呢，却对他的成绩好坏不在意。她是一个漂亮的女人，有一头乌黑的头发，名字叫做康素爱萝，与城里的其他女人完全不同，因为他父亲是从地图上的最南方把她带到这里来的。

托尼奥喜爱他这个黑头发和火一样热情的母亲。他的母亲会弹奏钢琴和曼陀琳，而且弹得非常动听。她没有因为儿子不太受同学们和老师们的喜爱而感到烦恼，这让托尼奥很高兴。不过同时，他又觉得父亲的愤怒更为稳重和可敬，也能理解父亲对他的责罚，而母亲无忧无虑的无所谓态度多少有点放纵他了。有时，他会这样想："我像这样就行了，我不想改变自己，也没法改变自己。我做事冒冒失失，随心所欲，不受拘束，脑子里想的都是别人从不想的事。我应该因此受到责罚，而不应在亲吻和音乐中得到宽恕。毕竟，我们不是住在绿色大篷车里的吉卜赛人，而是有教养的人，是参议员科勒格尔家中的人。"他还不止一次这样想过："为什么我跟别人不一样，为什么我与大家格格不入，为什么我不讨老师喜欢，为什么我在同学中间不受欢迎呢？那些好学生，那些规规矩矩的同学，他们不觉得老师有什么滑稽之处，他们不写诗，他们脑子里想的都是人们经常想的事情，也可以把自己的想法大声说出来。他们肯定觉得融洽和舒适，因为他们知道每个人和自己的想法都差不多！这样该有多好啊！可我为什么就跟别人不一样呢？我以后会怎么样呢？"

这些关于自身以及生活的想法，在托尼奥对汉斯的喜爱因素中发挥着重要的影响。托尼奥之所以喜欢汉斯，首先是因为他长得英俊，其次是因为汉斯在各方面都与自己相反，是他的对照。汉斯·汉森是学校里的尖子生，朝气蓬勃。他学习骑马，练习体操，还是个游泳健将。他深受大家的喜爱，老师们对他呵护备至，同学们对他大献殷勤。甚至走在街上，也有不少先生和太太主动叫住他，抚摸他那丹麦水手帽下露出来的金色头发，并且对他说："你好，汉斯·汉森，你的头发多漂亮啊！成绩仍是全班第一吧？请代我问候你的父母亲，真是有前途的好小伙！"

这就是汉斯·汉森。自从托尼奥认识他之后，每次见到他，托尼奥就油然而生一种带有渴望的妒忌之情，这种感情在他内心熊熊燃烧。"谁有他这样蓝色的眼睛啊？"他想，"谁能像他这样和大家和睦相处啊？他的时间安排总是井井有条，生活总是丰富多彩。他做完功课后就去上骑马课，或者用钢丝锯做木工活。即使去海边度假，他也会划船、航海和游泳，真是一刻也停不下来。而我呢，在海边的时候，就四处闲逛，或是躺在沙滩上胡思乱想，或是望着神秘变幻的海面出神。正是由于这种行为习惯上的差异，他的眼睛总是比我的要明亮。要是我能像他一样……"

托尼奥·科勒格尔从来没有尝试着让自己变成汉斯·汉森那样的人，也许他从没把这个想法当真。他热切但又痛苦地希望汉斯·汉森喜爱他现在这个样子，他以自己特有的方式忘我地爱慕着汉斯，真挚而又热忱。他对他的爱包含着一种忧郁的苦痛，比他的异域容貌所表现出来的火一般的激情还要深切和痛入心扉。

他的努力并非徒劳无功。汉斯非常敬佩托尼奥能够流利地表达出对复杂问题的看法，这是托尼奥的超人之处。而且，他也非常清楚托尼奥喜爱自己，那是一种活跃的温柔情感，他对此非常感激，也希望回应托尼奥的爱并让他感到快乐，但是这也带来了妒忌和失望，因为他尽管努力建立精神上的默契但却无法成功，于是痛苦也就随之而来。让人奇怪的是，托尼奥虽然羡慕汉斯的生活，但他试图把汉斯变成自己这样的人，而这其实是不可能的，至多也就是在表面上暂时取得成功。

"我刚刚看完一本精彩的书,真是太棒了!"托尼奥对汉斯说。他们一边走,一边分吃一包水果糖,他们在磨坊大街的伊威尔森杂货店花了十芬尼买了这包水果糖。"你真应该读一读,汉斯。这本书是席勒的《唐·卡洛斯》[1],如果你愿意的话,我可以借给你看……"

"呃,不用了,"汉斯·汉森说,"还是算了吧,托尼奥,这书不适合我,我还是爱看马术书。那些书里面有很多美妙的插图,我跟你说,你什么时候来我家吧,我拿给你看。那些插图全是快速拍摄下来的照片,可以看到马奔跑和跳跃的各种各样的姿势,要是在通常情况下,你可是看不到的,因为那些动作真是太快了!"

"各种各样的姿势?"托尼奥很客气地问,"是啊,那真不错!可是《唐·卡洛斯》写得真是精彩极了!里面有些片段写得真是入神,让人激动得要爆炸了!"

"爆炸了?"汉斯·汉森问,"怎么会爆炸呢?"

"比如说吧,有个片段描写的是国王因为侯爵的背叛而哭了,侯爵之所以背叛他是因为王子。你知道吗?侯爵是为了王子才牺牲自己、欺骗国王的。不过,国王老泪纵横的消息还是从宫里传到宫外。'哭了?''国王哭了?'所有的大臣都恐惧不安,因为在他们的印象里,国王一直是非常严肃和稳重的。但是,国王为何流泪也好理解。对我来说,国王比王子和侯爵更加值得同情。他一直那么孤独,他原以为自己找到了一个可以常伴左右的人,可是这个人却背叛了他……"

汉斯·汉森从侧面望着托尼奥的脸,托尼奥的脸上有某样东西吸引了他,他突然挽起了托尼奥的胳膊,然后问道:

"他是怎么受到背叛的呢?"

听了汉斯的话,托尼奥激动起来。

"噢,"托尼奥说,"所有寄到布拉邦特和弗兰德的信件……"

---

① 德国作家席勒的名作《唐·卡洛斯》是一部历史悲剧,主要讲述了西班牙王子卡洛斯与他继母相恋的故事。

“埃尔文·伊迈塔尔过来了。”汉斯突然说。

托尼奥不说话了。他想，地球怎么不裂出一个大缝让伊迈塔尔掉下去呢！但愿他不是和我们同路，要不然他们一路上准是一直说骑马的事，要知道埃尔文·伊迈塔尔也在上马术课。他是一位银行经理的儿子，他的家就住在前面的城门附近。他已经把书包放回家里了，现在他正向他们走过来。他迈着他的罗圈腿，细细的眼睛眯成了一条缝。

“你好啊，伊迈塔尔，”汉斯·汉森跟他打招呼，“我正和科勒格尔一起散步呢！”

“我要进城去，”伊迈塔尔说，“到城里办点事。不过，我能陪你们走一段路。你们手里拿的是水果糖吧？啊，谢啦，我也拿几颗尝尝。我们明天又要上课啦，汉斯。”他指的是他们的马术课。

“太棒啦！”汉斯高兴地说，“我得到了一副皮绑腿靴，老兄，因为我最近的家庭作业得了一分[①]。”

“你没学骑马吧，科勒格尔？”伊迈塔尔问，眼睛又眯成了一条缝。

“没有。”托尼奥答道，声音又低又模糊。

“你应该求求你爸爸，”汉斯·汉森建议他，“求他让你也学骑马，科勒格尔。”

“是啊！”托尼奥急忙回答，脸上一副漠然的表情。他的喉咙有一瞬间仿佛被什么东西卡住了，因为汉斯竟然用姓氏称呼他。汉斯也觉察到这一点，于是他解释说：

“我之所以叫你科勒格尔呢，是因为你的名字叫起来有些别扭，老兄，请原谅，可我真不喜欢这个名字。托尼奥，这哪像一个人的名字呀！当然了，这也不能怪你，一点也不能怪你。”

“噢，你父母给你起这个名字可能因为这个名字有异域风情，很特别。”伊迈塔尔说，显然他是好心帮他解释。

---

① 德国学生的家庭作业计分法是一分表示最好，二分、三分为良，四分为及格，五分为不及格。

托尼奥嘴角抽动了一下，他打起精神，然后说：

“是啊，这个名字真是不怎么样。天知道，我情愿叫海印希尔或是威廉什么的。可能是因为我的母亲有个哥哥叫安东尼奥，所以就给我起了这么一个名字吧。你们也知道，我母亲是从南方来的……”

讲到这，他不吭声了，好让那两个人大谈马和马鞍。汉斯挽住伊迈塔尔的胳膊，滔滔不绝地说着话，《唐·卡洛斯》可引不起他这么大的兴趣。托尼奥感到鼻子发酸，有一种想哭的感觉，但是他努力地控制自己不停哆嗦的嘴唇。

汉斯不喜欢他的名字。可是他有什么办法呢？他叫汉斯，伊迈塔尔叫埃尔文，是啊，这两个名字都很普遍，大家听起来也很顺耳，没人觉得特别或者奇怪。而托尼奥却像个外国人的名字，有些奇怪。是啊，他在任何一个方面都和别人不一样，不管他是否是自愿这样的。他很孤独，同那些正常人和普通人格格不入，尽管他不是住在绿色大篷车里的吉卜赛人，而是科勒格尔参议员的儿子，是科勒格尔家族的一员。可是，为什么汉斯和他单独在一起的时候就叫他托尼奥，而当来了第三者的时候，汉斯就觉得不好叫他的名字呢？有时候，汉斯跟他很亲近，也很喜欢他，是啊，刚才汉斯还问他“他是怎么受到背叛的呢？”并且还挽住了他的胳膊，可是，伊迈塔尔一出现，汉斯就舒了一口气，轻松地甩开了他，只顾着和伊迈塔尔说话了，还无缘无故地说他的外国名字很奇怪。这一切真是让人觉得痛心啊！汉斯·汉森是很喜欢他，特别是和他单独在一起的时候，可是来了第三者之后，汉斯就觉得和他在一起很没面子，于是甩开了他。现在，他又是孤孤单单的一个人了，他想起了腓力国王，想起来国王哭了的情景。

“天哪，”埃尔文·伊迈塔尔说，“我得赶紧进城了！再见啦，谢谢你们的水果糖！”说完，他跳上路边的一个长凳子上，然后又跳了下来，顺着进城的马路，迈着他的罗圈腿向前跑去。

“我喜欢伊迈塔尔！”汉斯强调。他这人有个被宠坏的小毛病，喜欢毫无顾忌地表达自己的同情和好感，好像得到他的好感是一种恩赐似的。然后,他又在兴头上喋喋不休地谈论骑马。这时,离汉斯家已经不远了,从城墙那走过去用不了多少时间了。他们低着头,顶着风,用手按住各自的帽子。大风既潮湿又强劲,呼啸着把树干吹得啪啪直响。汉斯还在滔滔不绝地说着话,托尼奥听着,只是偶尔勉强地插上一句“啊”和“是的”。虽然汉斯依然挽住他的胳膊,可是他并不高兴,因为他觉得汉斯只是表面上和他亲近,已经没有什么实际意义了。

在离火车站不远的地方,他们从城墙那走开了。这时,他们看见一辆火车喷着蒸汽经过,火车看上去很笨重但是速度很快。他们数着车厢打发时间,又向坐在最后一节车厢的那位裹着皮大衣的先生招了招手。在菩提树广场,在批发商汉森家别墅的门口,他们站住了。汉斯又表演了一下他的体育特长,他攀到花园的大门上,转动着门轴快活地荡来荡去,把大门弄得咯吱咯吱直响。之后,他便同托尼奥告别了。

“好啦,我得进去了,”汉斯说,“再见啦,托尼奥!下次我送你回家,说好啦!”

“再见,汉斯。”托尼奥说,“同你散步真好!”

他们互相握了握手,弄得两人手上都是潮乎乎的,还沾满了大门的铁锈。可是,当汉斯望着托尼奥的眼睛时,他那英俊的脸上好像浮现了后悔的神情。

“对了,下次我会读《唐·卡洛斯》的。”他匆匆忙忙地说,“国王在宫里那段肯定很精彩!”然后汉斯·汉森将书包夹到胳膊底下,穿过前面的花园。在要进屋前,汉斯还回头向托尼奥点点头。

托尼奥也走开了。他好像长了翅膀似的,心情愉悦,脚步轻快。他现在是顺风前行,但是他脚步轻快不仅仅是这个原因。

汉斯要看《唐·卡洛斯》啦,那么他们就有很多话可以聊了,以后无论是伊迈塔尔还是别的什么人都插不上嘴啦!他们彼此有共同语言了!也许,谁知道呢,哪天他也能让汉斯写几首诗。噢,不,他可不能这样要求。汉斯不应该变成他这样的,汉斯应该保持原样,那么开朗和坚强,那么讨大家喜欢。他自己也喜欢这样。可是，让汉斯看《唐·卡洛斯》没有什么坏处吧？托尼奥穿过坚实的老城门，沿着港口走了一会，穿过陡峭的小巷，小巷里刮着阴湿的风，然后他回到了父母的家。他的心情很激动，有一点渴望，有一点嫉妒，有一点蔑视，还有一点无邪的快乐。

二

金发的英格，全名是英格伯格·霍尔姆，她是霍尔姆医生的女儿。霍尔姆医生住在市场附近。市场里有一处哥特式喷泉，喷泉里的水柱喷得很高。托尼奥十六岁的时候爱上了金发的英格。

这事到底是怎么发生的呢？他以前曾看到过她很多次，有一天晚上，他看到她在灯光下与一位女伴交谈，大笑着将头转到一边。她还用某种特别的方式，用她那只算不上纤细的手，在脑后的头发上抚摸着，白色蕾丝的衣袖滑了下来，露出了柔嫩的臂肘。她说了一句平淡无奇的话，但是语调很特别，声音带有一种温情。此刻，他的心里一阵悸动，欣喜不已，那种感觉远比他以前看到汉斯时要强烈，那时他还是一个少不更事的孩子。

在这天晚上，那个姑娘的倩影就烙在了他的眼里。她有一条粗粗的金发辫子，细细的蓝眼睛一直含着笑，秀气的鼻子上长了几粒雀斑。他无法入睡，耳边全是她的莺声燕语。他还试着悄声模仿她说那句平淡无奇的话时的语调，然后全身就感到一阵酥麻。经验告诉他这就是爱情。而且他也非常清楚爱情也会带来痛苦、折磨和忧伤，还会摧毁他的安宁，在他的心里弹奏一段段旋律，但是这对他一点用也没有，因为他没有时间，也不能心平气和地将这些旋律连成一首完整的乐曲。然而，他还是怀着喜悦接受了这份爱，臣服于这份爱，全心全意地珍惜这份爱，因为他知道爱能够让一个人的生活变得丰富多彩。他渴望将自己的生活变得丰富多彩，而不是永远心平气和地过着单调的生活。

在参议员福斯特德夫人的客厅里，托尼奥·科勒格尔爱上了快乐的英格伯格·霍尔姆。因为是请私人教授舞蹈，所以只有上等家庭的子女才能参加，教师轮流到各人家里上课。给他们上课的是芭蕾舞教师科纳克，他每个星期都要从汉堡专门赶过来。那天晚上，轮到在参议员福斯特德夫人家里上舞蹈课，于是客厅里的家具都被搬到别处了。

舞蹈老师的全名是弗朗索瓦·科纳克。他可真是一个了不起的人啊！"我荣幸地向你们自我介绍，"他说，"请称呼我科纳克[①]。这样的自我介绍不应该在鞠躬的时候说，而应该在鞠完躬直起身子的时候说，声音要低沉，但吐字要清晰。我们可不是每天都有机会用法语做自我介绍的，可是如果你们能够准确地用法语做自我介绍，那么用德语就没什么问题啦。"他的那件黑色丝绸礼服裁剪得当，紧贴着他丰满的屁股，真是妙极了！裤子柔软的褶皱落在那双锃亮的漆皮舞鞋上，鞋子上还装饰着一个很大的绸布蝴蝶结。他那对褐色的眼漫不经心地欣赏着自己的优雅风姿，别有一番韵味！

他过度的自信和得体的举止给人一种居高临下的压迫之感。他走起路来步履轻盈，身形矫健，左右摇摆，十分优美，没人能比得上。就这样他迈着优雅的步子走到了女主人的跟前，接着他礼貌地鞠躬等着女主人伸出手来。女主人伸出手后，他低声表示感谢，然后轻快地退了几步，以左脚为中心，右脚踮起脚尖往外一撇，转过身，再扭着屁股一颤一颤地走了。

科纳克告诉我们：在社交场合，离开同伴时要鞠着躬，倒走到门口；搬椅子时不要抓着椅子腿或是在地上拖动，应该抓住椅背，轻轻抬起然后再放到地上，不能发出一点声音；站立时，双手不要交叉放在肚子上，舌头不要在嘴里舔牙齿。如果有人这么做了，科纳克先生就会模仿他的动作，让他一辈子都对这个姿势心存厌恶。

这些都是关于礼节的注意事项。至于跳舞呢，科纳克先生在这方面更是一位大师了。客厅里的家具已经搬出去了，腾出了一

---

① 这句话原文用的是法语。

块场地，天花板中央的枝形吊灯上所有的煤气灯泡都点亮了，壁炉上的蜡烛也点燃了。地板上还撒了滑石粉，学生们静悄悄地站成了一个半圆。而隔壁房间里则是学生的母亲们和阿姨们，她们坐在丝绒椅子上，举起长柄眼镜观察科纳克先生，看他弯下腰，两只手各伸出两个指头捏住礼服的贴边，迈着轻盈的步法，表演玛祖卡舞的每个动作。如果他有意让观众瞠目结舌，惊叹他的舞姿，他会突然从地上高高跃起，两条腿在空中旋转，速度飞快得仿佛都能发出颤音，然后再把速度放慢，稳健地落到地上，这时他体内的五脏六腑都震动了。

真是一只不可思议的猴子，托尼奥·科勒格尔心想。他看到了英格出神地看着科纳克先生的每一个动作，快活的脸上含着微笑。当然，不仅是因为英格的缘故，科纳克先生灵活的身躯和优雅的动作也博得了他的赞赏。科纳克先生注视人的眼光是多么地冷静和坚定啊！他的眼睛从来不去探究生活中复杂的事物，或者是让人伤感的事物，只要这双眼睛是褐色的、美丽的就可以了。正因如此，他的行为举止才会充满傲气！要是像他那样走路不变成傻瓜才怪呢，可是只有傻瓜才讨人喜欢，受人爱戴呢。他现在理解了，金发英格，可爱的小英格，是以充满爱意的眼光看着科纳克先生的。可是，难道没有一个姑娘像她那样看着自己吗？

是啊，应该说还是有的。那是一个叫做玛格达蕾娜·富美雷恩的姑娘，是富美雷恩律师的女儿。她有一张娇嫩的小嘴，一双乌黑明亮的眼睛，看起来既稳重又可爱。她经常在跳舞时莫名其妙地跌倒；在女方挑舞伴时，她总是邀请托尼奥·科勒格尔做她的舞伴；她也知道他写诗，曾经两次让他把他写的诗拿给她看；她还常常在远处低头偷看他。可是这与他有什么关系呢？他喜欢的人是金发英格，那个快乐的英格。也许，英格会因为自己写诗而看不起自己，可是，他的心都在她身上了，他看到她细长的蓝眼睛里满含快乐，还有一丝嘲讽。他被她拒之门外，形同陌路，这让他感到一种嫉妒的渴望，好像心中燃烧着一团痛苦的火。

“第一对向前！”科纳克先生说，他这几个字的鼻音发得美妙极了,简直是无与伦比啊! 大家开始练习四组舞了,托尼奥·科勒格尔竟然和英格伯格·霍尔姆分到了一组,这让他吓了一跳。他一直是尽可能地避开她的,可是她总是出现在自己的眼前;他禁止自己看向她,但是目光不知不觉又落到她的身上。现在,英格扶着红头发的费迪南德·马迪森的手,滑着步子走了过来,她甩了一下辫子,舒了一口气,最后站到托尼奥的对面。伴奏师海印泽尔曼先生瘦骨嶙峋的手指按响了钢琴的键盘,科纳克先生向他们发出指令,四组舞开始了。

英格伯格·霍尔姆不停地在托尼奥·科勒格尔面前来回移动,向前,向后,踱步,旋转。他好像闻到从她的头发和白色蕾丝裙上散发出的香气,他的眼神越来越伤感。我爱你,亲爱的英格,他心中暗暗地说。这句话里饱含着他的痛苦,因为他看她的每一眼,她都全然不觉,只是专注地、快乐地跳舞,毫不在意他。他突然想起一句诗词:“我想安睡,而你却想跳舞。”他沉湎于爱恋之中,却被要求去跳舞,于是他心里涌起一种既荒诞又屈辱的感觉,真是十分煎熬!

“第一对向前!”科纳克先生说,新的一轮又开始了。“鞠躬!现在是女士们的四组舞! 转手!”他说这句话时,吞掉了“de”的“e”音,听起来真是美妙得难以言喻啊!

“第二对向前!”这次轮到托尼奥·科勒格尔和他的舞伴了。托尼奥·科勒格尔鞠了一躬。“女士们的四组舞!”托尼奥·科勒格尔这时低垂着脑袋,皱着眉头,他将手放到了那四位女士的手上,放到了英格伯格·霍尔姆的手上,跳起了“女士们的四组舞”。

周围爆发出一阵笑声,有人掩口而笑,有人哈哈大笑。科纳克先生做了一个芭蕾舞动作,这是表达惊讶的惯常姿势。“噢,天哪!”他大声叫喊,“停下来,快停下来! 科勒格尔先生竟然跑到女士们的中间去啦! 快回去! 科勒格尔先生,快回去! 哎呀,你是怎么回事? 大家都听懂了,只有你不明白! 快点,你快回去!”科纳克先生还从口袋里掏出一块黄色的丝绸手帕,挥舞着手帕将托尼奥·科勒格尔赶了回去。

这下一来，几乎所有人都笑起来了。小伙子们，姑娘们，甚至连帘子后面的太太们都笑了。科纳克先生把这个小小的意外弄得很滑稽，大家都觉得像看滑稽戏一样有趣。只有坐在钢琴前的海印泽尔曼先生板着脸，一本正经地等待科纳克先生的指令。他对科纳克先生的表演已经见怪不怪了。

大家继续跳四组舞，接着是休息时间。女仆们端着葡萄汁果冻进来了，装着果冻的杯子发出叮叮当当的声音。厨娘们紧跟其后，手里提着装满点心的篮子。托尼奥·科勒格尔偷偷溜了出去，他一声不吭地来到了楼道的走廊里，背着双手站在百叶窗前发呆。他没有透过百叶窗看什么东西，只是假装往外看，真是令人觉得可笑。

他在审视自己的内心，审视自己，他有太多的忧伤和渴望。为什么，为什么他要在这儿呢？为什么他不坐在自己的窗前，阅读施托姆的《茵梦湖》呢？而且自己还能观赏暮色苍茫中的小花园，那里有一棵老胡桃树，在风中簌簌作响。那才是他应该待的地方！就让他们跳舞好了，让他们自己高兴去吧！他也不想管他们舞步多么轻盈，舞姿多么优美！不，不，他的位置毕竟是在这里，只有在这里他才能感到与英格离得很近。尽管他在这里是孤身一人，但他还是极力从一片嘈杂声中和哄笑声中辨别出英格的声音。她的声音既快活又温暖人心。噢，可爱的金发英格！你那细长的蓝眼睛总是含着笑！只有不看《茵梦湖》，也不会胡乱写诗的人，才能像你这样美丽和快乐。可是这也是悲剧之所在啊！

她应该出来的啊！她应该发现他溜出来了呀，也应该了解他的感受啊！哪怕是出于恻隐之心，她也应该悄悄地跟出来，把手搭在他的肩上跟他说："回来吧！跟我们在一起吧！别那么难过啦，高兴点。我爱你！"他侧耳倾听身后的动静，在紧张中傻傻地等待。可是，她没来。这种事情怎么可能发生呢？

她刚刚不是和别人一起嘲笑他的嘛？是啊，她也笑了，虽然他想否认这个事实。然而他刚才正是因为在她身边神魂颠倒才跟着跳"女士们的四组舞"的啊！这不算什么要紧的事吧？就让他们笑去吧！总有一天他们会停止嘲笑的。前不久，不是有一家杂志社要刊登他的诗歌吗？虽然诗还没登出来，那家杂志社就倒闭了，可是这事却是真的。他很快就会出名的，他写的东西就会被公开出版，到了那时，这些会不会打动英格伯格·霍尔姆的心呢？不，她一点都不会动心的，肯定是这样的。这些只会打动那个老是在跳舞时跌倒的玛格达蕾娜·富美雷恩，是的，只能打动她，却永远不会打动英格伯格·霍尔姆！那么，他做这一切又有什么意义呢？

想到这里，托尼奥·科勒格尔的心痛苦地抽搐了一阵。一种由爱情带来的奇妙忧郁的感觉在他的心中翻腾，可是同时他又清楚地知道，他倾心的那个人对他毫无感觉，这怎么不让他肝肠寸断呢！尽管托尼奥·科勒格尔孤身一人伤心地站在百叶窗前，似乎要透过百叶窗看什么，但是他还是感觉很快乐。因为那个时候，他的心没有死，他的心在为她，英格伯格·霍尔姆而跳动，他的灵魂在忘我的喜悦中拥抱那个纯真、高傲的金发小尤物！

他不止一次脸上发烫地站在偏僻的角落里。大家聚集的地方隐隐约约地传来音乐声和杯子叮叮当当碰撞的声音，还飘来花香。他在远处节日般的欢声笑语中试图分辨出她的声音。他站在走廊里为她忍受折磨，心里却觉得很幸福。可是，他又不止一次地感到伤心，他可以和那个老是在跳舞时跌倒的玛格达蕾娜·富美雷恩聊天。她理解他，与他一起欢笑，一起悲伤。而高傲的英格却与她相反，即使他坐得离她很近，但他还是觉得离她很远，又遥远又陌生，因为他们没有共同语言。他告诉自己，幸福不是被别人所爱，被人所爱只能让人感到虚荣的满足，令人感到厌恶。幸福在于去爱别人，也许还在于抓住机会亲近所爱的人，哪怕这个机会是那么渺茫。他牢牢记住这个道理，并在心里反复揣摩，希望能够深入理解和体会。

“矢志不渝，”托尼奥·科勒格尔自言自语，“是的，我爱你，英格伯格，矢志不渝！”这句话包含了他的一片真心。可是，他的耳边又隐隐听到一个小小的声音，让他感到恐惧和担忧。那个声音提醒他：虽然现在他天天与汉斯·汉森见面，但他还不是已经完全将他抛之脑后，而只顾着迷恋英格伯格吗？这个既可怜又可气的声音说得对：岁月如水，会冲洗他的心灵，这一天终会到来！那一天到来的时候，托尼奥·科勒格尔不会像曾经那样无条件地为快乐的英格去死，因为他会感到心中有一种渴望和一股力量，让他以自己特有的方式在世界上大展身手。

他仿佛是在绕着一个祭坛转圈，他纯真的、圣洁的爱情之火在祭坛上熊熊燃烧。他跪倒在祭坛之前，他竭尽所能地让火焰继续燃烧，不断添柴，因为他要保持对爱情矢志不渝的信念。可是，一段时间过后，火焰还是不知不觉地熄灭了，了无声息。

但是，托尼奥·科勒格尔依然在那个冷却的祭坛旁站立，心里充满了惊讶和遗憾，因为他认识到在这个世界上没有人会矢志不渝的。于是，他耸耸肩，离开了。

三

托尼奥·科勒格尔踏上了他的必行之路。他闲庭信步，身子摆来摆去，嘴里吹着口哨，歪着头向远处眺望。如果他走错了路，那是因为对有些人来说，压根就没有一条正确的路。如果有人问他究竟想做一个什么样的人，他的回答也是千变万化。因为他嘴上经常说，并且他也用笔记下来，他有千万种生活方式，可是又意识到这些全都不实际。

在他离开小城里那条狭窄的街道之前，那副束缚他的枷锁就已经悄悄地打开了。古老的科勒格尔家族已经渐渐没落，陷入了衰败。大家也有理由相信，托尼奥·科勒格尔本人及其荒诞的生活也是家族没落的标志。这个家族的族长，托尼奥的祖母，去世了。没过多久，他的父亲，那个有着一双深邃的蓝眼睛、穿着考究、常在上衣扣子眼里别上一朵小野花的高个子绅士，也跟着离开了人世。科勒格尔家那幢历史悠久的别墅也挂牌待售，他们家的那个大商号也倒闭了。托尼奥的母亲，那个漂亮、热情的女人，在钢琴和曼陀琳演奏上有很深造诣,对一切都漠不关心。她守了一年寡后,就改嫁了,新任的丈夫是个音乐家,有个意大利名字,后来她跟着他去了很远的南方。托尼奥·科勒格尔觉得母亲的做法有点草率,可是他又有什么理由阻止她呢?他这个喜欢写诗的人,对自己的未来也没有确切的答案啊!

他离开了那个满是羊肠小道的小城,在那个他称作故乡的小城里,湿冷的风整天在房屋山墙的四周肆意呼啸。他离开了花园里那口喷泉和那棵老胡桃树,离开了少年时期的好朋友,离开了他深爱的大海。可是,他没有感到心痛,因为,他已经长大了,明事理了。他明白了自己要想的生活,对于那些长久以来束缚他的愚蠢和庸俗的事物心怀蔑视。

他现在献身给了他自认是世界上最崇高至上的力量,他觉得自己有责任为这个力量鞠躬尽瘁。这个力量会让他变得高尚,给予他荣誉。这就是思想和语言的力量,它微笑着凌驾在没有思想的默然的生活之上。他奉献给它青春的热情,它也倾其所有回赠于他,当然它的回赠是有代价的,它会无情地拿走它所要的一切。

这个力量擦亮了他的双眼,让他看穿世人自吹自擂的大话,让他看清世人和自己的灵魂,让他醍醐灌顶。这个力量向他呈现世界内部和世人言行背后的一切,而他所看到的不外乎是喜悦与悲伤。

他的认识更加深刻,但是随之而来的也有痛苦和独醒时的孤傲,因为在那些浑浑噩噩、庸俗的人们之中他感到更加孤单,而他脸上那副孤傲的样子也让人们对他心生厌恶。可是他越发喜爱语言的力量,因为他常常这么说——不单单是说,他也记了下来——若不是语言表达带来的欢愉让人保持清醒的话,那么看透的灵魂会让人意志消沉。

后来,托尼奥搬到了南方的大城市里,希冀南方的艳阳能让他的创作成熟起来,也许是他的体内流淌着母亲的血液,受到某种吸引,所以他来到这里。可是,他的心死了,爱情也死了,他陷入到无尽的肉欲中。辗转在各个胴体之间,他觉得自己罪孽深重，备受煎熬。另一方面，他又继承了父亲的血统，那个有着一双深邃的蓝眼睛、穿着考究、常在上衣扣子眼里别上一朵小野花的高个子绅士，这让他的内心深受折磨。他心里有时会涌起对过去生活的渴望，在回忆中寻找曾经的欢乐。可是，现在他怎么也找不到那种快乐了。

他产生了对肉欲排山倒海般的痛恨和厌恶，他开始渴望纯真，向往安宁，可是同时，他也呼吸着艺术的气息，那是春天温暖和甜蜜的气息，散发着馨香。正是这样的气息滋生了艺术的萌芽，并且让它不断生长，逐渐生机盎然起来。在生机勃勃与沉沦腐化两个极端之间，无助的托尼奥被抛来抛去。在冷静的理智与炙热的肉欲之间，他充满矛盾，过着一种异常的、不节制的和放纵的生活。可是在内心深处，托尼奥·科勒格尔憎恶这样的生活，“这是一条不归路！”他有时会这么想，“我怎么会沉沦于此？我可不是住在绿色大篷车里的吉卜赛人，我的家族……”

他的健康状况日益恶化，可是他的艺术创作却日渐臻熟。他变得更加敏锐，不断迸发出艺术的灵感，待人接物的眼光更加挑剔，趣味更加高尚。当他刚崭露头角的时候，他的作品在相关人士那受到赞誉，好评如潮。他们认为他的作品确为精品，里面诠释了对喜悦与悲伤的深刻理解。很快，他的名字——那个曾经受到老师责难的名字，那个曾经署在一首关于老胡桃树、喷泉和大海的诗歌的后面的名字，那个由南方和北方两个名字组合成的名字，那个有着异域色彩的名字——成了“卓越”的代名词。他彻底地体验过痛苦，并且他有罕见的勤奋和坚忍不拔的精神，再加上他挑剔的眼光和力求完美的性格，这些促使他在剧痛之中写出传世之作。

他勤奋创作，不是像有些人那样为生活而创作，而是单纯为了创作而创作。他不是作为一个普通人而活着，而是作为一个创作者而活着。在人群中他看起来平淡无奇，就像一个卸了妆的演员，只要这个演员不在舞台上表演，他在平常生活中就是一个普通人。他默默地创作，离群索居。他十分鄙视那些把才华当作社交手段的人，因为这些人不论是衣着光鲜还是衣衫褴褛，是富裕还是贫穷，占据他们心头首位的是幸福、愉悦和表面上有艺术性的生活。他们根本就不知道，在困境中才能创造出好的作品，过着舒适的生活是创作不出佳作的。一个人只有对生活死了心，才能蜕变成一个创作者。

四

“我是否妨碍到你了？”托尼奥·科勒格尔站在画室的门槛上问道。他手里拿着礼帽，微微鞠躬，尽管他说话的对象是他无所不谈的好朋友，丽萨维塔·伊娃诺夫娜。

“你饶了我吧，托尼奥·科勒格尔！别客气啦！”她以轻快的腔调回答道，“谁都知道你家教好，所以总是那么彬彬有礼。”然后，她把画笔搁到左手边的调色板上，向他伸出右手，一边微笑一边摇头。

“好吧，可是你在工作啊！”他说，“让我看看……啊，你又有新进展了！”他把摆在两张椅子上的几张彩色速写仔细打量了好几遍，然后又端详起一块方格子的亚麻画布，画布上已经画上了模糊的炭黑草图，也上了最初几笔涂色。

这是慕尼黑的舍林街上一幢不临街的楼房，楼前有几个台阶。在朝北的宽大窗子外面是一片湛蓝的天空。天空下，鸟声婉转，阳光明媚。春天的甜香气息从开着的窗户涌进来，同油彩和固色剂的味道混合在一起，弥漫了整个画室。午后明亮的金色阳光直射到空旷的画室里，照耀着有些磨损的地板。画室里的一切都沐浴在金色的阳光之中：窗户旁边的粗木桌子上摆满了小瓶子、油彩和画笔，没有贴墙纸的墙上挂着几块已经完成的画布，一扇破旧的丝绸屏风在房门附近围出了一个起居用的别致小隔间，还未完工的画作搁在画架上，画架前站着女画家和诗人。

女画家看起来和托尼奥·科勒格尔年龄相近，大概三十刚出头。她身上系着一条满是污渍的蓝色围裙，坐在一张矮凳上，一只手托着下巴。她那棕色的头发从中间分开，然后紧紧地扎到一起，两鬓头发有点花白，稍稍卷曲的头发搭在两侧太阳穴上，就像给她那张斯拉夫人的褐色脸蛋镶上了一个画框。一张讨人喜欢的脸，一个扁平的鼻子，高高突起的颧骨，一双乌黑发亮的小眼睛。她歪着头，眯着眼睛打量着自己的作品，脸上露出紧张和怀疑的神色，还有一点烦躁不安。

托尼奥·科勒格尔站在她的旁边，右手叉腰，左手不停地捻着自己褐色的小胡子。他的脸上两道斜入云鬓的眉毛紧蹙着，同时他的嘴里还像往常一样吹着口哨。他穿着定做的灰色软料子西装，十分考究和稳重。黑色的头发整齐地梳到两边，刘海下的额头因为思考而产生了几道紧张的皱纹。他那南方人的面孔轮廓分明，仿佛是用坚硬的石笔描画出来似的。但是，他的嘴唇弧线柔和，显得下巴也很温柔。就这样看了一会，他轻轻地揉揉额头和眼睛，转过身子。

“我不应该过来，”他说。

“为什么不该来，托尼奥·科勒格尔？”

“我刚刚放下手头的写作，丽萨维塔，我的大脑就像这块亚麻画布一样，有一个框架，有一个模模糊糊、等待修改的草图，只涂了几笔油彩。是的，就是这样。现在，我到了这里，看到的又是同样的情况，我又遇到同样的难题。”他说到这里，鼻子向空中闻了闻，“这些难题跟家里的那些一模一样，都在折磨我。真是太奇怪了！如果你脑子里在想一件事，这件事随时都能表现出来。你甚至能‘闻’到它。这是固色剂和春天的味道，艺术和……和什么呢……不要说大自然，丽萨维塔，大自然是不会让人疲惫不堪的。哦，是的，我本来打算去散步的，散步无疑会让我感到轻松一点。五分钟前，离这里不远处我遇到一个同行，写小说的阿德尔贝特。‘这该死的春天！’他颇为恼火地说，‘春天真是一年里最让人厌恶的季节！科勒格尔，在春天你能聚精会神地思考吗？你会感到血液里跳跃着不正常的悸动，真是莫名其妙！你心神不安，那些琐碎的小事也缠绕着你，可是当你细细思考一番，就会发现这些弄得你心神不定的东西既平淡无奇又毫无意义。这样的情况下，你还能从容地思考问题吗？反正我是要到咖啡厅里去了。你知道，那个地方可是始终如一、不受季节影响的。咖啡厅真是写作者的世外桃源，在那样的地方，写作者才能迸发出美妙的灵感……'于是，他就去咖啡厅了。也许，我也应该同阿德尔贝特一道去咖啡厅。”

丽萨维塔觉得他说的话有趣极了。

“那也不错，托尼奥·科勒格尔。'不正常的悸动'这种说法很有意思。他的话从某种意义上来说也是对的。因为在这样明媚的春天里工作，的确不让人高兴。不过，我还是得把这些事情做完，就是你同行阿德尔贝特所说的'琐碎的小事'。然后，咱们一起到茶室里喝茶吧，到了那你大可一吐为快，我看出来啦，你今天又有一肚子话要说。但是，在我做完手头的事情之前，你得随便找个地方呆一会。如果你不怕把你高贵的西装弄脏的话，你可以坐在箱子上……”

“噢，还是别拿我的衣服说事啦，丽萨维塔·伊娃诺夫娜！难道你希望我穿着一件破烂的丝绒夹克或者红绸背心到处乱跑？作为一个艺术家，内心已经够放荡不羁了，外表总得打扮得像个样子吧，举止也要端庄吧……不，我也没有一肚子话要说。”他一边说着话，一边看她在调色板上配色，“你刚刚也听到了，我的写作卡在一些难题上……噢，我们刚刚谈到哪了？噢，那个写小说的阿德尔贝特，他可是个勇敢和坚定的人！'春天真是一年里最让人厌恶的季节!'他这么说，然后就去咖啡厅了。一个人应该知道自己想要什么，不是吗？你看，春天也让我心神不安了。春天唤起了我对那些琐碎小事的记忆，我又再次有了感觉，变得意乱情迷。然而，让我因此就去责骂和蔑视春天，我又下不了决心，因为，我在春天里感到羞愧，我无法直面春天的纯真和春天无往不胜的活力。阿德尔贝特对此一无所知，我不知道是应该羡慕他，还是该看不起他。”

“的确，春天不是一个工作的好季节。这是为什么呢？因为人们会在春天神经过敏。对创作一知半解的人会误认为只有搞创作的人才会这样神经过敏，实际上，每个真正的艺术家都会觉得这个幼稚的想法很可笑，虽然他们会有点伤感，但毕竟还是觉得这很可笑。原因是，艺术家们所说的绝不是事情的本质，那些本身没有情感的东西才是创作的原材料。他们从容地用这些原材料创作出和拼凑出美的艺术品。如果你过于关心他们所说的东西，对此看得太重的话，那你注定要失败。你会因此变得矫揉造作，自作多情，而你创作出来的形象也就变得迟钝、刻板和冲动，没有趣味也没有幽默感。结果，读者觉得你的作品无聊透顶，而你自己也会感到失望和痛苦。情况就是如此，丽萨维塔，热烈和炙热的感情终究是乏味的，毫无用处的，只有艺术家们已经损坏的神经所感受到的刺激和冷静的喜悦才是真正的艺术。真正的艺术家必须非人性化，必须超脱人性，必须疏远人性，只有这样，他才能试着去表现人性，然后再成功地表现出人性。对艺术作品的风格刻画、形象描绘和语言表达则需要对人性抱有一种冷静和挑剔的态度，也就是说，是以对人性的疏远和冷漠为前提的。因此，健康和炽烈的感情从来都是毫无美感的。一旦一个艺术家变得人性化了，开始感受人性了，那他就不再是一个艺术家了。阿德尔贝特非常清楚这一点，所以他才会去咖啡厅，逃遁到'世外桃源'。就是这样的！"

"是啊，愿上帝保佑他！"丽萨维塔一面说着话，一面在一个白铁盆里洗手，"但你不用步他后尘。"

"是啊，我不会步他后尘的，丽萨维塔。因为面对春天，我还是为我的艺术家气质感到一点羞愧。你知道吗，我有时候会收到陌生人寄来的信，那都是我的读者写来的赞扬信和感谢信。我与他们素不相识，可是他们却对我的作品表示赞赏，他们被艺术唤醒的温暖和纯真的感情深深打动了我，我不禁对那些字里行间流露出的真挚热情感到同情。我一想到如果这些朴实正直的人知道了真相，发现自己善良的心被欺骗了，我就满心羞愧。他们必然会十分失望地获悉：正直、健康和规矩的人根本不会去写作，不会去演戏，也不会去作曲。可是，我依然利用他们对我才能的赞赏来自我提升和自我激励，依然认真地对待他们的赞赏，依然装出一副大人物的嘴脸，是的，这一点都不会妨碍我……啊，请你不要打岔，丽萨维塔！实话对你说吧，尽力去表现人性而自己又不能具有人性让我觉得很累！艺术家毕竟也是人，是不是？关于这个问题，我们得问问'女人'！在我看来，我们艺术家的命运就跟那些罗马教皇的歌手差不多，我们的歌声虽然悦耳，可是——"

"你说这话真是不知害臊啊，托尼奥·科勒格尔！过来喝杯茶吧，水马上就烧开了，这里还有俄罗斯烟卷。你刚刚说到歌手了，那就继续往下说吧。不过，你真该感到害臊啊。如果我不是知道你是怀着何等自豪、如何全身心地扑到你的职业中……"

"别说什么'职业'了，丽萨维塔·伊娃诺夫娜！文学根本就不是什么职业，而是诅咒。你要明白这一点。人们是从什么时候感觉到这种诅咒的呢？很早，简直是早得可怕。在上帝跟世人还是和谐相处的时候，这种诅咒就出现了。从那个时候起，你就明显感到自己与别人迥然不同，与那些平常人、守规矩的人有了莫名其妙的敌对情绪。一条认识上的鸿沟会将你和其他人隔离开来，这条鸿沟充满了嘲讽、怀疑和对立的情绪，还会变得越来越深。你也会形单影只，孤独寂寞，从此没了别人对你的谅解！这是多么无望的命运啊！假如你还有足够的活力，你的心里还充满了爱的话，你就会发现这样的命运是多么可怕！你的自我意识被唤醒了，因为你在人群之中意识到了自己额头上的标记，而且你也确定大家已经看到了标记。我认识一位非常有天赋的演员，他不得不极力克制病态的自我意识和狂躁。由于他的自我意识太过强大，再加上他登台演出的机会不多，所以这位本来应该成为一位杰出的艺术家，结果却变得平凡和乏味。一个艺术家，一个真正的艺术家，不是一个以艺术为职业的普通人，而是一个命中注定、受到诅咒的艺术家。你只需稍稍扫一眼，就能从万千人之中认出他。他的脸上流露出与世隔绝和无所归属的神情，他感觉自己被别人认出来了，觉得自己被人上下打量，被人评头论足，感觉很骄傲但又尴尬。他就像一位穿着便服的贵族走过人群，被人认出后脸上不免露出尴尬的神情一样。穿着便服也没有用啊，丽萨维塔！即使他乔装打扮，把自己打扮成一个大使馆的随员或者一个休假的卫兵少尉，大家也还是会知道他不是一个人，而是一种罕见的、奇特的怪物，就算他眼睛都没睁开，也没有开口说话……”

“可是，艺术家到底是什么样的人呢？在这个问题上，人类懒于思考的特点表现得尤为突出。‘天才就是这样的，’那些深受艺术家影响的善良的人往往会如此恭顺地说。因为按照他们善良的观点，艺术家能够让他们感受到快乐和崇高，那么艺术家本身肯定也是快乐和崇高的。所以，没有人会怀疑‘天才’是一个非常糟糕、有问题的人。大家都非常清楚，艺术家很敏感，很容易受伤害，而且，大家也清楚，那些没有内疚感、自负的人是不会这样的。你看，丽萨维塔，在我的内心深处——这种感觉已经深入到我的意识之中了——我对艺术家这类人是持怀疑态度的，正如我们那些北方的前辈们总是对那些跑到咱们家乡玩杂耍的江湖艺人持怀疑的态度一样。你仔细听我下面讲的这个故事。我认识一位银行家，一个头发已经花白的生意人，但他有写小说的天赋。在他闲暇时，他利用这种天赋写出了不错的作品。虽然，请注意了，我说的是‘虽然’，他有这种了不起的天赋，但是他也不是一个十全十美的人，恰恰相反，他因为犯了刑事罪被判了刑，被关到了监狱里。在监狱里，他发现了自己写作的天赋，而他的牢狱生活就成为他以后作品的素材。由此，我们可以大胆地给出结论，要想成为一个作家，就必须在某个监狱里待过。可是，大家不禁要问，他的牢狱生活与他艺术创作的根源与起因之间有着不解之缘，但是还不如与为何坐牢的原因联系密切吧？一个银行家写小说，这很稀奇，你说是不是？一个没有犯过罪、规规矩矩的银行家写小说，这事可是从来没有的啊。是啊，你笑了，我也只是半开玩笑的。这世界上，没有任何问题比艺术家的气质和人性的问题更折磨人了。不妨拿最典型也最有影响力的作品为例，比如《特里斯坦和伊索尔德》这样含蓄和晦涩的作品，看看这样的作品对那些强健的、普通的年轻人造成的影响，你就会发现我这么说也是有几分道理的。你看到振奋人心的欢喜情形，让人感到温暖和真诚，他们受到鼓舞甚至立志要成为一名作家，他们是文学爱好者！我们艺术创作者的内心，与他们怀着‘温暖的心’和‘真诚的热情’想象出来的情况是大不相同的。我曾经看到艺术家被女人和青年簇拥起来，并引起他们阵阵欢呼，我非常了解这样的艺术家。说到艺术家气质的来源和表现，以及形成这种气质的条件这些问题的时候，我们总是会得到奇特的体验……”

“托尼奥·科勒格尔，对不起，我要插句话，你说的奇特体验是从别人身上得到的吧？还有别的途径？”

他没有回答，只是蹙着斜斜的眉毛，吹起了口哨。

“请把杯子递给我，托尼奥，茶不浓，再喝一杯吧！你再抽一支烟吧！另外，你也清楚，你这样看问题的角度有些奇怪，但是你又非得这么看不可……”

“用贺拉斯[①]的话来说，亲爱的丽萨维塔，就是‘像这样观察事情太过准确了’，你是不是这个意思？”

“我的意思是，从别的方面观察也可以得到准确的答案。如果我要回答你的问题，如果我能为你的职业辩解几句，那我肯定会说些陈词滥调，我只是提醒你注意一些道理，说不定那些道理你自已也清楚得很。比如说，文学能净化人心，文学能让人理性地看待事物而非感情用事，文学能让人们相互理解和谅解，让人们宽恕彼此和爱护彼此，语言有拯救人的力量，文学精神是人类精神的最崇高的表现形式，文学家是最完美的人，宛如最虔诚的教徒。难道这样观察还不够准确吗？”

“你有权这么说，丽萨维塔·伊娃诺夫娜，特别是说到作家的那些作品，说到令人崇敬的俄国文学，它确实具有你所说的那样崇高的意义。我不会轻视你的意见，而且实际上，我也正要往这

① 贺拉斯，古罗马时期的诗人。

方面说。你看看我，我看起来不是很精神，是不是？我看起来有些苍老，有些消瘦和憔悴，是吗？好了，我们还是回到‘认识’这个问题上来吧。我们不妨设想有这样一个人，他生来就是容易轻信他人的好心人，有点多愁善感，但是由于他有敏锐的观察力，能洞穿人心，所以他心力费尽，几乎要崩溃了。尽管如此，他还是不让悲伤统治自己，他小心观察，尽力适应新情况。虽然这会让他感到痛苦，但同时也让他感到快乐，因为他持有某种道德的优越感，认为自己始终与丑陋的生活无缘。是的，当然要这么做！不过，尽管有了艺术表现的快乐，但是有时候他还是会感到烦恼。理解一切就能原谅一切吗？我没法回答这个问题。有些东西，我称之为‘认识的厌恶’，丽萨维塔。看清一件事情足以让人厌恶透顶，完全没有任何和解的余地，就像那个丹麦人哈姆雷特，他就处于这样的境况，他是文学家的典型代表。他知道怎么一回事：他有责任获得知识，明白事理，但是不是与生俱来就有这样的天赋。他要透过被感情打湿的双眼洞察人事，去观察，去思考，可是在双臂相拥、两唇相吻的时候，他的眼神就已经被感情钝化，所以他不得不强颜欢笑把洞察到的东西抛之脑后。这真是可耻啊，丽萨维塔，简直是令人作呕，令人气愤，可是气愤又有什么用呢？

“从另一方面来说，你又可以对一切真理不屑一顾，毫不放在心上，这一点稍能宽慰人心。实际上，在这个世界上，没有比生活在一群有才华但又世故的人中，更让人感到沉闷和无望的了。所有的认识都是陈词滥调，单调乏味。当你获得某项认识的时候，你会感到开心，像年轻人一样激动，可是你一旦开诚布公，别人就会对你这样普通的认识嗤之以鼻。是的，丽萨维塔，文学真是折磨人的东西！在人类社会中，如果有人对某事物有所怀疑，但他却三缄其口，不明确表达自己的态度，我向你保证，大家肯定认为他是个傻瓜。然而，他不是愚蠢，而是由于骄傲，或者说懦弱才会如此。这就是我所指的‘认识’的问题。至于‘语言’，它作为‘救赎的力量’，被用来给感情降温或者给感情加热！老实说，你没看到过这样令人气愤的情况吗？有些人用语言表面上解决了人们的思想感情问题，这种做法既不负责任又轻浮。如果你此时心潮澎湃，沉浸在某种甜蜜的爱恋之中，那么一个搞文学的人就可以简单、快速地解决你的问题了。他会替你分析问题，用合适的措辞向你描述问题，同你讨论问题。最后，你觉得问题解决了，你永远不用为此烦恼了。而且，他不需要你的感谢。你感到轻松了，快乐地回到家，但是同时你也纳闷，为什么刚刚自己会心神不定。难道你真的要感谢这个无知冷酷的骗子吗？他的信条是：说出问题就解决了问题。可是，如果把全世界的问题都说了出来，那全世界的问题就都解决了？在苦难中的人也得到解救了？所有一切难题都迎刃而解了？倘若真是如此，那真不错啊！可是有这么简单吗？可惜我不是一个虚无主义者……”

“你不是……”丽萨维塔说。她正舀了一勺茶送向嘴里，听到他这样说便停了下来，然后盯着他看。

“是啊，是啊！别发呆了，丽萨维塔。是的，谈到生动的感情问题时，我不是虚无主义者。你要注意，搞文学创作的人根本就不明白，生活在你‘说出来和解决了’后还是得继续下去，没有什么变更。你看，不管文学家如何拯救生活，生活还是会有罪恶，因为在智者的眼睛里，生活中几乎处处存在罪恶。

“我已经说到中心问题了，丽萨维塔。请你好好听我说，我热爱生活，我承认这一点。请你相信这一点并记住我说的话，我以前还从没和别人说过这句心里话。有些人说过，甚至是在书中或报纸杂志上说过，说我憎恶生活，恐惧生活，鄙视生活。我喜欢听这类话，因为这些话恭维了我。尽管如此，这些话说的并非实情。我热爱生活！你笑了，丽萨维塔，我知道你笑什么。可是，我向你发誓，我说的这些并不是文学，请你记住这一点。你也别联想到西泽尔·波尔吉亚[①]以及那些吹捧他为楷模的狂热理论。他对我

① 西泽尔·波尔吉亚，教皇亚历山大六世的私生子，文艺复兴时期全意大利最令人恐惧的野心家、强权者和阴谋家，他一生都想用暴力统治意大利甚至周边国家，是马基雅维利名著《君主论》的原型。

来说根本就算不上什么，这个西泽尔·波尔吉亚，我根本就不把他放在眼里。我从来都不明白，怎么会有人把这样古怪和邪恶的人作为楷模呢。不，不应该是这样！‘生活’永远是精神和艺术的永恒对立面，正是如此，生活不是沾着鲜血的伟大和残忍的美构成的幻象。只有正常、规矩和善意的生活才是我们所渴望的。我们一直渴望的就是平凡而且诱人的生活啊！若是此般，这样的人远远不是艺术家，亲爱的。艺术家的内心深处最热衷于那些阴险狡诈和乖僻邪恶的东西，他根本就不知道要追求善良、质朴和生机勃勃的生活，不知道追求友谊，不会奉献，不愿信任，不会去追求普通人的幸福，这些可都是让人寝食难安、折磨人的追求啊，丽萨维塔！但是，这些也是对平凡幸福的追求啊！

“找一个真正的朋友！相信我，如果能交上一个真正的朋友，我会非常骄傲和幸福的。迄今为止，我只在妖魔鬼怪中间、在那希望堕落、麻木不仁的灵魂中间有朋友，也就是说，我只在文学家中有朋友。

“有时候，当我站在一个大厅的讲台上，面对着满场来听我演讲的人群，当我环顾观众的时候竟然会生出这样的疑问：这些来听我演讲的都是什么样的人？是谁给我掌声？是谁向我致谢？是谁在艺术的名义下与我融为一体？我在寻找，但是我没有找到要找的人，丽萨维塔。我只看到一群我非常熟悉的人围坐在一起，就像早期的基督教徒聚会一样：他们怀着美好的心灵，但是在生活中处处碰壁。你明白我的意思吧，对他们来说，诗歌是用来温和地报复生活的。他们只是一些遭受苦难的可怜人，丽萨维塔，与那些长着蓝眼睛、没有思想的人根本就不一样！

“如果情况只有呈现出另外一幅样子才让人高兴的话，那就太令人遗憾也不符合逻辑了！热爱生活却又妄想将生活中的各种力量拉到自己的身边，为病态的、贵族式的文学服务，这是违背常理的。艺术势力范围在不断地扩大，可世界上那些健康和单纯的人却越来越少了。对于这些符合常规、健康向上的人应该好好保护，千万别引诱那些喜爱看骑马快照的书的人去读什么诗歌！

“归根结底，没有什么比抛弃生活从事艺术更加可怜的了。我们艺术家最鄙视那些所谓的艺术爱好者了，他们还幻想着一有机会就能成为艺术家。我向你保证，我有这方面的亲身体验。有时候，我去参加一个上流社会的聚会，大家在一起吃喝、聊天。能够与这些正常的、善良的人打成一片，成为他们中的一员，我感到又开心又感激。突然（我碰到过这样的情况），一名军官站了起来，他是一名少尉，一个身材魁梧、长相英俊的年轻人。我绝没有想到他会做出与他的外表极不相符的举动。他大言不惭地要求朗诵几首自己写的诗。大家虽然很讶异，但还是同意了。于是，他自顾自地从上衣口袋里拿出早就放在那里的一张纸，开始朗诵起自己的作品来。诗的内容是关于音乐和爱情的。总之，诗歌感情深切但是听众反响效果很差。我要提醒你，他可是一名少尉，是一个见过世面的人！他本来没有这个必要！这样不免要出现一个窘迫的局面：大家拉长了脸，默不做声，只有几声稀稀拉拉的掌声，真是尴尬极了。我第一个想法就是，应该让这位鲁莽的年轻人为搅乱聚会负责任。毫无疑问，他草率地闯入到我的这个职业中来，这让我也遭受了嘲弄和责备的白眼。我另外一个感受就是，原本我还对这位先生怀有敬意，现在他在我心目中的地位不断下降，下降，下降……我心里油然而生一种怜悯之情。于是，我和几个果敢的好心人一起走了过去，同那个军官搭讪。‘祝贺你，’我说，‘少尉先生！你真是太有才华了！真是太动人了，我们很喜欢！’我差点儿就把手放到他的肩膀上了。难道因为他是一个军官就怜悯他吗？这可都是他的错啊！然后，他站了起来，万分尴尬地后悔自己莽撞的行为。哎！竟妄想不献身于艺术就可以从艺术的月桂树上摘下一小片叶子，哪怕只是那么一小片叶子。在这个问题上，我倒是更喜欢那位坐牢的银行家同行。可是，丽萨维塔，你可注意到我今天说话像哈姆雷特那样唠唠叨叨？”

“你讲完了没有，托尼奥·科勒格尔？”

“没有，可是，我不想再讲了。”

“也讲得够多的啦！你想听听我的看法吗？”

“你有什么看法？”

“我还是有些看法的。我一直认真地听你侃侃而谈，托尼奥，自始至终。现在，我要说说我的看法，就算是对你提出的问题做个回答，也能解决让你心神不安的问题。好吧！我的答案是，你这个人就是一个小市民，你现在坐在这儿的样子也像一个小市民。”

“我是吗？”他问道，神情沮丧。

“我说到你的痛处了，是吧？确实如此，我想我还是把措辞弄得委婉点，因为我能做到这一点。你是一个误入歧途的小市民，托尼奥·科勒格尔，你迷路了。”

接着是一阵沉默。然后，他坚定地站起来，拿起帽子和手杖。

“谢谢你，丽萨维塔·伊娃诺夫娜！现在，我能安心地回家了。我累坏了。”

五

快入秋的时候，托尼奥·科勒格尔对丽萨维塔·伊娃诺夫娜说：

“我要去旅行了，丽萨维塔。我得出去透透气，离开这里，出趟远门。”

“怎么，伙计，你又打算去意大利啊？”

“天哪，你就别再提意大利了，丽萨维塔。我对意大利一点兴趣都没有，甚至可以说讨厌它！很早以前，我觉得自己属于那里。因为那里有艺术，不是吗？那儿有蔚蓝的天空，浓烈的葡萄酒，诱人的情欲……可是现在我已经厌烦那里了，厌烦那里的一切。我要放弃这些了，这些东西让我心神不安。我不喜欢那里过分热情的人，他们那种野兽般的目光让人受不了。这些罗马人的眼里是没有什么良心的。不，我不去那里，我要去丹麦。”

“去丹麦？”

“是的。我对这次旅行期望很大，迄今为止，我还没有去过那里。我小时候住在离丹麦边境不远的地方，从那时候起我就知道有这个国家而且也很喜欢它。我想，这一点是遗传自我的父亲吧，因为我母亲也不是对什么都无所谓的，她喜欢南方。你看看那些北方人写的书吧，丽萨维塔，它们多么深刻，多么质朴，又多么幽默啊！我觉得没有什么书能够超过它们了，我太喜欢它们了。你看看斯堪的纳维亚的饮食吧，那也是无与伦比的，但是你只能在咸味的海风中才能吃得下——我不知道我现在还能不能吃得下。以前我在家的时候对此有些了解，因为我们家的饮食与那里的很相似。再说名字吧，他们那边的名字，我的家乡也有，比如‘英格伯格’，真的很好听，就像竖琴发出的乐声，太有诗意了！还有大海，北边就是波罗的海！总之，我要去那里，丽萨维塔。我想再看看波罗的海，再听听那些名字，再读读那些书。我还要站到克隆堡的高台上，鬼魂就是在那里与哈姆雷特相遇的，可他却给那个可怜的、高贵的年轻人带去了灾难和死亡。”

“我想问问，你走哪条路线啊，托尼奥？”

“就是通常人们走的那条路线，”他耸耸肩说，脸变红了，“是的，要经过我的……我的家乡，丽萨维塔，已经过了十三年了，有些东西可能会变得有些奇怪。”

她笑了。

“这正是我想听的话，托尼奥·科勒格尔。那你去吧，愿上帝保佑你！记得写信给我，听到了吗？我期待你的丹麦之行的信啊，告诉我你的所见所闻。”

六

托尼奥·科勒格尔向北方出发了。他一路上都感到很舒服。因为他常常说，如果一个人内心比别人受到更多的痛苦和折磨，那么他到外面就更应该感到舒心。他马不停蹄地赶路，直到灰蒙蒙的空中出现故乡那尖尖的塔楼。他在那儿作了短暂的逗留，感觉真是太奇怪了！

那是一个阴沉的下午，已接近黄昏。火车驶入了窄小的、烟雾弥漫的车站，他对这个车站非常熟悉。在车站大厅脏兮兮的玻璃下，火车喷出的烟雾聚成团，然后又变成条状飘浮在空中，与托尼奥当年怀着嘲讽的心情离开时的情景一模一样。他整理了一下自己的行李，叫人将行李送到下榻的酒店，然后他离开了车站。

黑色的出租马车在车站前面一字排开，等待着客人，这些马车既高大又宽敞，由两匹马拉着。他没有坐车，只是像看故乡其他东西那样扫了一眼。狭长的山墙和近处房子后面的塔尖矗立在那里，好像在欢迎他这个归乡的游子。周围那些金色头发的人们，懒散而又笨拙地用拖长的腔调和快速的语调相互交谈。他的心中翻腾起一阵神经质的大笑，和呜咽声差不多。他踱着很慢的步子前行，潮湿的海风扑面而来。他走过桥，桥的护栏上有神话人物的雕刻。接着，他又沿着码头走了一会。

天哪！现在看来这里的一切都是多么狭小和曲折啊！难道两边围着高高山墙的小巷多少年来都是这样从码头通向城里的？浑浊的河面上，船只的烟囱和桅杆在晚风中不停摇晃。他是否应该顺着这条巷子向上走？他想看的那幢房子就在前面。算了，还是等到明天吧。他今天已经很疲乏了。长时间的乘车让他头疼欲裂，他昏沉沉的脑海里掠过一些模糊念头。

在过去的十三年里，当他肠胃不适的时候，他就会梦见自己回到了家中，回到斜巷子里那幢发出回声的老房子里。当年，父亲在那里因为他放荡的生活方式而狠狠训斥了他，尽管他觉得自己的生活方式很正常。眼前的景象宛如那个令人困惑又纠缠不清的梦境。在梦里，他不禁问自己，这到底是幻象还是现实？最后他还是相信这是现实，因为只有这样才能清醒地看待周围的一切。他穿过冷风飕飕的空荡荡的街道。他顶着风低下了头，像一个梦游者一样向酒店走去。那是小城里最好的酒店，晚上他准备在那过夜。一个罗圈腿的男人手里拿着一支燃着的木棍，迈着水手的步子，摇摇晃晃地走到他前面，点亮了街上的煤气灯。

他到底感觉如何呢？他感到疲惫不堪，他的疲倦宛如一堆灰烬，虽然还有点点火星在痛苦地燃烧，但是已经无法燃烧成明亮的火焰。安静，安静，不要说话！一句话都别说！他宁愿这样永远地走下去，顶着风走在昏暗的、梦幻般的小巷子里。可是，狭窄的小巷子太短了，他很快就要到目的地了。

城市上方的弧光灯也是刚刚才被点亮的。酒店到了，门前依然蹲伏着两只黑色的大石狮子。小时候，每次看到这两只石狮子，他都感到害怕。现在，它们依然是那副神情，好像要相互打喷嚏似的。可是，这两只石狮子似乎要比当年小很多。托尼奥·科勒格尔从两个石狮中间走了过去。

由于他是步行过来的，所以并没有受到隆重的接待。门房和一位彬彬有礼、身穿黑色衣服的先生将他打量了一番。那位黑衣服的先生负责接待，他不停地用小手指把衬衫的袖口塞进外套的袖管里。他们从头到脚地打量他，显然是要确定他的社会地位、官职和身价，然后据此接待他，并表现出相应的礼貌和尊重。但是，他们没有得到一个确定的结果，只好表现出适度的礼貌和尊重。一个蓄着淡黄色络腮胡的侍者，身穿过时的燕尾服，谦和地带他爬了两层楼梯，侍者脚上穿着一双有玫瑰花饰的鞋子，踩在地毯上，一点声音都没有。他把他带到了一间整洁雅致、古色古香的房间。窗外的暮色俨然是一幅中世纪的风景画：幽静的庭院，尖尖的塔楼和附近造型奇特的教堂。托尼奥·科勒格尔在窗前站了一会，然后他抱着双臂坐到宽大的沙发上，皱起了眉头，径自吹起了口哨。

有人给他送来了灯具，这时他的行李也到了。那个谦和的侍者还把一张旅客登记表放到了桌上。托尼奥·科勒格尔歪着头在登记表上填了似乎是姓名和籍贯之类的内容。然后他又叫了晚饭，之后就继续坐在沙发上发呆。晚饭送上来了，他过了好大一会才动刀叉，然后草草吃了几口。接着，他在房间里来回走了差不多一个小时。有时候，他也会停下来，闭上双眼直直地站在那。最后，他慢慢地脱了衣服上床了。他睡了很长时间，迷迷糊糊地做了很多乱七八糟奇怪的梦。

他醒来的时候,发现房间里很明亮,已经到白天了。过了一会,他才猛然意识到自己身处何地。他拉开窗帘。仲夏浅蓝色的天空中,一层薄薄的白云被微风吹散了,飘向了远方。明媚的阳光洒向故乡小城。

托尼奥·科勒格尔比往常更仔细地梳洗打扮了一番。他把胡子刮得格外干净,着装格外整洁,好像是打算到哪位贵族家做客要给人家留下一个好印象似的。可是,当他梳洗打扮时,他听到自己的心受到惊吓般地怦怦直跳。

外面的阳光多么明媚啊!如果街上能像昨天一样阴沉沉的,他会感觉更自在点。今天,他只能在众目睽睽之下走过街道了。如果在街上碰到认识的人,说起话来,他该怎么说这十三年的经历呢?不会的,应该没有人会认识他,即使有人还记得他,恐怕也认不出来了。因为他在这十三年里的确发生了一些变化。他在镜子里端详自己,突然,他发现这张脸过早地爬上了皱纹,看起来比实际年龄要大,戴着这样的面具应该会安全得多。他叫侍者送来了早餐,用完餐后他就出门了。经过门口时,门房和黑衣服先生又向他投来审视的目光。他径直穿过大堂,从两个石狮子中间走了出去。

他要去哪里呢?他自己也不知道。这一切好像昨天一样。他看到了周围那些熟悉的山墙正威严地紧挨在一起,他看到了尖尖的塔楼、拱廊和喷泉。他还未来得及细细感受这一切,从梦境中刮来的强劲海风夹杂着酸涩的味道就扑面而来,仿佛是轻纱般的薄霭蒙住了他所有的感官。他的脸部肌肉放松了,他平静地打量着周围的一切。或许在哪个大街的某个角落里,他会清醒过来。

他要去哪里呢?也许他要去的方向和夜里忧伤和悔恨的梦境有某种关联,于是,他朝市场走去,穿过市政厅的拱门。肉贩子在那切肉,称肉,手上还沾着血污。在集市广场上,哥特式的喷泉喷出又高又尖的多层水柱。经在喷泉的旁边,他在一幢房屋前停住了脚。那是一幢简朴的建筑，并不高大，与旁边的房屋别无二样，只是多了一个镂空雕花的弧形山墙。他一直望着这幢房屋，看了看钉在门上的门牌号码，又在每一扇窗户上扫了一眼。过了一会，他慢慢地转身离开。

他要去哪里呢？还是回家去吧。但是，他还是先绕到城门那转了转，因为他有的是时间。他走过磨坊，穿过霍尔斯顿城墙，顶着树梢间刮来的呼啸的风，风太大了，他不得不抓紧帽子。他离开了城墙，一列笨拙的火车从他的身边呼哧呼哧地匆忙驶过，于是他开始数车厢以此消磨时间，同时目送那几个坐在最后面的乘客离去。到了菩提广场，他在一幢非常漂亮的别墅前面停了下来。他向那个别墅的花园和窗口望了许久，然后他来回摇晃那个铁栅栏门，把铁栅栏门晃得嘎吱嘎吱响。接着，他盯着自己冰凉的手，看到手上沾满了铁锈。然后，他继续向前走。他穿过那道低矮结实的老城门，沿着港口，穿过那个陡峭、刮着穿堂风的小巷，来到他父母原来的那幢房子前。

那幢房子还矗立在那里，周围邻居的房屋，和三百年前一样灰暗和庄严。托尼奥·科勒格尔仔细端详了大门上字迹模糊的箴言，然后，他长舒一口气，走了进去。

他的心不安地跳个不停，他很担心父亲会在他走过一楼大门的时候走出来拦住他，因为他放荡的生活而训斥他，尽管他觉得他的生活方式很正常，也许父亲依然穿着办事时的衣服，将钢笔夹在耳后。可是，他毫无阻碍地就走过去了。有一扇挡风的门并没有关上，而是虚掩着的。他觉得有些奇怪，同时，他也觉得宛如在梦境之中，各种困难都迎刃而解，他轻松地一路走过去，毫无阻碍。宽敞的过道地面铺着大块的方形石板，脚踏在上面发出轻轻的回声。厨房里静悄悄的。厨房的对面和以前一样，还是一排质朴的奇特的阁楼，阁楼依旧被漆得发亮。那里是女仆们的房间，只能从一个移动的梯子爬上去。不同的是，原先摆着这里的大橱柜和雕花箱子已经不见了。现在，这个房子曾经的少主人顺着宽阔的楼梯向上爬，手扶着白色的雕花栏杆，他每走一步都要抬起手，下一步重又放下。看起来，他好像在小心地找回和这个扶手之间曾经的亲密回忆。突然，他在二楼的转弯处停了下来，因为他看到门边钉了一个白色的牌子，上面用黑字写着：大众图书馆。

大众图书馆？托尼奥心生疑惑，因为他觉得，这儿既没有大众也没有文学。他敲了敲门，从里面传来一声“请进”，他应声入内。进去后，他发现房间里已经改头换面了，他的脸上有些不自在，甚至有点不高兴。

这一层有三个房间，门全是敞开的。黑色的书架靠着墙壁一字排开，书架上摆满了统一装订的书籍。每个房间还摆了一张柜台一样的桌子，每一张桌子后面都有一个图书管理员坐着写字。这三个人看上去都很寒酸。其中两个人转过脑袋看了托尼奥·科勒格尔几眼，第三个人则匆忙地站了起来，他两只手扶着桌子，探着头，撅起嘴巴，耸起眉毛，眨着眼睛，用殷勤的目光注视着这位不速之客。

“对不起，”托尼奥·科勒格尔说，眼睛没有离开那些书籍，“我是从外地来的，到这座城市旅游。请问这是大众图书馆吗？我可以看一下这里的藏书吗？”

“当然可以，欢迎你！”那个图书管理员说，眼睛眨得更厉害了，“这里对所有人都开放。你随便看吧。你需要一份目录吗？”

“不用了，谢谢，”托尼奥·科勒格尔说，“我自己找找吧。”然后，他顺着墙慢慢浏览书籍，看上去就像在仔细研究书脊上的字。最后，他从书架上取下一本书，走到窗前，打开了。

他所在的地方以前是他们家吃早餐的房间。早上，他们就在这儿吃早餐，而不是在楼上那间大餐厅里。大餐厅贴着蓝色壁纸，壁纸上画着突出来的白色神像。那边的那一间以前是卧室，他的祖母就是在那个房间里去世的。老太太很长寿，她懂得享受生活，善于交际，虽然她非常留恋生活，但是经过痛苦地挣扎后还是撒手西去了。后来，他的父亲在那里留下了最后一声叹息，那个有着一双深邃的蓝眼睛、穿着考究、常在上衣扣子眼里别上一朵小野花的高个子绅士告别了人世。托尼奥曾坐在他去世的床边，眼睛里含着泪水，心里怀着对先人诚挚的爱，沉浸在悲痛和怀念之中。他的母亲则跪在病榻前，他那美丽、热情的母亲也泪如雨下，后来，她跟着一位音乐家到了遥远的南方。后面的第三个房间，相对较小，现在同样也摆满了书，一个穷酸的家伙在看管图书。那原是他生活多年的房间。当年他放学回家，就像刚刚那样散完步回来，回到了那里。他的桌子当时就放在墙边，抽屉里藏着他最初写的真挚而又无助的诗歌，还有那棵老胡桃树……一股深切的悲伤之情涌到心间。他向窗外望去，花园里一片荒芜，但是那棵老胡桃树依然矗立在远处，随风摇晃，树叶沙沙作响，发出悲哀的呻吟。托尼奥·科勒格尔的目光又收回到手中的书上，这是一本优美的诗集，他以前就很熟悉。他低头看那些黑色的字，看那些如行云流水般的诗句，看那些满含激情的诗歌是多么富有创造力。诗歌发展到高潮，然后急转直下，动人极了！

“很好，真是写得好极了！”他说，放下诗集，转过身。这时，他看到那位图书管理员仍然直直地站在那儿，表情既殷勤又疑惑，眼睛还不时地眨着。

“这里藏书很丰富！”托尼奥·科勒格尔说，“我已经看好了。非常感谢，好的，就这样，再见！”他走了出去。这样的离开令人疑窦顿生。他可以感觉到图书管理员对他的突然来访感到不解和不安，也许他好几分钟之内都会站在原地，眨着眼睛吧。

他没有兴趣继续探索这幢房子了。他已经回过家了。楼上，在有圆柱的大厅后面的几个大房间里已经住上了陌生的人家。他看得出来，因为楼梯的尽头被一道玻璃门隔了开来，门上还挂了一块名牌。他离开了，走下楼梯，穿过有脚步回声的过道，离开父母的故居。然后，他在一家餐馆的角落里吃了一顿丰盛油腻的午饭，吃饭时他一直在想着事情。之后，他回到那家酒店。

“我的事情已经办完了，”他对那个黑衣服先生说，“我今天下午就要退房。”他让酒店给他结账，还预定了一辆出租马车，得以去到港口，他打算乘船去哥本哈根。办完这些事情后，他回到房间，直直地坐在书桌旁。他双手支着下巴，若有所思地盯着桌面。

不一会，侍者送来了账单，他付了款，收拾好行李。到了预定的时间，马车也过来了。托尼奥·科勒格尔整理好行装，走下楼去。

下面的楼梯角那里，黑衣服先生正在等候着他。

“对不起！”黑衣服先生说，同时用小手指把衬衫的袖口往外套的袖子里塞，“先生，不好意思，我们还得耽误你几分钟。我们酒店的老板泽哈森先生请你过去说几句话。这不过是例行公事罢了。他就在后面，麻烦你跟我来一下，好吗？我们酒店的老板泽哈森先生只是要说几句话。”

他做了个邀请的姿势，将托尼奥·科勒格尔引到了大堂的后面。泽哈森先生已经在那等着了。托尼奥·科勒格尔一眼就认出了他，他还是以前的老样子，矮矮胖胖的，长着罗圈腿，只是他修剪得短短的络腮胡子有些花白。他的上身仍旧穿着一件太过肥大的礼服，戴着一顶绿色的针织绒帽。此外，他不是一个人，他的旁边还站着一个戴着钢盔的警察。警察的右手戴着手套，放在一张写满字的报纸上。他板着一副军人般的严肃面孔，死死地盯着托尼奥·科勒格尔看了一眼，似乎希望一眼就能将他吓得瘫倒在地。

托尼奥·科勒格尔分别看了这两个人一眼，然后耐心地等待着。

“你是从慕尼黑来的？”警察终于开腔了，声音并不严厉，语速慢腾腾的。

托尼奥·科勒格尔点点头。

“你是要到哥本哈根去？”

“是的，我打算去丹麦的海滨浴场。”

“海滨浴场？噢，请你出示一下你的证件。”警察说，最后一句话充满了得意。

“证件？”托尼奥·科勒格尔没有证件，他拿出了自己的大皮夹子，看了看里面。皮夹里除了几张钞票之外就是一篇短篇小说的修改稿，他打算在这次旅行中完成稿件的修改。他很不喜欢同官员打交道，所以至今没有护照之类的证件。

“非常抱歉，”他说，“我没有带证件。”

“是这样的吗？”警察问，“什么都没有？你叫什么名字？”

托尼奥·科勒格尔报出了自己的名字。

“是你的真名吗？”警察问，站直了身子，鼻孔张得不能再大了。

“千真万确。”托尼奥·科勒格尔回答道。

“你是干什么的？”

托尼奥·科勒格尔咽了一口唾沫，用坚定的声音告诉他自己的职业。泽哈森先生抬起头，好奇地看着他的脸。

“哈！”警察说，“你就承认自己是那个谁吧，他叫……”他说着“那个谁”，然后从那张写满字的报纸上找到那个名字并读了出来。那是一个非常复杂的名字，读起来有些浪漫色彩，似乎是用不同种族的语言荒唐地拼凑出来的。托尼奥·科勒格尔听到了这个名字，转眼间又给忘了。“这个人，”他接着说，“来历不明，没有固定的职业，没有固定的住所，因为多次诈骗和其他犯罪行为正被慕尼黑的警方通缉，很可能在逃往丹麦的途中！”

“我当然不承认！”托尼奥·科勒格尔说，肩膀神经质地抖了抖，像是反驳，这个动作产生了效果。

“怎么？当然了，”警察说，“可是你也拿不出什么证件来啊！”

这时候泽哈森先生出来打圆场了。

“就是例行公事罢了，”泽哈森先生说，“这事就这样了。这位长官只是执行公务而已，不是找你麻烦。你只要能找个什么东西来证明你的身份，比如一些证件……”

大家都不再说什么了。他要怎样才能了结这个麻烦呢？他应该向泽哈森先生表明身份，说他不是什么居无定所的骗子，也不是生来住在绿色大篷车的吉卜赛人，他是科勒格尔参议员的儿子，是科勒格尔家族的一员吗？不，他不想这么做。这些维护社会秩序的人，从根本上来说，不是也有这样的权力吗？于是，他耸耸肩，继续一声不吭。

“那里面是什么？”警察问，“就是你那个大皮夹子里。”

“这里？没什么，只有一份修改稿。”托尼奥·科勒格尔回答道。

“什么？修改稿？拿出来看看。”

托尼奥·科勒格尔把自己的稿子递给了他。警察把稿子摊开在桌子上，开始读起来，泽哈森先生也把脑袋凑过去，想看看上面写的是什么。托尼奥·科勒格尔越过他们的肩膀望去，发现他们正好看到最精彩的那一段，那一段真是妙笔生辉。托尼奥·科勒格尔心里很是得意。

“你们看看！”他说，“这里是我的名字，这篇小说就是我写的，马上就要公开出版了。明白了吗？”

“哦，我看这就够了！”泽哈森先生果断地说。然后，他把稿子收起来，折叠好还给了托尼奥·科勒格尔。“够啦，皮特森！”他简短地重复道，还偷偷地闭上眼睛，示意性地摇了摇头。“咱们不能耽误这位先生太长的时间。马车已经在外面等了好大一会了。先生，非常抱歉，打扰了，请忘记这次小小的不快！这位长官也是例行公事。可是，我马上就跟他说，他弄错啦！”

是这样的吗？托尼奥·科勒格尔心想。

那个警察似乎还不是完全相信，嘴里仍然嘟囔着“那个谁”和“出示证件”。不过，泽哈森先生连声表示歉意，并且陪着他从两只石狮子中间走了出去，走到了那辆等了很久的马车前。托尼奥·科勒格尔上车后，泽哈森先生还在他身后毕恭毕敬地替他关上车门。那辆看起来有点滑稽、高大的马车就颠簸着顺着陡峭的小巷向港口跑去了，马铃叮当叮当，车轮嘎吱嘎吱。

这就是托尼奥·科勒格尔重返故乡的一段奇特的经历。

七

夜幕降临了，皎洁的月亮已经升到空中，发出银色的光芒。此时，托尼奥·科勒格尔乘坐的轮船正航行在大海上。他站在桅杆旁边，海面上刮来的风越来越猛烈，于是他裹紧大衣。暮色中，海浪在翻滚，拍打着船头，发出巨响，突然又飞向各个方向，溅起了白色的浪花。

他恍恍惚惚地陷入到沉思之中。在故乡险些被警察当成诈骗犯抓起来，这让他有些沮丧，尽管他自己觉得这情有可原。可是，当他上船后，他还是不由自主地想起了和父亲一起到码头看工人装货的情景。那时，他看到搬运工人一边用德语夹杂着丹麦话相互喊着些什么，一边把货物装满轮船腹部的深舱。他们还把分别装着一只北极熊和一只孟加拉虎的两个笼子也装了进去。据说，这两只动物是从汉堡运来的，要运到丹麦的动物园去展出。想到这，他心里的不愉快就烟消云散了。但他乘坐的轮船驶过平坦的海岸，托尼奥·科勒格尔已经把皮特森警官询问带来的不快抛之脑后了。可是，那个夜里他做的那个甜蜜却忧伤的梦，在故乡小城里散步，然后又去看老胡桃树，这一切都浮现在脑海里，而且印象更加深刻了。现在，大海就在他的眼前，他眺望着远处的海滨。小时候，他曾在那儿聆听海的仲夏梦呓。他看到灯塔上发出的红光和疗养院的灯光交织在一起，他曾和父母在那里度过美好的时光。啊！波罗的海！他让自己的头直对着强劲的海风，海风呼啸着灌到他的耳朵里，他感到一阵眩晕，什么都听不到了。他也感受不到邪恶、苦痛、错误、情欲和疲倦，这些记忆都慢慢地消失了，真是叫人愉悦啊！在海风的呼啸声和海浪的澎湃声中，在怒吼和哀叹之中，他似乎听到老胡桃树在风中的嘎吱嘎吱声，听到树叶的沙沙声，听到了铁栅栏的吱吱声……暮色越来越浓了。

"星星，天哪，你看那些星星！"他的耳边突然响起了一个低沉的声音，像是从深桶里发出的拖长的声音。托尼奥·科勒格尔对这个声音很熟悉。声音的主人是一个深黄色头发的男人，他的眼皮也有些发红。他的穿着不是很讲究，看起来湿漉漉的，好像刚刚泡过海水似的。在船舱吃晚饭的时候，他就坐在托尼奥·科勒格尔的旁边，他吃饭的动作显得有些胆怯和拘谨，但是他吃起龙虾蛋饺来却食量惊人。现在，他就站在托尼奥·科勒格尔的旁边，倚着栏杆，仰望着天空，拇指和食指托着下巴。毫无疑问，这个年轻人的心情异常愉快，因此与陌生人也没有了隔阂，他向陌生的同伴敞开了心扉，向他讲述了心底的秘密。

“先生，你看，你看那些星星吧！星星在天空中闪烁，噢，天哪，天上全是星星啊！我想问问你，当人们看向天空的时候，如果知道其中一些星星比地球大了一百倍，人们会做何感想呢？我们人类发明了电报、电话以及许多影响当代的东西。是的，这些我们都有了，可是，当我们仰望星空的时候，就会明白，从根本上说，我们只是毛毛虫，可怜的毛毛虫而已。先生，你说我说的对不对？是的，我们就是毛毛虫！”他自问自答，然后略有所悟般地向天空谦恭地点点头。

哎呀！这个人一点文学修养都没有。托尼奥·科勒格尔暗想。他随即想到最近看过的东西，是一位法国作家关于宇宙天体和人生观所写的一篇文章，通篇都是漂亮的空话。

托尼奥·科勒格尔应付般地和这个年轻人说了几句话，算是对他深刻体会的回答。接着他们继续聊天。他们倚在栏杆上，仰望星空，看天空的变化和忽明忽暗的星星。从交谈中，托尼奥·科勒格尔得知，这个年轻人是汉堡的商人，现在利用休假时间外出游玩。

这个年轻人说：“我想乘船到哥本哈根玩玩，于是我就站在这儿啦。在海上航行真不错啊！可是不能多吃龙虾蛋饺。先生，你知道吗，因为夜里有暴风雨，这可是船长亲口说的，要是肚里装满了这样不易消化的东西，再遇到这样的天气，那可不是闹着玩的。”

托尼奥·科勒格尔只是友好地听着他说这些蠢话，心里倒也没有什么不快。

“是的，”托尼奥·科勒格尔回答道，“这里的食物太难消化了，所以这儿的人看起来都不大有精神，都神情忧伤。”

“忧伤？”年轻人重复他的话，同时愕然地看着他，“你不是本地人吧，对这里一点都不熟悉吧，先生？”他突然问道。

“是啊，我来自很远的地方！”托尼奥·科勒格尔回答道，同时含糊地摆了摆手。

“可是你说得很对，”年轻人说，“你说到了‘忧伤’，这对极了！我几乎一直是忧伤的，特别是在像今天这样的夜晚，天空中繁星闪烁的时候。”他又用拇指和食指托住了下巴。

托尼奥·科勒格尔心想：“他肯定会写诗，会写感情真挚而深切的诗。”

暮色更浓了。海风呼啸着，两个人很难听清彼此的说话了。于是，他们决定回去睡觉，两人互道了晚安。

托尼奥·科勒格尔躺在狭小的床铺上伸开四肢，可是头脑里怎么都静不下来。强劲的海风和刺鼻的海腥味充斥在船舱中，他的心情也被搅得波涛澎湃。他心神不定，仿佛在等什么美好的事情发生一样。每当船从又高又陡的浪尖滑下来、螺旋桨离开水面凭空抽搐般地旋转时，他就感到恶心想吐。所以他只好又穿上衣服，重新回到甲板上。

云层蒙住了月亮，大海在翻滚。海浪大小不一，毫无规则地从远方奔腾而来。映着月亮银色的光辉，海水猛烈地拍打着轮船，一个个波浪汹涌翻腾，跳跃起来，像燃烧的火舌一样舔舐着轮船，在满是泡沫的深谷旁威严耸立，疯狂地如嬉戏般追逐着轮船，复又滚落到海中，浪花四溅。轮船费力地向前航行，船体颠簸，在海浪中左右摇摆，大声呻吟。有时甚至能听到北极熊和孟加拉虎因为颠簸难受而发出的吼叫声。一个男人穿着油布雨衣，头戴风帽，腰上别着一个防风灯，在甲板上行走。他叉开双腿，吃力地在狂风中保持平衡。而在船尾，那个来自汉堡的年轻人，正弯腰趴在船的边上使劲地呕吐。“天哪！”他看到托尼奥·科勒格尔时用颤抖的声音喊道，“你看看这一大片骚乱吧，先生！”他止住了声，连忙又转过身呕吐起来。

托尼奥·科勒格尔抓住一根绷紧的粗缆绳，望着这一片波涛汹涌的海洋，心里涌起一阵欢呼声，这欢呼声似乎盖住了狂风呼啸和海浪翻滚的声音。他灵感迸发，谱写了一首献给大海的诗歌。你,大海,我年轻时放荡不羁的朋友,我们终于相聚在此,这首诗以这个句子结尾。诗还没有完成,还要仔细推敲,从容锤炼,这样才能最后成形,此刻,他的心里感慨万千。

就这样站了很久,然后他在甲板上的一条长凳上躺了下来,他仰望着天空,天空中繁星闪烁。他甚至还小憩了一会,冰冷的浪花溅到了他的脸上,他感觉就像是亲切的抚摸。

陡峭的石灰石悬崖在月光下像鬼怪一样进入了视野,而且越来越近,已经到了丹麦的摩恩岛了。他又睡着了。后来,他被一阵雨点般溅落的浪花弄醒了。浪花带着海的咸味,溅到了他的脸上,他的脸痛起来,脸部肌肉紧张。他完全醒过来的时候,天已经大亮了。天空漂浮着淡色的云彩,空气清新。碧绿色的大海变得安静多了。早餐时,托尼奥·科勒格尔又遇到了那位来自汉堡的年轻商人。他的脸通红,大概是因为在黑暗中向托尼奥·科勒格尔吐露了富有诗意的心声而感到不好意思吧。他用五个手指把红色的小胡子向上捋了捋,用生硬的语调跟托尼奥·科勒格尔道了声早安,然后就小心地离开了。

托尼奥·科勒格尔终于到了丹麦。他下榻在哥本哈根一家酒店里。在酒店里,只要有人讨要小费,他就马上掏钱。他从住的地方出发,在这个城市漫游了三天。他出门时手里还拿着一本旅行指南,看起来就像一个外国阔佬来哥本哈根增长见识似的。他又到皇家广场参观一番,还观赏了市场中央的那匹骏马雕塑。在圣母教堂里,他怀着崇敬的心情瞻仰了教堂的圆柱,还在丹麦著名的雕塑家托尔瓦德森创作的那些雕塑前伫立了很久,这些雕塑真是既名贵又美丽。他还登上了圆塔,参观了宫殿,并且在游乐场度过了两个热闹的晚上。实际上,他看到的远远多于这些。

在哥本哈根,有些房子也建造了他故乡房子的那种拱形雕花山墙。他看到墙上的名字,他对这些名字很熟悉。他觉得这些名字充满了温馨,代表了高贵和典雅,还包含了埋怨和怀念。他放慢脚步,陶醉般地呼吸着潮湿的海风。到处都是金黄的头发,蓝色的眼睛,同样的面孔也出现在故乡那一夜他做的忧伤和悔恨的梦境之中。有时，在大街上，突然的一个眼神、一句话或是一声笑，都可能拨动他那根脆弱的心弦。

他已经无法在这个热闹的城市继续待下去了。一种掺杂着甜蜜和愚昧、回忆和期待的复杂情感涌动在他心中，他忐忑不安。他渴望在一个海滩上安静地躺一会，不用再扮成一个兴致盎然的游客，到处寻找和探访。于是，在一个阴沉沉的日子——那天海水都变成了墨绿色，他又乘上了轮船，沿着西兰岛海岸一路向北朝赫尔辛格航行。到了那之后，他又乘坐马车继续向前，马车奔跑在比海平面稍高的公路上，三刻钟后，他终于到了目的地。那是一家浴场小旅馆，旅馆的小楼是白色的，房间的百叶窗则涂成了绿色。这座小旅馆位于一片低矮的居民区中，小楼尖尖的屋顶俯瞰着西兰岛和瑞典之间的海峡以及瑞典那边的海岸。他住进一间光线充足的房间里，旅馆已经事先帮他准备好了。他将随身带来的行李塞满了房间，他打算在这住上一段时间。

八

已经到了九月了，阿尔斯加特的游客已经不多了。餐厅位于底层，餐厅的天花板上有一排横梁，旁边是玻璃阳台，人们就餐时能看到大海。旅店的女主人亲自服侍客人们用餐。她是一个上了年纪的老姑娘，头发花白，目光呆滞，脸颊一片潮红。她说起话来，叽叽喳喳个没完，还喜欢摆弄台布上那双红通通的手，试图把手弄得雅观些。那里还有一位短脖子老先生，他蓄着灰白的水手胡子，脸色铁青。据说他是从哥本哈根来的鱼贩子，德语说得很流利。他看起来好像全身都被堵塞住了似的，似乎随时都有中风的可能。他气喘吁吁，不时地压住一个鼻孔，使劲地用另一个鼻孔呼吸。尽管如此，他还是不停地喝酒，不管是早餐、午餐还是晚餐，他餐餐必有酒。此外还有三个高大的美国年轻人和他们的家庭教师或者是他们的陪护。那人总是沉默不语，不停地扶正眼镜，整天和那三个小伙子踢足球。小伙子们都长了一头黄色的头发，发型是中分，一天到晚都拉长着脸，面无表情。“请把那个香肠递给我。”其中一个说。“那不是香肠，那是火腿！”另一个说。这是他们和他们的家庭教师之间全部的谈话内容。除此之外，他们就一声不吭地坐着喝热白开水。

托尼奥·科勒格尔虽然不喜欢同别人一道用餐，但是和他们在一起倒还是很清静。他可以安心地吃着饭，听听那个鱼贩子和女老板交谈时发出的丹麦语喉音以及响亮的清元音和沉闷的浊元音。托尼奥·科勒格尔有时也会就天气情况和他们交换意见。餐后，他站起来穿过阳台，走到下面的海滩上。上午，他就在那里打发好几个钟头。

有时，海滩上非常安静，一派夏日的景象。大海风平浪静，海面上是蓝色、碧绿色，有时是略带红色的波纹，波光粼粼。海水会将海藻和水母冲到岸边，然后太阳又把这些东西晒干了。他闻到了腐烂的气味，还有渔船上的煤焦油味。托尼奥·科勒格尔坐在海滩上，背靠着渔船，仰望天空，不去看对面瑞典的海岸。大海轻柔地散发出纯洁和清新的气息，滋润着世上的一切。

暴风雨来了，天空灰蒙蒙的。汹涌的海浪像一群公牛一样低下犄角，冲向海滩。海水奔腾着，冲刷了海堤，将浪花溅到了海滩上。湿漉漉的海藻和蚌类，以及漂浮在海面上的木块都被冲到了海滩上。乌云密布的天空下，海浪形成了一座座山峰，而满是绿色泡沫的浪花则形成了一道道山谷。厚厚的云层遮住太阳的地方发出白天鹅绒般的光芒，倒映在海面上。

托尼奥·科勒格尔置身于暴风和海浪的包围中，他喜欢这样经久不息的、澎湃的和振聋发聩的怒吼。他转身离开，周围仿佛突然变得宁静温暖了。其实，他知道大海就在背后怒吼，引诱着他，向他招手。他的脸上露出了笑容。

他朝陆地的方向走去，踏上一条长满小草的小径，很快他就走进了山毛榉树林。树林顺着山丘一直延伸到很远的地方。他坐在青苔上，背靠着一棵树。从树干间还可以隐约看到远处的海面。他有时还能听到海风送来的浪声，那个声音就像是远处木板相撞发出的声音。乌鸦在树梢上呀呀地叫，叫声嘶哑，透着荒凉和忧伤。他膝盖上放了一本书，但他一个字都看不下去。此刻，他感觉忘却了自我，超越了时空，只是心头偶尔会掠过一丝难以名状的悲哀，这让他感到痛苦、悔恨还有渴望。可是他并不去追究这到底源于何因。

就这样过了好几天，他说不出到底是过去了几天，他也不想知道具体是过了哪几天。随后发生了一件事，在光天化日和众目睽睽之下发生了一件事，可是托尼奥·科勒格尔对此没有感到特别吃惊。

那一天的一大早就特别地弥漫着节日的气氛。托尼奥·科勒格尔早早就醒了。他突然从睡梦中惊醒，心里还有些模糊的忐忑不安，他觉得自己看到了一个奇迹，看到了彩云和霞光。他住的房间有一扇玻璃门直通向外面的阳台，从阳台那可以眺望到丹麦和瑞典之间的海峡。卧室与起居室之间隔了一道薄薄的白色纱帘，房间的墙上贴了暖色调的壁纸，房间内还摆着浅色的家具，一切都是那么明亮和舒适。现在，睡眼惺忪的他却看到了一片超凡脱俗的美景。墙壁和家具都沐浴在一片难以言喻的静谧的玫瑰色的光芒之中，梦幻般的光芒给墙纸和家具镀上了一层金色，把薄纱变成粉红色的祥云。托尼奥·科勒格尔好久才弄清楚眼前发生了什么事。他站在玻璃门前向外看，发现原来是日出。

连续几天都是阴沉沉的，好像要下雨。可是今天，浓云散去，天空就像一块绷紧的蓝色丝绸，闪闪发光，笼罩着大海和陆地。绯红的、金黄色的各种云彩簇拥在一起，点缀了淡蓝色的天幕。一轮旭日冉冉升起，跃出波光粼粼的海面，悬挂在空中。阳光下的大海仿佛在颤抖，羞赧得脸都红了。这一天就这样开始了！托尼奥·科勒格尔开心得不知所措，他急忙穿上衣服，赶在其他人之前到餐厅的阳台上吃了早餐。然后，他从木板搭成的小浴室那里向海峡的方向游泳。之后，他上岸，在海滩上散步，走了好几个小时。他回来的时候，看到旅店前面停了很多马车。他从餐厅向外望去，他看到不仅在隔壁放钢琴的客厅里，而且餐厅外面的走廊里和外面的露天阳台上都挤满了人。那些小市民装束的女士们和先生们围坐在圆桌旁，一边兴高采烈地交谈，一边喝着啤酒，吃着黄油面包。他们都是全家出动，有老人，有年轻人，甚至还有几个孩子。

吃第二道早点的时候，桌子上摆满了各种冷盘以及各种熏制、腌制和烘烤的食品。托尼奥一边吃早饭，一边向周围的人打听这到底是怎么一回事。

"都是游客啊！"哥本哈根来的鱼贩子说，"是从赫尔辛格来的游客和参加舞会的人。是啊，上帝保佑，咱们今天夜里就别想睡了！他们要举行舞会，又是跳舞又是奏乐。你看着吧，肯定要闹到很晚。据说是家庭间聚会，到郊区踏青，然后顺便举行舞会，总之是一种慈善募捐之类的活动，还能趁机好好地玩一番。他们先是乘船，后又乘车过来的，现在正在吃早饭。之后，他们将乘车到野外，晚上再回来到大厅里举行舞会。真是讨厌极了，我们整夜都别想合眼了。"

"这也是对生活一种不错的调剂啊！"托尼奥·科勒格尔说。

接下来很久都没有人说话。女主人摆弄着她通红的双手，鱼贩子又在拼命地通过右鼻孔呼吸，那几个美国人继续拉长脸喝白开水。

这时，发生了一件出乎托尼奥·科勒格尔意料的事情：汉斯·汉森和英格伯格·霍尔姆从大厅里走过去了。

当时，托尼奥·科勒格尔正疲惫地靠在椅背上，在游完泳和散了几个小时步后，他精疲力尽了。他面朝大海，嘴里嚼着烤面包和熏鳟鱼。这时，大门突然开了，那两个人手牵着手走了进来。他们踱着悠闲的步子，很是惬意。英格伯格，就是那个金发英格，穿着浅色的裙子，还是以前在科纳克先生的舞蹈课上的那身打扮。轻盈的绣花长裙拖到了脚踝，肩上披着一条白色阔边网纱披肩，中间开了一个鸡心领，露出她那柔嫩灵巧的脖子。她把帽子上的两根带子系到了一起，挎在一只胳膊上。她好像比以前显得成熟一些。当年那根长辫子已经盘到了头顶上。而汉斯·汉森还是和当年一样。他穿着一件饰有金色纽扣的水手服，蓝色的宽衣领翻过来搭在肩上和背上，一只手垂下来，拿着短带水手帽，边走边来回晃动帽子。英格伯格将细细的眼睛转到了一边，大概是因为吃饭的人都在看她，她有点不好意思。汉斯·汉森倒是满不在乎地看着大家，他将头转向餐桌，灰蓝色的眼睛咄咄逼人，逐一打量众人，眼神里甚至带着几分鄙视。他放开了英格伯格的手，更加使劲地来回晃动帽子，仿佛在炫耀自己是一个不一般的男子汉。他们两个人就这样以宁静的大海为背景，从托尼奥·科勒格尔的眼前走了过去，穿过大厅，推开对面那扇门，消失在摆放钢琴的房间里。

时间是上午十一点半。尽管有的客人还在餐厅吃早饭，可是隔壁房间和阳台上的客人们已经出发了。但是，他们没有经过餐厅，而是从侧面的那个通道离开了旅馆。旅馆里的人们可以听到他们哄笑着上马车的声音，然后公路旁的马车一辆接着一辆跑起来，离开了。

“他们还会回来的吧?”托尼奥·科勒格尔问。

“当然回来啦!”鱼贩子答道，“真是倒霉极了！他们已经预约了乐队。你知道，我的房间就在大厅的上方。”

“这也是对生活一种不错的调剂啊!”托尼奥·科勒格尔又重复了刚才的话。然后他站起来离开了。

他像往常一样度过了这一天。他走到海滩上，走进树林里，依然把书放在膝盖上，不时地抬头看看天空中的太阳。他的心里只有一个想法：他们还会回来，会在大厅里跳舞，聚众玩乐，就像鱼贩子说的那样。他什么也不用做，只要高兴地等着就行了。他怀着甜蜜和羞怯的心情等待着，以前沉闷的岁月里从没有过这样的欣喜和兴奋。有时，他会突然联想到远方的一个同行，写小说的阿德尔贝特，这个人知道自己想要的是什么，他为了逃避春天的气息，竟然躲到咖啡馆里。想到这里，他无奈地耸耸肩。

午餐开饭的时间比平时要早，晚餐也提前了，而且用餐的地点也改到了放钢琴的房间，这是因为大厅里要腾出来给舞会做各项准备。整个大厅里的东西都被重新摆放过了。天色越来越晚，托尼奥·科勒格尔回到自己的房间，坐在那里侧耳倾听。他听到马路上和旅馆里有了喧闹声，那些外出的客人已经回来了。是的，从赫尔辛格那里又来了新的客人，他们有的骑自行车，有的乘坐马车。楼下传来小提琴调音的声音，以及单簧管试奏的声音，这一切都预示着今晚会有一个盛大的舞会。

一个小型的乐队开始演奏一支进行曲，低沉、有节奏的音乐声传到了楼上。舞会在一支波兰圆舞曲中开始了。托尼奥·科勒格尔一个人静静地坐在自己的房间里，聆听着下面传来的音乐声。当他听到音乐的节拍转为华尔兹舞曲时，他站起身，悄悄地离开了自己的房间。

他房间外面的那条走廊通向一个侧楼梯，侧楼梯下面有一个旅馆的侧门，从这个门可以不经过任何房间就可以走到大厅外面的那个大阳台。他选择了这条路，蹑手蹑脚、小心翼翼地在黑暗中向前摸索，就像走在马路上的禁行区一样 。他已经被欢乐的音乐声吸引了。他越走越近，音乐声也越来越清晰。

大厅的阳台上空无一人，也没有灯光，可是，通向阳台的门敞开着。他看到大厅里吊着两盏煤气灯，灯上还罩着反光玻璃罩，整个大厅都被照得很明亮。他悄悄地溜进阳台，大厅里的人看不到黑暗中的他，而他却能把大厅一览无余。能够在黑暗中偷窥大厅里的人跳舞，这让他心里一阵窃喜，浑身发痒。他急切的目光贪婪地在大厅中寻找那两个人。

虽然舞会开始还不到半个小时，但是热闹的节日气氛却充斥了满屋。他们在外面度过了一个快乐的、热闹的白天，现在他们兴高采烈地回到这里，依然兴致高昂。托尼奥·科勒格尔只要向前探探身子，就能看清楚摆放钢琴的那个房间。那个房间里有几位老先生围坐在一起吸烟、喝酒和打牌，其余几个人则陪着妻子坐在大厅前的软靠背椅子上，看年轻人跳舞。先生们把双手放在叉开的腿上，露出高兴的神情，看起来心情愉快；太太们头上戴着小兜帽，抱着双臂，歪着头看年轻人在一起嬉闹。在大厅一端的墙边搭起了一个台子，乐队在那里使出浑身解数，卖力地演奏。有个小号尽管吹得相当小心，似乎是害怕自己声音过大，但是还会不时地发出刺耳的声音。舞者们搂着各自的舞伴不停地挪动着舞步或是转圈，还有一些人则手挽着手沿着大厅来回转动。人们并不是一般舞会的打扮，衣着倒像是夏日里周末的户外休闲装束。男士们穿着小市民的西服，看得出来平时都收起来，轻易不穿；女士们则穿着轻盈的淡色连衣裙，胸前还别着一小束野花。大厅里还有几个孩子，也混在他们中间，按自己的方式跳舞，即便是没有音乐，他们也照跳不误。一个长腿的男人穿着燕尾服，戴着一副眼镜，头发也烫过了，看样子大概是城里的邮局局长助理之类的长官。他活像一个丹麦童话里的滑稽小丑，似乎这个舞会的主办人就是他。他真是忙极了，一会扭着身子走到这，一会走到那。他优雅地踮起脚尖，脚上穿了一双光洁的尖头短筒马靴，怪模怪样地交叉双脚。他一会挥舞着双臂发号施令，指挥乐队奏乐，一会又使劲鼓掌。他还系了一个标志官职的大蝴蝶结，蝴蝶结的带子在他的身后自由飘舞，而他也不时地回过头，得意地自我欣赏。

是的，他们两人也在那里，今天白天，在阳光下，他们就从托尼奥·科勒格尔的身边径直走过去了。他又看到了他们，几乎是同时看到两个人，此刻，他欣喜若狂。汉斯·汉森就站在门旁，离托尼奥·科勒格尔很近。他叉开双腿，上身前倾，正在悠闲地吃一块大蛋糕，空着的那只手搁在下巴底下，接住蛋糕的碎屑。英格伯格·霍尔姆则坐在墙边，那个局长助理模样的人正扭动着腰肢向她走去，然后他一只手放在背后，另一只手优雅地放到胸前，姿态优美地向她鞠了一躬，邀请她跳舞。但是金发英格却摇摇头，表示自己已经累得喘不过气了，要休息一会，于是那个局长助理就在她身边坐下了。

托尼奥·科勒格尔望着这两个人，这两个曾经让他饱受爱情折磨的人——汉斯和英格伯格。以前，他爱慕他们不是因为他们的穿着打扮和个体特征，更多的是因为他们是同一种族、同一类型的人。他们都有清澈明亮的灰蓝色的眼睛，都有金黄色的头发，让人很容易就联想到贞洁、无忧无虑的快乐，以及那种高傲和质朴的矜持。他望着他们，汉斯还是和从前一样，宽肩细腰，身上穿着水手服，风度翩翩。英格伯格也还是和从前那样高傲地将头向后一甩，接着把手放到后脑勺上，她那轻盈的衣袖滑了下来，露出柔嫩的胳膊。这一瞬间，托尼奥·科勒格尔的心中涌起了深深的乡思之苦，他心如刀绞，不由自主地向黑暗中挪了挪身体，以防别人看到他痛得痉挛的面孔。

"我已经忘掉你们了吗？"他自问，"没有，我从来没有忘记你们。我不曾忘记你，汉斯，也不曾忘记你，金发英格！就是为了你们，我才努力工作的。每当我取得一些成就、受人称赞时，我就环顾四周，希望看到你们，希望你们与我一起分享。你读了《唐·卡洛斯》了吗，就像你在你家花园门口答应我的那样，汉斯？你不用读了！我不会再这样要求你了！那个为自己的孤独寂寞而哭泣的国王跟你有什么关系呢？你那清澈的双眼不能因为多愁善感的书籍而变得暗沉和迷惘！要是我能像你一样就好了！如果我能重新开始，我要像你那样成长，成为一个正直、快乐和单纯的人，能够与周围的一切和谐相处，被善良和幸福的人们所喜爱！我要娶你为妻，英格伯格·霍尔姆，然后生一个像汉斯一样的儿子。我要摆脱认识的苦难和文学创作的伤痛，在平凡的幸福中生活、恋爱和受人敬慕！重新开始？那也不会有什么用吧？我又会像现在一样，一切还会是老样子，和已经发生过的一样，不会有什么改变的。有些人注定要走上歧途，因为对他们来说，世上就没有一条正确的路。"

音乐停了下来，已经到了休息时间，侍者端来了点心。那个局长助理竟亲自端起了盘子，盘子里是鲱鱼色拉，看来他十分热心为女士效劳。当他把盘子端到英格伯格·霍尔姆面前时，他甚至单膝跪地将色拉递给她，此时的英格伯格开心得脸都红了。

这时候，大厅里的人注意到了站在阳台上的旁观者。这些漂亮的人跳舞累得满脸通红，向陌生的旁观者投来探寻的目光。可是，他仍待在原处岿然不动。汉斯和英格伯格几乎同时瞥了他一眼，眼神里带着彻底的冷漠，甚至还有一丝蔑视。他突然感到一束特别的目光注视着他，他转过头去，顺着目光看到一个孤零零地坐在墙边的姑娘。她脸蛋瘦削、苍白、美丽。之前他就已经注意到这张脸的主人了。她不怎么和男士跳舞，男士也没有什么人邀请她，她一个人忧郁地坐着，紧闭嘴唇。现在她依然一个人坐在那里。她和其他姑娘一样，穿着浅色的轻盈裙子。可是，通过薄薄的裙子可以看到她尖削的肩膀和陷在两个肩膀之间的细细的脖子，这让人觉得这个瘦瘦的姑娘有点发育不良，身材甚至有点畸形。她的两只手上戴着无指的半截手套，放在平坦的胸上，指尖轻轻地并到一起。她低着头，用水汪汪的黑色眼睛上下打量着托尼奥・科勒格尔。他不敢直视她，连忙别过头去。

在托尼奥・科勒格尔的不远处，英格伯格和汉斯坐在一起。汉斯已经坐到了英格伯格的旁边，两个人看起来像是一对兄妹。两人周围是一群脸颊通红的年轻人，他们喝着饮料，吃着点心，聊着天，相互开着玩笑，发出清脆的大笑声。难道他就不能向他们再靠近一点吗？难道他就不能和他们说句玩笑话、他们报以微笑吗？想到这，他心潮澎湃，他想这么做。之后，他就可以满意地回到自己的房间，他就可以与他们之间建立一点小小的联系。他想好了要说的话，但是他没有勇气说出来，因为他害怕又会像以前那样，他们会不明白他的意思，会愕然地听着他说的话，毕竟他的语言和他们的语言不一样。

似乎又要开始跳舞了，那位局长助理又开始四处忙活了。他跑来跑去，招呼大家一起过来和侍者一起把椅子、杯子什么的搬到一边；他还给乐队指挥；他甚至抓住几个笨小伙的肩膀，将他们推到舞池里。他到底是要干什么？每四个人组成一组……一个不堪回首的记忆让托尼奥・科勒格尔羞红了脸。啊，大家又要跳四组舞了！

音乐奏响了。一对对舞伴相互鞠躬，来回交换位置。那个局长助理舞动着双臂在指挥，他竟然用法语发号施令，而且他的鼻音发得非常清晰。英格伯格·霍尔姆正对着托尼奥·科勒格尔，就在玻璃门旁边的那一组。她跳着舞步，转来转去，一会向前，一会向后。他不时能闻到从她的头发上和轻盈的裙子上散发出的清香。他闭上眼睛，心里涌起一种很熟悉的感觉。最近这几天，他一直都能够闻到这种刺激他嗅觉的芳香。以前这个香味让他心神不安，现在却让他心中充满了甜蜜和痛苦。这到底是什么呢？是渴望？是思念？是妒忌？是自卑？噢，女士们的四组舞！当时，你，金发英格，笑了吗？当我在舞蹈课上出丑的时候，你笑了吗？现在，我已经小有名气了，你还会再笑话我吗？是啊，你还是会笑话我的，而且你完全有权利笑。即便是我完成了九部交响曲，写出了《作为意志和表象的世界》，画出了《最后的审判》，你也完全有权利笑话我。他望着她，突然想起一首诗，这首诗他以前从没想起来，现在却突然出现在脑海里。“我想安睡，而你却想跳舞。”他是多么熟悉这句诗所表达的感情啊！那种北方人的忧郁和委屈的情感！安睡……他渴望爱情，想献身于爱情，渴望没有跳舞义务的爱情，渴望懒散和甜蜜的爱情，尽管如此，他还是要跳舞，戴着枷锁在艺术的刀尖上灵活地跳舞。不过，他还是忘不了那种让人感到屈辱的无奈，陷入爱恋的同时还不得不跳舞。

突然，大厅里的人像疯了一般，忘乎所以地骚动起来。女士四组舞方阵散开了，大家跳来跳去，到处旋转，相互推搡，最后，大家踏着轻快的舞步结束了四组舞。一对对舞伴合着音乐的节拍，欢快地从托尼奥·科勒格尔身边滑行过去。他们追逐、跑闹，发出快乐的嬉闹声。又有一对舞伴过来了，那个姑娘瘦削的面孔既苍白又美丽，很眼熟。她的肩膀也很瘦。突然，就在托尼奥·科勒格尔的面前，那个姑娘滑了一跤，跌倒了。那个脸色苍白的姑娘跌得很重，似乎也很危险。她的男伴也跟着摔倒了，他肯定也跌得很重，所以他只顾着自己站起来，龇牙咧嘴地揉着腿，把他的女伴丢到了一边。那个姑娘好像晕过去了，仍然躺在地上。于是，托尼奥·科勒格尔走了过去，轻轻地搀着她的胳膊把她扶了起来。她疲乏、迷茫地打量着他，神色忧郁。突然她那细嫩的脸上露出了淡淡的红晕。

“谢谢！噢，多谢了！”她说，同时用水汪汪的黑眼睛上下打量着他。

“你不该再跳舞了，小姐。”他温柔地说。然后，他转过脸来又看了一眼汉斯和英格伯格，接着离开了，离开了阳台，离开了这个热闹的舞会，回到了自己的房间。

他虽然没有参加这个舞会，但还是被这个舞会弄得迷迷糊糊的。他由于妒忌而筋疲力尽。今天的情况与以前一样，一模一样！他还是像以前那样，脸上发烫地站在黑暗处，为他们那些活泼的、快乐的、长着一头金发的人感到痛苦，然后独自一人悄悄离开。他多么希望有个人能走过来啊！她应该悄悄地跟出来，把手搭在他的肩上，对他说：“回来吧！跟我们在一起吧！别那么难过啦，高兴点！我爱你！”然而，她根本就没有跟过来，这样的事情压根就不会发生的。是的，和以前一样，而且，他也感到和从前一样的幸福，因为他的心还活着。可是，从当年到现在，这段时间里到底发生了什么，让他变成现在这个样子：麻木、空虚、冷漠？是思想和艺术！

他脱下衣服到床上休息，并且熄了灯。他对着孤枕低声念叨那两个名字。这几个纯洁的北方话中的音节，对他来说意味着最初真正的爱情、最深刻的痛苦和最甜蜜的幸福，意味着生活、淳朴和内心深处诚挚的感情，意味着生他养他的故乡。他回想从前到现在走过的路程，回想起自己荒唐地体验生活的经历，回想在感觉、精神和思想上放纵自我。他看到自己被世人嘲讽，被理智吞噬，被认识折磨和麻痹，被创作像寒热病一样摧残；他看到自己的内心在两个极端对立的矛盾中，在圣洁和肉欲之中，被抛来抛去，在冷酷和虚假的快乐中变得狡诈、空虚和憔悴。于是，他因悔恨和思乡而啜泣起来。

他的四周笼罩在一片漆黑的寂静之中。楼下依然不断地传来低沉的有节奏的华尔兹舞曲的旋律，舞曲中充满了既甜蜜又平凡的生活气息。

九

托尼奥·科勒格尔在北方给他的好朋友丽萨维塔·伊娃诺夫娜写信,他之前答应她要给她写信的。

"亲爱的丽萨维塔,你在南方的阿卡迪亚[①],相信我不久就会回到你那里的。这也算是一封信吧,可是,内容可能会让你失望,因为我只想写一些平淡无奇的事情。这并不是因为我没什么可说,也不是因为我没有什么奇特的经历。在我的故乡,在我曾经生活过的地方,有个警察甚至要逮捕我。好了,这件事还是等我们见面后我亲口讲述给你听吧。现在,我只想和你说一些平淡无奇的话,而不是给你讲什么故事。

"你还记得吗,丽萨维塔,有一次你说我是小市民,一个误入歧途的小市民,在我向你承认我热爱'生活'的时候,你这么说我的。其实,我当时之所以这么说,完全是因为我事先已经跟你吐露出的另外一件心事。后来,我问我自己,你是不是已经意识到你的表述是多么地中肯?我的小市民特点与我对'生活'的热爱的确是息息相关的。这次旅行让我对这个问题进行了深入的思考。

"我的父亲,如你所知,身上带有北方的气质:沉着冷静,做事认真,谨小慎微,生活悲观。而我那有异国血统的母亲,则漂亮热情,天真多情,做事粗心,对一切都抱着无所谓的态度,但待人热诚。毫无疑问,这两者的结合具有异乎寻常的可能性,也暗藏着异乎寻常的危险性。由此造成的结果就是诞生了一个误入艺术领域的小市民,一个时常表现出良好教养的艺术家,一个时常良心不安的浪子。正是因为我时常怀有一颗小市民的心,所以我在艺术领域、在不寻常的事件中、在一群天才当中,才能够看到一些

---

① 阿卡迪亚本是古希腊的一个山地牧区,那里民风淳朴,风景优美,这里比喻世外桃源。

极其暧昧的东西,看到一些可疑和令人鄙夷的东西。正是这颗普通的小市民的心,才让我偏爱淳朴、真诚和舒适的正常生活,也就是人们所说的平凡和正派的生活。

"我现在在两个世界的边缘行走,遗憾的是,无论哪一个都不是我的归宿,所以,我备受折磨。你们艺术家称我是小市民,而小市民的警察却要逮捕我,我不知道这两者之间哪个更让我难过。小市民是愚昧的,可是你们这些崇尚'美'的人却把我说成是一个没有追求的、冷漠的人。你们应该考虑到,有这样一种艺术家,他从一开始就注定会向往平凡的生活,注定要追求甜蜜的幸福,并且对此感到非常快乐。

"我敬佩那些高傲和冷漠的人,他们敢于在伟大的瑰丽的'美'之路上不懈探索,他们敢于蔑视'普通人',可是,我并不羡慕他们。如果说有什么能把我从一个文人变成一个作家的话,那就是我对人性、对活生生的人和对平凡、普通的小市民的热爱。一切温暖、善良和幽默都来源于这种爱,我似乎觉得这种爱就是《圣经》上所描述的那种爱:我若能说万人的方言,并天使的话语,却没有爱,我就成了鸣的锣,响的钹一般。

"迄今为止,我所做的一切都没有什么价值,真的,简直是一文不值。可是,我以后会做得更好,丽萨维塔,这就算是我向你做出的一个承诺吧。在我写这封信的时候,大海波涛澎湃,我闭上眼睛倾听大海的呼喊。我看到了一个尚在孕育的世界,它已经有了最初的轮廓。我看到了一些模糊的人影聚在一起,他们向我招手,请求我施展魔法解救他们。他们有些人很可怜,有些人很可笑,有些人既可怜又可笑。我同情他们,虽然我内心最诚挚、最隐秘的爱是属于那些快乐的、活泼的、长着满头金发的人,属于那些平凡又可爱的人。

"请不要责骂我的这种爱,丽萨维塔,这种爱既美好,又能督促我创作。这里面饱含着我的渴望、我的忧伤和我的嫉妒,还有一丝蔑视和十分纯真的快乐。"